랑
호

단글

랑호 3

초판 1쇄 인쇄 2017년 11월 22일
초판 1쇄 발행 2017년 11월 29일

지은이 네르시온
발행인 오영배
기획 박성인
책임편집 심지은
디자인 권지연
제작 조하늬

펴낸곳 (주)삼양출판사 · 단글
주소 서울시 강북구 도봉로 173
대표 전화 02-980-2112 **팩스** / 02-983-0660
편집부 전화 02-980-2116 **팩스** / 02-983-8201
블로그 blog.naver.com/dan_gul
출판등록 1999년 3월 11일 제9-00046호.

ISBN 979-11-283-9320-4 (04810) / 979-11-283-9317-4 (세트)

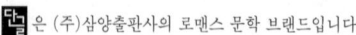

단글은 (주)삼양출판사의 로맨스 문학 브랜드입니다.

랑호

네르시온 장편소설

세 번째 이야기

달

| 차 례 |

1장

단의 처소로 들어온 황제는 당연한 듯 긴 의자의 오른쪽에 앉아선 탁자에 올려진 향로 쪽으로 손을 뻗었다. 향은 별로지만, 가볍게 달궈진 상태의 향로가 마음에 들었다. 그 위로 손을 댔다가 떼고는 고개를 들었다. 단은 여전히 입구 쪽에 서 있었다.

"왜 그런 얼굴이냐."

왜 그런지는 황제도 잘 알고 있었다.

하기 싫은 일을 하는데 그걸 기분 좋게 받아들일 사람은 몇 안 되었다. 자유분방하게 살았던 단은 더더욱 말이다. 아까 일도 있고 하니 당장 산처럼 쌓인 불만을 토로할 거라 생각했지만, 아니었다. 머뭇거리던 단이 꺼낸 말은 참으로 의외인 것이었다.

"나 때문에 뭔가 곤란한 일이라도 생긴 거야?"

"……."

따지고 보면 단은 휘말린 거라 볼 수 있었다. 정신을 차리고 눈을 떴더니 낯선 곳에 와 있게 된 상황이었으니 말이다. 그걸 두고 불편함을 느끼고 따진다 해서 누가 뭐라 할 수 있을까. 예 의범절 운운하면서 상궁이 들이닥친 상황을 두고 언짢아하면서 화를 내도 될 텐데 본인 때문에 생길지도 모르는 상황에 대한 염 려를 입에 담는다.

턱을 괸 채로 있던 무헌은 가까이 오라며 손짓했다. 하지만 단은 선뜻 접근하기가 뭐했다. 그도 그럴 것이, 아까 그가 상궁 들에게 했던 말 때문이었다. 둘이 있을 때처럼 틱틱거리거나 괴 롭히는 것보단, 보란 듯이 잘 대해주고 말도 좋게 해 주는 게 여 러모로 편하기에 그런 거란 걸 알면서도 기분이 이상했다.

그러거나 말거나 황제는 평온한 얼굴이었다. 괜히 혼자서만 두 뺨을 붉히며 의식하는 걸지도 모른다 싶었던 단은 결국 한숨 을 쉬면서 안으로 향했다.

맞은편 자리에 앉아서 탁자에 두 팔을 올리긴 해도 눈을 내리 뜬 채였다. 코앞에 황제를 두고 있어도 하나도 어색하지 않다면 서 태연한 척을 하고 싶지만, 얼굴에 닿는 시선이 느껴졌다.

왜 보기만 하고 말이 없는 걸까.

둘이 있는 상황이 영 불편한데 영비는 안 들어오는 걸까.

물론, 무헌하고 단둘이 있을 때에는 방해해선 안 된다면서 가 능한 들어오려 하지 않는다는 걸 알지만—

이런 저런 생각을 하던 단은 탁자에 올리고 있던 두 손을 움직여선 팔짱을 끼곤 아예 고개를 숙였다. 그리고 향로를 감싸듯이 쥐고 있는 커다란 무헌의 두 손을 확인하곤 눈을 끔벅였다.

"……추워?"

물으면서 고개를 든 단은 아차 싶었다.

전에는 알면서도 모르는 척했기 때문인지, 무헌에게 꼬박꼬박 존대할 수 있었지만 지금은 달랐다. 정신 바짝 차리지 않으면 저도 모르게 말을 놓게 된다. 그걸 깨닫고 나서 끝에 '요.'자를 붙이는 것도 우스워서 잠자코 있으니 황제는 대수롭지 않게 답했다.

"아니. 안 춥다."

"……."

왜 말을 놓는 거냐면서 시비가 없었다.

가슴 안쪽에 웅어리져 있던 무언가가 느슨해지는 걸 느끼며 단은 재차 물었다.

"요 며칠 동안 왜 안 온 건데요?"

"내가 왔으면 싶었던 거냐."

"그럴 리가 있겠습니까. 자기 전에 속 뒤집는 사람이 없어서 정말 편하게 푹, 잘, 잤습니다."

다양한 미사여구를 사용해서 간밤에 숙면을 취했던 걸 강조하고 싶었다. 하지만 마땅히 떠오르는 것도 없고, 쓸데없이 고집 부리는 것 같았기에 바로 입을 다물었다. 잠자코 반대편으로 시선을 옮기자 무헌이 향로를 만지작거린다. 안 춥다고 했으면서 몇 번이고 본인 손을 문지르는 게 영 신경 쓰였다. 결국 단은 무헌의 두 손을 덥석 붙잡았다. 그 순간 느껴지는 한기에 단의 한쪽 눈썹이 올라갔다.

"아니, 왜 이렇게 손이 차. 이상하네."

조금 전 영비가 단의 손을 쥐고 차갑다 운운했던 건 그 자리를 피하기 위함이었다. 몸이 약하다 한 것도 그와 같은 맥락이었다. 겉으로 보기에 단은 연약한 것 같지만, 정말은 아니었다. 웬만한 사내들보다 훨씬 체력도 좋고 몸도 튼튼한 편이었다. 두 손도 뜨끈뜨끈하니 여름이며 겨울 할 것 없이 내내 그런 상태였다.

늘 열이 높은 편이기 때문일까. 무헌의 손이 유난히 차게 느껴졌다.

손이랑 발이 찬 사람은 몸이 안 좋다는 건데. 어디가 안 좋은가. 하루 종일 앉아서 일만 하는 것 같았으니 건강하면 그게 더 이상하지 않겠나 싶었던 단은 무헌의 손을 조물거리다가 정수리에 닿는 시선을 느끼곤 움찔했다.

"……."

아, 또 쓸데없는 짓을 했나 보다.

보통 사람의 감각으론 이런 식으로 덥석 손을 붙잡고 주무르는 건 이상할 수밖에 없었다. 만약 남장하고 있을 때 여자에게 이런 짓을 했다면 거하게 뺨을 얻어맞았을 거라면서 헛기침을 한 단은 슬그머니 손을 뗐다. 하지만 무헌은 바로 떨어지려는 단의 손을 붙들었다.

제 손을 덥석 붙드는 강한 손길에 당황한 단은 힘을 줘 다시 빼내려 했지만, 꿈쩍도 않았다. 눈치가 아예 없지 않으니 지금 무헌이 장난을 치려 이러는지 아닌지 정도는 알 수 있었다. 평소보다 공기가 묵직해지면서 심장 박동이 빨라지는 걸 느끼며 단은 애써 태연한 척 말했다.

"아까보단 따뜻해졌잖아요."

들리지 않을 정도로 작게 웅얼거리던 단은 입을 다물곤 무헌의 눈치를 살폈다.

무헌을 보는 검고 커다란 눈망울은 긴장으로 굳어 있었다. 왜 저렇게 세 눈치를 보는지 모르지 않으면서도 무헌은 쥐고 있는 단의 손에 더 힘을 주었다. 아플 정도로 세게 들어가는 손힘에 단은 안색을 굳혔다.

설마, 함부로 막 몸에 손을 댔다고 화가 난 걸까.

이제는 전하고 달리 황제다 이걸까?

정말 그런 이유로 폼 잡으면서 화를 내는 거면 그땐, 미안하다고 사과를 하고 싶지도 않을 것 같았다. 잡힌 손이 점점 더 얼얼해지자 단은 다시금 손을 빼내려 했다.

그때 황제가 입을 열었다.

"황제의 총애를 받는 부인은 결국 황후가 되겠지."

"……."

"황후가 되면 내명부의 가장 큰 어른이 된다. 황제도 우습게 볼 수 없는 존재가 되는 거지."

군이 설명해 주지 않아도 단도 이미 알고 있는 내용이었다. 그런 걸 왜 지금 말하는 건가 싶을 수밖에 없었던 단은 숨죽인 채로 중얼거렸다.

"왜 그런 말을 나한테 하는 건데요?"

"저들은 네가 황후가 될지도 모른다고 생각하는 것 같더군. 속내야 어떻든 지금 내가 가장 많은 시간을 함께하는 건 바로 너니까."

"......"

무헌이 황제가 된 지도 벌써 3년이었다. 사지 멀쩡한 사내가 그렇게나 어여쁜 부인들을 두고 이렇다 할 후사가 없다면 다들 걱정될 수밖에 없을 거다. 그런 와중에 자신은 하늘에서 뚝 떨어진 거나 다름없는 존재로 여겨질 거다. 정체가 대체 뭐기에 황제의 마음을 사로잡은 건가 싶겠지. 정말은 그런 게 아닌데. 같이 있어도 황제는 그저 자신을 골리기만 할 뿐인데.

제 손을 단단히 붙드는 커다란 손을 물끄러미 응시하던 단은 문득 드는 생각이 있었다. 쓸데없는 생각일지도 모르겠지만, 왜인지 맞을 것 같기도 했던지라 몇 번 망설이다가 조심스럽게 말을 꺼냈다.

"오해하지 말고 들어요. 혹시나 해서 하는 말인데요."

이건 어디까지나 단의 의견이 아니라, 산매골에서 싸움꾼으로 있을 때 주위들은 이야기였다.

당시 단은 그곳에서 꽤나 유명인이었고, 마음만 먹으면 어떤 여자하고도 살림을 차릴 수 있었다. 하지만 그러지 않고 마을에서 나이 많이 먹은 과부하고 같이 지내는 걸 두고 다들 이래저래 떠드는 말이 많았다. 단이 사내로서의 자신감이 없기에 쉽게 여자에게 손을 대지 못한다는 식으로 말이다. 체격이 그저 그렇다 보니 우습게 보일까 봐서 그런 거라고 말이다.

듣기 싫은 말일 경우 얌전히 듣고만 있는 성격이 아니다 보니 바로바로 쓸데없는 소리 해대지 말라고 윽박을 질러서 주변을 잠잠하게 만들긴 했지만, 제 뒤에서 이런저런 되도 않는 말을 수군거린다는 걸 모르지 않았다. 어쩌면 무헌도 그와 비슷한 사정이 있는 길시도 몰랐다.

단은 잔뜩 목소리를 낮춘 채로 물었다.

"여자가, 무섭나?"

"……."

이건 어디까지나 진심으로 걱정이 되어서 건네는 말이었다. 실상 이 궁 안에서 자신 말고 그 누가 이렇게까지 마음을 써 줄까 싶었던 단은 뚫어져라 무헌을 바라봤다.

정말 그런 거라면 자신이 얼마든지 도와줄 수 있었다. 뒷마당에서 떠도는 음담패설의 수위란 정말이지 장난이 아니었다. 안 서는 놈도 발딱 일어나게 하는 방법도 대충 알고 있다면서 뚫어져라 바라보는 단을 두고 무헌은 눈을 감았다. 한 손으로 감싸 쥔 이마로 짙은 주름이 잡히는 걸 본 단은 어쩜, 하고 탄식했다.

그래. 그런 일이 있었던 거로구나. 난 그것도 모르고.

하지만 이런 일은 원래 당사자가 가장 힘든 법이었다. 아무것도 모르면서 옆에서 떠들어 봤자 죄 무슨 소용인가 싶었던 단은 앞으로 다가갔다.

걱정하지 말라고, 내가 영비랑 같이 알아보겠다고 하려던 순간 무헌이 눈을 떠 정면을 노려봤다. 불똥이 튀는 것처럼 매서운 눈빛과 마주하는 순간 위험을 감지한 단은 헛숨을 삼키곤 뒤로 고개를 물리려 했지만, 그 전에 무헌의 주먹이 단의 머리를 강타했다.

"아파─!"

맞기도 전에 알 만큼 강한 일격이었다.

뭔 놈의 주먹이 돌보다 더 단단하냐면서 단은 신경질을 내듯 따졌다.

"아프다고! 아파!"

"목이 안 잘린 걸 천만다행으로 여겨야 할 거다."

황제는 주먹을 더 세게 움켜쥐고는 나직하게 말했다.

있는 힘껏 한 대 치긴 했지만, 여전히 어이없었다. 암만 자신이 편해도 그렇지 어떻게 저런 말을 서슴지 않고 할 수 있는 건가 싶었던 무헌의 눈빛은 굳어 있었다. 저를 노려보는 눈빛에서 엄청난 말실수를 했음을 깨달은 단은 빠르게 눈을 굴렸다. 그리곤 슬그머니 의자에서 내려와선 안쪽에 섰다.

쭈뼛거리고 서선 손으로 머리를 문대는데 잔뜩 인상을 쓰고 있다. 어지간히 아팠는지 씨, 하고 작게 소리를 내는 걸 들은 무헌은 무척 긴 숨을 내쉬었다.

"내가 왜 널 데리고 들어왔을까."

많은 의미가 담겨 있는 한숨이었다.

그걸 들으면서 '내가 할 말이다.'라고 속으로 구시렁거린 단은 머리에 한 손을 올린 채로 생각에 잠겼다.

황제를 만나느라 왔다 갔다 하면서 방치된 채로 이런저런 책을 읽고 새롭게 알게 되는 것들이 있었다. 황제가 암만 위대하다고는 해도 내명부 일에 대해선 적극적으로 개입할 순 없었다.

게다가 넓고 사람도 많은 곳에서 모두가 같은 마음일 순 없었나. 실제로 단이 시동으로 흙을 고르는 일을 하고 있을 때, 수상쩍은 놈이 접근하기도 했고 말이다. 그 망할 모주화를 따르는 놈이었을 게 분명했다. 그러니 놈의 전언을 전한 거겠지.

궁 안이라 해서 모든 이들이 황제를 믿고 따르는 게 아닌 것 같고, 내명부에서 문제가 생기면 쉽게 개입할 수도 없었다. 이런저런 이유 때문에 자신을 데려온 거겠지. 뭐, 치료도 해 주고 싶었을 테고. 그리고…….

단은 무헌을 흘깃 봤다.

여전히 화가 난 얼굴이었다. 따지고 보면 자신의 말실수로 인해 벌어진 일이니 수습할 필요가 있었다. 커다란 눈망울을 굴리던 단은 넌지시 말을 꺼냈다.

"……옷 다 말랐어요."

당장 날아드는 황제의 날 선 눈빛에 단은 한 손을 들었다.

"요만큼, 진짜 이만큼만 젖었던 소매 다 말랐다고요."

검지와 엄지 사이로 거의 틈이 보이지 않을 정도로만 벌리고는 강조를 해도 무헌은 반응이 없었다. 원래 저러니 그러려니 하고 넘길 수도 있겠지만, 너무 반응이 없으니 조급해지는 게 있었던 단은 냉큼 침전으로 들어가선 왼쪽에 걸려 있던 용포를 조심스럽게 걷어냈다. 바닥에 끌리지 않도록 머리 위로 높이 들고는 재차 황제 앞으로 갔다.

용포를 드느라 그 뒤에 있었던 단은 팔꿈치로 젖었던 소매를 들었다.

"이것 보라고요. 그냥 말리기만 하면 될 걸 가지고 사람 고생이나 하게 만들고 말입니다."

길을 막고 헛소리를 나불거려야 사기꾼이냐. 잘 모른다는 걸 이용해서 사람 고생시키는 게 사기꾼과 뭐가 다르냐. 단은 금룡포의 소맷자락을 팔꿈치로 툭툭 치면서 '이것 봐라, 이것 봐.'라는 식으로 행동했다.

워낙에 귀한 옷이고 조금만 흠집이 나도 그것 자체가 황제를 욕보이게 하는 거라고 빨래도 쉽게 못 하게 했으니 그냥 말리는 수밖에는 없었다. 단이 하는 걸 보고 정말 괜찮은가 싶어 영비가 걱정하긴 했지만, 이게 최선이었다. 이걸 두고 뭐라 하면 그땐 단도 방법이 없었다. 자수가 풀리든 실밥이 나가든 그냥 빨래통에 넣고 발로 밟아 버릴 거라면서 용포 밖으로 얼굴을 내밀어 무헌을 바라봤다.

노려보는 것 같지만 정말은 긴장해서 저런 얼굴이란 걸 모르지 않았다.

잠자코 단을 바라보던 무헌은 앞으로 손을 뻗었다. 황제의 손이 용포의 윗부분을 붙들어선 위로 올리자 당황한 단의 눈이 더 크게 떠졌다. 그러면 안 된다면서 어, 하고 붙잡기 위해서 두 손을 뻗지만 그 전에 본인 옆자리에 용포를 둔 황제가 탁자에 한 팔을 올렸다. 움켜쥔 손으로 탁자 위를 일정하게 쿵쿵, 하고 두드렸다.

황제는 여전히 기분이 안 좋아 보였다. 묘하게 가라앉은 것 같은 그 모습에 단도 두 팔을 내리곤 아예 고개를 돌려 버렸다.

황궁 안이고, 부인이라는 직함이 새로 생겨서 가능한 그에 맞춰 행동하려 노력 중이었다. 예의범절을 익혀야 한다고 하니 불만이 있어도 꾹 참고 배우는 중이었고 말이다. 황제가 원하는 대로 하긴 하겠지만, 그리했음에도 생기는 문제나 불상사에 한해선 자신도 어찌할 수 없었다. 최대한 맞춰 주려 함에도 문제가 생긴다는 건 누군가 그런 식으로 유도했기 때문일 테니 말이다.

일단 그 부분에 대해선 사전에 양해나 구해 둘 참이었다. 황제인 널 생각해서라도 최대한 맞춰 보겠지만, 아닌 상황에 대해서는 괜히 자신 탓하지 말라면서 말이다. 그리고 그때, 황제가 긴 이야기를 시작했다.

"예전에, 그러니까 한 105년 전에 황제가 평민으로 분장해서 궁 밖으로 나간 적이 있었다. 그때 생선을 팔던 여인과 흥정을 하게 되었고 말을 재미있게 하고 눈치도 빠른 게 마음에 들어서 나중에 입궁시켰다고 하더군. 그 여인의 풍채가 웬만한 장군보다 더 좋았다고 했어. 무릇 황제의 여인이라 하면 꽃처럼 화사한 게 최고라 믿고 있었던 자들에겐 쉽게 받아들일 수 없었던 일이었지. 입궁하자마자 여기저기서 간섭이 심하고 부인들끼리의 괴롭힘도 많았지만, 결국 아들을 넷이나 낳았다고 하더군. 황제가 무조건 비호를 해 주었기에 그리될 수 있었던 건 아니었어. 그녀는 부인들이 뭐라 할 때 지지 않고 대거리를 하거나 아니다 싶을 땐 맞서기도 했다고 했어. 그렇게 자기가 살 기반을 스스로 다진 거지. 당차고 지지 않는 그 억센 부분이 보기에 좋으니 황제가 계속 찾았던 거겠고 말이야."

갑자기 무슨 소리를 하는 건가 싶었지만, 어느새 단은 황제가 하는 말에 귀를 기울이고 있었다.

"78년 전에는 노래를 잘 부르는 기녀가 부인이 되었지. 기녀였으니 오죽할까. 내명부뿐만이 아니라 안팎이 시끄러웠지. 밥 한 수저를 떠서 입에 넣을 때마다 그게 밉고 싫어서 주변의 따가운 눈총을 받아야만 했지. 참다못한 기녀는 저를 가장 미워하고 비난하던 부인의 허리를 끌어안고는 연못에 같이 빠졌다고 하더군. 궁이 발칵 뒤집혔지. 처음에는 기녀에게만 상황이 불리하게 돌아가는 것 같았지만, 알고 보니 상대 부인의 품에서 독약이 발견되었던 거다. 기녀가 눈치를 채지 못했다면 그날 밤 죽는 건 혼자만 되었을 거야. 독살해서 죽이려 했던 것이니. 결국 상대부인만 내쫓김을 당하고 기녀는 궁에 남아 딸을 둘 낳았다고 한다."

쉽게 말하지만 정말은 어려운 상황이었을 거다. 독사 소굴이나 다름없는 곳에서 살아남은 거니까. 보통 사람이라면 불가능한 일이었겠지.

단은 지금 황제가 이런 말을 하는 게 자신의 입을 통해 '대단하다. 멋진 여자들이다.'라는 답을 듣기 위함이 아님을 알고 있었다. 때문에 그가 재차 입을 열 때에 맞춰서 말했다.

"그리고……."

"내명부 안에서 무슨 일이 생겼을 때, 꼭 당하기만 할 필요는 없다는 거잖아."

입을 다물고 저를 바라보는 황제를 본 단은 짧은 한숨을 쉬었다.

"결국 황제의 총애만 있으면 다 되는 거네."

영비가 말하는 것처럼, 황제가 처소를 자주 찾기만 하면 그걸로 되는 셈이었다. 지금 황제가 가장 빈번히 찾는 건 자신이니, 내명부 안에서 가장 입김이 센 건 자신이라는 거다. 예의범절 운운하면서 떼로 몰려와 자신을 가르치려 들지만, 꼭 저들이 원하는 대로 휘둘릴 필요가 없다는 거다. 그래. 그런 거란 말이지.

이제 슬슬 감이 온다면서 고개를 주억거리는 단의 눈동자가 반짝인다. 아까만 하더라도 복잡한 표정이더니 하나의 문제가 해결되자 개운해하고 있었다. 한결 생기 넘치는 단을 보던 무헌은 턱을 괴었다.

"여러 부인들이 있지만, 그녀들에겐 별 마음이 없어. 그런 걸 기본으로 둔다면, 그래. 지금 내가 가장 마음에 들어 하는 사람이 너인 건 분명하지."

"……."

재차 심장이 크게 뛰었다. 두근두근, 하고 빠르게 뛰는 박동에 맞춰서 단은 두 손을 강하게 움켜쥐었다.

정말은 갑자기 심장 박동이 커지거나 한 번 크게 울리는 그런 건 없었다. 애초에, 황제를 보고 있으면 단의 심장은 평소와 다르게 늘 빠르게 뛰는 편이었다. 그걸 들키기 싫고 인정하고 싶지도 않기에 황제와 함께 있으면 일부러라도 멀찍이 떨어져 있는 편이었다. 그럴 리 없겠지만, 이상할 정도로 빠르게 뛰는 제 심장 소리를 듣고는 황제가 뭐라 하지 않을까 싶었던 거다.

말하는 사람이야 별생각 없을지도 모르겠지만, 듣는 입장에선 그게 잘되지 않았다.

그가 자신을 보고 무언가를 말할 때마다 그게 크게 다가오는 건 어찌할 수 없었다. 어찌할 순 없지만, 방심한 상태로 그걸 죄받아들일 수도 없었다. 지금도, 농담인 듯 진담인 듯 건네는 저말에 하나하나 일일이 반응할 수 없는 것처럼 말이다.

손가락 끝이 얼얼해지는 걸 느낀 단은 손을 움켜쥐고는 천천히 움직였다. 황제 앞까지 다가와 선 단은 그를 내려다보며 입을 열었다.

"모주화가 우리 일족이 있는 곳을 우연히 알아냈을까."

"……뭐?"

앞서 황제가 한 말에 대한 답이 될 수 없는 것이었다. 계속 오가던 대화하고 맞는 구석도 없었다. 그렇기에 황제가 심히 어이없다는 식으로 저리 쳐다본다는 걸 모르지 않았지만, 단은 말하길 멈추지 않았다. 앞서 황제가 한 말에 대해선 어찌 반응해야할지 알 수 없었다. 당장으로선 피하고 싶은 마음뿐이었다.

갑자기 모주화에 대해서 말을 꺼내는 게 유쾌하지만은 않겠지만, 그건 단도 마찬가지였다. 그 자식에 대해선 많은 말을 하고 싶진 않았지만, 다음에 하게 될 말은 그게 아니었다.

앞서 황제가 많은 말을 한 것은 '궁 안에 있는 동안 갑작스럽게 이런저런 다양한 일이 생기겠지만, 그때마다 참을 필요는 없다.'라는 걸 알려 주기 위함일 터였다. 그리고 황제의 이야기 속에 나오는 사람들처럼 버티기 위해서 단은 몇 가지 확실히 알아두고 싶은 게 있었다.

"날 화부인의 먼 친척으로 그럴듯하게 꾸며서 입궁할 수 있었다고 들었어. 그들하고 어떤 거래가 오간 건데?"

하늘에서 뚝 떨어진 것처럼 갑자기 등장해도 큰 마찰이나 거부가 없이 바로 받아들여질 수 있었던 건 단의 새롭게 만들어진 가짜 신분 때문이었다. 화도 강씨는 화씨의 먼 핏줄이라 했다. 족보를 따져 보니 남이나 다름없을 정도로 멀고도 멀었지만, 화씨와 관련이 있다 하니 다들 쉬쉬해 준 거였다.

그리고 단은 화씨 성을 가진 사람을 둘이나 알고 있었다.

하나는 화부인 화소영과 숲에서 자신으로부터 저주 인형을 빼앗으려 했던 화영국이었다.

"무슨 일이 벌어지고 있는 건지 확실하게 말해주면 나도 도움이 될 수 있어. 너도 그런 생각이 아주 없는 건 아니잖아."

가짜 신분이라고는 해도 화씨 일가와 얽히게 되었다는 걸 알게 되었을 때부터 단의 머릿속은 복잡해졌다. 설마하니 숲에서 발견된 저주 인형 건을 덮어 주는 조건으로 자신을 부인으로 만든 걸까. 그런 거라면 무헌에게 있어 지나친 손해였다. 자신이 뭐라고 그렇게까지 한단 말인가. 데리고 와서 약을 먹이고 싶었던 거라면 굳이 부인으로 만들지 않아도 되었을지도 모르는데.

자신이 부인이 된 건 표면적인 이유일 뿐, 정말은 그 속에 다른 음모가 있는 건 아닐까. 늑대족인 자신 때문에, 무헌에게 곤란한 일이 생긴 건 아닐까.

무헌을 바라보는 단의 눈빛이나 표정은 대단히 진지했다. 지금껏 본 적 없는 그런 눈빛과 표정이었다. 그래서일까. 황제는 그녀에게 말하지 않는 편이 나을지도 모르는 건에 대해서, 말하게 되었다.

"폐위된 황후가 있었지. 그녀는 5년 전 이상한 짓을 벌였어. 그리고 그녀가 그 일을 저지른 건 내 치부를 들춰내기 위함이었던 것 같더군."

"……치부라니?"

무헌은 바로 답이 없었다.

턱을 괸 채로, 더없이 편안하게 앉아선 지그시 단을 바라볼 뿐이었다.

그 순간 단의 머릿속을 스쳐 지나가는 문장이 있었다.

'황제의 허물을 뒤집어써서 늑대가 되었다.'

"……."

소율태국의 황제에게 있어 치부라면, 역시 그것밖에 없는 걸까.

그 순간 단은 생각이나 행동 등, 그 모든 것들을 전부 다 하고 싶지가 않아졌다.

*　　*　　*

"정말 죄송합니다. 가, 갑자기 부인의 몸 상태가 좋지 않아지셔서─"

거의 바닥에 머리가 닿을 정도로 고개를 숙이며 송구스러워하는 영비는 보기가 딱할 정도였다. 때문에 이태감이 대신 뭐라 하려다가 담담한 황제의 얼굴을 보곤 뒤로 한 발 물러섰다.

단은 갑자기 얼굴에서 표정이 사라져선 황제를 빤히 보다가 그대로 몸을 돌려 침대 위로 올라갔다. 펼쳐진 이불 속으로 들어가나 싶더니 그대로 제 몸에 돌돌 말고 구석에 박혔다. 말 그대로 박혀서 황제가 말을 걸어도, 직접 가서 손가락으로 눌러 봐도 미동 하나 없었다.

갑자기 기분이 곤두박질친 거다.

그 이유에 대해선 짐작 가는 바가 있었다.

"부인께서도 일부러 그러시는 게 아니라 정말로 몸이 안 좋으셔서 그렇습니다."

황제의 짧은 침묵이 숨 막혔던 영비는 필사적으로 단을 두둔하려 했다. 하지만 그 모든 말은 황제에게 설득력이 없었다.

단은 결코 나약하거나 몸이 약한 사람이 아니었다. 실상 이곳에 있는 다른 누구보다 가장 건강하고 튼튼한 몸을 지니지 않았을까. 기분이 바뀌어 저렇듯 침대 속으로 파고드는 건 황제 무헌이 꺼낸 말 중 하나 때문이었다.

"주변을 물리고 푹 쉴 수 있도록 해라."

"네. 알겠습니다."

지시를 받았지만 영비나 다른 시비들이 바로 움직이지 않는 건 아직 황제인 그가 서 있었기 때문이었다. 무슨 일이 있더라도 가장 최우선으로 챙기고 확인해야 할 건 황제인 그의 상태였다. 그가 계속 이곳에 있는다면 그늘 또한 움직이지 않을 거나. 그걸 알기에 무헌은 몸을 돌려 단의 궁을 떠났다.

바깥 대문을 넘자 그곳에는 어가가 기다리고 있었다. 아직 낮이 저물지 않았기에 걷고 싶었던 무헌은 어가 옆을 지나쳐 갔다.

뒤따르던 이태감이 환관과 시비들에게 빠르게 눈짓을 보냈다. 그들이 열 걸음 이상 떨어져선 뒤를 쫓는 걸 확인한 이태감은 다시금 황제의 곁에 붙어 섰다.

정면을 응시하는 황제의 옆얼굴이 굳어 있는 걸 확인한 이태감도 두어 걸음 물러섰다.

화영국은 숲에서 발견한 저주 인형이 어디에서 난 것이고 누가 연관되어 있는지를 알아내기 위해 사방팔방으로 뛰어다녔다. 아주 열심히, 움직였다. 하지만 황제는 그런 그의 행동이 하나의 겉보기용임을 모르지 않다. 황제는 이미 판이 이찌 짜여 있고, 누가 그곳에 돈을 걸었는지를 알고 있었다. 노름판 위에서 말이 움직이는 걸 뒷짐 지고 지켜보는 건 그들만이 아니라는 걸 슬슬 알려 줘야 할 때이긴 했다.

보기가 딱할 정도로 쩔쩔 매는 화영국은 중요한 인물이 아니었다. 그럼에도 계속 뛰어다니게 둔 것은 그가 화씨이기 때문이었다. 과연 이번 일에 태상이 연루되어 있지 않은 것일까. 그 의문을 해소하기 위해서 한동안 지켜만 봤다. 그러다 결국 몇 가지 정보를 더 입수하고, 이만하자 싶어서 저주 인형 건은 덮기로 했다. 대신 단이 별 잡음 없이 입궁해서 부인이 될 수 있도록 하는 숙제를 하나 내주었다.

엄청난 사건을 묻기엔 지나치게 수월한 숙제일 수도 있고, 아닐 수도 있었다. 화씨 일가에게 있어서 의문이 드는 거래 내용이었겠지만, 그 외에 황제가 원하는 게 없으니 따르지 않을 수 없었다. 사람들은 수월한 거래 조건에 의구심을 드러내다 이내 해답을 단에게서 얻고자 했다. 바깥에 있는 황제가 마음에 두고 있던 여자를 기어이 데려온 거라면서 말이다.

정말 그런 거라면 간단한 거래가 아니었다. 총애를 받는 부인이 회임을 하고 황자를 낳는다면 새로운 권력자가 탄생하게 되는 셈이었으니 말이다. 신중하게 접근해야 하는 사안이었지만, 새롭게 만들었다고는 해도 강부인과는 먼 친척이 되는 화씨였다. 어쩌면 강부인의 득세가 그들에게도 이득이 될지도 모른다고 애써 좋게 생각하기도 했을 거다.

단순한 자들이야 그렇게 생각하고 넘겼겠지만, 아닌 사람도 있었다.

바로 태상 화도문이었다.

화씨 일가의 수장이기도 했던 그는 최근까지 감추어 왔던 그 '모임'에 대해서 먼저 드러냈다. 황제가 한 번도 언급한 적 없건만 이미 알고 있다는 전제하에 아주 편안하게 이야기를 시작했다.

'제 조카가 많이 부족하다는 걸 인정합니다. 하지만 그걸 심각하게 받아들이지 말아 주십시오. 어디까지나 어릴 때의 치기 같은 것입니다. 본인들이 알고 싶고 궁금한 것에 조금 더 깊게 파고든 것뿐이지요. 최근 젊은이들 사이에서의 유행 같은 것입니다. 궁의 숲 구석구석에 진기한 것들이

숨겨져 있으니 뭐라도 먼저 발견한 자가 내기에서 이기는 것처럼 말이지요.'

화도문의 말만 듣자면 정말 별거 아닌 소소한 사고 정도로 여겨졌다. 암암리에 그리 넘기시지요, 라는 상대의 의사를 읽어낼 수 있었던 황제는 흥미를 보이듯 옅은 미소를 지었다.

'궁에 있는 것은 흙 한 줌이라도 전부 황제의 것이다. 요즘 젊은 자들은 그런 기본적인 것도 모르는 건가. 아니면 알면서도 모르는 척을 하는 걸까.'

'알면서도 하는 것이지요. 요즘 젊은 것들은 예전의 저희 때와 달리 아주 많이 무모하고 어리석습니다. 부족한 것 없이 풍요롭게만 자라 더러는 절대로 해선 안 된다는 게 있음을 알면서도 무시하는 것이지요.'

'그리고 자네들은 그걸 귀엽다는 듯 지켜보고 묵인하는 것인가.'

'웬만한 일이라면 알아서 처리하게끔 합니다. 손을 대지 않지요. 하지만, 이번 일은 그리할 수 없기 때문에 제가 찾아뵌 것이고요.'

먼저 모임에 대해 노출하면서 그걸 문제 삼지 말아 줄 것을 청할 줄 알았는데 아니었다.

내내 편안해 보이는 미소를 머금고 있던 화도문은 바로 표정을 거두며 두 손을 모아 얼굴 앞에 대고는 깊이 고개를 조아렸다.

'앞으로 두 번 다시 그 모임이 생기는 일은 없을 겁니다. 제가 책임지고 그걸 막겠습니다.'

'막겠다는 분께서 내 눈을 피해 다른 곳에서 몰래 자리를 마련한다 하면, 그땐 어찌해야 될까.'

'그 모임이 지속되면 결국 폐하와 제 사이가 벌어지겠지요. 아시다시피 고명딸이 내명부의 부인 중 한 분이십니다. 전 자식을 안에 두고 허튼짓을 할 사람이 아닙니다.'

그래서 화영국과 함께 입궁하고 나서 다음 날 재차 찾아온 건가.

자식을 걱정하고 염려하는 건 어느 부모나 마찬가지였다. 그 애틋함에 대해선 황제도 잘 알고 있었다. 지금 그가 황제가 되어 황궁의 가장 안쪽을 차지할 수 있었던 것도 바로 그 부정 때문이었으니 말이다.

하지만, 그것이 진정 부모가 자식을 사랑하는 마음인지, 아니면 단순한 욕심인지 알 수가 없었다. 단을 대하던 그녀의 부모와 쌍둥이 동생들을 보고 나서 더 짙어진 의혹이었다. 그리고 화도문은 그 의혹에서 벗어날 수 없는 자였다.

'화소영이 입궁하게 된 건, 자네의 욕심 때문이었지.'

그 말에 천천히 고개를 드는 화도문을 내려다보며, 황제는 나직하게 말했다.

'자네의 그 지위를 견고히 다지기 위해서 딸을 내게 보낸 것이 아닌가.'

태성은 인색을 굳혔다. 부모가 흔히들 그리하듯이, 그쪽이 위험해질 것 같자 그걸 염려하고 불쾌해하는 특유의 눈빛이었다. 하지만 무헌은 그걸 믿지 않았다.

무헌은 몸을 일으켜 태상 앞으로 가 멈추어 섰다.

'그들이 무슨 말을 떠들고 의견을 주고받는지 흥미가 없진 않네. 그러니 모임은 계속되게끔 하게.'

예상치 못한 말을 들었다 생각된 것일까.

안색을 굳힌 태상은 그건 절대로 안 될 일이라는 것처럼 고개를 들었다.

'하오나, 폐하—'

'잘 유지되고 있던 모임을 망치면 그들은 생각하겠지. 아, 새로운 황제 놈이 뒤가 구린 게 있긴 하구나. 그렇기에 이렇듯 저들이 뭉치는 걸 막는 거로구나. 정말 그런 거라면 우리들도 더는 참아선 안 되는 게 아닐까. 언제라도 다시금 뭉쳐서, 뜻을 이루기 위해 함께 움직여야 하지 않겠는가, 하고 떠들거나 혹은―'

태상 쪽으로 고개를 기울인 황제는 한쪽 눈을 가늘게 떴다.

'부족하고 허물이 있는 황제는 결코 소율태국의 주인이 될 수 없다, 라는 말을 지껄여 대겠지.'

눈을 감은 태상은 고개를 저었다.

지금 황제가 하는 말은 맞지가 않다며. 그렇지 않다면서 애써 부정하려 했지만, 그조차도 지금의 황제에게 있어선 변명으로밖에 여겨지지 않았다.

더없이 차가운 눈빛으로 태상을 내려다보며 무헌은 말했다.

'나 대신에 다른 사를 황세로 세울 기회는 얼마든지 있었지. 그런데 직전에 멈춘 건 선황이 아닌 자네들이었어.'

'……폐하.'

신음을 흘리는 화도문이었지만, 무헌은 말하길 멈추지 않았다.

'뭔가가 있어서 직전에 멈춘 게 아니던가. 그리고 자네가 말한 대로 요즘 젊은 것들은 본인이 부당하다 여겨지는 것에는 저들끼리 뭉쳐서 진실을 파헤치려 들지. 그 얼마나 무모하고 어리석은가. 자네나 다른 대신들 보기엔 전부 그럴 거야. 하지만 한 가지 잊지 말게.'

무헌은 대상의 귓가에 입술은 대고는 나직하게 속삭였다.

'나 또한, 요즘 젊은 것들 중 하나라네.'

때로는 해선 안 되는 일이라는 걸 알고 있어도 하지 않을 수 없을 때가 있었다. 집요하게 매달리고 파고들어, 어떤 식으로든지 결과를 내려 할 때가 있었다.

지금 자신이 하는 이 모든 말을 가볍게 넘겨선 안 될 텐데.

속으로 생각하고 난 후 황제는 태상에게서 떨어졌다.

지나치게 의미심장한 말을 늘어놓은 것일까. 저를 올려다보는 태상의 눈빛이 흔들리는 게 보였다.

태상은 쉽지 않은 상대였고 가벼이 볼 수 없는 자였다. 하지만 황제에겐 그의 고삐를 틀어쥘 수 있는 무기가 하나 있었다.

'난 아직 자네에게 맞설 생각은 없네. 부인들 중 화소영이 가장 뛰어나. 황후라 한다면 그런 사람이 되어야겠지. 하지만 자네와 화영국이 이런 식으로 문제를 일으킨다면 내 마음이 점점 더 멀어지게 될 거야.'

주어가 생략되어 있었지만, 누구를 지칭하는 말인지 모르지 않았다. 때문에 여전히 안색을 굳힌 채로 태상은 잠자코 있었다. 함부로 제 허물을 입에 담거나 화부인을 두둔했다가 황제의 감정이 어찌 변할지 짐작할 수 없었기 때문이었다.

'자네가 날 위해 용단을 내렸으니, 이번 일은 덮어 주겠네.'

화도문이 마지막에 가서 허락했기에 단이 별 탈 없이 입궁할 수 있었던 거였다.

'하지만 별 대단찮은 일이었을 거야. 지금껏 자네가 해 온 짓들에 비하면 말이지.'

그 순간 태상의 표정이 살짝 일그러지는 것 같았지만, 크게 중요하게 생각하지 않았다. 결국에는 가문과 딸을 위해서 자신의 말을 따라야만 했다.

크고 좋아 보이는 궁이라 하나 정말은, 그 속부터 썩어 있었다.

사내보다 훨씬 더 큰 야망을 품고 있는 만만치 않은 여인들이 드글거리는 곳에 날것에 가까운 단이 버틸 수 있을까. 애초에 그녀를 데려와선 안 되는 게 아니었을까. 거기까지 생각한 무헌은 제 오른쪽 손바닥을 펼쳐선 그 안쪽을 응시했다. 손을 움켜쥐었다가 펼치고 난 후에는 다시금 고개를 들었다.

"……."

넓지만, 마음 줄 사람이 없었다.

어려서부터 본인의 저시가 다른 사람들와 다르다는 설 인지해서 곁에 두거나 가까이 하는 사람 하나 만들지 않았다. 그러다가 변화가 생겨난 건 거의 다 자라서였다. 하늘에서 뚝 떨어진 것처럼 나타난 녀석이 있었기 때문이었다. 제멋대로이다 싶을 정도로 구는 그 녀석 때문에 무헌도 조금씩 전과는 다르게 행동하고 생각하게 되었다.

자신이 먼저 다가오라고 청한 것도 아니었다. 어디까지나 단이 먼저 다가왔던 거고, 그때부터 자신이 그녀를 인지하게 된 거였다. 그런 그녀가 늑대족이었을 줄은 미처 몰랐지만, 이제 와서 그런 건 아무래도 상관없었다.

그래. 상관없다면서 무헌은 안색을 굳혔다.

*　　　*　　　*

모처럼 황제가 내명부를 찾아왔다. 황제가 먼저 부르거나 꼭 찾아뵈어야만 할 용무가 없는 거라면 쉬이 얼굴을 볼 수 없었다. 그렇기에 부인들은 그 기회를 놓치려 들지 않았다.

어느덧 황제의 곁에 몰려 있는 부인들은 하나같이 상기되고 기뻐 보이는 얼굴이었다. 짧은 사이에 용하다 싶을 정도로 화사하게 치장한 그녀들은 경쟁적으로 황제에게 잘 보이려 했고, 황제는 별 감정 없는 태도로 그녀들을 대했다. 무슨 말을 해도 반응이 없으면 허무해질 수밖에 없었다. 그럼에도 이내 '아무렴 어때나.' 싶은 상태가 되어선 더 열심히 말을 하고 떠들어 댔다.

그런 그녀들을 멀찍이서 지켜보는 눈이 있었다. 바로 매소희였다.

매소희의 시비는 웃으면서 아닌 척 황제의 팔에 살짝 손을 대는 부인의 행동에 안색을 굳혔다.

"저 요망한 것들. 웃느라 눈이 아예 보이지도 않을 지경입니다."

매소희를 모시는 시비는 황제의 곁에 몰려든 부인을 비방하는 데 거침이 없었다.

"부인, 왜 가까이 가지 않으십니까. 나서질 않으시니 저런 것들이 폐하를 독차지하고 있잖습니까."

"독차지는 누가 독차지를 했단 말이더냐. 암만 사람이 많더라도 저들을 보는 폐하의 눈빛은 냉랭하기만 하시다."

전이라면 몰랐을 차이를 최근에 들어 알게 되었다. 더 정확하게는 강부인과 함께 있는 모습을 보고 나서부터였다.

얼마 전, 강부인이 용포를 머리에 거의 덮다시피 해서 건평궁을 나섰을 때가 있었다. 어찌 저 귀한 용포를 저딴 식으로 운반하는 것인가 싶어 대번에 안색을 굳힌 매소희는 이때다 싶어 나섰다. 가뜩이나 노리던 계집이 실수하는 모습을 보였으니 그 기회를 놓치지 않을 셈이었던 것이다. 하지만 그때 매소희는 봤다. 끙끙거리면서 힘들어하는 강부인의 뒤에 서 있던 황제를 말이다.

일부러 건평궁의 계단 앞까지 나온 그는 뒷짐을 지고 서 있었다. 언뜻 보면 평소와 다름없는 모습처럼 여겨지겠지만, 매소희의 눈에는 다르게 비쳤다.

미묘하게 올라간 입꼬리와 가늘게 접힌 눈매 등이, 확연히 보였다.

자신은커녕 다른 그 누구에게도 보여 준 적 없던 미소와 눈빛이었다. 저 화부인조차도 폐하의 저 얼굴은 보지 못했을 거라면서 매소희는 손을 움켜쥐었다.

대체 그 계집이 무엇이기에 이리도 차이를 두는 걸까. 황제에게 잘 보이고자 잔뜩 몰려들어 있는 저것들보다 지금 자리에 없는 강부인이 훨씬 더 밉다면서 매소희는 중얼거렸다.

"폐하께선 그년의 처소에 잠시 머무르다가 나오시는 거겠지?"

"그렇습니다. 상궁이 강부인에게 예의범절을 가르치려 했는데 딱 그때 나타나서서 면박을 주셨다 합니다.”

“면박? 면박이라고? 그년을 두둔하기도 하셨다는 거냐?”

기가 차 하며 코웃음을 치는 매소희의 모습에 시비는 고개를 끄덕였다.

이런 말을 하면 매소희가 크게 화를 내면서 엉뚱한 행동을 할 거란 걸 모르지 않았다. 하지만 있었던 일에 대해선 제대로 알려 줘야 하는 게 그녀의 임무였기에 솔직해지지 않을 수 없었다.

“폐하께서는 강부인의 몸이 약하다 하시며, 그러시더니…….”

“왜 말을 하다 말고 말을 더듬어? 또 무슨 말씀을 하셨는데?”

“본인이 아끼는 사람이니 괴롭히지 말라는 식으로도 말씀하 셨나 봅니다.”

“…….”

매소희는 아무 말도 없었다. 그대로 굳어 버린 것처럼 입을 벙 긋도 하지 않았지만, 그게 더 두려웠다. 내내 잘 참다가 폭발해 서 큰 소리라도 나면 저 멀리에 서 있는 폐하의 귀에도 들어갈 수 있었다. 다급히 두 손을 올린 시비는 참으라고, 진정해야 한 다고 그녀를 달랬고 동시에 매소희는 긴 숨을 내쉬었다.

가슴에 한 손을 올린 그녀는 가볍게 휘청이긴 했지만, 쓰러지 지 않았고 바닥으로 굳은 시선을 떨구었다.

“부인, 참으셔야 합니다. 지금은 누가 보더라도 폐하의 총애 가 한창이니 이럴 때 건드리시면—”

“이대로 있으면 정말 큰일이 난다.”

고개를 든 매소희의 안색은 파리하게 질려 있었다.

"총애뿐만이 아니라, 화씨 일가에게 모든 권력이 이동할지도 몰라. 그리되면 내 아버님의 처시는 어찌 되셌느냐."

매소희는 소율태국 사람이 아니었다. 저 멀리 바다 건너 사막에서 온 여인으로, 그들은 사막에서 나고 자라 걷기 전부터 말을 타는 기마 민족이었다. 본진에서는 그 누구에게도 업신여김을 당해 본 적이 없었지만, 안쪽 땅에서는 또 달랐다. 사막의 좁음을 인지한 매소희의 부친 매용배는 새로운 땅과 권력을 원했다. 그렇기에 지금 그녀가 이 좁고 답답한 내명부에 묶여 있는 것이고 말이다.

만약 황제가 젊고 준수하지 않았더라면 그녀의 성격상 참지 않고 박차고 나갔을 거다. 그럼에도 참고 남아 있는 건, 황제를 처음 보는 순간 마음에 품었기 때문이었다. 다른 건 몰라도 저 사내만큼은 꼭 가지고 말겠다는 욕심이 자라났다.

바다 건너의 사막이라 하나 매용배는 만만하게 볼 자가 아니었기에, 매소희가 무례하게 굴고 큰소리를 쳐도 그 누구도 함부로 대하지 못했다. 하지만 이번에 새로운 부인이 나타나 정말로 회임이라도 하게 된다면 힘의 균형에 문제가 생길 수밖에 없었다. 내륙에 있는 놈들은 결국 저들의 핏줄을 선택할 거다. 화씨 가문이 득세하게 된다면 제 아버지는 안쪽 땅에는 발끝도 들이밀 수 없었다.

처음에는 단순히 새로운 사람이 미웠지만, 그것에만 집중해선 안 될 상황이었다.

"아무래도 더 서둘러야겠구나."

"어찌하시려고요. 아직은 모든 게 시작 단계인지라―"

"애가 들어설 팔자면 하룻밤에도 가능하다. 그러니 더는 미룰 수 없어. 어떻게든 내일 그 계집을 바깥으로 끌어내 와라. 그리고 미끼가 될 만한 것도 구해 놔."

"미끼라면……."

"물건이든 사람이든, 그 계집이 반응할 만한 걸 알아내란 말이다. 오늘 밤 안에, 당장."

지나치게 성급하게 구는 게 아닌가 싶지만, 면전에 대놓고 '어렵습니다.'라고 말할 분위기가 아니었다.

더럭 겁을 먹은 시비는 숨죽인 채로 알겠습니다, 라고 대답했다.

*　　　*　　　*

꿈속에서 단은 저를 붙들고 매달리는 사람을 달래느라 고생 중이었다.

누군지 얼굴이 보이지도 않고 주변은 죄 어두웠다. 그런 상황에서 자신에게 매달리는 존재가 두려울 만도 한데, 기이할 정도로 그런 게 없었다. 단은 그저 달래고 또 달랠 뿐이었다.

'어디를 가는 거냐. 나를 두고 너 혼자서 그리 가지 마라.'

지금 자신은 아무 곳에도 가지 않고 옆에 붙어서 있었다. 그러니 이만 눈물을 거두라 하려던 찰나 차갑게 식은 손가락이 단의 두 얼굴을 감쌌다.

'내 곁에서 나를 지켜 주렴. 나를 혼자 두면 안 된다.'

듣기가 힘들 정도로 서글픈 흐느낌에 단도 덩달아 마음이 가라앉았다.

누가 떠나기에 이리도 붙드는 거냐고, 상대가 이미 떠날 마음이라면 이러는 게 별 도움이 안 된다는 말을 해 주고 싶었다. 하지만 단도 한 번의 헤어짐이 찾아왔을 때 그걸 놓을 수 없어서 필사적으로 뒤를 쫓았다. 이대로 보낼 수는 없다고 점점 멀어지는 마차 쪽으로 힘겹게 손을 뻗으면서 몇 번이고 불러댔던 것 같다.

그런 일이 있었는데 조언이랍시고 이런저런 말을 하는 건 건방진 게 아닐까. 차라리 아무 말도 하지 말고 지켜만 보는 게 맞지 않을까.

단은 상대가 더 울지 않기를 기다렸다. 그런데도 계속 운다면 그땐 어떻게 해 줘야 하는 걸까. 끌어안고 등을 토닥이면서 이렇게 울면 힘들어질 거라고 다독이기라도 해 볼까.

정말 그렇게 할 수만 있다면 하고 싶을 정도로, 너무 슬프고, 듣고 있기가 힘든 울음이었다.

그리고 꿈꾸는 내내 울기만 하던 알 수 없는 존재 때문에 아침에 일어난 단의 안색은 칙칙해져 있었다. 누가 봐도 알 수 있을 정도로 눈 아래가 거뭇하게 돼서는 탁자에 엎드려 있었다.

보는 사람이 불편함을 느낄 만한 자세였다. 저렇게 있을 거면 차라리 안에 들어가 편하게 눕는 게 낫지 않을까 싶을 정도였다. 하지만 매화당 안에서 단에게 쉽게 말을 걸 만한 사람은 하나밖에 없었다. 그 사람이 없으니 단이 저러고 있어도 다들 말도 못 붙이고 눈치만 살피면서 해야 할 일을 차근차근 했다.

처음에는 몸이 가라앉고 기운이 하나도 없어서 늘어져 있었지만, 단도 점점 이질감을 느꼈다. 이게 뭔가 싶었던 단은 고개를 들곤 턱을 괸 채로 창문을 열고 방 환기를 시키면서 청소를 하는 시비들을 봤다.

"영비는 왜 안 오는 거지?"

전날에 단은 저녁을 먹고 뒤뜰을 걷다가 잉어에게 먹이를 준답시고 꽤 늦게 잠들긴 했다. 그런 그녀의 시중을 든 건 다름 아닌 영비였다.

내내 서 있어야 하는 건 몸에 부담이 많이 가는 일이었다. 어쩌면 피로가 쌓여서 늦게 오는 걸지도 모르겠지만, 그게 전부가 아니라는 느낌이 들었다. 영비가 안 보이고 조용히 움직이는 자들의 거동이 수상쩍게 여겨진 단은 눈을 가늘게 떴다. 유심히 저들을 하나하나 살피는 단의 매서운 눈빛에 움찔할 수밖에 없었던 시비들은 행동을 멈추었다.

그걸 본 단이 재차 물었다.

"지금 영비는 어디에 있는 건데?"

묻자마자 서로들 눈빛을 주고받는다. 거기서 저들이 뭔가를 속이려 하고 있음을 깨달은 단은 당장 몸을 일으켰다. 밖으로 나서는 단의 모습에 당황한 몇몇 시비가 급히 따라붙었다.

"부인, 저희가 알아보겠습니다. 그러니 안에 계세요."

만류하는 말을 들을 단이 아니었다.

얇은 겉옷 차림에 맨발로 성큼성큼 걷는 모습에 당황한 하인들은 급히 몸을 돌리거나 고개를 숙였다. 그러다 시비 하나가 겉옷을 하나 챙겨 와선 단의 어깨에 덮어 주려 했지만, 그걸 손으로 치워 낸 단은 곧장 뒤를 돌아봤다.

"영비의 방은 어디지?"

"저기 안쪽입니다."

단의 태도를 보아하니 무슨 말을 해도 들을 것 같지가 않았다. 차라리 원하는 걸 빨리 알려 줘서 그녀가 알아서 처소로 돌아가길 바라는 수밖에는 없을 것 같았다.

시비가 가리키는 방향을 확인 후, 단은 곧장 그리로 갔다.

영비의 방은 가장 안쪽, 구석진 곳에 있었다. 지금은 아니라 해도 겨울이 되고 찬바람이 불기 시작하면 지내기가 불편할 것 같은 위치였다. 걸어오는 내내 보였던 건물에 여기서 일하는 자들의 처소라 한다면, 딱 봐도 영비의 처소는 가장 안 좋은 곳에 있는 셈이었다. 이럴 줄 알았으면 미리미리 찾아와 보는 거였는데. 자신의 불찰이라면서 안색을 굳힌 단은 시비가 가리킨 방문을 열고선 안으로 들어갔다.

이른 새벽이라 할지라도 주인을 모셔야 하는 입장에선 슬슬 일어나야 할 때였다. 크게 하품을 하면서 애써 아침잠을 내쫓으려 하던 시비들은 갑자기 열리는 문에 뭔가 싶어 그쪽을 쳐다봤다가 서 있는 단을 발견하곤 화들짝 놀랐다. 그녀들은 곧장 일어나 자세를 바로 하곤 고개를 숙였다.

"부인, 이곳까진 어쩐 일이십니까."

방에는 시비 둘밖에 없었고 거기에 영비는 보이지 않았다.

저를 쳐다보는 당황한 시선을 알면서도 단은 침착하게 주변을 둘러봤다. 그렇게 하나하나 보다가 가장 안쪽에 놓인 낡은 침대를 확인하곤 그곳으로 걸어갔다. 이불은 가지런히 개어져선 발아래에 놓여 있었고, 바닥을 까는 천은 깔끔하게 펴져 있었다.

허리를 굽힌 단은 침대 가운데를 만져 보았다. 차게 식어 있었다.

"영비는 상궁의 심부름으로 일찍 나갔습니다."

단이 곧장 영비의 침대 앞에 서선 그 위를 만져 보자 심상치 않음을 감지한 것인지, 다른 시비가 조심스럽게 일러 주었다.

그 말에 단은 천천히 허리를 세웠다.

"어떤 상궁의 심부름을 받았기에 이렇게 일찍 나갔다는 거냐."

되묻는 단의 목소리는 가라앉아 있었다. 언뜻 듣기에도 기분이 좋아 보이진 않았다.

괜히 나섰나 싶었던 시비는 주변을 둘러봤다. 다른 시비들에게 도움을 구했지만, 다들 모르는 척 눈빛을 피한다. 그 노골적인 모습들에 아랫입술을 깨문 시비는 재차 입을 열었다.

"저도 잘 모르겠습니다. 그저 바깥에서 찾아오신 상궁께서 영비를 찾으셨고, 그 말을 듣고 와서는 새벽 일찍 일어나─"

"여기에서 일하는 자들은 모두 내 명령을 듣고 따라야 하지. 그런데 내 허락을 받지도 않고 상궁이 심부름을 시켰다고 그걸 하기 위해서 이른 새벽부터 나갔다고?"

"아니, 그것이……."

"지금 네가 앞뒤 하나도 안 맞는 말을 떠들어 대고 있다는 생각은 들지 않아?"

매서운 눈빛을 받은 시비는 급히 무릎을 꿇고 앉았다.

"저는 아무것도 모릅니다. 그저 영비가 일찍 나가 봐야 한다고 해서 그렇게만 알고 있었을 뿐입니다."

다른 시비와 문 밖에서 기다리고 있던 자들도 약속이라도 한 듯 무릎을 꿇고 앉아선 고개를 조아렸다.

"부인, 노비들을 용서해 주십시오!"

영비에게 대체 무슨 일이 생긴 건지 정확한 사실만을 듣고 싶은 거였다. 그런데 이런 식으로 무릎부터 꿇고 앉다니.

전에도 그랬지. 여기선 용서해 달라고 무릎 꿇고 머리를 숙이면 다 해결되는 줄 아는가. 지금껏 그게 통했을지는 몰라도 앞으로는 아닐 거라면서 단은 재차 말했다.

"여기에서 일하는 사람들 전부 다 집합시켜."

집합시키라는 말에도 여전히 잠자코 있는 모습에 단은 언성을 높였다.

"안 움직이고 뭘 하는 건데?!"

날 선 일갈에 당황한 시비들이 곧장 밖으로 움직였다. 다른 곳에 가 있는 자들에게 말을 전하는 소리를 들으면서 단은 다시금 영비의 침대 위를 살폈다.

설령 누군가 찾아와 뭘 해 달라고 해도 그 사실을 자신에게 알리지 않을 영비가 아니었다. 자고 있는 중이라면 문 앞을 지키는 환관을 시켰을 수도 있고, 아니면 쪽지라도 남길 수 있었을 거다. 그 무엇도 하지 않고 사람만 쏙 사라지다니. 이상하잖아.

궁 안은 사람이 몇 죽어도 아무도 모를 곳이라고 했던 말이 떠오른 단은 아랫입술을 사리물었다.

*   *   *

환관 둘에 모든 시비가 다 모이자 열 남짓이었다. 모아 두니 몇 안 되는 사람이었지만, 단의 곁에는 늘 영비 한 사람뿐이었다. 때문에 영비가 일하는 동안 이것들은 지들 편할 일만 하고 있었다는 생각을 지울 수 없었다.

그들이 모이는 동안 간단하게 차려입고 머리도 하나로 대충 묶은 단은 그들 사이를 천천히 움직였다. 단이 가까이 다가와서 매섭게 눈을 치뜨자 긴장을 감출 수 없었던 자들은 마른침을 삼키거나 시선을 피했다.

그렇게 마지막 한 사람까지 전부 다 확인하고 난 후, 다시금 앞으로 나와서 선 단은 입을 열었다.

"지난 며칠 동안 너희가 날 위해서 많은 노력을 했다는 걸 모르지 않아. 말로 표현하지 않았을 뿐이지, 늘 고맙게 생각하고 있었어. 하지만―"

단은 첫날 자신이 고까운 듯 눈을 흘겼던 시비들을 정확히 주시했다.

"처음부터 너희가 내게 호의적이었던 건 아니었잖아? 지금이야 괜찮아도 나중에는 비빌 곳 없는 내가 비참해지게 될 게 분명하다고, 그때 가서 후회할 일 만들지 말고 처음부터 가까이 하지 말자고 떠들어 댔던 건 바로 너희들이었어."

몇몇 시비가 안색을 굳히며 숨을 삼켰다. 떠들어 댔던 게 사실이기도 했고, 영비 앞에서도 몇 번이고 입을 털었던 거다. 그때 그 말을 들은 영비가 단에게 전했을지도 몰랐다.

정말은 귀가 좋았던 단이 심심할 때마다 이들이 자신에 대해 뭐라고 떠들어 대나 귀를 쫑긋 세워서 들을 수 있는 말이었지만,

그걸 모르는 자들의 눈알이 바삐 굴러갔다.

"다른 사람도 아니고 나와의 거리가 가장 가까웠던 영비가 말도 없이 사라졌어. 설마하니 이만한 일에 내가 아무것도 안 하고 조용히 넘어갈 거라고 생각한 건 아니겠지? 지금이라도 너희들 중 누군가 솔직하게 알려 준다면 전의 모든 일을 용서해 주겠어."

뒤에 숨어서 자신의 험담을 했던 것, 초반에는 필요한 게 있어도 바로 준비해 주지 않았던 것 등등을 말이다.

단이 거기까지 말하자 듣고만 있던 자들은 서로 시선을 주고받았다.

과연 무엇을 따르는 게 이득일까. 우습게만 봤던 단이었지만, 연거푸 황제가 찾고 있었고 알고 보니 저 화부인의 먼 친척이라 했다. 지금부터 차근차근 잘만 올라가면 더 귀한 신분이 될 수 있었다. 하지만 오랫동안 궁 생활을 해 왔기에 무언가를 말하기에 앞서 무척 조심스러워지는 건 어쩔 수 없는 노릇이었다. 때문에 눈치만 살피는 그들 모습에 재차 단이 말했다.

"이런 식으로 시간을 끌면 결국 너희만 안 좋아질 거야. 폐하께 말해서 전부 다 싹 갈아 달라 할 테니까. 물론, 내가 가장 아꼈던 시비가 사라진 부분에 대해서도 말씀드려야겠지."

다른 사람의 권세를 등에 업고 들먹이는 건 딱 질색이었지만, 수가 없었다. 이것들의 한없이 무겁지만, 동시에 가볍기도 한 입을 열기 위해선 황제를 들먹이는 게 최고였다.

실제로 황제를 들먹이자 헛숨을 삼킨 자들은 더 적극적으로 눈빛을 주고받았다. 그 안쪽으로는 네가 먼저 말해 봐. 네가 뭐라고 좀 해 봐. 등등의 의사가 담겨 있었다.

어디 누가 먼저 입을 여나 보자면서 어금니를 악물었다.

그때 단의 처소 입구를 지키던 환관이 입을 열었다.

"원래 부인들께서 처음 궁에 드시기 전에 폐하보다 먼저 뵙게 되는 분이 있습니다. 바로 내명부의 가장 큰 어른이시지요."

이건 예의범절을 가르쳐 주겠다면서 콧대를 세우던 상궁에게도 늘은 말이었다. 그런 말이 왜 지금 환관의 입을 통해서 나오는 건가 싶었던 단은 안색을 굳혔다. 주목 받는 상황이 부담스러웠던 환관은 조금 더 고개를 숙이곤 말을 이어 나갔다.

"예전 내명부에는 황후가 계셨습니다. 하지만 폐하께서 즉위하시기 전에 폐위되셨기에 더는 예전과 같은 권한이 없으십니다. 때문에 지금 입궁하신 부인들께서는 모두 한 자리에 모이셔서 선황께서 묻히신 땅을 향해 절을 하는 것으로 격식을 갖췄습니다. 그리고 지금 부인께서도 그와 비슷한 예법을 지키셔야 합니다. 그런데……."

"그러면 나도 선황께서 묻히신 곳의 방향으로 절을 하면 되는 거냐?"

"일단은 그런 방법이 있을 수도 있겠지만, 그것이, 아무래도 제 생각에는 영비가 폐비의 궁으로 간 것 같습니다."

폐비는 폐위된 황후였다.

그녀에 대한 말도 상궁을 통해서 들었다. 폐비가 그리되지 않았더라면 자신은 당장 그리로 달려가 절을 올려야 했을 거라는 식으로 말했었지. 하지만 폐비였다. 그런 인물을 찾아가 인사를 올리는 건 안 될 일이었다. 그런데 왜, 시비인 영비가 그곳에 간 걸까.

"영비가 왜?"

"저도 자세히 알지는 못합니다."

"……."

굉장히 애매한 정보였다.

자세한 내막을 알려 줄 수는 없지만, 영비가 그곳에 가 있을 게 분명하다는 거다. 즉, 영비를 만나고 싶다면 그곳으로 가 봐야 한다는 건데, 폐비가 그렇게 쉽게 만날 수 있는 사람인 걸까. 괜히 만나려 했다가 불똥만 튀는 거 아니야?

생각이 많아질 수밖에 없었던 단을 두고 환관은 고개를 깊이 조아렸다. 거기까지 말한 것도 꽤나 힘겨운 일이었다는 것처럼 마주 잡은 두 손이 덜덜 떨리고 있었다.

단은 굴러들어 온 돌이 알아서 눈치껏 잘해야 한다는 걸 모르지 않았다. 지금 여기서 자신은 굴러들어 온 굴이었고, 이들은 박힌 돌이었다. 그리고 부딪치면 깨지고 망가질 건 자신이 아닌 이들일 거다. 일단 포장이 잘 된 자신은 부인이었고, 황제가 자주 찾아 총애를 받는다는 인식도 심어져 있기 때문이었다.

저렇게 말하기 힘들어하는데 더 캐묻고 싶진 않지만, 하나 더 알고 싶은 게 있었다.

"그렇다면, 내가 폐위된 황태후에게 가야지만 영비를 데려올 수 있다는 거냐."

그 말에 환관은 한 번 더 용기를 내기로 했다.

고개를 든 환관은 단을 똑바로 응시하곤 말했다.

"가지 마십시오. 가셨다가 괜한 일에 휘말리게 되십니다."

"아무래도 내가 모르는 분들께선 내가 그곳에 가 그 괜한 일에 휘말리길 원하시는 것 같은데?"

"……."

사람 생각하는 건 미한가지였기에 디들 이번 말에는 꿀 먹은 벙어리가 되었다.

그걸 본 단은 이만 자리에서 물러나라고 말했다. 눈치를 보던 자들이 하나둘 자리를 떴지만, 영비가 어디에 있고 황태후에게 가지 말라 만류했던 환관은 한곳에 계속 서 있었다. 고개를 푹 숙이고 있는 그를 본 단은 재차 말했다.

"그렇게 있지 말고 네 원래 자리로 가서 일해라. 네가 무척 충성스러웠다고 폐하께 말씀드릴 테니 크게 염려치 말고."

"가, 감사합니다. 부인."

그저 말해주겠다는 것뿐인데도 환관은 크게 기꺼워했다. 이 자리에 서 있는 자신보단 없는 사람의 입김이 훨씬 더 대단하구나 싶었던 단은 고개를 들었다. 해가 떠오르면서 새벽의 공기가 옅어지고 있었다.

황제는 함부로 매화당 밖으로 나가지 말라 했다. 하지만 그건 자신에게 해를 가하려는 자들에게 있어선 대단히 재미없는 상황이겠지. 걷는 사람에게 발을 걸기 위해서는 일단 그 대상이 바깥으로 나다녀야지만 가능한 것이었다. 지금처럼 한곳에 박혀서 비호 아닌 비호를 받고 있으니, 그런 자신을 끌어내기 위해서 다른 방법을 사용하려는 거였다. 그러기 위해서 영비가 이용당한 거고…….

"……."

어느덧 하늘을 올려다보던 단의 눈동자가 단단해졌다.

*　　　*　　　*

"이곳이 폐비의 궁입니다."

설명하는 상궁의 표정은 좋지가 않았다. 그 외에 뒤따르는 다른 자들도 마찬가지였다.

왜 지금 여기까지 오게 된 것인지 도통 이해가 가질 않는다는 얼굴들이었다. 본인들이 지금 이곳에 서 있는 걸 다른 사람들이 보는 건 아닌지 몇 번이고 눈을 굴려대는 걸 모르지 않으면서도 단은 모르는 척 굴었다.

초선당. 현판이 참으로 웅장했다. 딱 봐도 높으신 분이 계신 곳이라는 느낌이 들긴 했지만, 그 외에 딱히 다른 감흥은 없었던 단은 허리에 각각 손을 올린 채 한참을 서 있었다. 그러자 뒤에서 있던 상궁이 조심스럽게 말을 꺼냈다.

"안에 들어가 보시렵니까."

그 말에 단은 곧장 상궁을 내려다봤다.

이미 답은 정해져 있는데 왜 군이 그걸 묻는 것이더냐. 그렇게 해석할 수도 있는 단의 매서운 눈빛에 당황한 것인지 상궁은 고개를 숙이는 것으로 시선을 피했다.

애초에 궁에서 가장 높으신 분께 인사를 드리지도 않았으니, 예의범절이라도 제대로 익히라는 걸 앞세워 자신을 괴롭히던 것들이었다. 예법을 익힌다 치지만, 순전히 그 의도만으로 움직인 게 아님은 단이 제일 잘 알고 있었다. 그리고 이번 영비가 사라진 일도 이들과 무관하다 생각하지 않았다.

마음 같아서야 멱살을 틀어쥐고 흔들면서 '지금 영비는 어디에 있어.'라고 하고 싶은 걸 간신히 참고 있는 거였다. 이것들은 그걸 알아야 한다면서 단은 뒤를 돌아봤다.

"금방 들어갔다가 나올 테니까 잠시 기다리고 있어라."

단이 말하는 건 타고 온 가마 주변에 서 있던 자들이었다.

알겠다며 깊이 고개를 조아리는 자들을 확인 후 단은 씩씩하게 걸어갔다. 하지만 몇 걸음 움직이지 않아서 바로 멈춰선 단은 상궁을 놀아봤다.

"거기서 뭘 하고 있어?"

앞으로 큰일이 나겠구나 싶어 사색이 된 채로 서 있던 상궁은 크게 놀랐다.

"부인, 설마……."

"설마가 아니라 같이 들어가야지. 난 아직 예법을 익힌 지 얼마 안 되는데 안에 들어가서 실수라도 하면 어쩌려고. 내가 실수하면 그건 전부 날 제대로 가르치지 못한 당신 탓이야. 나 때문에 괜히 뒤집어쓰는 건 원치 않을 것 같은데. 안 그런가?"

거기까지 말한 후 단은 양 입꼬리를 올렸다. 마치 '널 물 먹이기 위해서라도 난 반드시 안에 들어가서 깽판을 치고야 말 거다.'라는 표정이었다.

폐위된 황후가 있는 장소거늘, 티 없이 맑고 환하기만 한 단의 미소에 상궁은 기가 찼다. 설마하니 단이 이렇게 행동할 줄 몰랐던 그녀는 뒤를 돌아봤다. 그러자 지금껏 함께 움직였던 자들이 모두 고개를 반대편으로 돌린다. 너 혼자서 감당하라는 거였다. 그들의 모습에 상궁의 얼굴이 일그러졌고 동시에 단이 그녀들도 가리켰다.

"어딜 피하려고. 이제부터 우리는 한 몸이야. 내가 실수하면 당신들도 다 똑같이 뒤집어쓰게 될 거야. 그러니 한 사람도 남아 있지 말고 모두 다 따라와."

화들짝 놀란 상궁들이 '노비들을 용서해 주십시오.'라는 말을 하기도 전에 단이 재빨리 선수를 쳤다.

"따라오기 싫어 죽겠지. 그 마음 잘 기억해야 할 거야. 너희들이 내 앞에서 잘난 척 서 있을 때마다 내 심정이 그랬으니까."

정말은 다들 하나로 묶어서 담 너머로 던져 버리고 싶었다.

못된 것들의 검은 속내를 알고도 참아야 할 때에는 기분 더러웠는데, 지금은 입장이 바뀌어서 그런지 무척 신이 났다. 자신이 작은 실수라도 하나 하면 죽을상으로 뒤따라오는 상궁들이 죄 뒤집어쓸 테니 어떻게든 그걸 막아 줄 거다. 믿는 구석이 있으니 하나도 두렵지가 않다면서 단은 닫힌 커다란 문 앞에 서선 입을 열었다.

아무도 없느냐. 그렇게 해 줄 참이었지만, 마치 기다렸던 것처럼 문이 열렸다. 오랫동안 사람이 출입하지 않은 걸 알리는 것처럼 끼이익, 하고 육중한 소리를 내면서 열린 문 사이로 아집이라고 크게 써 붙여 놓은 것 같은 늙은 여자가 나왔다.

뱀처럼 날카로운 눈빛으로 가장 앞에 서 있는 단을 확인한 늙은 상궁이 물었다.

"뉘십니까."

지금껏 만난 상궁들 중에서 가장 만만치 않은 사람이라는 느낌이 왔다. 직접 부딪치고 싶진 않았던 단은 옆으로 한 발 물러섰고, 그 뒤에 붙어 서 있던 상궁이 대신 나섰다.

"이분은 이번에 새로이 오신 강부인이십니다. 안에 계신 마마께 인사를 드리러 오셨습니다."

"이 궁 안에 계신 분이 뉘신지나 알고 인사를 올리려 오신 겁니까."

그런 거 알 거 없고 영비가 안에 있는지 없는지나 확인하면 그만이었다. 솔직하게 그 말을 해 볼까 싶었지만, 일단 참았다.

단은 옅은 미소를 지었다.

"잘 알고 있지. 모르고서 여기까지 찾아오는 아둔한 자가 어디에 있겠는가."

말만 번지르르하게 하는 것들 사이에 며칠 있다 보니 이런 낯 간지러운 말도 자연스럽게 나왔다.

본인의 화법이 그리 썩 나쁘게 여겨지지 않았던 단은 희미한 미소를 지었고, 그녀의 말에 늙은 상궁은 더 크게 문을 열었다.

"들어오십시오."

내쫓을지도 모른다고 생각했는데 들여보내 주는 걸까.

의아했지만 언제 상대의 마음이 바뀔지 모르기에 단은 망설임 없이 들어갔다. 그 모습에 뒤따르던 상궁은 사색이 되었지만, 이내 문을 열어 준 상궁 춘삼의 서늘한 눈빛에 기가 죽어선 어깨를 잔뜩 웅크린 채로 단의 뒤를 따랐다.

초선당은 바깥과는 분위기가 사뭇 달랐다. 크고 넓으니 좋은 곳이라고만 막연하게 생각했는데, 거기에 음침함을 더해야 할 분위기를 풍긴다. 새벽도 아닌데 옅은 안개가 끼여 있었다. 마당에 나와 빗자루질을 하던 시비들이 단을 보자마자 예를 갖춰 인사를 올리는데 그 느낌도 사뭇 달랐다. 다들 얼굴이 하얗게 뜬 것이 어딘가 아파 보이는 인상이었다.

괜히 온 건가 하는 마음을 다잡으며 단은 제 옆에 찰싹 붙어 따라오는 상궁 춘삼에게 말했다.

"여긴 건물이고 사람이고 죄 기분이 나쁘군. 아까는 몰랐는데 지금 이렇게 보니 그쪽도 산 사람 같은 느낌이 없어."

"가장 고귀했던 분께서 하루아침에 나락으로 굴러떨어져 갇혀 지내는 곳입니다. 그런 곳이니, 말씀하신대로 멀쩡한 산 사람이 살고 있다고 볼 수는 없겠지요."

오랫동안 농축되어 있던 연륜일까. 독설에도 남다른 힘이 느껴졌다. 똑같은 말을 해도 이 사람처럼 말할 수는 없을 거라면서 단은 중간에 있던 대문을 넘어 안으로 들어갔다.

춘삼이 안내하는 대로 움직여서 온 곳은 아담한 느낌을 풍기는 별채였다. 일단은 폐비에게 인사를 올리기 위한 방문이었으니 그녀가 있는 곳에 자신을 데리고 왔을 거다. 그런데 이 넓은 곳에서도 가장 구석진 곳에 덩그러니 있는 외딴 별채로 자신을 안내하다니. 정말로 저곳에 폐비가 있는 것인가 의문이 들 수밖에 없었던 단은 춘삼을 봤다.

그녀는 별다른 말없이 안쪽으로 팔을 뻗었다. 가 보라는 거다.

단은 조금 더 뒤를 돌아봤다. 내내 싫은 티를 숨기지 않고 억지로 끌려오는 것처럼 굴던 상궁들이 중간 대문도 넘지 못하고 그 뒤에 딱 멈춰 서 있었다. 왜 저러고 있나 싶을 수밖에 없었던 단은 손짓했다. 어서 이리 오라고, 말이다.

"여기서부터는 부인만 들어가실 수 있습니다. 저들은 들어올 수 없습니다."

춘삼의 말에 상궁들 중 몇이 살았다며 가슴을 쓸어내렸다.

동시에 춘삼이 덧붙여 말했다.

"안에서 무슨 일이 벌어져도 그 누구도 부인을 도와 드릴 수 없습니다."

아마도 이게 이 늙은 상궁이 하는 마지막 경고일 거다.

보통 이 정도라면 사내라도 질겁을 하면서 물러날 것 같기는 했다. 하지만 단은 오히려 더 호기심이 생겨났다. 대체 그 폐비가 어떤 사람이기에 이렇게나 하는 건가 싶어서 담담하게 물었다.

"안에서 생기는 일 때문에 내 몸에 해가 될 것 같으면, 그때는 나도 주먹을 휘둘러도 되는 건가."

"……."

설마하니 이런 말을 할 거라고 생각하지 못한 걸까.

내내 표정에 변화가 없던 노상궁 춘삼의 눈빛이 파들, 하고 떨린다.

"내 주먹은 꽤나 단단해."

단이 보란 듯이 움켜쥔 주먹을 위로 들자 춘삼은 허, 하고 탄식을 토해 냈다.

지금껏 본인 앞에서 이런 식으로 행동하는 사람은 처음인 것처럼 굴던 춘삼은 잠시 후, 나직하게 경고했다.

"함부로 주먹을 휘두르셨다간 목이 잘려 나가실 겁니다."

이번 말에 단은 아랫입술을 툭 내밀었다.

원래 본인이 스스로를 지키는 법이었다. 그런데 안에서 일이 생겼을 때, 막거나 반격해서도 안 된다는 건가. 그게 말이 되는 거냐는 생각밖에 들지 않았던 단은 손을 내렸다.

단은 재차 덩그러니 자리하고 있는 별채를 주시했다.

저 안에 폐비라는 사람이 홀로 지내는 걸까. 괜한 오지랖을 떨 생각은 없지만, 혼자 있기엔 뭔가 좀 쓸쓸할지도 모르겠다. 동시에 단은 망설임 없이 별채로 향했다. 거침없이 걸어가 문 앞에 서는 단을 따르는 건 춘삼뿐이었다. 문을 열어 주려는 것처럼 앞으로 손을 뻗은 춘삼은 나직하게 물었다.

"그런데 정말 어찌 이곳까지 오신 겁니까. 제 보기엔 혼자서 이런 무모한 결정을 내리신 걸로는 보이지 않는데요."

"솔직히 말해서 여기에 내가 부리던 시비가 있는지만 확인하고 돌아갈 셈이었는데, 막상 이 앞까지 와 보니 마음이 바뀌었어. 안에 계신 분이 누군지 한 번 만나 보는 것도 나쁘지 않겠다 싶어진 거지."

"쓸데없는 호기심이 명줄을 줄인다는 말은 못 들어보셨습니까."

"그런 건 모르고 궁금한 게 생기면 어떻게든 알아보라는 말은 알지."

어떤 말에도 당황하지 않고 그때그때 받아치는 단의 행동에 춘삼의 입가로 미소가 번진다. 동시에 끼익, 하고 문이 열린다.

"사람을 찾으러 오셨다고 하셨습니까. 그런 이유라면 어찌 되었든 마마를 뵐 수밖에 없긴 하겠군요. 이 안에 있는 건 작은 물건 하나라도 마마의 허락을 받아야만 바깥으로 나갈 수 있으니까요."

딱 사람 하나만 들어갈 만큼 문을 연 후 춘삼은 손을 놓고 뒤로 물러났다.

단을 똑바로 응시한 춘삼은 전과 달리 무척 진지한 얼굴로 말했다.

"안에 들어가선 조심하셔야 합니다. 아무것도, 하지 마셔야 합니다. 아시겠습니까."

"인사만 올리고 바로 나올 거야."

그러니 그렇게 눈을 크게 뜰 필요는 없었다.

음침한 곳에서 있다 보니 사람도 자연스럽게 그런 분위기에 물드는 건지 노상궁 춘삼의 움푹 들어간 눈이 부담스러웠다. 조금 전 산 사람 운운하던 게 떠올라 제 앞에 서 있는 게 죽은 사람인지 뭔지 헷갈리기 시작했다.

표정 숨기는 게 능숙하지 않았던 단의 얼굴로 싫은 기색이 떠오른다. 그걸 본 노상궁은 옅은 미소를 머금은 후, 뒤로 한 발 물러서선 고개를 숙였다.

단은 살짝 열린 문 안을 살폈다.

안쪽은 어두웠다.

대낮인데 뭐 이래. 여기에 있는 사람은 방 안에 등도 안 걸어두나. 애초에 누군가 찾아와선 안 되는 상황이었던 거 아니야?

이런 곳에서 살다 보면 없던 병도 생길 것 같았다. 내내 씩씩하게 굴었지만 막상 안에 들어가려 하자 알 수 없는 거부감이 들었다. 그렇다고 노상궁이 이런 식으로 머리를 숙이고 있는데 그걸 보고만 있을 수도 없고—

단은 정말 내키지 않는 한 발을 옮겼다.

막 안으로 한 발자국 집어넣는 순간, 발끝에서부터 뭐라 설명하기 어려운 알싸한 감각이 퍼져 나갔다.

"……."

한 번 눈을 깜박인 단이 발을 빼내려 했지만, 그 전에 춘삼이 단의 허리를 툭 밀었고, 자연스럽게 몇 걸음 더 옮기게 된 단은 아예 방 안으로 들어갔다.

뒤를 돌아보자 문은 이미 닫혀 있었다.

"……뭐야."

중얼거리는 목소리가 작았다.

본능적으로 이곳이 자신이 와선 안 되는 공간임을 파악한 단은 잠시 멈춰 서 있었다. 쉽사리 움직이지 못하고 뻣뻣하게 선 채로 있다가 긴 숨을 내쉬었다.

일단 정신 차리자. 한 번 더 생각해 보고 영 아니다 싶으면 문을 열고 나가 버리면 그만이었다. 바깥에서 노상궁이 못 나오게 문을 붙들고 있을 것 같긴 했지만, 자신이 훨씬 더 힘이 셌다. 마음만 먹는다면 저런 얇은 문 열어 버리는 건 일도 아니라면서 단은 긴 숨을 내쉬었다.

이곳에 있는 건 산 사람이었다. 폐비여도 예전에는 황후였을 테니 성격이 만만치 않을 거다. 불편한 심기를 드러내면 다른 시비들이 하는 것처럼 냅다 엎드리면 되겠지. 사내를 상대로 주먹 싸움에서 단 한 번도 져 본 적 없었다. 폐비가 암만 대단하다 해도 자신의 상대가 될 순 없을 거라며 단은 천천히 안으로 들어갔다.

이런 음침한 곳에 있다 보면 안 아픈 사람도 병이 나기 마련이었다. 혼자 있는 동안 할 일도 없을 테고 이른 시간이니 아직 자고 있을지도 몰랐다. 머릿속으로 자신이 사용하는 궁의 구조를 그려 본 단은 감각에 의존해서 오른쪽으로 몸을 돌렸다. 그리고 저기 안쪽에 서 있는 사람을 발견하고는 소스라치게 놀랐다.

"헉?!"

단은 어려서부터 깊고 우거진 산 속에서 자라왔다. 산세가 험해 봤자 늑대인 단에게는 그저 탐험할 만한 즐거움밖에 주지 않는 장소였다. 때문에 환경적인 요소로는 공포나 두려움을 느끼지 않았다. 그저 귀신이 싫었다. 이야기책에서나 접했던 귀신은, 단에게 있어 유일한 공포의 대상이었다. 그리고 머리를 길게 풀어헤치고 하얀 소복을 입고 서 있는 저 여자가 귀신인지 사람인지 도통 알 수가 없었다.

설마, 귀신은 아니겠지. 그런데 산 사람치고는 정말 이상했다. 애써 태연한 척 뚫어져라 바라보는 단의 눈꼬리가 파들거리면서 떨렸다. 그러는 동안에도 상대는 평온했다. 마른침을 삼킨 단은 긴 머리카락 아래쪽으로 보이는 게슴츠레하게 떠진 눈동자를 노려봤다.

폐비가 있는 곳으로 안내를 받았으니 일단은 저 사람이 이 방의 주인인 거다.

이내 단은 무헌이 황제로 등극하기 위해서 겪어야 했던 일들을 떠올렸다.

자세히는 알지 못하지만, 폐비가 주술을 써서 다른 황자에게 저주를 내리고 본인의 아들을 황제로 올리려 했지만 실패했다고 들었다. 즉, 그녀가 실패했기에 무헌이 황제가 될 수 있었던 거고, 그녀가 저주하려 했던 상대는 다름 아닌 무헌이라는 거였다. 궁 안팎으로 황제에게 가장 총애 받는 여인으로 소문이 자자한 자신이 그녀에게 있어 보기 좋은 상대일까. 오히려 잡아먹기에 딱 적합한 먹잇감일수도 있었다.

단은 꽤 오랫동안 황태후를 노려봤다.

그러다 보니 그녀가 참으로 이상하다는 걸 느낄 수 있었다. 뭐라 설명하기 어렵지만, 그녀가 참 껄끄러웠다. 그리고, 그렇게 느끼는 건 인간인 단이 아니라, 늑대인 쪽이었다.

늑대인 자신이 저 여자는 위험하다고, 피하라고 말하고 있었다.

그 순간 단은 더 생각할 것도 없이 몸을 돌리려 했시만, 동시에 폐비가 입을 열었다.

"드디어 내 늑대가 왔구나."

문 위에 올려진 단의 손가락이 움찔하고 떨렸다.

"……."

단은 천천히 뒤를 돌아봤다. 그리고 기괴하기 짝이 없는 모습 그대로 자신에게로 돌진해 오는 폐비를 보곤 소리를 질렀다.

"으아아악—!"

잽싸게 옆으로 물러나자 근처까지 달려온 폐비가 곧장 단을 쳐다봤다. 머리카락 사이로 보이는, 지나칠 정도로 크게 떠진 눈동자가 이상했다.

아까의 노상궁처럼은 아니지만, 보고 있으면 기분 더러워지는 게 있었기에 오만상을 쓴 단은 한 손을 빠르게 제 얼굴 앞에 흔들었다.

"거기에 가만히 있어요. 움직이지 말고, 날 그렇게 쳐다도 보지 말라고요!"

의미 없는 외침이었다. 휘청이나 싶던 폐비가 정확하게 자신 쪽으로 손을 뻗자 단은 안으로 뛰어 들어갔다.

"으아악! 무서워! 왜 아무도 안 들어오는 건데?!"

애초에 문 쪽으로 몸을 날려야 했을까. 괜히 안으로 들어왔다면서 단은 좁지 않은 방 안을 뛰어다녔다. 몸놀림이 빠른 걸로 어느 정도 자신이 있었는데, 폐비도 꽤나 끈질겼다. 포기하지 않고 계속해서 뒤따라오자 단은 재차 다급한 소리를 질렀다.

너무 우악스럽게 소리를 질러서 이것들이 모르는 척하는 걸까. 가늘고 길게 여성스럽게 비명을 질러야 하는 걸까. 그때 단은 아슬아슬하게 폐비의 손을 피해서 의자 위로 뛰어올라 왔다.

그리곤 근처에 있는 장식장에 걸려 있던 걸 봤다. 끝에 뭔가가 달려 있는 걸 보니 채찍인 것 같았지만, 지금은 그런 걸 세세히 따질 때가 아니었다. 채찍의 손잡이를 붙잡은 채로 단은 어느새 의자 아래까지 다가와 선 황태후를 내려다봤다.

"더 가까이 오지 마요! 내 말 안 들으면 내가 뭘 할지 나도 몰라!"

"드디어 내 늑대가 왔어."

"......"

"나의 늑대가 내 원한을 풀어주고, 지금의 가짜 황제를 몰아내고 진짜 황제를 세우는 거야."

점점 더 알아먹을 수 없는 말을 하는 폐비였지만, 단은 그 말에 귀 기울 수밖에 없었다.

단에게서 시선을 떼지 않은 황태후는 두 손을 위로 들었다.

"내 사랑스러운 늑대야. 부디 내 아들을 황제로 만들어 주렴. 그렇게 약조되어 있지 않았니. 지금 황제 자리에 있는 그것은 맹약에 걸맞은 자가 아니란다."

단에게로 향해진 두 손이 덜덜 떨리고, 폐비의 뺨을 타고 뜨거운 눈물이 흘러내렸다.

"가짜 황제를 내쫓고, 진짜 황제를 세워 주렴. 그러기 위해서 네가 존재하는 것이니―"

"......"

폐비는 단이 보통 인간이 아닌 늑대족임을 간파해 냈다. 그걸

그녀가 어떻게 아는 것인지는 알 수 없지만, 그렇다 해서 그녀의
말을 듣고만 있을 순 없었다.

가짜 황제라니. 무헌이 가짜라는 거야. 뭐야.

예전에 위험한 일을 벌였던 사람이 아직도 반성도 없이 저런
되지도 않는 소리를 늘어놓는구나 싶었던 단은 고개를 저었다.

"지금의 황제는 무헌이고 그 녀석은 가짜가 아니에요. 그가
진짜 황제라고요."

"……."

원하는 답이 아니었던 걸까.

황태후는 두 손을 움켜쥐었고, 그 손등으로 핏줄이 선명하게
올라왔다.

"……그래. 그랬었지."

긍정적인 대답에 단의 표정이 밝아진다. 이제야 대화가 통하
는 상태가 된 건가 싶었지만, 폐비의 혼잣말은 끝난 게 아니었
다.

"그가 날 속였어. 날 부추겨서 일을 치게 만들고, 결국에는 그
여자의 아들을 황제로 만들었어."

아득, 하고 살벌하게 이 가는 소리가 들린 후 폐비는 단을 노
려봤다.

"나와 내 아들을 버리고, 그년의 아들을 선택한 거야!!"

외침과 동시에 폐비가 달려들었고, 놀란 단은 손잡이를 당겼
다.

당황해서 저도 모르게 평소보다 훨씬 더 힘이 들어간 걸지도 모르겠다. 장식장이 앞으로 크게 기울자 놀란 단이 그리로 고개를 돌렸고, 장식장이 옆으로 쓰러졌다. 이대로 있다간 폐비가 장식장에 깔릴 판인지라 단은 재빨리 그녀를 걷어찼고, 동시에 이것저것 할 것 없이 죄 박살 나는 소리가 요란하게 울려 퍼졌다.

큰 소리 후, 무거운 적막이 실내에 내려앉았다. 동시에 단은 장식장 옆에 쓰러져 있는 폐비를 보곤 으아ᅳ 하고 신음을 흘렸다.

"큰일이다."

이건 정말 큰일이었다. 다른 건 몰라도 횡태후를 걷어찬 느낌이 발끝에 생생하게 남아 있었다. 이를 어쩌나 싶은 생각밖에 들지 않았던 단의 얼굴이 일그러지고 동시에 바깥이 소란스러워졌다.

암만 소리를 질러도 꿈쩍도 하지 않았지만, 물건 박살 나는 소리에는 움직이지 않을 수 없었던 모양이었다. 눈치를 보던 단은 잽싸게 쓰러져 있는 폐비 옆으로 가서 엎드리듯 누웠다. 만약 이때 이 이상한 여자가 벌떡 일어나 덮치면 정말 답 없는 거였지만, 어쩔 수 없었다.

단의 머리가 바닥에 닿는 순간 문이 활짝 열렸다.

"무슨 일이십니까?! 헉ᅳ?!"

그들이 생각한 것보다 훨씬 더 엄청난 상황이었던 걸까.

하긴 침실과 바깥쪽을 구분하듯 세워져 있던 장식장이 넘어간 거니까 엄청난 사건이겠지만, 일단 사람부터 끌어내야 하는 게 아닐까.

하지만 다들 바깥에 서 있기만 할 뿐, 그 누구도 들어오려 하질 않았다. 엉거주춤하게 선 채로 어쩌면 좋지, 같은 말이나 중얼거리는 걸 들은 단의 미간으로 주름이 잡힌다.

저 답답한 것들. 일단 들어와서 폐비부터 일으켜 세워. 그리고 내 옆에서 떨어뜨리란 말이야.

그때 노상궁 춘삼의 목소리가 들렸다.

"일단 바깥으로 뫼시거라. 다친 곳이 없으신지 확인해 봐야겠다."

그제야 단은 안심했다.

춘삼의 지시에 따라 안으로 들어온 누군가 제 몸에 손을 대는 순간 단은 몸에 힘을 주지 않으려 노력했다.

환관의 등에 업힌 단은 가뿐하게 들려져서 방 밖으로 나올 수 있었다. 그 순간 한쪽 눈을 가늘게 뜬 단의 시야에 담기는 건, 정확하게 저를 보고 있는 노상궁이었다. 표정 없는 얼굴로 보는 것이 마치 '난 네가 한 짓을 전부 다 알고 있다.'라고 하는 것만 같았다. 정말 가늘게 눈을 떴지만, 그것조차도 들킨 건가 싶었던 단은 급히 눈을 감았다.

그렇게 단이 업힌 채로 나오자 바깥에 서서 기다리고 있던 상궁이 사색이 되었다.

"이게 대체 어찌 된 겁니까."

기다리는 동안 안에서 큰 소리가 나는 걸 듣긴 했다. 그래도 설마 싶었던 단이 환관의 등에 업힌 채로 나오자 눈앞이 아찔해 졌다.

만에 하나라도 단의 몸에 문제가 생긴다면 전부 자신의 탓이 될 터였다. 사색이 되어서 어쩔 줄 몰라 하는 상궁을 두고 환관 이 급히 말했다.

"일단은 내의원으로 모셔야겠습니다."

"그, 그러지 말고 매화당으로 모시거라."

내의원으로 옮기는 동안 이 모습을 많은 사람이 볼 수도 있었 다. 그걸 두고 무슨 말이 나올지 몰랐다. 일단은 매화당으로 옮 긴 후에 그곳으로 의사를 부르는 게 낫겠다 싶어서 꺼낸 말에 환 관의 표정이 굳는다.

이런 일이 생겼는데도 일을 감추기에 급급한 상궁의 속내를 알 것 같았던 환관은 탐탁지 않은 투로 알겠습니다, 라고 말했 다. 저를 바라보는 환관의 눈빛이 굳어 있었지만 어쩔 수 없었 다. 큰일이라는 생각밖에 안 들었던 상궁은 단을 업은 환관과 함 께 종종걸음을 옮겼다. 바깥에서 기다리고 있을 가마에 올라서 단을 옮길 생각만 하고 있었던 상궁은 대문을 열자마자 보이는, 바깥에 서 있는 인물을 확인하곤 숨을 삼켰다.

정말 놀라서 얼어 있는 동안 환관이 먼저 예를 갖췄다.

"매부인을 뵈옵니다."

그제야 정신이 든 상궁과 다른 이들도 전부 고개를 숙였다.

"매부인께 인사드립니다."

그제야 매부인도 그들의 존재를 알아차린 것처럼 그리로 고개를 돌렸다.

"꽤나 소란스럽구나. 대체 무슨 일이 벌어진 것이더냐."

매부인이 묻는 말에 상궁이 고개를 들었다.

매부인을 따르는 시비들의 팔에는 작은 꽃바구니가 들려 있었다. 언뜻 봐서는 산책 중에 우연히 마주친 것처럼 꾸미고 있었지만, 눈에 보이는 게 전부가 아님을 잘 알고 있었다.

상궁은 낭패스러워했지만, 크게 당황하는 얼굴은 아니었다. 긴장된 눈빛을 던지는 상궁을 두고 매부인은 짧게 고개를 끄덕였다. 그것이 어떤 표시인지 모르지 않았던 상궁은 고개를 돌렸다.

의식을 잃은 척하고 있는 단을 업고 있던 환관은 상궁의 시선에 안색을 굳혔다. 설마, 아니겠지. 그런 표정을 짓는 환관이었지만, 상궁은 단호하기까지 했다. 자신이 이렇게 보는데 왜 알아서 눈치껏 행동하지 않는 것이냐는 투였다.

궁에서 오래 생활을 해 왔던 환관은 눈빛에서 여자들이 주고받는 그 의미를 모르지 않았다. 그렇다 해서 선뜻 단을 내어 줄수 없었다. 때문에 머뭇거리는 동안 참다못한 상궁이 언성을 높였다.

"뭘 하시는 건가. 어서 부인을 가마로 모시지 않고."

가마에 태우는 건 문제가 되지 않았다. 마음에 걸리는 건 가마에 태워진 강부인의 행선지였다. 그리고 상궁은 예를 갖추며 매부인에게 청했다.

"저희가 지금 경황이 없어 부인을 보살피는 데 부족함이 있을지도 모르겠습니다. 그런 저희를 대신해서 매부인께서 강부인의 상태를 살펴봐 주시지요. 아니면 이곳에서 매부인의 처소가 가까우니, 먼저 그곳으로 옮기셔도 되겠고요."

"내가 그런 번거로운 일을 꼭 해야만 하는 건가. 이것 참……."

정말 내키지 않는 얼굴로 매부인은 환관에게 업혀 있는 강부인에게 다가가 섰다. 단의 곁에 서선 그녀를 내려다본 매부인의 입꼬리가 살며시 올라간다.

"대체 무슨 일이 벌어진 건지 모르겠지만, 소문과는 달리 연약한 꾀꼬리 같구나."

의식을 잃은 채로 아무것도 하지 못하는 여린 꾀꼬리를 처리하는 건 일도 아니었다. 마음만 먹는다면 눈 깜짝할 사이에 목을 부러뜨리는 것도 가능하다면서 매부인은 뒤를 돌아봤다.

근처에 자리하고 있는 건 단이 타고 온 가마였다. 하지만 저런 걸 타고 가면 사람들 눈에 띌 수밖에 없었다. 매소희는 근처에 서 있던 시비에게 눈짓했고, 그걸 본 시비는 뒤를 돌아봤다. 함께 온 시비들 중에서 가장 몸이 좋고 건강해 보이는 시비가 나서서 환관 앞에 섰다.

"암만 위급한 상황이라 하나 사내가 부인의 몸에 손을 대서는 안 될 일이지요. 제가 대신 업겠습니다."

사내라 해도 환관은 사내구실을 못하는 자였다. 그리고 급한 상황에선 누가 부인을 업든지 그게 무슨 상관인가 싶었다.

이들이 하는 말은 앞뒤가 맞지 않았다. 그걸 알고나 있는 건가 싶으면서도 여기서 발언권이 없었던 환관은 단을 넘길 수밖에 없었다.

다른 시비들까지 달라붙어서 단을 옮겼다. 그걸 잠자코 보고만 있던 단의 시비들은 초조할 수밖에 없었다. 매소희가 이대로 단을 데려가 버리면 그녀가 무사할 리가 없었다.

정말 단에게 문제가 발생했을 경우, 자신들이 그에 대한 뒷감당을 할 수 있을까. 영비처럼 충성스럽게는 굴 수 없다 치더라도 어느 정도 나서는 시늉은 내야만 하는 상황이었다. 결국 시비들 중 하나가 조심스럽게 말을 꺼냈다.

"가까운 곳에 내의원이 있으니 그곳으로 부인을 모시겠습니다. 저희 부인께서도 그걸 원하실 겁니다."

그 순간 매소희의 얼굴에서 표정이 사라졌다.

노골적인 불쾌함을 드러낸 매소희는 시비를 노려봤다.

"그게 대체 무슨 소리더냐. 지금 강부인이 내 성의를 무시하겠다는 걸로밖에 안 들리는구나."

단을 내의원으로 모시겠다 말한 건 시비였다. 시비의 말을 마치 단이 하는 것처럼 해석하자 당장 말문이 막혔다. 그런 게 아니라고 하려 했으나 매소희와 함께 온 시비들의 눈빛이 매섭다. 너 따위가 감히— 라면서 당장에라도 머리채를 쥐고 흔들 기세인지라 시비는 사색이 되었다.

"그것이 아니오라, 부인의 상태가 위중하시니 조금이라도 빨리 의원에게 보이는 게 낫겠다 생각되어서……."

"그렇기에 더더욱 내게 맡겨야 하지 않겠더냐. 나처럼 살뜰하게 강부인의 상태를 확인하고 보살펴 줄 사람이 달리 어디에 있겠느냐. 안 그러냐."

"……."

보살피는 게 아니라 쥐도 새도 모르게 제거하려는 건 아닌지 그것이 염려되었다. 사색이 된 시비를 하찮다는 듯 흘겨본 매소희는 턱짓했다.

더는 사람 좋은 척 웃기도 성가시고 이 재수 없는 장소 앞에 서 있고 싶지도 않았다. 어서 저 꾀꼬리를 제 손아귀에 넣어야만 했다. 생각보다 훨씬 더 연약하고 나약해 보이니 몇 마디 해 주면 금방 알아먹을 거다. 폐하의 총애를 믿고 건방을 떨려 한다면 등짝의 가죽을 죄 벗겨 버릴 거라면서 매소희는 먼저 몸을 돌렸다.

성큼성큼 빠른 걸음을 옮기는 매소희를 확인한 그녀의 시비들도 서둘렀다. 이미 단을 등에 업고 있었던 시비도 걸음을 서둘렀고, 그 옆을 따르는 시비들은 들고 온 천으로 단을 감추듯이 덮어 버렸다. 뒤에 남겨진 단의 시비와 환관은 애가 타 발을 동동 굴렸다.

내내 눈을 감고 주변에서 벌어지는 모든 일을 모르는 척하고만 있던 단은 머리가 복잡해졌다.

앞서 단이 텃밭을 일구었을 때, 매소희를 본 적이 있었다. 지금처럼 갑자기 나타나서 화부인을 모욕하는 말을 하곤, 제 할 말이 끝나자 그냥 가 버렸지. 그런 그녀가 지금 나타나는 것 자체가 좋은 의도가 있다고 여겨지지 않았다. 이대로 자신을 데리고 가서는 대체 무슨 짓을 하려 할 셈일까. 보나마나 좋은 꼴 당하기는 글렀다면서 단은 인상을 썼다.

어쩐지 오늘 아침 눈을 뜰 때부터 기분이 안 좋았다 했다.

영비가 보이지 않았을 때 그냥 황제에게 연락을 넣는 거였는데. 지금 내가 가장 아끼는 시비가 사라졌는데, 암만 봐도 이상하다고 말이다. 동시에 그런 한심한 이유로 황제에게 연락을 넣는 것 자체가 좀 이상하지 않나 싶었던 단은 잔뜩 인상을 썼다. 심각한 단을 두고 시비들의 걸음은 점점 빨라졌다.

이대로 생각만 할 때가 아니라 결단을 내려야만 했다.

애초에 누군지도 모르는 것들에게 끌려가고 싶지 않다면서 단은 잔뜩 몸에 힘을 주었다.

"억ㅡ!"

단을 업고 씩씩하게 잘 걸어가던 시비가 숨을 삼키더니 몸을 구부렸다.

"왜 그러니, 똑바로 일어서서 제대로 걸어야지."

타박하는 말에 단을 업은 시비는 당황했다.

"아니, 그게 아니라⋯⋯."

지금 갑자기 강부인이 무거워졌다. 처음 업을 때만 하더라도 깃털처럼 가벼웠었는데—

하지만 그 짧은 사이에 사람이 갑자기 무거워질 리가 없었다. 솔직하게 말해도 다들 무슨 소리를 하는 거냐고 뭐라 할 게 분명했다.

안색을 굳힌 시비는 고개를 들었고, 이상한 낌새를 눈치챈 것인지 뒤를 돌아보는 매소희를 봤다. 그 순간 움찔하지 않을 수 없었던 시비는 급히 한쪽 무릎을 세웠다. 그때 단이 시비의 목을 한 팔로 감아선 힘을 주었다. 목이 졸리면서 온몸에서 힘이 빠져나간 시비는 꽥, 소리를 지르면서 앞으로 고꾸라셨다.

"아이고, 얘가 왜 이래—"

지금은 오래 알고 지내던 동무나 다름없던 시비가 앞으로 고꾸라진 것보다, 이걸 매부인이 보고 있다는 게 더 문제였다. 이러다가 불호령이 떨어지는 게 아닌가 싶어서 어서 일어나라고, 지금 무얼 하는 거냐고 타박했다. 하지만 그 말에도 단을 업고 있는 시비는 꿈쩍도 못 하고 엎드린 채로 헉헉, 하고 신음을 삼켰다.

이리 보니 옆얼굴이 새파랗게 질려 있었다. 갑자기 몸이 안 좋아진 걸까. 그런 생각을 지울 수 없었던 다른 시비들은 급한 대로 단의 어깨에 손을 댔다. 하지만 단을 일으켜 세우려 해도 꿈쩍도 하지 않았다.

"아니, 왜 꿈쩍도 하지 않는 거냐?"

"장난하지 말고 손에 힘을 제대로 줘. 지금 들고 있는 거 맞아?"

"물론이지. 이런 상황에서 내가 장난칠 리가 없잖아. 지금 있는 힘을 다 쏟고 있는데—"

시비는 보란 듯이 어금니를 악물고는 있는 힘껏 단을 들려 했다. 하지만 단은 꿈쩍도 하지 않았고, 바로 그때 멀찍이 떨어져 있던 매소희가 이리로 오는 게 보였다. 큰일이다 싶었던 시비는 급히 손을 움직이다 단의 뺨을 손톱으로 살짝 긁었다. 사악, 하고 아프게 뺨을 긁는 느낌에 당장 단의 미간으로 주름이 잡히고 동시에 매소희가 코앞으로 다가와 섰다.

"지금 네년들이 죽고 싶어서 이러는 것이더냐."

분명 은밀하고 신속하게 움직여야 할 일이라고 몇 번이고 강조를 했었는데 이 무슨 멍청한 짓들인가 싶어 매소희는 단단히 부아가 난 얼굴로 시비들을 매섭게 노려봤다.

결코 일부러 이러는 게 아니었기에 시비는 재차 단의 어깨에 손을 올리곤 변명을 하려 했다.

"거기, 무슨 일인가."

"……."

익숙한 목소리를 듣는 순간 매소희의 표정이 사악 굳는다. 동시에 쿵, 하고 심장이 내려앉았지만 빠르게 표정을 수습한 그녀는 뒤를 돌아봤다. 그리고 이리로 다가오는 화부인을 보고는 이를 갈았다.

순간적으로 치미는 화를 억누를 수 없어 저도 모르게 큰 소리를 낼 뻔했다. 왜 지금 여기에 네가 나타나는 거냐고, 아는 척하지 말고 가던 길 마저 가라며, 썩 꺼지라는 말이 목구멍 앞까지 올라왔지만, 힘겹게 참은 매소희는 눈을 내리떴다.

단을 업은 시비는 이미 혼절을 한 것 같았고, 그 양옆에 쪼그리고 앉은 시비는 사색이 되어 있었다. 식은땀을 흘리며 어쩔 줄 몰라 하는 한심한 모습을 보자니 매소희는 속이 뒤집혔다. 그렇다고 그런 내색을 계속 드러낼 순 없는 노릇이었기에 매소희는 다가오는 화소영 앞으로 움직였다.

뭔가 냄새를 맡은 게 있으니 지 애우가 찾아온 거란 걸 모르지 않았다. 빠른 걸음을 옮겨서 화부인 앞을 막듯이 선 매부인은 먼저 시비조로 말을 건넸다.

"평소 이곳으로는 걸음도 하지 않으시던 분께서 웬일이십니까."

"지금 그 말 고스란히 돌려주고 싶군요. 평소 재수 없다면서 이쪽으로는 고개도 틀지 않던 부인이 웬일이십니까."

"……."

지금 화부인의 말 속엔 평소와 다르게 가시가 박혀 있었다.

둘이 대화를 나누면 시비를 거는 건 매부인이고, 그걸 알면서도 옅은 미소를 짓는 건 화부인이었다. 그걸 두고 위선자라면서, 속으로는 분명 자신의 욕을 하고 있을 거라 비난을 하긴 했지만, 막상 또 화부인이 날을 세우자 적응이 되질 않았다. 덧붙여 뒤에

있는 단을 생각하지 않을 수도 없었던 매소희는 애써 입꼬리를
올렸다.

"이렇듯 제 행적에 관심이 많으실 줄은 몰랐습니다. 이럴 줄
알았더라면 더 조심해서 움직일 걸 그랬습니다."

"조심해서 움직이신다 해도 워낙에 소란스럽게 구니 모르는
척 눈을 감아 줄 수가 없더군요."

화부인은 한쪽 눈썹을 살짝 들고는 달래듯 말했다.

"새로운 사람은 아직 궁 생활에 익숙하지 못합니다. 그런 만
큼 모르는 걸 알려 주고 잘 보듬어 줘야지요. 이런 식으로 괴롭
혀선 되겠습니까."

"괴롭히다니요. 듣고만 있기가 곤혹스럽군요. 저는 어디까지
나—"

"강부인을 처소로 데리고 가서 뭘 어쩌시려고요. 식초향으로
억지로 정신 차리게 해서는 뙤약볕 아래에 무릎이라도 꿇리시렵
니까."

대번에 안색을 굳히는 매소희였지만, 화소영은 거기서 멈추지
않았다.

보란 듯이 고개를 들어선 먹구름이 깔린 하늘을 보고는 아아,
하고 말했다.

"오후에는 비가 내릴 것 같군요. 이럴 때 몸이 약한 강부인이
비를 맞으면, 더 큰 병을 얻을 수도 있겠습니다."

다시금 고개를 내린 화부인은 '내 말이 틀리더냐.'라고 묻고

있었다.

원래 다른 누군가 제 앞에서 건방 떠는 걸 참지 못하는 매소희였다. 처음이야 강부인을 몰래 데리고 갈 생각으로 싫어도 웃는 척했지만, 더는 아니었다. 살살 속을 긁어대는 화부인이 언짢았기에 그 불편한 속내를 감추지 않고 드러냈다.

"어차피 나와 같은 마음이시면서 아닌 척하지 마십시오. 역겨우니까."

내명부에 있는 부인들 중에 강부인처럼 관심을 받았던 사람이 없었다. 그로 인해 애가 끓는 건 화부인도 마찬가지일 거다. 그런데 아닌 척 짐잔 떠는 모습이라니. 그 가식적인 모습에 구역질이 났다.

네 검은 속내는 내 다 알고 있으니 더는 숨기지 말고 솔직하게 드러내 보라면서 도발적인 시선을 던지는 매소희를 두고 화소영은 손으로 입을 가리며 웃었다. 옅은 미소를 지은 후, 긴 한숨을 쉰 그녀는 고개를 듦과 동시에 앞으로 움직였다.

가까이 다가오는 화부인을 두고 매소희의 눈꼬리가 파들, 하고 떨린다.

얼굴을 마주하는 것만으로도 기분 더러운 여자였다. 그런데 왜 다가오는 거냐고 하려던 찰나, 화소영이 매부인 옆에 서선 천천히 붉은 입술을 열었다.

"황제의 총애를 받는 여자를 모두 잡아 족치면, 그걸로 대신 큰 사랑을 받을 거라 생각하십니까."

"……."

"그런다고 과연 황제가 당신에게 마음을 줄 것 같으냐 말입니다."

매소희의 머릿속이 검게 죽었다가 서서히 밝아졌다. 그만큼, 지금 화부인의 행동과 지껄이는 모든 말이 큰 충격으로 다가왔다. 그동안 어떻게 참았나 싶을 정도로 매끄럽게 혀를 휘두르며 쏘아대는 독설에 매소희의 눈꼬리가 파들, 하고 떨렸다.

"네년이 감히 나를—"

"말 함부로 하지 말고 행동도 조심해야 할 거야. 이 미련한 사람아."

사람은 큰 충격을 받으면 아무것도 할 수 없게 되었고, 지금 매소희가 그랬다.

앞서 화소영이 떠든 말로도 충분히 모욕적이었다. 하지만 그건 뒤이어 내뱉는 말에 비할 바가 못 되었다.

지금 무슨 말을 들은 건지. 정말로 자신에게 그딴 식으로 지껄인 건지. 이해가 잘 되지 않는 눈빛과 표정으로 바라보는 매소희를 두고, 화소영은 붉은 입술을 열었다.

"너에게 일이 생기는 즉시 네 아비가 배를 타고 바다를 건너 이곳에 도착할 수 있을 것 같더냐. 그 전에 네 그 잘난 목이 잘려서 바다 속으로 던져질 거야. 그리고 네 아비는 운이 좋으면 살아서 대륙에 도착할 것이고, 아니라면 성난 바다의 진상품이 될 것이다."

매소희의 부친인 매용배는 바다 건너 사막의 용맹한 전사였다. 하지만 그것은 그곳 환경과 맞물려 얻어 낸 명성이었다.

튼실한 말을 타고 사막을 내지르는 자들이 성난 바다를 무조건 이길 것이라는 보장은 그 어디에도 없었다. 운이 나쁘게도 동쪽 바다는 언제나 늘 거칠고 매서웠다. 1년 중 바다가 잠잠해질 때는 40일도 되지 않았다. 그 시기를 맞추지 않고 억지로 바다를 건너려 한다면 침몰밖에 없었다.

뛰어난 전사와 튼튼한 말, 그리고 한 번에 사람 셋도 꿰뚫는다는 장궁이 죄 무슨 소용일까. 그것도 전부 바다를 건너와야지만 매소희의 실질적인 힘이 될 수 있었다. 한 달도 넘는 기나긴 여정을 통해서 말이다.

하지만 화소영이 사람을 끌어 모은다면 열흘도 길었다. 나흘이면 충분했다.

매소희의 목을 잘라 궁 밖으로 던지고 얼마든지 사막의 야만족을 상대할 채비를 갖출 수 있었다. 혹독한 배 멀미에 시달리고 제대로 챙겨 먹지 못해서 몸이 축날 대로 축난 전사들을 처리하는 건 어린애 손목을 꺾는 것과 별반 다름이 없었다.

대부분의 사람들이 만약의 상황에 대해 대비하고자 매소희를 어려워했지만, 화소영은 더는 그러고 싶지가 않았다. 언제까지 이 망둥이 같은 계집이 내명부를 어지럽히는 걸 지켜만 볼 수 없었다.

"한 번만 더 이런 우습지도 않은 수작을 부린다면, 그땐 내가 어찌 행동할지 모르니 자중해야 할 거다."

"……."

지금껏 그 누구에게도 들어 본 적 없는 말이었던 걸까. 넋이 나간 것처럼 멍하니 올려다보는 매소희를 두고 화소영은 그녀를 지나쳐 갔다.

단과 실랑이 중이었던 시비들은 다가오는 화부인을 차마 똑바로 보지 못했다.

"부, 부인. 저희는 그저 시키는 대로 따랐을 뿐입니다."

"주인이 잘못된 행동을 하려 했을 때 그걸 막는 것도 너희 역할이다. 장님과 벙어리 노릇만 하려 한다면 궁에서 나오는 밥을 먹을 자격도 없지. 당장 이것들에게 곤장 스무 대를 내리고 궁 밖으로 내치거라."

그 말에 화소영의 시비와 나운이 움직였다.

날벼락이나 다름없는 벌을 받은 매소희의 시비들은 겁에 질렸다. 궁 밖으로 나가라니. 있을 수 없는 일이었다. 그들은 다급히 용서를 구했지만, 화소영은 눈 하나 깜박이지 않았다. 그들이 억지로 끌려 나가고 난 후, 나운은 시비의 등에 엎드리듯 누워 있는 단을 조심스럽게 부축해서 일으켜 세웠다.

환관에게 눈짓을 보내자 앞으로 달려온 자가 등을 보이고 앉는다. 그곳에 단을 업히고 난 후에, 단에게 깔려 있던 시비의 어깨를 잡아 흔들었다.

"기절한 척하지 말고 어서 일어나라. 어서, 어머―"

냉랭하게 말하던 나운이 끝에 가서 당황한 소리를 내자 화부인이 물었다.

"왜 그러는 거냐."

"정말로 혼절했습니다."

나운은 시비의 얼굴을 잡아 옆으로 돌렸다. 반쯤 감겨진 눈꺼풀 사이로 허옇게 돌아간 눈이 보였다.

"그늘진 곳에서 정신 차리기를 기다렸다가 내가 말한 대로 처리해라."

"알겠습니다."

혼절한 자가 얼마나 몸이 좋고 무거운지 시비 둘이 달라붙어서 끌어도 힘들었다. 끙끙거리면서 안쪽으로 옮겨지는 걸 확인 후 화소영은 몸을 돌렸다. 단을 업은 환관이 그녀의 뒤를 따랐고, 동시에 나운이 다가와 서선 말했다.

"괜히 건드린 게 아닐까요."

조금 전 화부인이 매소희를 대하는 걸 보고 속이 시원했지만, 나중을 생각하지 않을 수 없었다.

"두려운 상대는 아니지만, 성가시잖습니까. 계속해서 부인을 괴롭히지는 않을지 걱정이 됩니다."

"내가 한 번 경고했는데도 한 번 더 이런 짓을 꾸민다면, 그땐 내가 손을 쓰지 않아도 알아서 죽게 되겠지."

암만 그래도 가문의 힘이 있는데 죽기야 할까. 계속 살아남아서 화부인을 괴롭히지 않을까 싶었던 나운은 단을 바라봤다.

환관의 어깨에 뺨을 기대고 눈을 감고 있는 이목구비가 단아했다. 피부가 뽀얗고 흰 데다가 눈썹은 반달처럼 유려하고 콧날이 높고 입술도 도톰했다. 길고 풍성한 머리는 부드러워 보였고, 힘없이 떨궈진 손목은 힘주어 잡으면 부러질 듯 가느다랗다.

몸이 약한 편이라 하더니 정말인 것 같았다. 하지만 무릇 사내들은 이런 품 안에 폭 들어오는 여인에게 더 끌리기 마련이었다.

"어려 보이시는데 어여쁘십니다."

전에는 황제와 함께 있어 제대로 보지 못했는데, 이리 보니 나쁘지 않았다. 화소영이 어여쁘다 할 때에는 그렇지 않다고 했지만, 인정할 건 인정해야 할 것 같았다.

그 말에 화소영도 단을 봤다. 한 번 보고 말 거라 생각했는데, 계속 주시하는 게 염려되었던 나운은 조심스럽게 물었다.

"왜 그러십니까."

묻는 말에 대답하는 대신에 화부인은 단의 콧날 아래에 손가락을 갖다 대었다. 갑자기 왜 그러나 싶어 나운도 환관도 숨죽인 채로 그녀의 다음 행동을 기다렸다.

이윽고 화부인은 손을 펼쳐선 단의 한쪽 뺨을 감싸고 고개를 숙였다.

갑자기 단 쪽으로 얼굴을 숙이는 것에 당황한 것은 나운이었다.

"뭘 하시려고—"

나운의 말이 채 끝나기도 전에 단이 잽싸게 눈을 뜨곤 고개를 들었다. 뒤로 몸을 크게 물리는 통에, 단을 떨어뜨릴 뻔했던 환관은 당황해선 그녀를 돌아봤다. 대체 뭔가 싫었을 때 단이 버둥거렸고, 놓치지 않고 계속 붙들고 있던 환관도 결국 손을 풀었다. 환관의 등에서 내려선 단은 뒷짐을 지고는 눈을 동그랗게 떴다.

기절한 척 주변 돌아가는 상황을 모두 주시하고 있었던 단은 갑자기 다가오는 화부인의 얼굴에 굉장히 당황했다. 그래서 저도 모르게 실수를 한 것 같은데 이걸 어찌 수습해야 할지 모르겠다. 당장 드는 생각은 일단 이 불편한 자리를 피하자는 것뿐이었다. 눈치를 보던 단은 잽싸게 몸을 돌렸다.

"전, 이만 가 보겠습니다."

"잠깐, 기다리세요."

도망이나 치자 싶었을 때 단을 붙잡는 건 다름 아닌 화부인이었다.

짧은 순간 참으로 생각이 많아졌다. 그냥 모르는 척 가 버릴까. 하지만 예전에 잘 대해준 적이 있었던 만큼 그리할 수가 없었다.

머뭇거리던 단이 천천히 뒤를 돌아보자 곧장 꽃무늬 수가 들어간 손수건이 뺨에 닿았다. 닿는 순간 뺨에서 따끔함이 느껴진다. 단이 안색을 굳히곤 인상을 쓰기가 무섭게 화부인이 말했다.

"얼굴에 상처가 있군요."

그제야 단은 아까 매소희의 시비들이 우악스럽게 자신을 일으키려 했었다는 걸 떠올렸다.

사람이 움직이지 않으면 가만히 둘 것이지. 정말이지 못된 것들이라면서 단은 안색을 굳혔고, 몇 번 더 상처를 문지르던 화소영은 손수건을 떼어 냈다.

"깊은 상처는 아니지만, 이대로 두면 안 될 것 같군요."

"아니요. 이건 그저 침을 발라두면—"

"꽃처럼 어여쁜 얼굴에 상처가 생겼으니 폐하께서 보시면 분명 슬퍼하실 겁니다."

"……."

과연 그럴까. 방심하고 있다가 당했다면서 비웃지나 않을까.

단은 따끔거리는 뺨을 손등으로 문질렀고 동시에 화부인이 말했다.

"저곳이 어딘지 아무도 일러 주지 않았던가요. 만약 정말 그런 거라면 데리고 있는 아이들을 크게 경을 치셔야 할 겁니다. 안 그랬다간 나중에 재차 주인을 곤란한 상황에 빠트릴 테니까요."

단도 부리고 있는 시비들에게 모두 만족하는 건 아니었다. 처음에는 제대로 모시려 하지 않았던 것도 있어서 단이 먼저 거리를 두기도 했고 말이다. 그들도 시간이 지나고 난 후에는 이게 아니다 싶어서 정신 차리고 모시려고 하는 것 같았지만, 갑자기 바뀌는 태도가 약 올라서 이제는 단이 그들을 멀리하고 있었다. 제대로 자신을 모실 수 있는 기회조차 주지 않았던 거다.

그래도 아까는 매소희가 자신을 데려가려는 것 같으니까 화들짝 놀라며 급히 막으려 했다. 물론 매소희가 너무 독하게 나오니까 더 뭐라 하지 못하고 자신을 데려가는 걸 보고만 있었는데

—

패씸한 부분이 있긴 해도 딱히 벌을 내려야겠다는 그런 건 없었다. 그리고 저들이 말렸어도 자신은 와야 할 이유가 있었기에 단은 담담하게 말했다.

"제가 부리던 아이가 실수로 저곳에 간 것 같으니 도움을 주려 했을 뿐입니다."

"부리던 아이라면…… 시비 말인가요?"

"그렇습니다."

"……잠시 제가 상황을 알아봐도 되겠습니까."

무얼 어떻게 알아보려는 걸까. 아까 매부인을 가볍게 물리치는 걸 보아하니 쉬운 상대는 아니었다. 굳이 그녀가 나서지 않게끔 일을 진행하는 게 낫지 않을까 싶으면서도 딱히 거절할 거리가 없었다. 따지고 보면 도움을 받은 것도 사실이니 그에 대한 감사 인사도 해야 할 것 같고.

이런저런 생각을 하던 단은 고개를 끄덕였다.

단의 반응에 화소영은 옅은 미소를 지었다.

"그렇다면 제 궁으로 오시겠습니까."

갑작스러운 초대였기에 단의 표정이 굳었다. 대답은 하지 않았지만 얼굴만 봐도 단이 불편해한다는 게 느껴졌다. 그럼에도 화소영은 재차 권했다.

"잡아먹진 않을 것입니다. 이래도 같은 가문의 사람이 아닙니까."

하지만 그것도 단이 입궁하기 위해서 가짜로 만든 신분이었다. 알면서도 저리 말하는 건 단순한 농을 걸기 위함일까. 아니면 경고를 하기 위함일까.

눈 한 번 깜박이지 않고 빤히 바라보는 단을 두고 화소영은 입가에 서린 미소를 지워냈다. 어느덧 표정 없는 얼굴이 된 그녀는 한결 낮아진 목소리로 말했다.

"원치 않으시면 절 따라오지 않으셔도 괜찮습니다."

어떻게 하는 게 맞는 걸까.

단은 아까 매소희를 대하던 화소영을 떠올렸다. 정말 작아서 어떤 대화를 주고받았는지 제대로 들을 수 없었지만, 저 매소희를 단숨에 제압하는 건 대단한 일이었다.

이 넓은 궁 안에서 자신 혼자서 모든 걸 감당할 수 있을까. 가짜라 해도 일단은 화부인과는 먼 친척이었다. 관계를 돈독히 해두어서 나쁠 게 없었다. 단이 시동이었을 때 기억하는 화부인은 좋은 사람이었지만, 부인이 되었을 땐 어떨지도 알고 싶었다.

"아니요. 이번 일은 제 능력으로는 해결하기 어려우니 도움을 받고 싶습니다."

동시에 도와준 것에 대한 감사 인사를 했다.

"제가 껄끄러우실 텐데도 먼저 도움을 주셔서 고맙습니다."

단은 깊이 고개를 숙여 인사를 하곤 얼굴을 들었다.

평소 감사 인사를 하고 나서 흔히 취하는 행동이었다. 하지만 그런 제 행동에 화소영과 나운, 환관까지도 모두가 당황한 것처럼 눈을 치뜬다. 이상한 거라도 보는 것처럼 구는 그들의 표정에 단은 의아해졌다.

왜들 저런 얼굴인가 싶었을 때 곧, 바깥에서 하던 대로 행동했었다는 걸 깨달았다. 그러고 보니 영비에게 칭찬을 했을 때 조금 다르게 행동했었던 것 같다. 두 손을 모아 옆구리에 붙이고는 무릎을 구부렸었지. 설마하니 그런 살랑거리는 방식으로 인사를 해야 했던 걸까.

"……."

짧은 시간 단의 눈동자가 빠르게 굴러간다. 머뭇거리면서 두 손을 마주잡은 단은 오른쪽 옆구리에 댔다가 이건 아니다 싶어서 왼쪽으로 옮겼다.

그런데 이것도 좀 아닌 것 같은데. 다시 오른쪽으로 가야 하는 걸까.

이도 저도 아닌 채로 어정쩡하게 서 있는 단을 보고 화소영은 웃었다. 처음에는 입꼬리를 올리는 것뿐이었지만, 곧 소리 내 웃고 만다. 잔뜩 심각해져 있던 단은 유쾌한 웃음에 당황해선 눈동자를 들었다. 그 시선에 화소영은 손으로 입을 가렸다.

"아, 미안합니다. 그런데 정말 귀여우셔서 참을 수가 없군요."

어떻게 인사를 하면 되는지 알 수가 없어서 망설이는 게 뭐가 귀여울까. 분명 멍청해 보였을 거라며 단은 인사를 포기하고 어깨를 축 늘어뜨렸다. 동시에 화소영이 그런 단의 손목을 붙잡았다.

"이곳에 계속 서 있으면 주목을 받게 될 겁니다. 일단은 서둘러 장소를 옮길까요?"

그녀의 말에 새삼 주변을 의식하게 된 단은 그리하자며 고개를 끄덕였다.

2장

단을 대신해서 영비가 폐비에게 간다는 것 자체가 앞뒤가 맞지 않았다.

영비를 불러낸 사람이 누군지도 모르고, 왜 하필 영비인지 무엇 하나 제대로 밝혀진 게 없었다. 모든 게 이상했다. 조금 더 알아보고 나서 움직인다 한들 정확한 정보를 얻을 순 없었을 거다. 애초에 이들의 목표는 하나였을 테니 말이다.

잔뜩 겁에 질린 채로 앞에 서 있는 시비들을 보던 화소영은 짧은 한숨을 쉬었다.

만약 자신이라면 이런 우습지도 않은 농간에 걸려들지 않는다. 하지만 막 입궁해서 모든 게 서투르고 낯선 사람은 또 달랐다.

화소영은 고개를 돌려 의자에 앉아 있는 단을 바라봤다. 턱

을 괸 채로 시비들을 응시하는 그녀는 노골적으로 '이 한심한 것
들.'이라는 얼굴로 있었다. 하지만 딱히 이들에게 벌을 내리거나
할 마음은 없어 보였다.

"이런 일이 생겼을 때 제대로 짚고 넘어가야지 똑같은 일이 반
복되지 않을 것입니다."

보통 다른 부인이 아랫사람을 어떻게 다스리는지는 간섭하지
않는 게 맞았다. 그걸 기분 나쁘게 받아들일 수 있기 때문이었
다. 그럼에도 말을 꺼낸 건, 단이 아직 모르는 게 많고 배워야 할
게 많은 사람이라는 걸 알고 있기 때문이었다.

네가 어떤 결정을 내리든지 상관은 없지만, 그래도 저것들이
한 짓을 그냥은 넘길 수 없다.

그런 의미가 담긴 눈빛으로 바라보는 화소영을 두고 단은 눈
동자를 들었다. 제 시선이 닿는 순간 화들짝 놀라면서 고개를 더
깊이 숙이는 시비들을 하나하나 살피고 나선 짧은 한숨을 쉬었
다.

"다음 사람들도 똑같이 굴지 않을 것이란 보장이 없으니 이번
은 그냥 넘기겠습니다."

의외다 싶었던 화소영은 눈을 가늘게 떴다.

"그냥 넘기겠다는 말씀이십니까."

"지금은요. 하지만 다음에도 이러면 뭐……."

그때는 곤장이 아니라 자신에게 두들겨 맞을 줄 알라는 말이
목구멍 위까지 올라왔다.

단은 고개를 저었다. 더는 저들 문제로 골치를 썩고 싶지 않다는 것처럼 탁자에 올려진 찻잔을 드는 단을 본 화소영은 나운에게 시선을 던졌다. 고개를 조아린 나운은 시비들에게 나오라 말하곤 앞장서 밖으로 나갔다.

모두 내보내고 난 후 화부인은 단의 건너편 의자에 앉았다.

"나운은 제 친정에서 온 아이입니다. 따지고 보면 우리는 먼 친척이니 어려운 일이 있을 때 서로 돕는 게 맞지요. 나운에게 시켜 저 아이들을 가볍게 가르치라 했습니다. 짧게나마 배우고 나면 다음부터는 부인을 잘 모시게 될 겁니다."

짧게 가르치는 건지 아니면 '다음부디 또 이런 짓거리를 하면 그땐 목이 날아갈 줄 알아라.'라며 협박을 할지 알 수가 없었다. 따지고 보면 모든 게 자신을 돕기 위함이라는 걸 알기에 단은 조용히 있었다. 옅은 미소를 머금고만 있는 그 얼굴에서 시선을 떼지 않은 채로 화부인은 말했다.

"알아보니 폐비도 만나 뵈었더군요. 안이 소란스러워서 들어가 보니 방은 엉망이고 두 분이 쓰러져 계셨다고 들었습니다. 크게 다친 덴 없어 보이지만, 나중에라도 문제가 될 수 있습니다. 저들이 제대로 알려 주지 않았겠지만, 황태후에게 인사를 올리는 건 무척 조심해야 할 일입니다. 그녀가 폐위된 이유를 안다면 더더욱 말이지요. 크게 다치지 않았다는 걸로 다행이라면서 가볍게 넘길 수 없는 건, 언제 누가 이번 일을 트집 잡으려 들지 알 수 없기 때문입니다."

그 트집을 잡을 만한 사람으로 가장 먼저 떠오른 건 매소희였다. 그리고 그녀는 화소영이 가까이 다가가 뭐라 말하자 더 뭔가를 하지 못했다.

"이번 일을 계획한 자들은 정신이 온전치 않은 폐비께서 당신에게 해를 가해 주었으면 싶었겠지요. 어딘가 크게 다치거나 문제가 생겼어도 '가선 안 되는 곳을 제 발로 찾아간 것이니 그 누구도 원망해선 안 된다.'라는 걸로 넘겼겠지요. 하지만 혹시라도 모를 상황에 대비해서 본인이 직접 나와 본 것 같군요. 부인께 정말 문제가 생겼는지 어떤지를 알아보고, 부족하다 싶으면 본인이 직접 나설 셈으로요."

"매부인이 이번 일을 모두 계획한 걸까요?"

"겉으로 보기엔 그렇지만, 이미 일이 벌어졌으니 모두가 이걸 이용하려 들 겁니다."

내궁 안에서 자신을 노리는 자가 매부인 한 사람뿐이 아니라는 거였다. 자신이 뭘 한 것도 없는데 다들 왜 이렇게 못 잡아먹어서 안달인지 알 수 없다면서 단은 안색을 굳혔다.

"황태후 마마를 만나러 가셔선 안 되었습니다."

그건 폐비를 처음 본 순간 깨달았다. 그런 미친 여자는 길가다 마주쳐도 피해야 하는 법인데, 자신은 방 안까지 들어갔다. 이상한 몰골의 폐비가 달려들 때에는 진심 공포스러웠다. 뭐 저런 게 다 있나 싶을 정도였다. 하지만 더 마음에 걸리는 건 그때 그녀가 했던 말에 있었다.

'나의 늑대가 왔구나.'

"······."

보는 순간 자신이 늑대라는 걸 알았던 걸까. 그게 아니라면
그냥 해 본 말인데 자신이 지나치게 심각하게 받아들이는 걸까.
그보다 늑대라는 단어가 폐비의 입에서 나온 게 참으로 의외였
다. 지금 상황이 어찌 돌아가는 것인지 알 수가 없다면서 단의
표정은 점점 심각해졌다.

"무슨 생각을 하십니까."

그 순간 단은 아무것도 아니라는 듯 다시금 찻잔을 들었다.
태연하게 차를 마시는 모습에서 이상함을 발견할 수 없었지만,
동시에 뭔가가 떠오르는 듯했던 화소영은 눈을 가늘게 떴다.

"우리가 예전에 어디선가 본 적이 있던가요?"

덜컹, 하고 단의 심장이 내려앉았다.

"왜인지 모르게 당신이 익숙합니다. 어디선가 만난 적이 있었
던 것 같아요."

확실히 만난 적이 있긴 했지만, 솔직하게 내색할 순 없었다.
하루아침에 시동이 부인이 되어서 나타난 걸 이해하고 받아들일
사람이 몇이나 될까. 쓸데없는 말을 하느니 차라리 딱 잡아떼는
게 능사였다. 그리할 셈으로 찻잔을 내려놓은 단은 옅은 미소를
띤 채로 뭔가를 말하려 했다. 바로 그때 바깥에서 몇몇 목소리가

들렸다. 그 사이로 나운의 당황한 음성이 들리더니 곧, 당황한 낯으로 안으로 들어온다.

단과 오붓한 시간을 보내면서 이것저것 알아보고 싶었던 게 많았던 화부인은 안색을 굳혔다.

"웬 소란이야. 왜 이렇게 시끄러워."

"부인, 그것이……."

난처한 얼굴인 나운은 망설이다 이내 화소영 곁으로 다가가서선 재빠르게 전했다.

"……뭐라고?"

처음에는 평온하던 화부인의 미간으로 짙은 주름이 잡힌다. 동시에 화부인과 나운이 단을 바라봤다. 둘이 심각해하다가 왜 자신을 쳐다보는 건가 싶었던 단은 눈을 동그랗게 떴다.

뭔데. 왜 그러는데?

순진무구한 단의 얼굴을 한동안 바라보던 화소영은 긴 한숨을 내쉬었다.

*   *   *

"이렇듯 강부인을 뵙게 되어서 정말 기쁩니다."

"그동안 왜 이렇게 얼굴을 꽁꽁 싸매고 다니셨나요. 어떻게 생기신 분인지 정말 궁금했습니다."

"그러게요. 이렇듯 사랑스럽게 생긴 분인 줄 알았더라면 더 서

둘러 찾아뵈었을 텐데요."

"이왕 이렇게 된 거 매일매일 만나 함께 즐거운 시간을 보내도록 해요."

단을 바라보는 부인들의 표정은 하나같이 밝고 반가움이 가득했다. 그 미소만을 본다면 세상에서 이보다 더 절친하고 좋은 관계는 없는 것처럼 여겨졌다. 하지만 덩달아 저를 바라보는 그녀들의 눈동자 안쪽에서 '드디어 노리던 먹잇감을 발견했다.'라는 숨겨진 의도가 느껴졌다.

싸움판에서 몇 년 뒹굴다 보니 자연스럽게 눈치도 생겼던 단은 저를 둘러싸고 미리부터 빌끝까지 칭찬 일색인 말에 내꾸조차 하지 않았다. 지금 하는 말을 제대로 듣고 있는지 어떤지 알 수 없는 의미 모호한 미소를 머금고만 있는 걸 알면서도 부인들은 말을 멈추지 않았다. 그러다 그녀들은 누가 먼저라 할 것 없이 단의 손목을 붙잡았다.

"여기서 서서 대화를 나눌 게 아니라 어디에 앉아서 함께 차나 마셔요."

"그래요. 가뜩이나 몸이 안 좋으시다 들었는데 이런 곳에 오래 서 계시면 몸에 좋지 않아요."

보기보다 힘이 센 그녀들은 가만히 있는 단을 잡아끌었다. 당황한 단이 뭐라고 하려던 순간 다른 부인이 단의 손을 보고는 감탄했다.

"어쩜 이리도 피부가 희고 투명할까. 머릿결도 부드럽고. 페

하의 총애를 받는 이유가 있었군요."

"그러게 말이에요. 달리 알고 있는 방법이 있다면 우리들에게도 살짝 알려 주세요. 같은 처지에 숨길 게 뭐 있나요."

아닌 말과 진실을 반반씩 섞어서 말하던 그녀들 중 한 사람이 손을 들어선 단의 머리카락을 쓰다듬으면서 "아, 예쁘다." 같은 말을 했다.

하지만 단은 이미 한바탕 해서 웃으며 머리며 제대로 된 게 없었다. 시비들이 더 치장해야 한다는 말에도 들은 척 만 척이었기에 주변을 둘러싼 부인들 중에선 가장 초라한 편이었다. 그런 자신을 두고 아까부터 예쁘다는 말만 하니 그게 진심으로 들릴 리가 없었다.

단은 꽃처럼 아름다운 부인들이 보잘것없는 자신에게 아부 아닌 아부를 떠는 이유를 모르지 않았다. 원래 모든 사람들이 본인의 목적에 따라 움직인다고는 하나, 그럴 필요가 없어 보이는 여성들이 이토록 치열하게 경쟁하니 마음이 편치 않았다. 자신이 뭔가를 해서 그것이 그녀들에게 도움이 될 수만 있다면 얼마든지 해 주겠지만, 그것도 아니었다.

"무슨 생각을 그리하시나요? 고민이 있으시다면 그러지 마시고 저한테 말씀해 주세요. 다른 건 몰라도 들어주는 것만큼은 자신 있답니다."

가슴에 한 손을 올린 채로 나긋하게 구는 그녀에게서 꽃향기가 날 것 같았다.

만약 자신이 사내였더라면 이런 미인의 달콤한 미소를 두고 가만있지 못했을 거라며 단은 계속 상대를 응시했다. 속을 읽을 수 없는 얼굴로, 뚫어져라 응시해 오자 앞에 서 있던 부인의 표정이 서서히 굳어진다.

왜 저렇게 보는 거지? 지금 내가 한 말이나 행동이 어딘가 이상했던 걸까?

그런 고민이 되는 식으로 빠르게 눈을 굴리는 걸 두고 단은 입을 열었다. 때에 맞춰 그들의 뒤에서 화소영이 나타났다.

"강부인께서는 오전에 일이 있으셔서 몸이 좋지 않으십니다. 그러니 이만 일찍 돌아가시게끔 놓아 드리도록 하지요."

화부인이 나타나는 순간 미묘한 긴장감이 감돌았다. 동시에 일부러 훼방을 놓는다고 생각한 건지 부인들은 더 세게 단의 손목을 붙들었다. 소리를 지를 정도는 아니지만, 꽤 아팠다. 굳어지는 단의 표정을 확인한 화부인은 한 번 더 말했다.

"앞으로 자주 볼 사람입니다. 오늘만 날이 아니니, 잡은 손을 놓아주세요."

말을 마친 화소영은 입을 다물곤 희미한 미소를 지었다.

어디까지나 강요가 아니니 결정은 너희가 알아서 하라는 투였다. 하지만 그 말을 듣는 부인들 중에선 그녀가 일부러 저러는 것처럼 여겨졌다.

애초에 강부인은 화부인의 먼 가문에 속한 사람이었다. 이럴 때가 아니라면 얼굴 보기도 힘든 자신들과는 다른 입장에 있었다. 어쩌면 황제의 총애를 받는 강부인을 독점하려는 것일지도 모른다는 생각도 들었던 그녀들은 서로 눈빛을 주고받았다. 마음 같아선 강부인에게 한 번 더 차를 마시자 하고 싶었지만, 섣부른 행동이 모든 걸 망칠 수 있었다.

이곳으로 오기 전 매부인과 화부인이 한판 했다는 소식을 들었다. 자세한 내막은 알지 못하지만 폐위된 황태후도 관련되어 있어 미묘한 구석이 있었다.

말대로 오늘만 날이 아니었다. 성급하게 굴지 말고 다음을 모색하자는 쪽으로 생각을 돌린 부인들은 잡고 있던 단의 손목을 놓아주었다. 자유롭게 된 단은 화부인을 돌아봤고, 기다렸다는 듯 그녀가 말했다.

"오늘 많은 일이 있어서 피곤했을 겁니다. 제 가마를 빌려드릴 테니 이만 처소로 돌아가 쉬세요."

"……고맙습니다."

정말로 이대로 많은 부인에게 끌려가 차를 마시면 어쩌나 싶었다. 다행스럽게도 화부인의 도움으로 난처한 상황을 면하게 되었으니 감사 인사를 더 제대로 해야 하는 게 아닌가 싶지만, 그때 나운이 다가와 서선 고개를 숙였다.

"부인, 제가 모시겠습니다. 절 따라오십시오."

이쯤 되자 더는 단을 붙들고 있을 수 없었기에 그제야 부인들은 완전히 물러났다. 간신히 자유의 몸이 된 단은 다시 붙잡힐세라 곧장 앞으로 움직였다. 서둘러 멀어지는 단의 모습에 부인들 사이로 한숨이 새어 나온다.

기껏 만나게 된 강부인을 이대로 보내려니 참 아쉬웠다. 모처럼 친해질 수 있는 기회였는데. 미련 가득한 눈빛으로 점점 멀어지는 뒷모습을 지켜보던 부인들은 화부인을 올려다봤다.

"어찌 보면 늘 좋은 자리는 화부인의 차지가 되는 것 같습니다."

"그러게 말이에요. 강부인이 폐하의 마음을 꼭 쥐었으니 언젠가 그것도 화부인의 것이 되겠습니다."

한때 화영국이 사냥 대회에서 저주 인형을 발견한 것으로 황제의 심기를 건드린 게 있었다. 그 때문에 자연스럽게 황제가 화부인과의 거리를 두지 않을까 싶었는데, 설마하니 이런 전화위복을 겪게 될 줄은 몰랐다. 강부인은 갑자기 나타난 사람이었지만, 평소 화부인을 오래 봐 왔던 만큼, 여자를 이용해서 황제의 마음을 달랜 게 아닌가 싶었다.

말 속에 가시가 돋쳐 있었지만, 화부인은 웃기만 했다.

다른 때라면 그 미소를 보고 이대로 몸을 돌렸겠지만, 이번에는 그리하고 싶지가 않았다. 언제까지 좋은 걸 죄 빼앗겨야 하는 건가 싶었던 안부인이 살짝 빈정거렸다.

"가문의 힘이 좋긴 합니다. 새로운 사람을 앞세워서 폐하의 마음을 훔치고, 동시에 매부인도 견제하고 말이지요."

그 말에 화부인이 움직였다. 저대로 한자리에 서 있다가 자신들에게 한 번 더 이만 돌아가라 하고는 먼저 몸을 물릴 줄 알았는데 의외였다.

빈정거렸다고는 하나 화부인이 저리 움직여서 다가오니 그것이 마냥 달갑지만은 않았다. 부담을 느낀 안부인은 모르는 척 고개를 돌렸지만, 바로 그녀 앞에 멈춰선 화소영이 말했다.

"다른 부인은 몰라도 매부인이 언제까지 왈가닥처럼 굴게 할 순 없지요. 그녀의 아비가 바다를 건너 대륙에 한 발을 걸치기만 해도 상황은 심각해집니다. 저야 가문의 힘이 좋아서 어찌어찌 살아남겠지만, 부인들은 아니지 않습니까."

"……."

먼저 도발하긴 했지만, 이 정도는 예전에도 종종 하던 말이었다. 평소와는 다르게 행동하는 것에서 이도저도 아닌 얼굴로 있으려니 어느덧 입가에 서린 미소를 모두 지워낸 화소영이 가라앉은 목소리로 말했다.

"새로운 사람에게 빌붙어 이득 취할 생각하지 말고 내실이나 다지세요. 폐하께서 여인에 대한 총애를 드러내신 만큼, 앞으로는 모두가 경쟁자입니다. 전처럼 마음 편히 계시다간 자식 없이 나이만 먹게 될 겁니다."

이 넓은 내명부에 사는 모든 여인들이 황제의 총애를 받는 건 아니었다. 하물며 그의 씨를 받아 황손을 잉태하기란 하늘의 별을 따기보다 어려운 것이었다. 하지만 전에는 모두가 동등하게 황제의 총애를 받지 못해서 크게 심각하게 다가오지 않았지만, 더는 아니었다.

아픈 곳을 인정사정없이 후벼 파자 안부인을 비롯한 다른 부인의 안색이 새파랗게 질렸다. 지독한 모욕이었지만, 마땅히 받아칠 수 있는 말이 없었다. 그것이 못내 분했다.

*　　*　　*

흔들림이 거의 없는 가마에 앉은 채로 있던 단은 정면을 보다가 좌우로 눈알을 굴렸다.

사방이 막혀서는 앞이 천으로 가려져 있었다. 답답한 게 싫다면 옆에 난 작은 창을 열어도 되겠지만, 망설여진다. 함부로 창문을 열어도 되는 걸까.

몇 번이고 고민하던 단은 텃밭을 일구었을 때 자신에게 접근했던 자를 떠올렸다. 이태감은 붉은 옷감을 둘렀지만, 그자는 녹색이었다. 색만 다르지 옷의 모양은 비슷하고 쓰고 있던 모자만 달랐다. 무엇보다 나이가 꽤 들어 보였다.

궁 안에서 힘쓰는 일은 시동들이 주로 하겠지만, 환관도 사내로서 어느 정도 제 몫의 일을 수행하곤 했다. 사람이 나이를 먹으면 힘이 약해지는 건 당연한 이치고, 그렇다면 그자도 보통 환관들과 같은 일은 하지 않을 거다. 나이를 먹었다는 걸 중점으로 두고 알아보려 한다면 정체를 파악할 수 있지 않을까. 하지만, 만약 그놈에 대해서 알아낸 한들 그게 무슨 소용일까 싶기도 했다.

"……."

커다란 눈을 이리저리 굴리던 단은 결국 참지 못하고 옆에 난 작은 창을 열었다.

"왜 그러십니까. 불편하신 곳이라도 있으십니까."

기다렸다는 듯 얼굴을 가까이하고 묻는 나운을 본 단은 입술 옆에 손을 댄 채로 물었다.

"저기, 환관들 중에서도 나이가 많은 자들은 조금 다른 복식을 입는 건가?"

저도 모르게 존대로 물으려다가 그러면 안 되겠다 싶어 급히 끝말을 바꾸다 보니 이상하게 나왔다. 거야, 라고 끝냈어도 되었을 텐데.

하지만 나운은 단이 하는 말에 이상함을 깨닫지 못했는지 잠시 생각한 후 입을 열었다.

"어린 환관들의 교육을 하는 자들 중에서 나이를 먹은 자들이 더러 있습니다. 하지만 대부분은 쉰이 넘으면 출궁하지요."

"그렇다면 그자들이 궁에는 많지 않겠네?"

"그래도 대략 서른은 될 겁니다."

서른이라. 적은 건지 많은 건지 알 수가 없다면서 단은 재차 물었다.

"그자들도 처음에는 환관으로 시작했다가 차근차근 단계를 밟고 올라가 다른 자들을 가르치는 입장이 되었을 거야. 그렇지?"

"그렇지요. 궁 안팎으로 가장 많은 정보와 소문을 알고 있는 자들을 찾으려면, 그분들을 가장 먼저 모시지요. 그만큼 아는 게 많으십니다."

질문이 갑작스러울 수도 있을 테지만, 나운은 모두 대답해 주었다. 아직 궁 생활이 익숙하지 않고 아는 것도 없으니 함부로 누군가를 믿고 가볍게 입을 놀려선 안 되겠지만, 지금 이 흐름대로라면 괜찮을지 않을까 싶었던 단은 슬쩍 물었다.

"그자들이 다른 사람을 위해서 움직이기도 하는 거야?"

그 순간 나운의 얼굴에서 표정이 지워졌다. 들어선 안 될 말을 들은 것처럼, 당혹감을 내비치는 그 얼굴과 마주한 단도 아차 싶었다. 그래서 급히 화제를 돌렸다.

"내 시비였던 영비가 갑자기 사라졌는데 무사히 내 곁으로 돌아올 수 있을까?"

조금 전 단이 한 말을 가벼이 넘겨선 안 될 것 같았지만, 이번에 묻는 말은 전혀 다른 것이었다. 일단은 이에 대한 답을 해 줘야 할 것 같았던 나운은 생각 후 입을 열었다.

"제가 함부로 입을 놀려선 안 되는 일인 것 같지만, 부인의 시비는…… 아마 찾기 힘들지도 모릅니다."

"어째서?"

급히 화제를 돌리기 위해서 꺼낸 말이긴 했지만, 설마하니 찾기 힘들 거라는 말을 듣게 될 줄은 몰랐다.

올려다보는 단의 눈빛은 굳어 있었다. 그게 무슨 소리냐고, 믿을 수 없어 하는 불신이 담긴 눈빛을 본 나운은 마음 한편이 쓰라렸다.

입궁한 지 얼마 안 되는 분에게 모든 걸 솔직하게 알려 줄 필요가 있을까. 이런 건 자신이 함부로 말할 게 아니라 차차 알아가게끔 하는 게 나을지도 몰랐다. 그렇게 여기가 어떤 곳이고, 어떻게 해야 오래 살아남을 수 있는지를 스스로 깨닫게 하는 거다.

모시는 주인이 달리 있었던 만큼, 단을 위해서 많은 조언을 할 수 없었던 나운은 눈을 내리떴다.

"바람이 찹니다. 이만 창문을 닫겠습니다."

나운은 단이 뭐라 하기도 전에 창을 닫았다.

재차 무슨 말을 하는 거냐고 되물으려던 단이지만, 닫힌 얇은 창호지 너머로 제 목소리를 낼 수 없었다.

앞으로 고개를 돌린 단은 허벅지 위에 각각 손을 올리곤 고개를 들었다.

'제가 처음으로 모신 게 바로 부인이십니다. 그러하니만큼 성심을 다할 것입니다.'

순진한 눈동자로 저를 올려다보던 영비를 떠올리는 순간 가슴이 답답해졌다.

사람이 모이고 권력이 있는 곳에는 음모가 진행될 수밖에 없었다. 하물며 황제가 있는 궁 안이니 더더욱 그럴 수밖에 없었다.

영비가 사라지는 순간 단도 뭔가를 느끼긴 했다. 그렇기에 주변에서 만류해도 곧장 폐위되었다던 황태후 궁에 들어갔던 게 아니던가. 하지만 암만 그래도 그렇지. 애초에 노리던 게 자신이 었다면 자신만 건드리면 좋았잖아. 원래 앞서서 안 좋은 생각을 하는 게 아니라 했다. 당장 보이지 않을 뿐이지, 처소에 가면 영비가 기다리고 있을지도 몰랐다. 꼭 그래야 한다면서 단은 허벅지에 올린 두 손을 강하게 움켜쥐었다.

그리고 단이 매화당에 도착하고 늦은 오후가 되었을 무렵, 영비가 나타났다. 침대에 대자로 누워 있다가 영비를 찾았다는 말에 벌떡 일어났다. 정말이냐면서 기뻐하려던 단은 말을 전달하는 시비의 얼굴을 보곤 안색을 굳혔다.

"이, 일단은 나가서 직접 확인해 보십시오."

떨리는 목소리로 말한 시비는 극도로 말을 아꼈다. 저를 똑바로 쳐다도 보지 못하는 걸 두고 단은 그 앞을 빠르게 지나쳐 갔다.

처소 밖으로 나왔을 때 보이는 건 앞마당에 모여 있는 시비들이었다. 그녀들은 하나같이 걱정스럽게 어떻게 된 거냐는 말만 반복했다. 하지만 그런 그들의 질문에 돌아오는 답은 없었다. 단이 나타나자 시비들은 그녀의 안색을 살피면서 뒤로 물러섰다. 하나둘 자리를 비키고 그들 뒤에 숨겨져 있던 영비가 모습을 드러냈다.

"……."

가장 먼저 보인 건 검은 눈망울이었다. 총기로 반짝거렸던 눈동자는 짙은 멍이 들어서 어두운 빛이 갈무리되어 있었다.

피와 멍으로 엉망이 된 얼굴로 하염없이 단을 바라보던 영비는 움직이지 않는 입술을 힘겹게 달싹였다.

"……부인."

떨리는 눈동자로 단을 부르고 난 후, 영비는 입을 다물었다.

그 짧은 몇 마디 말을 하는 게 힘겨웠던지 바로 입을 다물고 휘청거린다. 곁에 서 있던 환관이 영비를 부축해 주었고, 단은 넝마나 다름없는 영비의 옷을 확인했다.

전날만 하더라도 깔끔했던 치마는 여기저기 찢어지고 피 얼룩이 잔뜩 묻어 있었다. 뚝 잘려 나간 머리카락은 산발이었고, 얼굴은 성한 곳이 하나도 없었다. 아래로 축 늘어뜨려진 팔과 손가락은 계속해서 덜덜 떨렸다.

단이 상태를 확인하는 그 짧은 시간 동안 영비는 제 힘으로 설 수 없는 것처럼 몇 번이고 휘청거렸다. 거의 환관에게 몸을 의지한 채로 힘겹게 단을 불렀다.

"부인…… 죄송, 합니다."

"네가 죄송할 게 뭐야."

그러지 말아야 한다고 생각하면서도 날 선 목소리가 튀어 나갔다.

"죄송하다는 말 자체가 이상하잖아."

지금 이런 상황에서 누가 그랬느냐고 묻는 것처럼 어리석은 게 있을까. 이건 눈에 보이는 그대로를 받아들이면 되었다.

머리부터 발끝까지 엉망이 되어선 피칠갑이 되었어야 했던 건 애초에 영비가 아닌 자신이어야만 했다. 저들이 눈엣가시인 자신을 건드리고 싶었는데 그리하지 못하니 대신 영비를 잡아 이 꼴로 만들어 놓은 거였다.

영비가 돌아올 것 같으냐 물었을 때 나운이 바로 대답하지 않고 말을 피한 이유를 이제야 알 것 같았다.

이제야 궁이 어떤 장소인지, 아주 조금 감이 왔다.

*　　*　　*

먼 곳에서 시집온 매소희를 위해서 소율태국 내에 대부 역할이 부여된 자가 있었다. 장사를 통해 관직을 사고, 그걸로 좋은 가문과의 혼인을 통해 차곡차곡 부를 쌓은 집안사람으로, 곽변규라는 자였다. 돈으로 어찌어찌 그럴싸하게 신분을 포장할 수 있었지만, 높은 관직에 오르지 못했다. 때문에 이번 문제는 그 곽대인에겐 무척 큰일이었다. 어떤 일이 벌어지더라도 매소희만큼은 제대로 보호해야만 했다.

"화부인께서 강부인과 함께 매부인을 핍박한 일입니다. 이는 가벼이 넘길 수 없습니다."

매소희의 대단한 성격은 이미 궁 안팎으로 자자했다. 손뼉도 마주쳐야 소리가 나는 법. 이번 문제에서 매부인이 완전히 자유로울 수는 없지만 그걸 인정하고 '일이 어떻게 돌아간 것인지 차근차근 알아보겠습니다.'라고 할 순 없었다. 어찌 되었던 간에 매부인만큼은 빼내자는 일념으로 곽대인은 그녀를 두둔했다.

"폐하, 잘 생각해 주십시오. 바다 건너 매부인의 부친인 매용배가 얼마나 가슴 아파하겠습니까. 그들이 있기에 저 사막의 야만인들이 대륙을 침략하지 않는 것입니다. 밤낮으로 쉬지 않은 피땀의 노력에 대한 보상이 겨우 이뿐입니까?"

다른 사람은 몰라도 매용배는 무시할 수 없는 사내였다. 일부러 매용배를 운운함으로써 나름 황제에게 압박을 행세하려 했다. 그러면 책을 읽는 척하면서 이쪽을 보는 척도 하지 않는 황제가 반응을 보일 거라 믿었다. 하지만 그 전에 근처에 서 있던 이태감이 불편한 심기를 드러냈다.

"대인, 말씀을 가려 하십시오."

도중에 환관 나부랭이가 끼어든 게 마음에 들지 않지만, 황제 앞에서 언성을 높일 순 없었다.

곽대인은 이태감을 한 번 흘기고 난 후 재차 고개를 조아렸다.

"제가 감정이 격해져서 언사가 거칠어졌습니다. 하지만 이 모든 게 폐하와 내명부의 평안을 위한 충언입니다. 예로부터 편중된 총애는 많은 문제를 야기했습니다. 나라와 백성을 보살피듯이 폐하의 성심을 모든 부인들께 두루두루 보여 주십시오."

"내명부의 평안을 위한 충언이라고 했나."

시종일관 책에서 시선을 떼지 않던 황제가 고개를 들었다. 들고 있던 책을 책상 가운데에 가볍게 내려놓은 그는 곽대인을 응시했다.

"그렇다면 그 내명부의 평안을 흩트리는 자들에 대해서는 어찌 처리해야 할 것 같은가."

곽대인이 눈을 빛냈다. 이번에 매소희가 화부인에게 모욕을 당했다. 지금 황제가 묻는 말이 화부인과 강부인의 처벌임을 깨달은 그는 망설이지 않고 대답했다.

"내명부의 기강을 흩트리는 건 나라의 질서를 망치는 일입니다. 발칙한 짓을 저지르는 자들에게 내리는 철퇴는 무거워야 합니다."

"발칙한 자들에게 내리는 철퇴가 무거워야 한다라―."

"그렇습니다."

위기는 또 다른 기회가 될 수 있었다. 화부인부터 끌어들이자. 강부인은 나중에 처리해도 되었다. 머릿속으로 정리를 끝낸 곽대인은 황제가 빠른 결정을 내리도록 재차 입을 열려 했지만, 그 전에 황제가 누군가를 불렀다.

"춘삼은 이리로 나와라."

짧은 순간 춘삼이 누군지 바로 떠오르지 않았다. 이내 한 사람의 얼굴을 떠올린 곽대인은 설마 싶어선 급히 고개를 돌렸고 뒤에서 늙은 상궁이 나타났다.

두 손을 모으고 고개를 조아린 상궁 춘삼은 곽대인 옆에 멈추어 섰다.

"상궁 춘삼이 폐하를 뵙니다."

"이 늙은 상궁을 어찌 부르십니까."

곽대인의 말에 허리를 세운 춘삼은 그를 내려다봤다.

황제를 향해 무릎을 꿇고 고개를 조아리고 있었던 곽대인은 춘삼의 그 시선이 발칙하게 여겨졌다. 자신이 누구인 줄 알고 저딴 식으로 바라보는 것인가 싶었던 곽대인의 축 늘어진 볼살이 파들, 하고 떨렸다.

"매부인이 너에게 청탁하려 했던 것들에 대해 말하라."

청탁이라니. 가볍게 흘려 넘길 수 없는 단어였다.

놀란 곽대인이 급히 입을 열려는 순간, 춘삼이 말했다.

"매부인께서는 본인이 시키는 대로만 한다면 아주 많은 재물을 주시겠다 하셨습니다. 저를 통해 다른 상궁에게 말을 전하고 그걸로 강부인의 예법을 가르칠 구실을 만드셨습니다. 하지만 예법은 다 핑계이고, 정말은 때를 봐서 강부인을 폐비에게 보내 곤경에 빠트리려 하셨습니다."

"무슨 말도 안 되는 소리를 지껄이는 것이냐! 폐하, 저 말을 믿으시면 안 됩니다. 이는 필시 매부인을 곤경에 빠트리기 위한 음모입니다!"

"시일을 길게 잡아서 강부인이 빠져나갈 수 없도록 옭아매려 하셨지만, 강부인에 대한 폐하의 총애가 깊어지자 그에 대한 초조함을 느끼시곤 시비인 영비를 이용했습니다. 결과적으로 강부인께선 폐비를 뵙긴 하셨지만 예를 다 갖추셨고, 오히려 발작을 일으키신 마마 때문에 큰일을 겪으셨습니다. 혼절을 해 의식이 없는 상태였던 강부인을 모시고 시비들이 밖으로 나가자 그곳에서 기다리고 계시던 매부인은 강부인을 본인의 처소로 옮기려 하셨습니다. 감시가 없는 틈을 타 강부인께 회임이 안 되는 약을 먹이려 하셨습니다."

상궁의 말을 듣고만 있으면 결국 저 모든 것들이 자신의 목을 조르는 결과밖에 안 된다는 걸 빠르게 파악한 곽대인은 성급하게 굴었다.

"폐하, 저런 말을 들으셔선 안 됩니다! 네 이년! 지금 이곳이 어딘지 알고 그런 망발을 지껄인단 말이더냐!"

귀가 아플 정도로 소리를 쳐대는 곽대인이었지만, 춘삼은 당황하는 법이 없었다. 그녀는 챙겨 왔던 작은 주머니와 적잖은 무게를 자랑하는 상자를 내놓았다.

"이것이 매부인께서 강부인께 먹이려 했던 독초이고, 이것은 사전에 받은 금은보화입니다."

이태감이 상자를 받아 그걸 황제의 책상 위에 올렸다. 뚜껑이 열리고 그곳에 담겨 있는 갖가지 패물이 모습을 드러냈다. 서늘한 눈빛으로 그것들을 살피던 황제는 가장 안쪽에 담겨 있던, 붉은 산호로 만든 긴 목걸이를 꺼냈다. 목걸이의 연결 부위는 옥으로 되어 있었는데, 그 표면에는 매라는 글자가 유려하게 박혀 있었다.

"상자의 인장과 목걸이 겉면에 찍힌 인장은 분명 매씨의 것입니다. 이건 제가 따라 한다고 해도 할 수 없는 것이지요."

박혀 있는 글자 자체가 패물의 증명서나 다름없는 것이었다.

황제는 제 손가락에 걸린 목걸이를 곽대인에게로 내밀었다. 이제는 어떤 식으로 시끄럽게 굴 것이냐고 묻는 듯한 눈빛과 마주한 곽대인은 고개를 저었다.

"하늘이 두렵지도 않더냐. 어찌 아무 죄 없는 매부인을 모함하려 든단 말이더냐."

증오를 담아 바라보는 매서운 눈빛에도 춘삼은 동요가 없었다.

"하늘이 보고 계시니 제가 매부인의 뜻대로 움직이지 않은 것입니다. 하지만 부인께선 본인 뜻대로 일이 진행되지 않자 그에 대한 화풀이로 멀쩡한 어린아이를 반병신으로 만드셨습니다. 그런 악독한 분께서 어찌 한 나라의 황후가 될 수 있겠습니까."

"함부로 지껄이지 마라! 네년이 진정 혀가 뽑혀 나가야 바른 말을 할 모양이로구나!"

구석에 내몰리게 되자 저도 모르게 언성이 높아진다. 멀찍한 곳에 서 있던 이태감의 미간으로 깊게 파인 주름을 본 곽대인은 화들짝 놀라 황제를 바라봤다.

늙은 상궁년이 지금 거짓을 고하고 있다고. 이 모든 건 사실이 아니라고. 자신을 믿어 줘야 한다며 간절함을 담아 바라보는 눈빛에도 황제는 흔들림이 없었다.

"상궁 춘삼의 말 중에 틀린 게 없고, 모든 게 사실이다. 그에 대한 증좌도 충분하다. 그대가 아니라고 잡아뗀다 해서 벌어진 일이 없었던 게 되는 건 아니지."

"분명 이 모든 게 음모입니다. 누군가 매부인을 견제하고자―."

"견제 따위는 없었고, 이 모든 일이 매부인의 경솔함으로 빚어진 일이다. 때문에 짐은 이번 일을 가벼이 넘길 수 없다. 자네가 원하는 대로 일의 경중을 철저히 조사하고 알아본 후, 그에 걸맞은 철퇴를 내릴 거다."

"……."

등골이 오싹해진 곽대인은 눈을 부릅떴다.

앞서 그가 입을 턴 게 있었기에 황제가 저런 식으로 말한다는 걸 모르지 않았다. 갑작스런 매부인의 부름을 받고 급히 입궁했기에 정보가 부족했다. 이번 사태를 정확하게 꿰뚫지 못했던 만큼 재차 언성을 높이면서 그런 게 아니라는 말은 할 수 없었다. 그런 말을 해 봤자 결국에는 황제의 화만 돋울 뿐이었다.

예전만큼의 위세를 부리지 못하는 춘삼이라 하나 만만찮은 사람이었다. 더군다나 지금의 황제는―.

마른침을 삼킨 곽대인은 자세를 바로 하고는 고개를 숙였다.

"폐하, 이 모든 게 총애를 얻고자 하기 위한 부인의 애달픈 노력이 아니겠습니까. 폐하께서 한 사람에게만 총애를 주시기에 그것이 문제가 되어서―."

"차라리 매부인을 통해서 다음 황자를 얻으라고 말하지 그러나?"

"폐, 폐하. 제가 어찌 그런 말을 할 수 있겠습니까. 제가 어찌, 그런."

곽대인이 진정 원하는 것이긴 했지만 지금 이 자리에서 인정할 만큼 어리석진 않았다. 동시에 황제가 먼저 저런 말을 꺼낸다는 것에서 그의 불쾌한 속내를 읽을 수 있었던 그는 식은땀을 흘렸다. 어찌 하면 곤란한 지금 상황에서 벗어날 수 있을지를 궁리하는 교활한 자의 민낯을 주시하며 황제는 입을 열었다.

"황후가 없어 내명부의 기강이 바로 서질 않는 거란 걸 내 모르지 않아. 그렇기에 나 나름의 방식으로 노력하고 신경 쓰고 있지. 그걸 안다면 자네가 직접 매부인을 찾아가 올바른 조언을 해 줘야 할 것이야. 한 번만 더 이딴 되지도 않는 짓거리를 벌인다면 그땐 나도 더는 참지 않을 것이다."

나지막한 음성 안쪽에 깔린 짙은 불쾌함을 느낀 곽대인은 마른침을 삼켰다.

내명부에 크고 작은 문제가 생겨도 적합한 반응을 취한 적 없던 황제였다. 그런 그가 이번에는 전과 다른 식으로 행동했다. 자신이 억지를 부리듯이 밀어붙이면 그걸로 다 될 거라 생각했는데, 처음부터가 안 좋았던 거다. 하지만 그걸 두고 후회해 봤자 돌이킬 수 없는 물이었다.

이럴 줄 알았다면 매부인을 먼저 찾아서 자초지종을 듣는 거였는데―.

식은땀을 흘리며 계속해서 눈알을 굴려대는 곽대인을 본 황제는 입을 열었다.

"적도 당장 눈앞에 있는 것이 더 두려운 법이지. 내가 한 말을 곱씹어 봐야 할 거네."

"……."

더는 눈알을 굴릴 수도 없어진 곽대인은 천천히 고개를 들었다. 시선이 부딪쳤을 때 황제가 눈빛으로 말했다.

시끄럽게 굴지 말고 이만 나가, 라고 말이다.

매부인의 부친을 들먹여도 해결될 수 없는 상황이었다. 지금껏 매부인이 많은 사고를 치긴 했지만, 지금과 같은 난관과 맞닥뜨린 적이 없었다. 이를 어찌할꼬. 힘겹게 일어선 곽대인은 휘청거리며 밖으로 나섰다.

곽대인이 나가고 난 후, 황제가 명령했다.

"이번 일과 관련된 자들은 하나도 빠짐없이 전부 다 색출해라."

"그리하겠습니다."

깊이 고개를 조아린 이태감이 먼저 나가고 난 후, 황제는 상궁 춘삼을 바라봤다.

"수고했다."

"아닙니다. 지은 죄가 있는 노비를 다시금 불러주셨으니, 이보다 더한 일도 얼마든지 할 수 있습니다."

꽤나 충성스럽게 들리는 말이지만 황제는 별 감흥이 없는 얼굴이었다.

"그녀가 강부인과 만났을 때, 뭔가 이상한 행동을 취하지 않았더냐."

그녀가 폐비를 일컫는 것이라는 걸 깨달은 춘삼은 조금 더 고개를 조아렸다.

"안이 소란스러워지더니 금방 뭔가가 박살 나는 요란한 소리가 퍼졌습니다. 놀라 들어가 보니 두 분이 나란히 쓰러져 계셨지요. 제가 아는 건 그뿐입니다."

춘삼이 보기에 강부인은 강단 있고 눈치도 빨랐다. 황제 앞이라 순순히 말하는 것이지 정말은 방 안에서 본 것들은 영원히 함구해야 할 부분이었다. 실제로 무겁게 입을 다물고 마는 춘삼의 모습에 그래, 라고 짧게 답한 황제가 말했다.

"이번 일에 대한 보상으로 네가 고향으로 내려가는 걸 허하겠다."

짧은 순간 춘삼의 눈앞으로 정겨운 고향집이 떠오르는 듯했다.

어릴 적에 고향 땅을 떠나 벌서 몇 해가 지났을까. 과연 자신이 아는 사람들이 아직도 그곳에서 살고 있을까. 궁 밖으로 나가 하루라도 마음 편히 잠들 수 있다면 그보다 좋을 게 없겠지만, 다 부질없었다. 춘삼은 느리게 고개를 저었다.

"아닙니다. 어차피 곧 떠날 몸이니 마지막까지 폐비를 모시겠습니다. 저 말고는 이제 남아 있을 사람도 몇 안 됩니다."

황후의 기세가 하늘을 찌를 때에는 춘삼의 악명 또한 덩달아자자했다. 기회가 찾아오면 망설이지 않고 폐비를 버릴 사람인 것 같았는데, 잘못 여긴 모양이었다. 의외의 대답을 들었지만, 딱히 중요한 것도 없는 부분이었다. 황제에게도 춘삼 같은 자가 폐비 옆에 있는 게 편했다.

"한 가지 자네에게 묻고 싶은 게 있어. 대답해 줄 수 있겠나?"

"폐하 앞에서 숨길 건 아무것도 없습니다. 제가 아는 선에서는 모든 것들을 솔직하게 말씀드릴 것입니다."

고개를 숙이는 춘삼은 더 없이 충성스러워 보였지만, 그것도 본인이 답할 수 있는 질문에 따라 달라질 수밖에 없었다. 이쪽이 건네는 말에 답하기 곤란하거나 아니다 싶은 것에 대해선 어찌할까.

거의 변화가 없는 춘삼의 얼굴에 시선을 고정한 채로 무헌은 천천히 입을 열었다.

＊　　＊　　＊

무릎이 나가고 팔에도 금이 갔고 자잘하게 다친 곳이 많았다. 여기까지 제 스스로 걸어서 돌아온 것 자체가 기적이라며 혀를 내두르던 의원은 단의 굳은 얼굴을 보곤 망설이다가 입을 열었다. 이대로 이곳에 둬 봤자 회복이 더딜 수밖에 없으니 퇴궁을 시키는 게 어떻겠느냐고 말이다.

일하지 못하는 노비를 곁에 둬 봤자 짐밖에 되지 않았다. 궁밖으로 내보내면 더 신경 쓸 필요도 없고, 다른 튼튼한 시비를 얻으면 그만이었다. 부인들이 제 아래에 두고 부리는 아이들에게 크게 신경 쓰지 않는 경우가 대부분이었기에 딴에는 좋은 생각이다 싶어 꺼낸 말에 단은 대꾸가 없었다. 오히려 더 차갑게 가라앉은 눈빛을 본 의원은 그제야 본인이 말실수를 했음을 깨달았다.

안색을 굳힌 채로 있는 의원을 두고 단은 입을 더 꾹 다물었다. 그렇지 않는다면 저도 모르는 사이 거친 말을 내뱉을 것 같았기 때문이었다. 따지고 보면 의원은 잘못이 없었다. 그저 이쪽의 부름을 받고 치료를 해 주기 위해 달려온 자였다. 몇 번 호흡을 삼켜, 마음을 채우는 화를 가라앉힌 단은 굳은 목소리로 말했다. 쓸데없는 말은 하지 말고 당장은 영비를 치료하는 일에 신경 쓰라고 말이다.

의원이 치료를 마치고 나간 게 조금 전이었다. 한약을 달이던 시비는 뒤를 돌아봤다.

영비의 처소에는 아직도 단이 있었다. 느린 부채질을 하면서 불의 크기를 조절하던 그녀는 무거운 한숨을 쉬었다.

"재수 없게 웬 한숨이야."

괜히 내쉬는 한숨이 아니라 딴에는 마음이 답답해서 저도 모르게 튀어나온 거였다. 그걸 두고 재수 없다 어쨌다 말하는 것 자체가 더 싫다면서 눈을 흘긴 시비는 재차 한숨을 쉬었다.

이번에는 동료 시비도 뭐라 하지 않았다. 다들 애써 태연한 척 굴지만 마음은 다 똑같았다. 영비가 저렇게 되고 나니 이래저래 생각이 많아졌다.

"그러게 알아서 눈치껏 조심할 것이지."

"조심한다고 해서 빠져나갈 수 있겠어? 영비도 다 알고선 따라간 거지."

그 상황에서 저들이 오라는 대로 가지 않을 수 없고, 하라는 대로 따르지 않을 수 없었다. 다 알고 있었기에 전날 영비의 안색이 그토록 죽상이었던 거고, 몇 번이고 자신들을 흘깃거렸던 거다. 도움을 청하는 그 눈빛을 어찌 모를까. 알면서도 외면한 건 바로 그들이었다.

사람도 봐가면서 충성을 하라 했다. 애초에 자신의 조언을 들어서 적당히 거리를 두었으면 좋잖은가. 궁 안에 있는 모두가 주시하는 부인의 옆에 찰싹 달라붙어 충신처럼 굴었으니. 몇 군데가 부러져도 할 말이 없었다. 죽지 않은 게 어디냐며 큰소리도 뻥뻥 치고 싶었지만, 아직도 정신을 차리지 못하는 영비를 봤기에 함부로 입을 열 수 없었다.

입을 다물곤 굳은 시선을 떨구던 시비는 쪼그리고 앉아선 긴 한숨을 내쉬었다.

"이러다 우리 모두 하나씩 끌려가는 건 아니겠지?"

"영비가 당했으니 다음은 없을 거야."

"다음이 없기는, 재수 없으면 너하고 나 둘 다 한꺼번에 붙들려 갈 수도 있어."

그때 그 모진 고문을 견딜 수 있을까. 영비를 떠올리자 소름이 돋았던 시비는 고개를 저었다.

"난 저렇게 맞으면 분명 아닌 말도 술술 내뱉고 말 거야. 그걸 어찌 참아."

"솔직하게 다 말해도 저들이 순순히 놓아줄 것 같아? 이래 죽나 저래 죽나 마찬가지라면 함부로 입을 놀리지 않는 게 상책이지."

웬일도 입 바른 말을 하나 싶었던 시비는 동료를 흘겨봤다.

"마음이 바뀌기라도 했니? 갑자기 너답지 않은 말을 한다."

"그냥 좀, 차라리 지금 모시는 부인이 훨씬 낫겠거니 싶어 서……."

무슨 말인가 싶은 얼굴인 동료를 두고 시비는 부채를 좌우로 흔들었다.

"영비가 저리된 건 마음에 좋지 않지만, 의원의 말에도 내치지 않는 걸 보니 괜찮은 분이로구나 싶었거든. 게다가 폐하께서 자주 찾으시잖아."

이런 일을 당했어도 황제의 관심을 받기란 힘들었다. 그런데 강부인은 처음부터 지금까지 계속 황제의 총애를 받고 있었다. 갑작스럽게 나타난 걸 두고 이래저래 말이 많았지만, 어찌 되었건 황제께서 잊지 않고 찾아오시면 그걸로 되는 거였다.

"우리가 여기에 와서 일하게 된 게 천운일지도 몰라."

처음에는 갑자기 나타난 이상한 부인을 모시게 된 것인가 싶어 입술을 앞으로 한 자나 내밀었지만, 잘못 생각한 걸지도 몰랐다.

부인의 가문도 중요하지만 그보다 더 큰 힘을 발휘하는 건 바로 황제의 총애였다. 덧붙여 아랫사람을 어찌 대하는지도 잘 살펴야만 했다. 영비가 처음부터 단에게 온 마음을 다하긴 했지만,

그렇다 해서 강부인이 그녀를 끝까지 책임져 줄 이유는 없었다.

시비는 재차 뒤를 돌아봤고, 그때 바깥이 소란스러워지는 걸 느꼈다. 설마하니 또 무슨 일이 벌어지는 건 아니겠지. 고개를 길게 빼자 저 앞에서 한 시비가 급히 달려온다. 이보다 더 다급한 일이 없는 것처럼 그녀는 빠르게 위아래로 손을 흔들었다.

"폐, 폐하께서 오셨어. 어서 부인께 말씀을 전해 드려ㅡ."

오늘 밤도 오신 건가.

눈을 크게 뜬 시비는 벌떡 일어나 급한 걸음을 옮겼다.

문 앞에 선 시비는 목소리를 가다듬은 후, 황제가 도착했음을 일렸다.

"부인, 폐하께서 오셨습니다."

부인의 처소에 황제가 찾아오는 것만큼 큰 경사가 없었다. 대부분 이런 말을 전해 들으면 어느 부인이든 버선발로 나오기 마련이었지만, 방 안에선 그 어떠한 미동도 느껴지지 않았다. 안 들릴 만한 목소리는 아니었는데 전해지지 않은 것일까. 이상하다 싶으면서도 시비는 재차 말을 꺼내려 했고, 동시에 문이 열리고 단이 나왔다.

한눈에 보기에도 굳은 얼굴인 그녀는 눈을 내리뜨며 시비를 봤다. 그저 황제가 왔다는 사실을 전한 것뿐으로, 크게 잘못한 건 없다 생각하면서도 왜인지 단의 눈빛을 마주할 수 없었던 시비는 기어들어 가는 목소리로 말했다.

"폐하를 기다리게 해선 안 되지 않겠습니까."

지금 당장 가 보는 게 맞는 일이라면서 입을 다문 시비는 숨을 삼켰다.

이쪽의 눈치를 살피는 시비를 두고 바깥을 살피자 그곳에는 부글부글 끓는 탕약기가 있었다.

"약을 다 우려내면 잘 식힌 후에 그걸 영비에게 먹여라."

"네. 그렇게 하겠습니다."

"너희들 눈에 영비가 미련해 보이고 탐탁지 않은 구석도 있겠지만, 그래도 같은 처지이니 잘 보살펴라. 영비가 정신을 차리고 건강해지면 간병을 잘한 너희들에게 큰 상을 내릴 테니까."

"맡겨만 주십시오."

더 깊이 고개를 숙이는 시비를 확인한 단은 그 앞을 지나쳐 갔다.

좁은 통로를 지나쳐 시비들의 처소를 나오자 넓은 앞마당에 서 있는 이태감과 황제를 모시는 자들이 보였다. 단은 저를 보고 먼저 인사를 올리는 자들을 지나쳐서 처소에 들어갔다. 뒤따라 움직이는 시비를 바깥으로 내보낸 후 단은 침전으로 들어가는 길목 가운데에 있는 긴 의자로 시선을 옮겼다.

그곳에 앉아선 탁자에 한 팔을 올린 무헌은 다른 곳을 보고 있었다. 자신이 들어온 걸 알면서도 모르는 척하는 걸 모르지 않던 단은, 그의 옆얼굴을 바라보다 그 앞으로 느릿하게 걸어갔다.

평소에는 건너편 자리에 앉았겠지만, 이번에는 아니었다. 무헌 앞에 서선 그를 내려다보곤 굳은 목소리로 물었다.

"영비를 저렇게 만든 자를 내가 직접 손볼 수 있도록 해 줘."

"……."

"똑같이 만들어줘야겠어."

단은 언제 저런 적이 있나 싶을 정도로 표정이 굳어 있었다. 여차하면 당장 본인이 짐작하는 인물에게 달려가 주먹으로 얼굴을 날리고 쓰러진 몸을 머리부터 발끝까지 잘근잘근 밟아댈 기세였다. 그것이 단순한 추측이 아니라, 단이 마음먹기에 따라 정말로 그런 짓을 저지를 수 있음을 알기에 무헌은 조용히 있었다.

그의 침묵이 답답했던 단의 얼굴에서 점점 표정이 지워진다. 그렇게 입 다물고민 있지 말고 무슨 말이라도 하라고 닦달하려던 찰나 무헌이 단의 손목을 붙잡았다. 갑작스러운 접촉에 단의 몸으로 힘이 들어간다. 본능적으로 손을 빼내려 했지만, 오히려 더 세게 잡아서 앞으로 당긴 무헌은 그녀를 제 옆에 앉혔다.

전에는 둘 사이에 탁자를 둔 채 마주하고 앉아서 별 느낌이 없었지만, 지금은 아니었다. 바로 옆에 무헌이 있었고 서로의 허벅지가 닿았다. 지나치게 거리가 가깝다. 그걸 의식하지 않을 수 없었던 단은 숨을 삼켰다.

그녀를 주시한 채로 무헌이 말했다.

"이번 일을 저지른 건 매소희고, 그녀의 아비는 바다 너머 저 사막의 지배자다. 먼 곳임에도 불구하고 대륙에도 그 명성이 다다를 정도로 용맹한 전사지. 별 볼 일 없는 가문의 여자가 제 딸을 모욕했다는 걸 전해 들으면 참지 않을 거다. 수만의 전사와 말을 배에 태워서 바다를 건너오겠지."

"바다가 그렇게 호락호락한 줄 알아? 운 때가 좋아야 그놈들 중 하나도 안 죽고 대륙에 도착할 수 있을걸?"

노련한 뱃사람도 멀미를 달고 사는데, 사막에서 사느라 물 구경하기도 쉽지 않은 놈들이 배를 타고 버틸 수 있을 리 만무했다. 지금 제 손에 쥐고 당장 휘두를 수 있는 게 아니라면 하나도 두렵지 않았다. 단은 이를 드러냈다.

"의견이 안 맞으면 서로 주먹을 휘둘러서 풀고는 하잖아. 그런 자리를 마련해 줘. 사람답지 않은 짓을 저지르는 년에겐 내가 한 수 단단히 가르쳐 줄 테니까."

"……."

"뭘 그렇게 보고만 있어. 지금 내가 하는 말 안 들려?"

대단한 걸 바라는 게 아니었다. 그저 그 사람 같지도 않은 여자와 단둘이 마주할 수 있는 자리만 마련되면 되었다. 딱 한 대씩만 주고받아도 된다. 한 방으로 그 재수 없는 면상을 평평하게 만들어 줄 거라면서 단은 눈을 빛냈다.

단이 하는 말을 듣고만 있던 무헌이 옆으로 고개를 돌리더니 실소를 흘렸다. 왜 사람이 하는 말에 대한 답은 해 주지도 않고 저리 웃기만 하는 건가 싶어 단의 안색이 점차 굳는다.

"네 생각도 나쁘지 않군."

그 순간 대번에 단의 표정이 밝아졌다.

"그렇다면—."

"안 돼."

"······."

"그렇게 쳐다봐도 절대로 안 된다."

무헌은 단의 주먹을 잘 알고 있었다. 웬만한 사내들보다 장사인 데다 시장 바닥에서 싸움꾼으로 몇 년을 보냈으니, 그 실력이 어디에 가겠는가. 매소희가 기가 세고 만만치 않다고는 해도 단의 상대가 될 수 없었다. 단이 원하는 그런 방식으로는 그녀와 부딪치게 할 수 없었던 만큼, '그러지 말고―.'라는 단의 간절한 눈빛에도 고개를 저었다. 그 단호한 고갯짓에 단의 표정이 굳는다.

아랫입술을 잘근잘근 씹던 단은 이내 황제인 무헌에게 반말짓거리를 하고 있었음을 깨달았다. 하지만 지금은 그런 건 아무래도 좋았다. 영비를 떠올린 단은 잡힌 손목을 위아래로 흔들었다. 놓아주지 않을 것처럼 단단히 쥐고 있던 무헌의 손이 쉽게 떨어진다. 단은 바로 몸을 일으켜선 탁자 너머 반대편 의자에 앉아선 그대로 그 위에 엎드렸다.

탁자 위로 쏟아지는 단의 긴 검은 머리카락과 그녀의 하얀 목덜미를 본 무헌은 그곳에 시선을 고정했다. 처음에는 얌전히 있던 단의 어깨가 위아래로 들썩이더니 곧 움켜쥔 손으로 탁자 위를 내리친다.

"어떻게 죄 없는 사람을 그 모양으로 만들 수 있는 거지?"

같은 사람으로서, 어찌 그렇게까지 할 수 있냐면서 단은 움켜쥔 손에 더 힘을 주었다.

턱을 괸 채로 단을 내려다본 무헌은 그녀의 주먹이 놓인 탁자 주변을 살폈다. 다행스럽게도 수백 년 된 고목으로 만들어진 탁자는 금이 가지 않았다.

"여기에 있는 자들에겐 그런 것 따위는 아무 문제가 안 되지. 쉽게 건드릴 수 없는 사람에게 타격을 입히고 싶고, 뭔가 뒤집어 씌울 거리가 필요했는데 뜻대로 되지 않으니 방향을 선회해서 공격하는 거지. 너를 가장 따르고 아꼈던 시비를 반죽음 상태로 만드는 거야."

"……차라리 날 건드려야 했어."

"그리하고 싶었겠지. 하지만 네가 화부인의 도움을 받아 빠져 나갔으니, 화풀이할 대상이 필요했던 거야."

움켜쥔 손에 더 힘을 준 단은 고개를 들어선 무헌을 노려봤다.

"화풀이를 하겠다고, 사람을 저 지경으로 만들어?"

"지금 네 위치가 그 정도밖에 안 되는 거지."

"……"

"네가 위엄이 서면 네 시비들의 지위도 높아지지. 그 누구도 널 함부로 건드리지 못하게 되는 거야."

"내가 여기에서 위엄을 세워 무얼 하겠어. 이상한 소리 하지 마."

무헌은 단을 내려다봤다. 눈 한 번 깜박이지 않고 저를 응시하는 시선이 이상하게 다가왔다. 왜 저러나 싶으면서도 단은 그 시선을 피하지 않았다.

어찌 보면 둘이서 눈싸움을 하는 것 같기도 했다. 공기 사이로 흐르는 미묘한 긴장감이 불편하게 다가왔지만, 동시에 편안했다. 어느덧 단은 탁자에 엎드린 채로 고개를 옆으로 기울여 무헌의 얼굴 생김새 하나하나를 뜯어봤다.

좋은 곳에서 맛있는 음식을 먹고, 최상의 것들로만 온몸에 휘두르니 확실히 전과는 달랐다. 단순히 나이를 먹어 외모가 성숙한 것하고는 다른 변화였다. 태도나 말하는 것 등은 예전하고 똑같았지만, 황제가 되었기 때문인지 하는 말 하나하나에 특별한 의미가 담겨 있는 것처럼 여겨졌다.

하지만 다른 사람도 아닌 자신 앞에서끼지 그리할 필요가 있을까. 조금은 편하게 자신을 대할 순 없는 걸까. 어쩌면 이미 그렇게 하고 있는 걸지도 모르지. 그러니 이런 식으로 건방지게 반말을 틱틱 내뱉어도 그걸 듣고만 있는 거겠고.

단은 입을 열었다.

"드디어 늑대가 나를 찾아왔구나."

"……."

"폐위되었다던 황후라는 여자가 나에게 그렇게 말했어. 그건 어떤 의미야?"

자신의 정체를 숨기는 건 새삼스러울 것 없는 일이었다. 하지만 그건 자신의 변화를 눈앞에서 봐서 이미 알고 있는 무헌뿐으로, 다른 이들은 아니었다. 황후는 어찌 알고 그런 말을 할 수 있었을까. 자신에 대해서 알고 있는 누군가가 그녀에게 알려 준 게

아닐까. 궁 안에 자신이 누군지 어디에서 왔는지를 아는 자들이
있었다.

"솔직히 말하자면 우리가 이런 식으로 얼굴을 마주하는 건 이
상한 일이야. 그렇지 않아?"

어느새 단은 탁자에 팔꿈치를 올리고는 무헌 쪽으로 얼굴을
길게 내밀고 있는 채였다.

단은 지금껏 일족이 아닌 대상하고는 단 한 번도 입에 담지 않
았던 말을 할 참이었다. 해도 괜찮을까. 의문이 들었지만, 이전
에 그녀의 입술을 타고 말이 흘러나왔다.

"소율태국과 우리 늑대족 사이에는 오랫동안 이어져 나오려
는 족쇄가 있어. 그게 뭔지 너는 알까?"

"황제의 허물을 받은 장군이 사람으로 살지 못하게 되었다."

"……."

"넌 그 말을 정말로 믿는 거냐."

무헌이 저리도 쉽게 그 말을 입에 담을 줄은 몰랐다.

지나칠 정도로 태연한 그의 반응에 단도 덩달아 담담하게 대
응할 수 있었다.

"그게 아니라면 우리의 존재를 설명할 수 있는 게 없잖아."

늑대족이라면 누구나 그 이야기를 알고 있었다. 황제의 허물
때문에 그 곁을 지키던 장군이 늑대가 되었고, 결국엔 사람들에
게 배척당해서 도망치듯 빠져나와야 했었다고 말이다. 사람들
이 알지 못하는, 두 번 다시 그들과 만날 수 없는 숲 속 깊은 곳

으로 몸을 피해야만 했다.

때문에 태어나는 순간부터 바깥세상과 단절되어야만 했던 단은, 소율태국의 초대 황제라는 인물에 대한 반감이 깊은 편이었다. 그 사람이 무슨 죄를 지었는지는 몰라도, 하늘의 노여움을 사지 않았다면 자신들이 늑대로 변하거나 해서 사람들과 어울리지 못했을 리가 없으니 말이다. 그 부분에 대해선 명백하게 자신들이 피해자였다. 그걸 두고 다른 이론을 앞세우거나 쓸데없는 말을 할 셈이라면 그만두는 게 좋을 거라면서 단은 매섭게 눈을 치뗬다.

그때 무헌은 나직하게 중얼거렸다.

"배가 먼저냐. 감이 먼저냐. 단지 그뿐인 일이지. 한 나라의 황제라는 자리는, 누구에게라도 탐이 날 수밖에 없는 것일 테니까."

"무슨 말을 하고 싶은 건데."

쉽사리 언급할 수 없는 말을 먼저 꺼낸 건 이쪽이었으니 가능한 많은 대화를 주고받고 싶었다. 무헌이 하는 말을 전부 이해하는 것처럼 그렇구나, 그런 거였어, 라고 하고 싶지만 그럴 수 없었다.

그는 대체 무슨 말을 하고 싶은 걸까. 자신이 모르는 무언가를 알고 있는 걸까.

"난 바깥에서 나고 자란 황자였어. 그런 내가 어찌 황제가 될 수 있었을까. 그런 내가 황제가 되는 걸 과연 모든 사람들이 좋아라 했을까. 아무런 역경 없이, 지금 이 자리와 옥쇄를 손에 넣을 수 있었을까?"

무헌은 손을 움켜쥐었다.

"과연 내가, 황제가 되고자 했을까?"

"……."

지금 이 순간, 무헌이 그 누구에게도 꺼내놓지 못했던 고뇌를 내보이고 있음을 느낀 단은 다음을 기다렸다. 중간에 끼어들지 않고, 알 수 없는 말에 대해 의문을 드러내지 않고 그저 응시하고만 있었다.

그런 단의 침묵이 도움이 되었던 걸까. 짧은 순간 무섭도록 굳은 얼굴로 있던 무헌은 강하게 움켜쥔 손을 펼치고는 탁자 위에 올렸다.

"황후가 폐위가 되었던 건, 그녀가 주술을 써서 본인의 아들을 황제로 올리기 위해서였지. 혈통으로 따지면 내 형님이자 적자인 그가 황제가 되는 게 맞았어. 하지만 결국 황제가 되었던 건 나였고, 그게 가능할 수 있었던 건 선황의 욕심 때문이었지. 그는 자신이 사랑했던 여인의 아들이었던 내가 황제가 되길 원했던 거야. 하지만 암만 황제라 할지라도 적자가 아닌 바깥에서 숨겨 놓고 키운 자식을 황제로 올리는 건 쉽지 않은 일이야. 아주 많은 사람들과 술수가 오갔겠지. 나는 모르지만, 내가 수습해야 하는 거래도 상당했겠고. 그 중간에 너희 늑대족과 네가 내 곁에 있게 된 것도 어찌 보면 우연이 아닐지도 모르지."

"……."

내내 이해하기 힘든 말을 듣고만 있었던 단의 안색이 굳는다.

저를 바라보는 무헌의 눈빛이 평소와 다름을 깨달았다.

설마하니 자신에게 다른 목적이 있기에 자신이 그의 곁에 있는 거라고 생각하는 걸까. 정말 그런 의심을 품고 있는 거라면 무헌은 바보 똥멍청이였다.

단이 바깥으로 나온 건 어디까지나 안에서의 삶이 답답하고 숨이 막혔기 때문이었다. 다른 누군가를 위해서가 아니라 나 자신을 위해서, 그리고 동생들은 좀 편하게 살았으면 싶어서였다. 그걸 위해 다른 누군가의 도움을 받은 적도 없고 바란 적도 없나. 하나에서부터 열까지 모두 자신의 노력에 의해서 일은 결과물이었다.

나오자마자 남가주 당산의 구량의 눈에 든 것도, 상단에 들어가 하나에서부터 열까지 차근차근 배워 나간 것도. 주변 사람들과 어울리는 법을 익히고 자신의 자리를 만들어 낼 수 있었던 것도, 죄 자신이 노력했기 때문이었다.

단은 남가주 상단 안에 있었을 때의 무헌을 떠올렸다.

매사 모든 게 심드렁하고 흥미 없는 얼굴로 어슬렁거리며 다녔었다. 단의 눈에는 그게 참 한심하고 이상했다. 뭐가 저렇게 불만인 걸까. 정작 저는 다른 사람과는 비교할 수도 없는 곳에서 편하게 지내면서 힘든 일도 거의 안 하면서. 몸을 움직이지 않고 자리에 앉아서 생각만 하니까 그런 거다. 몸을 써보고 부딪쳐 봐야 하나를 배워도 정확하게 알 수 있는 거다.

정보도 마찬가지였다. 뭔가를 의심하고 이상하다 생각하기 이전에 그걸 입 밖으로 내뱉을 만한 근거가 있는 건지부터 검토해야 할 게 아닐까. 그래야 자신이 이렇게까지 마음이 상할 일도 없을 테고.

어느덧 단은 자세를 바르게 하고 앉아서 단호하게 말했다.

"난 아니야."

"……."

"절대로 아니야."

자기 변론을 위한 말 치고는 우스꽝스러울 정도로 간단하고 별거 없는 말이었다. 다른 누가 이딴 식으로 말한다면 자신도 믿지 않을 거라 생각하지만 더 할 말이 생각나지 않았다.

"알고 있어."

"……."

엉성한 변론을 무헌이 의심하고 제대로 들어주지 않는다면 어쩔 수 없겠거니 싶었던 단은 눈을 끔벅였다. 단이 아니라고 말했던 것처럼 어딘가 엉성한 반응이었지만, 그것이 기쁘고 심장이 뛰었다.

말은 저렇게 해도 정말은 자신을 믿고 신뢰하고 있었던 거였구나. 그런 거라면 처음부터 저럴 것이지—.

"너처럼 어설픈 녀석을 이용하는 건 그리 좋은 생각이 아니지. 일을 성공하기에 앞서 망칠지도 모른다는 걸 걱정해야 할 테니까."

기분 좋았던 것도 잠시, 바로 언짢아졌다. 잠시나마 좋은 녀석이라고 생각했던 거 다 취소라면서 불편한 심기를 드러내는 단을 두고 무헌은 턱 아래에 손가락을 갖다 댔다.

"그들은 너라는 존재가 내 앞에 나타날 거라고는 생각하지 못했겠지."

거기까지 말한 후 무헌은 재차 진지하게 단을 응시했다. 눈한 번 깜박이지 않고, 더없이 심각하게 주시하는 무헌을 두고 단은 얼굴로 열이 오르는 걸 느꼈다.

이건 어디까지나 아까의 말 때문이었다. 알고 있다고 해 주었기에 그게 기뻐서 얼굴이 달아오르는 거지, 그 외에 다른 이유가 있는 건 아니었다. 만에 하나라도 붉어진 두 뺨을 두고 쓸데없는 말을 하면 가만히 있지만은 않을 거라며 단은 아랫입술을 깨물었다.

"소율태국의 초대 황제는 여성이었고, 장군은 사내였지."

흠칫, 단의 눈동자가 흔들렸다.

이번에도 역시나 대화의 흐름과는 전혀 맞지 않는 뜬금없는 말이었지만, 그냥 흘려 넘길 수 없었다. 고개를 든 단은 짙은 의혹이 담긴 목소리로 되물었다.

"남자라고, 알고 있었는데?"

분명 황제가 천신제를 위해서 제를 올렸는데, 갑자기 하늘로 먹구름이 몰리더니 온 땅 위로 벼락이 떨어졌다 했다. 놀란 황제와 대신들이 엎드려 절하며 하늘의 노여움을 풀고자 하였지만,

가라앉기는커녕 더 심해졌다. 하늘은 황제의 허물을 탓하며 그대와 같은 자는 황제가 될 수 없다 했고, 장군이 대신 그 허물을 받아들여 늑대가 되었다.

그게 몇 번이고 들은 이야기였는데 아니었던 걸까. 자신이 알고 있는 것 외에 다른 무언가가 있었던 걸까. 도통 이해가 되질 않아 아리송해하는 단을 두고 무헌은 혼잣말하듯 중얼거렸다.

"숨기고 싶었던 게 있었을지도 모르지. 우리가 알고 있는 사실 중 대부분은 가짜야. 거짓말이지. 그러니 온전히 죄 믿어선 안 돼. 거기서부터 큰 실수를 저지르고 시작하는 것일 테니까."

그리고 무헌은 바로 거짓에 의문을 두고, 그것이 무엇인지를 궁금해하고 있었다.

혹시나 하는 마음으로 단은 물었다.

"알아보는 게 있구나?"

"……."

반신반의하면서도 동시에 확신하는 게 있었다. 무헌은 달리 알아보는 게 있었고 자신이 모르는 것들을 더러 알고 있었다. 그렇게 알아보다가 사람들이 알고 있는 사실하고는 다른 진실을 알게 된 걸지도 모르지. 그것에 대해서 자신이 들을 수 있을까.

자신이 다른 꿍꿍이가 있어 이곳에 와 있는 게 아니라고 하자 알고 있다고도 하지 않았던가. 자신을 믿는 게 있으니 그런 말도 하는 게 아니겠나 싶었던 단은 눈 한 번 깜박이지 않고 무헌을 응시했다.

더 없이 진지한 단을 두고 무헌이 말했다.

"다시 한 번 말하지만, 네가 우습게 보이니까 이런 일이 벌어지는 거다."

뭔가 계속 이어지던 흐름하고 맞지 않는 말이었다. 주고받아야 할 우리의 대화는 그런 게 아니잖아. 그런 생각을 하면서도 재차 앞선 대화로 말을 옮길 수 없었다.

누구에게나 쉽게 말할 수 없는 일이 있기 마련이었다. 자신이 적극적으로 나서 도움을 줄 수 있는 게 아니라면 캐묻는 건 실례였다. 일단은 그가 자신을 믿어 준다는 것에 의미를 두자면서 단은 밀했다.

"화도 강씨라고는 하지만 난 알지도 못하는 가문이고, 아무 상관도 없어. 다들 저 화부인하고 내가 먼 친척이라고들 떠들어대는데 그게 사실인 것도 아니잖아. 무슨 일 생길 때마다 그녀를 찾아가 도와달라고는 더더욱 할 수 없는 노릇이고, 그리고……."

"나를 들먹이면 되잖나."

"……."

"내명부에서 가장 강력한 힘은 황제에게서 나오는 거다. 넌 이미 매부인을 누를 수 있는 힘이 있어."

부인은 여럿이고 황제는 한 사람이었다. 그런 그의 총애를 받고 있다는 건 엄청난 일이었다. 부인들이 여럿 모여 있는 자리에서 얼마든지 콧대를 세우고 콧방귀를 뀌어도 상관없을 정도였다. 하지만 단은 그리할 수가 없었다.

저들이 생각하는 것처럼 황제와의 관계가 깊은 것도 아니고, 둘이 있다고 해서 이상한 일을 하는 것도 아니었다. 무헌은 자신을 골리고 그게 아니면 각자 따로 다른 일을 하곤 했다. 단은 책을 읽다가 구석에 웅크리고 누워서 자고, 그러다 이태감이 들고 오는 간식을 먹고. 무헌이 자신의 처소를 찾아와도, 뭐 눈 뜨면 늘 침대에 누워 있긴 했어도 그가 제 몸에 손을 대는 것도 아니고ㅡ.

총애를 받는 것처럼 보여도 그게 사실이 아닌데, 그걸 무기처럼 휘두르고 싶지 않았다. 덧붙여, 제 입을 통해 '난 황제의 총애를 받는 부인이다.'라고 떠드는 것도 싫었다. 꼭 그런 식으로 서로가 느끼는 감정을 떠벌려야 하는 건가 싶어 거부감부터 들었다.

안색을 굳히곤 쉽게 표정을 풀지 못하는 단을 두고 무헌은 품에 손을 넣었다. 다시금 바깥으로 나온 그의 손에는 붉은 비녀가 들려 있었다.

"그걸 어떻게……."

붉은 비녀를 보는 순간 두근, 하고 묵직하게 심장이 뛰었다.

굳어지는 단의 눈빛을 본 무헌은 비녀를 만지작거렸다. 그가 무슨 말이라도 하지 않을까 싶었으나 아니었다. 말없이 그렇게 한참을 있던 무헌은 비녀를 단의 앞에 내려놓고는 몸을 일으켰다.

"네 시비는 곁에 데리고 있으면서 치료를 받을 수 있도록 해 줄 거다. 너도 네가 할 수 있는 선에서 얼마든지 이번 일에 대한 유감을 드러내도 상관없지만, 네 위치를 상기해라. 많은 책을 읽었겠지. 이태감에게 궁중 암투에 대한 말도 들었고. 네 시비가 곁에 붙어서 알려 준 것도 있을 거야. 상대를 깔아뭉개되 너에게 손해가 없도록 해야 할 거다."

탁자 위에 한 손을 올린 그는 단에게로 고개를 숙인 후 나직하게 말했다.

"내 총애를 가장 많이 받는 부인이 바로 너다. 그러니 그에 걸맞게끔 행동하도록 해."

그 말을 남기고 무헌은 안쪽으로 들어갔다.

바로 이해하기 어려운 말을 늘어놓나 싶더니 돌아가는 게 아니라 침상으로 들어간다. 능숙하게 본인의 겉옷을 벗고 신노 대충 벗어 침대 아래에 둔 무헌이 근처의 불을 끄고 누웠다. 그걸 확인한 단은 고개를 숙였다. 여전히 제 앞에 놓인 낡은 붉은 비녀를 보다가 그 위에 손가락을 댄다.

좌우로 쓰다듬듯이 비녀를 건드린 후에 손을 움켜쥔 단은 고개를 들었다. 허공을 응시하는 그 눈빛은 한결 가라앉아 있었다.

*　　*　　*

모래 위에 검게 탄 가루를 뿌리고 비워진 향로 안에 새로운 하얀 가루를 넣었다. 그리고는 붉은 긴 막대를 세우자 곁에 서 있던 시비가 그곳에 촛불을 갖다 댄다. 막대 끝이 검게 타들어 가면서 하얀 연기를 만들어 냈고 거기서부터 좋은 향이 올라왔다.

눈을 감고 제 쪽으로 손을 움직여서 더 잘 향을 맡으려던 화소영은 문 열리는 소리에 고개를 들었다. 나운이 들어서자 그녀 대신에 부인을 모시던 시비들이 알아서 물러났다. 주변에 있는 자들이 모두 물러나는 걸 확인 후 나운은 화부인에게 말했다.

"폐하께서 매부인에게 벌을 내릴 거라 하셨답니다. 조금 전에 곽대인이 매부인의 처소로 들어가는 것도 확인했고요."

"곽대인은 매부인보다 머리가 잘 굴러가는 사내다. 매부인이 선수를 쳐 움직인다면 황제가 더한 벌을 내릴 수 없을 거라는 것도 잘 알고 있겠지. 보나마나 먼저 석고대죄를 하라 일러 주었을 거다."

"과연 매부인 성정에 석고대죄를 할까요?"

"해야 할 거다. 지금껏 폐하께서 내명부 일에 이만큼 나서신 적이 없었으니."

화부인 말대로였다. 지금껏 황제가 내명부 일에 이렇게나 관여하고 개입한 적이 없었다. 들자하니 매부인의 소행을 속속들이 알고는 잡아뗄 수 없도록 증좌까지 구해냈다 했다.

나운이 보기에도 매소희의 이번 행동은 지나친 감이 있었다. 자신이 황제라 해도 그녀를 용서할 수 없을 것 같긴 했지만, 생각한 것보다 상황이 더 심각했다.

"이렇게가 아니라면 강부인이 폐비를 만난 걸 덮을 수 없을 테니 매부인이 석고대죄를 하지 않는다 하면 폐하께선 더한 걸 받아 내려 하실 거다."

매소희가 문제를 일으킨 건 새롭지 않으나 황제가 이런 식으로 대응하는 건 처음이었다.

"폐하께서 왜 이렇게까지 하시는 걸까요. 정말 이상합니다."

"그분께서 이번 일에 나선 게 무엇이 이상하냐. 진즉부터 이리 했어야 했다."

"하지만……."

한 번쯤은 매부인을 눌러두는 게 좋겠지만, 이를 통해 강부인의 위상이 달라질 거다.

이번에 본 그녀는 순한 인상이었지만, 사람 속은 모르는 일이었다. 단을 바래다주려 했을 때 들은 말도 있고. 주인에게 숨길 순 없는 노릇인지라 화부인에게 오간 대화를 전부 알렸고, 심각해하는 나운과 달리 화부인은 옅은 미소를 지었다. '그랬단 말이지.'라고 중얼거리고는 더 말이 없던 그녀였다.

그때 화소영이 혼잣말하듯 중얼거렸다.

"이상하다 생각하지 말고 두렵게 여겨야 할 상황이다."

"무엇이 말입니까."

"겉으로 보기엔 매소희가 간 크게 일을 치다가 제 꾀에 넘어간 것 같지? 그렇지만 그건 사실이 아니야. 매소희는 덫에 걸린 거다. 그래서 빠져나갈 수 없어, 혼자 죄 뒤집어쓴 거지."

"설마, 폐하께서……."

중얼거리다 말고 나운은 입을 다물었다. 주인 앞이라 하나 꺼내기엔 여간 부담이 되는 말이 아니다. 그리고 내내 평온한 얼굴이던 화소영의 미간으로 옅은 주름이 한 개 잡혔다.

"폐하께서 무슨 생각이신지 모르겠구나."

"슬슬 후계를 봐야 하기 때문에 내명부 정리를 하고자 하심이 아니겠습니까. 지금처럼 매부인이 날뛰면 누군가 회임을 하더라도 문제가 일어날 수밖에 없으니까요. 그녀는 악독하여 복중 아기에게도 해를 끼칠 만한 사람입니다."

"폐하께선 아직 젊고 부인들도 하나같이 창창한 나이다. 후계 따위는 급할 게 없어. 오히려 지금 같은 때에 후계를 서두르는 건 폐하께 독이 될 수밖에 없다."

"……."

"이제 슬슬 본인의 지위를 받아들이고 그걸 누리셨으면 하는데, 아니신가 보구나."

화부인의 혼잣말을 듣긴 했으나 그 의미를 파악하기란 어려웠다. 대체 무슨 말을 하는 건가 싶을 수밖에 없었던 나운은 굳은 눈빛으로 제 주인을 바라봤다.

*　　*　　*

날이 밝자 매소희는 제 궁 앞마당에서 머리를 풀고 옷을 벗었다. 하얀 소복만을 입은 그녀는 무릎을 꿇고 앉아선 제 궁을 노려봤다. 석고대죄를 할 셈이긴 하나 굳은 그 표정이나 날 선 눈빛은 하기 싫은 일을 어쩔 수 없이 한다는 티가 숨겨지지 않았다.

허벅지에 올린 손을 움켜쥔 매소희는 전날 곽대인이 한 말을 떠올렸다.

'부인께서 하신 일이고 폐하께선 이미 그 증좌를 가지고 계십니다. 이번 일만큼은 부인의 부친도 도울 수 없습니다. 도우면 오히려 더 문제가 커져 부인만 난처해지실 겁니다. 그러니 눈 딱 감고 제가 하라는 대로 하십시오. 어허, 그렇게 흥분하고 화를 내실 때가 아니란 말입니다. 먼저 무릎을 꿇고 고개를 숙여야 폐하께서 직접 벌을 내리지 않으십니다. 부인이 나서서 죄를 정하면 동정표가 생길 수 있겠시만, 폐하의 벌을 받으시면 그 낙인은 쉽사리 지워지질 않습니다. 그건 끝까지 부인의 발목의 족쇄가 되어 무슨 일을 하든지 방해 요소밖에 안 됩니다. 사람들은 강부인이 부인의 콧대를 눌렀다 떠들어 대겠지요.'

내내 화를 가라앉히지 않고 계속 언짢아하던 매소희의 머릿속을 대번에 차갑게 식게 만드는 말이었다.

노려보는 매소희를 두고 곽대인은 가라앉은 목소리로 말했다.

'맹호는 먹잇감을 잡아챌 때를 압니다. 부인께서도 마찬가지지요. 사막의 여장부께서 고작 이런 일로 무너지셔서야 되겠습니까. 이번만큼은 제가 하라는 대로 하십시오. 폐

하께서도 부인의 다른 모습을 보셔야 하지 않겠습니까. 본
인이 저지른 일에 대해서 인정하고 받아들이는 모습을 보
이신다면, 폐하께서도 그 안에서 황후의 일면을 발견하게
되실 겁니다. 저를 믿으세요. 사내의 마음은 한결같지 않습
니다. 하물며 황제라니. 그 마음은 갈대보다 더 자주 바뀝
니다.'

딴에는 조언을 한답시고 지껄인 거였겠지만, 그조차도 매소
희의 마음에 들지 않았다.

다른 계집을 품고 있을 땐 황제의 마음이 이리저리 바뀌어도
상관없지만, 자신에게 정착했을 땐 영원히 옮겨갈 수 없을 것이
다. 자신이 꼭 붙들고 놓아주지 않을 거라면서 매소희는 굳은 눈
빛을 허공으로 던졌다.

"부인, 비가 올 것 같습니다."

그 말에 매소희는 하늘을 올려다봤다.

말대로 저 끝에서부터 먹구름이 몰려오고 있었다.

"폐하께 사람을 보내 부인께서 죄를 청하신다는 걸 알렸습니
다. 때를 봐서 빗줄기가 굵어지면 혼절하는 척하십시오. 뒷일은
저희가 알아서 처리하겠습니다."

오랫동안 무릎을 꿇고 앉아 있는 건 몸을 상하게 하는 일이었
다. 석고대죄를 한답시고 모든 걸 솔직하게 할 필요는 없었다.

이런 것도 상황을 봐가면서 하는 거였다. 매소희가 열심히 석

고대죄를 하였으나 갑자기 내리는 비로 열이 올라 혼절했다고 말을 해 두면 모든 게 알아서 잘 풀리게 될 거다. 날이 좋으면 댈 수도 없는 핑곗거리였다. 하늘이 돕는 게 아니냐며 눈을 빛내는 시비를 두고 매소희는 코웃음을 쳤다.

"그런 웃기지도 않는 변명을 폐하께서 믿으실 것 같더냐. 되었다. 내 여기서 폐하께서 오시기만을 기다릴 거다. 그분께서 오셔서 내 손을 잡고 일으켜야지만, 내가 자리를 물릴 것이다."

"마마, 그러지 마십시오. 폐하께서 오실 리가 없잖습니까."

황제가 내린 벌도 아니고 곽대인과 매부인이 머리를 맞대서 얻어 낸 방법이었다. 황세 입장에선 둘이 손을 잡고 본인의 뜻을 꺾으려는 것처럼 보일 텐데 여기까지 올 리가 없었다. 괜한 고집을 부려서 몸 상하게 하지 말고 적당히 포기할 줄도 알아야 한다 하려던 찰나 매소희의 날 선 눈빛이 날아든다. 시비는 급히 반대편으로 고개를 돌렸다. 그 탐탁지 않은 모습에 매소희는 혀를 찼다.

"다들 물러나라. 한마디만 더 하면 그 혀를 뽑아 버릴 것이야."

그녀라면 정말 그리할 거란 걸 알기에 시비는 한 손으로 입을 가리고 급히 물러섰다. 그러기가 무섭게 굵직한 물방울이 떨어졌다. 뚝, 하고 바닥 가운데에 만들어지는 얼룩을 본 매소희는 웃었다. 말도 안 되는 이 상황이 우습고도 우스웠던 그녀는 허, 하고 짧은 숨을 내쉬곤 고개를 들었다. 그녀의 시야에도 내리는 빗줄기가 담기기 시작했다.

그래. 쉽게만 가면 재미가 없지. 이번만 납작 엎드려 죽어지내고 다시금 도약할 거다. 그땐 반드시 강부인의 목을 부러뜨릴 거라면서 매소희는 뺨에 닿는 빗물에 신경질적으로 고개를 털었다.

천하의 매소희가 석고대죄를 하고 있다는 소식은 모두의 귀에 들어갔다. 흔치 않은 구경거리였기에 가서 직접 구경하고 싶은 마음도 있었지만, 정말 그걸 행동으로 옮기는 사람은 없었다. 이 석고대죄가 매부인이 원해서 하고 있는 게 아니란 걸 모르지 않았기 때문이었다. 이때 잘못 걸리면 두고두고 괴로워질 수 있었다. 때문에 모두가 시원하게 쏟아지는 빗줄기를 보기만 할 뿐, 매부인의 궁 근처에는 얼씬도 하지 않았다.

오후가 되었을 때에도 비는 그치지 않았고, 매부인은 여전히 자리를 거두고 일어나지 않았다. 처음에는 단순히 그녀가 석고대죄를 하고 있음을 떠들며 고소하게 생각하던 자들도 심각해질 수밖에 없었다. 매부인의 가문을 생각해서라도 이쯤해서 물려야 하지 않겠는가 싶었다. 사람은 밉지만, 그 가문을 신경 쓰지 않을 수 없었다. 때문에 몇몇 대신들은 입궁하여 황제를 알현하면서 그 말을 넌지시 꺼내 봤지만, 그는 묵묵부답이었다.

오늘따라 한가해 보이는 황제는 한 손에 책을 들고 그걸 읽고만 있었다. 답답함을 참지 못하는 일부 대신이 재차 매부인에 대해 말을 할라치면 황제가 책의 글귀를 하나 읽으면서 '이 뜻이 무엇일 것 같나.'라고 물어와 그에 대한 토론만 잔뜩 하고 건평궁을 나섰다.

밖으로 나온 대신들은 긴 수염을 쓸어내리며 연신 헛기침을 해댔다.

지금 황제가 괜한 고집을 부리는 것처럼 여겨져서다. 뭘 해서 든지 매부인의 석고대죄를 물려야 할 것 같은데ー. 고민하던 찰나 때마침 시야가 보이지 않을 정도로 내리는 비를 뚫고 건평궁 앞에 들어서는 자가 있었다.

"아이고, 태상. 어서 오십시오."

멀리서 다가오는 사내가 누군지 단박에 파악한 대신들은 태상이 전각 아래로 들어서기가 무섭게 다가갔다.

"말씀 들으셨습니까. 매부인이 아직도 석고대죄를 거두지 않았다 합니다."

모두가 아는 사실을 알려 주기 위해 이와 같은 말을 하는 게 아니었다. 이대로 가다간 큰일이 벌어질 수 있으니 황제의 옆구리를 찔러 매부인이 그만하도록 하자는 뜻이었다. 그걸 모르지 않았으나 지금과 같은 상황에선 태상도 빠른 눈치를 자랑할 필요가 없었다.

"곽대인은 오늘 입궁하지 않은 모양입니다."

"그렇습니다. 가장 먼저 달려와야 할 사람이 코빼기도 비치질 않으니ー."

"그렇다면 내 무슨 말을 해도 소용없을 겁니다."

고자질을 하는 아이처럼 열변을 토하려던 대신은 입을 다물었다.

"나서야 할 자가 나서지 않고, 뒷짐 지고 구경만 하는데 우리가 움직인들 무얼 하겠습니까. 똑같이 하는 게 상책입니다."

"그러다 매부인께서 쓰러지기라도 하신다면……."

"지금이라도 멈출 수 있습니다. 그런데도 버티시는 건 부인의 욕심이지요."

본인 몸을 상하게 해서라도 본인이 저지른 일을 덮으려 할 셈이었다. 그걸 모르는 자가 어디에 있겠냐만 대신의 표정은 여전히 굳은 채로 풀어질 줄을 몰랐다. 그때 태상이 앞으로 고개를 내밀고는 나직하게 조언을 건넸다.

"엄부인을 생각하십시오. 지금은 나나 대인이나 다른 사람 걱정할 때가 아닙니다."

화부인이나 매부인 말고도 또 다른 부인이 많았다. 매부인이 뭐라 해도 한마디 대꾸도 못 하고 죽어지내기만 했던, 내성적인 엄부인을 떠올린 대인은 헛기침을 했다. 그러다 오늘따라 날이 괴팍하다면서 은근슬쩍 화제를 돌리자 화도문은 슬며시 미소를 지으며 그 앞을 지나쳐 갔다.

태상의 말을 듣고 나니 본인이 해야 할 일은 다 한 것 같았다. 여기서 더 무얼 하겠나 싶었던 대신은 쏟아지는 빗줄기 사이로 빠르게 뛰어 들어갔다. 동시에 문 옆에 서 있던 이태감에게 다가간 태상이 먼저 말을 건넸다.

"오늘따라 많은 방문객을 맞이하시느라 폐하께서 힘드셨겠군."

"생각보다 많이들 찾아오지 않으셨습니다. 다들 오늘 같은 때에는 집 밖으로 나서지 않는 게 상책임을 아시는 거지요."

"내 이래서 자네가 마음에 드네. 비굴하지만, 눈치가 빠르고, 말도 잘하는 사람이니 말이야."

결코 칭찬이 될 수 없는 말이었지만 허허— 하고 웃은 이태감은 과찬이시라며 고개를 조아린 후 태상이 왔음을 알렸다. 안에선 들라는 황제의 허락이 떨어지고 이태감이 문을 열어 주었다. 문지방을 넘어 안으로 들어선 태상은 책장 앞에 선 채로 독서에 여념이 없는 황제를 보곤 두 손을 모아 공손하게 예를 갖췄다.

"폐하, 날씨가 궂은데 쉬지 않고 무리를 하시면 몸이 상하십니다. 최근 사이가 좋은 부인이 계시다던데, 이런 날 찾으시면 부인께서도 크게 기뻐하실 겁니다."

태상은 궁 안팎으로 벌어지는 모든 일에 과하게 관심을 가지는 사람 중 하나였다. 지금 궁 안에서 무슨 일이 벌어지고 있는지를 모르지 않을 텐데 저런 식으로 말하는 데에는 분명한 의도가 있었다. 하지만 황제는 숨겨진 말뜻 같은 데에는 별 관심이 없었다. 화도문이 찾아오면 그에게 긴히 물을 말이 있었고, 사람이 먼저 찾아왔으니 그에 대해 대화를 나눠 볼 참이었다.

책을 덮어 그걸 원래 있던 자리에 꽂아 둔 황제는 지나치는 어조로 물었다.

"자네 조카가 아직도 이상한 모임에 참석한다는 말이 들리는 것 같더군."

그 순간 화도문의 입꼬리가 미묘하게 경직되었다. 모르는 척 넘기고 싶어도 그리할 수 없었던 그는 곧 무거운 한숨을 내쉬었다.

"요즘 젊은이들은 저처럼 나이 많은 자가 떠들면 그걸 간섭이고 듣기 싫은 잔소리로 치부하지요. 도움이 되고자 하는 말을 귀담아 듣지 않고 오히려 반대편으로 멀리 뛰어가 버리니, 뭐라 할 때마다 제 마음이 다 조마조마해집니다."

"천하의 화도문께서 그 무슨 약한 소리를 하시나."

책장 위에 꽂힌 책면을 따라 손가락으로 쓸어내린 후 황제는 태상 화도문을 응시했다.

옅은 미소를 짓는 황제의 준수한 얼굴에 똑같이 미소로 대응하며 화도문은 말했다.

"한창 혈기왕성한 젊은 것들은 저보다 더 세상을 우습게 봅니다. 다 늙고 과년한 딸도 있는 저는 결국엔 몸을 사리게 되지만 그들은 아닙니다. 본인이 믿고 확신하는 일이 불구덩이라 할지라도 일단 뛰어들고 보겠지요. 제 몸을 다 내어주고 숨이 끊어지더라도 그것이 진실이라 믿기에 망설이지 않는 것입니다. 그자들은 위험합니다. 이미 제 손을 벗어났지요."

궁 안에는 늘 위험한 것들이 도사리고 있었지만, 바깥 또한 만만치 않았다.

황제가 아는 일을 태상이 모르지 않았다. 앞서 사냥터에서 발견한 저주 인형을 통해 화도문이 나서서 그 일을 정리해 주려나 싶었으나 아니었다. 바깥에서 은밀하게 이루어지는 모임은 여전했다.

황제는 슬쩍 태상의 속을 떠보았다.

"누군가 구심점이 되는 자가 있을 거네. 그렇지 않은가."

"어찌 없겠습니까. 하지만 저도 정확하게 알 도리가 없습니다."

말하지 않겠다고 마음을 먹은 거라면 몇 번을 물어도 마찬가지였다.

그걸 알기에 무헌은 다른 질문을 던졌다.

"내 형님이라는 자는 어떤 분이셨나."

"……."

"듣기엔 황제가 되기에 부족함이 없는 분이셨던 것 같더군. 그 발작 증세만 없었더라면 참 좋았을 텐데 말이야."

"폐하, 이미 고인이 되신 분이니 모욕되게 하진 마시지요."

"반이라고는 하나 나와 같은 피가 흐르는 분이시니 욕보이고자 하는 말이 아니야. 난 그저 궁금한 거네."

앞으로 한 걸음 옮겨 책상 위에 한 손을 올린 무헌은 아까보다 낮아진 목소리로 물었다.

"내 형님이 사람이 아닌 분이셨던가."

"그렇지 않습니다."

그 어느 때보다 단호했던 태상은 거기서 멈추지 않았다.

"제 목을 걸고 말씀드릴 수 있습니다. 사람이 아니었던 건 선황이였지요."

면전에 대고 네 아비는 사람도 아니었다는 말을 들은 거였지만, 무헌은 눈 하나 깜박이지 않았다. 자신을 데리고 와 황제로 세우기 위해 선황이 하려 했던 일과 해 온 일을 잘 알고 있었기 때문이었다. 그렇기에 선황을 떠올리거나, 옥쇄를 손에 들거나, 황좌에 앉아 있을 때마다 속이 역해지는 걸지도 모르겠다며 그는 그래, 라고 짧게 답했다.

미지근한 황제의 태도에 화도문은 본인이 쓸데없는 소리를 했음을 깨달았다. 하지만 황제와 대면할 때에는 늘 숨겨 둔 진짜 마음의 말이 나오곤 했다. 그렇다 해서 너무 마음 놓고 편하게만 대할 수 있는 상대는 아니었다. 쉽게 속을 드러내는 사람이 아니니만큼, 더더욱 조심할 필요가 있었다.

"매부인의 일로 궁 안팎이 소란스럽습니다. 이제 슬슬 폐하께서 움직이셔야 하지 않겠습니까."

"조금 전에 사람을 보냈으니 걱정할 필요 없다."

"……사람을 보내셨습니까."

사람은커녕 이 일에 대해선 아는 척도 하고 싶어 하지 않는 줄 알았는데 의외였다.

믿기질 않는 얼굴로 저를 올려다보는 태상 화도문을 두고 황제는 재차 책을 들었다.

3장

처음에는 온몸이 떨려 쉴 사이 없이 이를 부딪쳐 댔다. 너무 추워서 이상한 소리를 내면서 몸을 잔뜩 움츠렸지만, 그럼에도 매소희는 먼저 안으로 들어가겠다는 말을 하지 않았다.

고작 이런 일로 물러설 순 없었다. 황제가 나타나기 전에는 죽어도 여기서 죽고 말 거라며 그녀는 어금니를 악물었다. 주변에서 그만해야 한다고, 이만 들어가자 할 때에는 닥치라고 일갈했다. 거의 들리지도 않을 만큼 작은 소리였지만, 그녀의 말을 따르지 않을 수도 없었던 자들은 똑같이 비를 맞으며 그 곁을 지키고만 있었다.

빗줄기는 가늘어지긴커녕 점점 더 굵어지고 시간은 계속 흘러갔다. 아까는 당장 무슨 일이 일어나는 게 아닌가 싶을 정도로 몸을 떨어대던 매부인이 지금은 고개를 푹 숙인 채로 미동이 없었다. 잘못된 건 아닌가 싶어 숨죽인 채로 바라보던 시비가 부인, 하고 그녀를 부르자 살짝 고개가 움직이는 듯했다.

"아무래도 안 되겠다. 부인을 모셔 가자."

나중에 매부인에게 한 소리 들을 게 분명했지만, 이리 두다간 정말 큰일이 생길 수도 있었다.

매부인의 성정을 알기에 크게 두려워하며 움직이지 않으려는 환관의 팔을 꼬집으며 시비는 그들의 행동을 재촉했다.

"어서 움직이지 않고 무얼 하는 거야. 여기서 부인이 잘못되면 너희나 나나 다 죽어! 어서 움직여라! 어서!"

거듭되는 재촉에 마지못해 환관들이 움직인다.

하지만 그들의 손이 몸에 닿기도 전에 이를 악문 매소희가 그걸 쳐냈다.

"내 몸에 손을 대지 말라 하지 않았느냐!"

"이러다 정말 잘못되십니다. 죽으면 다 소용없습니다!"

"내가 죽으면! 그땐 내 아버님이 움직이시겠지! 바다를 건너와 내 원한을 풀어주실 거다!"

화들짝 놀란 시비가 급히 매소희의 입을 막았다.

"누가 들으면 어쩌려고 이러십니까. 그런 말씀하지 마세요 —."

갑자기 입이 막힌 매소희의 눈이 크게 떠진다. 비몽사몽간에 도 자신에게 함부로 구는 걸 용납할 수 없었는지 몸을 뒤틀면서 손 치우라며 읍읍 거렸다. 하지만 지금 매소희는 제정신이 아니었다. 이때 한 말을 저들 좋을 대로 이용할 사람은 얼마든지 있었기에 시비도 계속해서 죄송하다는 말을 반복하면서 더 세게 그녀의 입을 막았다.

몸부림을 치는 매부인에게 힘겹게 매달려 있던 시비는 고개를 들었다. 그리고 내리는 빗줄기 사이로 보이는 걸 확인하곤 눈을 가늘게 떴다. 혼자가 아닌 여럿이었다. 그 순간 시비의 표정이 밝어졌다.

"부인! 보십시오! 누군가 옵니다!"

다른 사람도 아닌 매소희였다. 그녀의 부친을 봐서라도 함부로는 굴 수 없었던 거라면서 시비의 표정은 한껏 밝아졌다. 크게 기뻐하면서 뒤를 돌아보라 하려던 그녀였지만, 이윽고 그 얼굴에서 표정이 지워졌다.

설마 싶었던 시비는 눈을 가늘게 떴고 그러는 동안 그들과의 거리는 점점 좁혀 들었다. 매부인에게 차마 손을 대지 못하고 어정쩡하게 있던 자들은 눈치를 살피며 허리를 세웠고, 금방 그들 앞에 도착한 단은 시비에게 매달리다시피 있는 매소희를 내려다봤다.

"오긴 누가 왔다는 거야. 폐하가 오신 게 아니라면 말을 하지도 마."

황제가 아닌 다른 사람이 온 걸 가지고 호들갑을 떠는 거라면 가만두지 않겠다며 매소희는 천천히 눈을 떴다.

머릿속까지 열이 올라 처음에는 제대로 보이는 게 없었다. 흐릿해진 시야 너머가 점차 맑아지고 하얗고 작은 얼굴이 담기는 순간, 그녀의 얼굴에서 표정이 지워졌다.

"……."

아름답지만 표독스러운 얼굴 위로 서리는 선명한 경악을 살피며 단은 붉은 입술을 열었다.

"이만하고 들어가시지요."

황제가 아닌 것도 화가 나는 일인데 하물며 그 상대가 단이었다.

매소희의 얼굴이 보기 싫게 일그러졌다.

"네년이 감히……."

"부인께서 하셨던 일, 제가 용서하겠습니다."

"뭐라고?"

네가 감히 뭐라고 이 나를 용서한다 어쩐다 떠들어 대는 거냐고 악을 쓰고 싶어도 힘이 나질 않았다. 파리하게 질린 얼굴로 헐떡거리는 동안 매소희의 얼굴에 고정한 채로 단이 재차 말했다.

"전부 다 덮어드리겠습니다."

감정이 결여된 목소리로 그리 말한 후, 단은 입을 다물었다. 그녀의 입꼬리가 미묘하게 올라가는 걸 본 매소희는 가쁜 숨을 몰아쉬었다.

지금껏 이토록 화가 난 적이 없었다. 엄청난 분노에 빠르게 뛰는 심장이 목구멍 밖으로 튀어나갈 것만 같았던 그녀는 제 가슴에 한 손을 올린 채로 거친 숨을 몰아쉬다가 눈을 질끈 감았다. 가슴에서 올라오는 엄청난 통증에 억, 하고 짧은 신음을 내쉰 후 그대로 혼절했다.

"부인! 부인! 왜 이러십니까! 어서, 부인을 안으로 뫼셔라! 그, 그리고—!"

"내의원에 사람을 보내 부인의 정확한 상태를 일러 드리고 적절한 치료를 받을 수 있게끔 해라."

갑작스러운 상황에 무엇을 먼저 해야 할지 알 수 없어 우왕좌왕하는 동안 머리 위에서 차분한 목소리가 들렸다. 숨을 삼키며 다급히 고개를 드는 시비를 바라보며 단은 이어서 말했다.

"이번 일을 두고 시끄럽게 떠들면 네 부인을 욕되게 하는 짓밖에 안 되니 눈치껏 알아서 잘 행동해야 할 거다."

"……"

자신이 한 일을 단이 죄 알고 있는 것만 같았던 시비는 고개를 주억거리며 기어들어 가는 목소리로 용서해 주십시오, 라고 말했다. 어느새 시비는 울먹거리고 있었다.

* * *

본인이 저지른 잘못이 있어 석고대죄를 했으면서 그걸 무기로 휘두르려 했던 매소희가 역으로 당했다는 소문은 금세 퍼져

나갔다. 가뜩이나 새로운 것 없이 무료하던 참에 벌어진 사건이었기에 다들 놓칠세라 촉각을 곤두세우고 있었던 만큼 말은 더 빨리 돌았다.

처음에는 재수 없던 매소희가 당한 사실을 듣고 즐거워하던 부인들은 이윽고 강부인 쪽으로 관심을 돌렸다. 그런 일이 있었음에도 불구, 피하지 않고 본인이 직접 매소희 앞으로 간 게 참으로 대단했다. 더군다나 '전부 다 용서하겠습니다.'라는 말을 했다 하지 않은가.

배포가 있다고 볼 수 있겠지만, 동시에 그만큼 믿는 구석이 있다는 걸 떠올리지 않을 수 없었다. 때문에 이번 일이 속이 시원하면서도 입맛이 쓴 걸지도 몰랐다.

"앞으로 더 대단해질 겁니다."

한 부인의 말에 내내 침통한 낯으로 있던 부인들 여럿이 탄식과 같은 한숨을 내쉬었다.

"지금 여기서 그 사실을 모를 사람이 어디에 있겠습니까. 하는 행동만 보면 이미 회임을 했을지도 모르겠습니다."

"설마요. 회임한 사람이 비를 맞으면서 매부인에게 갔겠습니까."

"매부인 처소까지는 가마로 이동하고 내려서 그 앞까지 걸어가는 것뿐인데, 비 몇 방울 못 맞을 이유는 또 뭡니까."

"정말 회임을 했으면 폐하께서 혼자 가 보라 했겠습니까. 눈이 뒤집힌 매부인이 뭔 짓을 할지도 모르는데—."

말을 하면 할수록 '회임만큼은 안 된 상태였으면 좋겠다.'라는 노골적인 바람이 담기게 된다.

강부인이기에 노골적인 비난을 해서도 안 되었다. 하고 싶은 말은 많지만 이쯤에서 멈춰야 했기에 다들 어색한 헛기침을 했다. 그때 예부인이 혼잣말하듯 중얼거렸다.

"결과적으로 매부인 꼴만 우습게 되고, 강부인의 위세는 대단해졌지요. 덩달아 화부인도요."

"화부인은 어찌 될지 잘 모르겠습니다. 그때 일 이후로 모습을 보인 적도 없잖습니까."

예진만큼 어려워지진 않았지만, 그래도 무시할 수 없는 사람이라 차 시간에 맞춰 와주십사 사람을 보내도 알겠다는 대답만할 뿐, 참여한 적이 거의 없었다. 그래도 전에는 종종 참석하곤 했었는데.

지금 이곳에 모여 있는 부인들은 다들 같은 입장에 있었다. 궁금한 게 있어 물어도 속 시원하게 대답해 줄 수 없고, 벙어리 냉가슴 앓듯 끙끙거리는 수밖에는 없었다. 때문에 대화가 길게 이어지지 못하고 드문드문 끊기는 거였다. 그때 예부인은 제 옆에 앉아 있는 부인을 봤다. 시종일관 칙칙한 안색인 부인을 두고 예부인은 모르는 척 물었다.

"표정이 왜 그렇게 안 좋으세요? 아까부터 별 말씀이 없으시네요."

"괜히 묻지 마세요. 가뜩이나 마음고생 심한데 더 애끓게 하지 마시고요."

위로해 주는 것처럼 말해도 정말은 곪은 속을 후벼 파내는 거였다. 남들 모르게 강부인과 사적인 만남을 가지기 위해서 남들 몰래 매화궁을 찾아갔지만, 그곳에서 마주한 것은 제 앞을 가로막는 노비들이었다. 다른 사람도 아니고 천한 것들이 어찌 감히 부인인 제 앞을 가로막는 것인가 싶어 기가 찼던 부인은 언성을 높였고, 그제야 안쪽이 소란스러워졌다.

이제야 말귀를 알아먹은 건가 싶었지만, 동시에 쓸데없는 소란을 만든 건가 싶기도 했다. 하지만 덕분에 강부인과 사사로이 관계를 형성할 수 있다면 그걸로 좋은 일이 아닌가 싶어 회심의 미소를 지었다. 하지만 밖으로 나오는 건 예상 밖의 인물이었다. 보고도 믿을 수 없어 얼어 있는 동안 황제가 먼저 말을 꺼냈다.

'강부인은 몸이 약해서 휴식을 취하는 도중에는 그 누구의 방문도 받지 못한다.'

그러니 쓸데없는 짓거리 벌이지 말고 썩 눈앞에서 물러나라는 거였다.

침착한 눈동자 안쪽에 서린 분명한 경고를 알아차리지 못할 만큼 눈치가 없지 않았다. 사색이 된 부인은 급히 고개를 조아리며 용서를 구했지만, 그것에 대해 황제는 더 뭐라 하지 않고 안으로 들어가 버렸다.

노비 몇과 함께 바깥에 덩그러니 서 있으려니 비참하기 짝이 없었다. 사람이 없어도 벽에는 눈과 귀가 달려 있다는 궁이었다. 자신의 추태는 분명 빠르게 전해질 거다. 또 그게 사실인지라 지금 이 자리에서 그 일을 두고 빈정거리는 거겠고 말이다.

필사적으로 태연한 척, 괜찮은 척을 하고 싶지만 쉽지가 않았다.

결국 참다못한 부인은 앉은 자리에서 들썩거리며 옆에 있는 부인에게로 방향을 틀었다.

"아니, 얼굴에 금칠이라도 했답니까. 왜 이렇게 얼굴 보기가 힘든 선지—."

"부인—."

강부인의 처소를 찾았다가 황제에게 면박을 당한 일을 이야기할 참이었다. 제 얼굴에 침 뱉기밖에 안 된다는 걸 모르지 않지만, 입 밖으로 내뱉지 않으면 병을 얻을 것만 같았다. 하지만 딱 맞춰서 나타난 시비와 말이 맞물려 부인은 입을 다물었다.

모여 있는 모든 부인들의 시선이 부담스러웠는지 더 깊이 고개를 조아리는 시비를 두고, 주인인 예부인이 안색을 굳혔다.

"무슨 일이냐. 지금은 차 시간이니 소란스럽게 굴지 말거라."

"평소 침착한 아이가 갑자기 소란스럽게 구는 데에는 이유가 있지 않겠습니까. 그러지 말고 무슨 일인지 말해 봐라."

다른 부인의 말에 고개를 든 시비는, 말하길 머뭇거려 했다. 정말 말을 꺼내도 되는 것인가 싶어 예부인의 안색을 살피는 모습이 암만 봐도 이상했다. 이건 분명 대단한 뭔가를 입수한 거였기에 몇몇 부인이 재차 다그쳤다.

"웃전이 물으면 바로 대답해야지 왜 망설여."

"그것이, 그러니까— 폐하께서 활을 쏘러 나가셨다고 하옵니다."

"뭐? 지금 사냥이라고 했느냐. 왜 그런 걸 우리들에게 미리 알려 주지 않으셨단 말이더냐."

하지만 그렇다 해서 황제가 활시위를 당길 때마다 그녀들이 그 자리에 있었던 건 아니었다. 무료해하는 부인들의 마음을 헤아린 몇몇 대신들이 '자리를 함께하셔서 즐거운 시간을 보내시지요.'라고 해서 마지못해 자리가 준비되는 게 대부분이었다.

그녀들 입장에선 급히 준비한 자리가 썩 마음에 드는 건 아니었지만, 그렇게라도 가까운 곳에서 황제를 보는 셈이니 그럭저럭 만족할 수 있었던 거다. 얼굴을 마주하고 눈빛이 섞이면 언제 갑자기 좋은 일이 있을지 몰랐다. 때문에 황제와 만날 수 있는 자리에는 하나도 빠짐없이 참석해야만 했다.

"모자란 것. 그런 게 있으면 더 빨리 알렸어야 하잖느냐."

그래야 처소로 급히 돌아가서 다른 부인들보다 먼저 치장할 수 있지 않으냐면서 타박하자 시비는 쩔쩔맸다. 다른 부인들의 타박도 마음 쓰이지만, 왜 그 말을 이 많은 사람들 앞에서 경솔하게 한 것인가 싶어 모시는 부인의 표정이 살벌했던 탓이다. 이미 엎질러진 물이니 어찌 수습할 수도 없었지만, 꼭 덧붙여야 할 말이 있었다.

"폐하께서 조용히 쏘고 싶으시다면서 본인의 허락 없이는 아무도 언덕에 오르지 말라 하셨답니다. 그러시면서 강부인과 대동하셨다고……."

"……."

그 순간 부인들 사이의 공기가 순식간에 영하로 뚝 떨어졌다.

일견 침착해 보이지만, 정말은 살벌하게 변하는 그 표정에 놀란 시비가 급히 무릎을 꿇고 앉았다.

"노비가 쓸데없는 말을 했습니다. 용서해 주십시오."

폐하가 어딘가에 가시낟 시제하시 날고 서둘러 날을 선하라는 지시가 있었기에 그대로 한 것뿐이었는데, 암만 생각해도 경솔했던 것 같다. 시간을 되돌릴 수만 있다면 얼마나 좋겠느냐면서 시비는 손으로 제 입술을 마구 쳤다. 함부로 입을 놀려 주인의 심기를 불편하게 한 것에 대한 용서를 구하고자 아플 정도로 입술을 치지만, 부인들 중 그 누구도 그것에 관심을 기울이지 않았다. 침묵은 꽤 오래되었고, 입술이 죄 터진 시비는 결국 흐느끼기 시작했다.

부인들 중 하나가 중얼거렸다.

"손 안의 보물이 따로 없습니다. 어쩌면 그리도 다르신지."

"갑자기 들어온 사람이 새로워서 마음에 품으신 건지, 아니면 다른 이유가 있는 건지 알 도리가 없지요."

황제의 총애를 한 몸에 받는 여인에 대해 함부로 말해선 안 되었지만, 이 정도의 푸념조차 할 수 없다면 속이 터져 버릴 거다. 그때 안쪽에 있던 엄부인이 내뱉듯 말했다.

"폐하께선 바깥에서 오신 분입니다. 그건 강부인도 마찬가지지요."

"어허— 말씀을 조심하세요."

"제가 짐작하는 그 이유가 사실이라면 우리는 너무도 비참해집니다."

평소 말이 없고 유순한 토끼 같았던 엄부인은 주변의 만류에도 말하길 멈추지 않았다.

"평생 다른 이의 그늘 아래에서 들러리로 살아갈 수밖에 없지만, 그래도 여인이고 마음이 있습니다. 기다리면 언제고 폐하께서 눈길을 주지 않으실까 믿었습니다만, 그런 게 아니라면, 이미 폐하의 마음을 차지한 여인이 있었던 거라면, 그런 거라면—."

차마 말을 잇지 못한 엄부인은 탁자에 올린 손을 움켜쥐었다. 힘겹게 억누르기만 하던 감정이 폭발하자 더는 참기가 힘겨웠다. 품 안에서 손수건을 꺼내 그걸로 눈 안쪽을 훔쳐내는 엄부인의 모습에 한 부인이 혀를 찼다.

듣는 사람도 많은 곳에서 말실수를 한 걸 타박하는 투였지만, 그녀 또한 표정이 좋지 않기는 마찬가지였다. 지금 같은 상황에서 좋을 사람은 딱 둘뿐이었다. 황제와 강부인 외에는 누구도 그 즐거움에 동참할 수가 없었다.

　　　　　*　　　*　　　*

　처음 궁에 들어와서 황제가 언덕에서 활을 쏜다고 했을 땐, 더
럽게 할 일 없다고 생각했다. 이 세상에는 그보다 재미있는 일이
많은데 활을 쏘는 게 무슨 재미인가 싶었는데 의외로 괜찮았다.
그건 아마도 할 일이 제한되어 있는 공간에 있다 보니 저도 모르
는 사이에 세뇌를 당하게 된 걸지도 몰랐다. '이런 거라도 하지
않으면 넌 무료해서 죽고 말 거야.' 같은 거 말이다.

　단은 시위를 당기면서 한쪽 눈을 가늘게 떴다. 숨죽인 채로
한참을 십중하다가 시위를 놓자 화살이 빠르게 날아가 과녁 부
근에 맞았다. 언덕 위에서 바람이 세게 불다 보니 정중앙에서 조
금 벗어나는 것 같았다. 그러면 방향을 살짝 틀면 되지 않을까
싶어 오른쪽으로 살짝 돌린 후, 그대로 화살을 쏘았다. 화살은
과녁 근처에 닿지도 못했다.

　그냥 하던 대로 할걸.

　입맛이 써지는 건 지금 자신이 하는 걸 곁에서 지켜보는 자가
있었기 때문이었다.

　누가 서 있든 말든 신경 쓰고 싶지 않은 게 솔직한 마음이었지
만, 아까부터 팔짱을 낀 채로 서 있으니 거슬리지 않을 수 없었
다. 왜 사람을 감시하는 것처럼 그렇게 서 있는 거냐고, 거슬리
니까 그러지 말고 멀찍이 가 있으라 하고 싶어도 입안에서 빙빙
돌기만 했다. 예전부터 무헌을 상대로 지는 걸 싫어했던 단은 포

기하지 않고 재차 시위를 당겼다.

"힘만 쓴다고 다 해결되는 게 아니다."

딴에는 조언을 해 주는 거겠지만, 그런 말은 자신도 할 수 있을 거라며 단은 재차 활을 쏘려 했다.

"그래도 생각보단 나쁘지 않군."

"예전에 구량 님에게서 조금 배웠으니까."

구량이라는 이름이 나오는 순간 무헌은 단 쪽으로 고개를 돌렸다.

신중하게 시위를 당기며 단은 아랫입술을 혀로 핥고는 중얼거렸다.

"왜인지 모르겠지만, 바깥에서 살아남기 위해선 이것저것 다 잘할 줄 알아야 한다고 하셨으니까―."

"구량이 원래 부족한 놈들 건사하는 게 취미긴 했지만, 너에게만큼은 유난히 친절했었지."

앞으로 고개를 돌린 무헌은 혼잣말하듯 중얼거렸다.

"네가 여자라는 걸 처음부터 알고 있었던 게 아닐까."

그 순간 단의 손가락 끝에서 힘이 빠져나갔다. 아차 할 사이도 없이, 그 손가락을 벗어난 화살은 과녁에 닿지 못하고 그 앞으로 툭, 하고 떨어졌다.

풀 위에 덩그러니 놓인 화살이 왜 이렇게 초라해 보이는지 모르겠다. 이게 전부 다 쓸데없는 소리나 하는 무헌 때문이라면서 단은 굳은 눈빛을 옆으로 던졌다. 그러거나 말거나 무헌은 여전히 정면을 볼 뿐이었다. 그러다 한 손을 들어선 과녁과 단이 서 있는 거리를 가늠하던 그가 중얼거렸다.

"네가 쏘기엔 너무 먼 거리일지도 모르지. 과녁을 조금 당겨 볼까."

"연습을 해서 가만히 있는 과녁에 맞출 수 있도록 해야지 저걸 앞으로 당기면 무슨 소용이야. 그러니까 다들 엉망진창이지."

전에 단이 시동으로 이곳에 왔을 때, 황제가 화살을 쏘기 전에 시범을 하듯이 장난치던 것들이 있었다. 어린애가 보기에도 코웃음을 칠 정도로 어수룩하고 한심한 실력을 선보인 그것들은 애꿎은 과녁 닷을 하면서 그길 앞으로 당기라 했다. 그렇게 몇 번이고 과녁을 앞뒤로 움직였는지 모른다.

그럴 거면 아예 지 화살이 쏘는 방향으로 과녁을 던지라 그러지.

"우두머리라는 사람이 과녁을 왔다 갔다 움직이면서 화살을 쏘아대니까 아래에서 그걸 보고 배우는 거잖아. 가뜩이나 이런저런 일 때문에 힘든 사람들 괴롭히지 말라고."

"그런 일이라도 해야지 이 궁 안에서 살아갈 수 있는 거다. 아무것도 안 하면 이곳에서 살 이유가 없지. 안 그런가?"

"그렇다고 해서 꼭 그렇게 쓸데없는 일거리를 만들어 낼 필요는 없잖아."

"쓸데가 없다니. 내 화살을 받은 녀석은 상당한 재물을 손에 넣게 된다."

"돈이 중요한 게 아니라 사람이 다치질 말아야지. 그렇게 위험한 짓을 하다간 큰일 생긴다니까?"

'그러니까 그런 짓은 하지 마. 이 자식아—.'

정말 하고 싶었던 말을 목구멍 안쪽으로 꾸욱 내리누른 단은 눈을 치떴다. 그 도발적인 눈빛을 확인한 무헌은 짧게 코웃음을 쳤다.

내가 뭘 하든지 너하고 무슨 상관이더냐. 내가 알아서 할 테니 네 녀석은 신경 쓰지 마라. 성가시다.

딱 그렇게 무시하는 눈빛에 단의 얼굴이 확 굳어졌다. 하지만 전처럼 재차 반박하듯 이런저런 말을 꺼내지도, 싫은 티를 내면서 툴툴거리지도 않았다.

저번에 벌어진 일을 통해 단은 생각이 많아졌다.

어째서 매부인의 술수에 넘어갈 수밖에 없었던 걸까. 폐비는 어떤 사람인 걸까. 만약 그때 자신이 덫에 걸렸더라면 무슨 일이 벌어졌을까. 다들 영비가 죽지 않고 살아 돌아온 걸 다행으로 여겨야 한다는데, 자신도 똑같은 생각을 해야 하는 걸까. 영비가 그리되지 않았더라면 정말로 자신이 그와 같은 꼴이 되었을까 등등.

며칠 사이에 단은 많은 책을 읽었고, 매화당에 있던 환관 하나와 이런저런 많은 이야기를 나누었다. 전에는 영비만 곁에 두고 있어서 잘 알 수 없었던 걸, 환관 복운 덕분에 많이 알게 되었다.

다른 누군가와 있으면 말하길 껄끄러워하는 복운도 단과 단둘이 있거나 다른 사람이 엿듣지 못하겠구나 싶을 땐 최대한 많은 걸 알려 주려 했다. 그 덕분에 단은 궁에 들어온 부인들의 이름과 가문, 그들 가문들끼리 얽힌 이해관계 등을 대충이나마 파악할 수 있었다. 물론 세세한 건 알지 못하지만, 그래도 대충이나마 감을 잡았다는 게 중요했다.

그 모든 정보를 토대로 깨닫게 된 건 여기는 보기보다 정말 무서운 곳이라는 거였다. 원래 모르는 건 죄가 아니라 한다지만, 여기선 죄가 될 수도 있었다. 잘못한 게 없더라도 '알지 못했던 잘못'으로 모든 일이 틀어질 수도 있음이었다.

진에는 일 필요가 없있던 길 일세 되꼬 딩딜아 형미글 보실피느라 단의 기분은 점점 가라앉았다. 그래서 황제가 나타나도 한 번 쳐다만 보고 말 뿐, 거의 말을 하지 않았다. 만약 한창 기분이 가라앉았을 때 무헌이 황제랍시고 위세를 떨거나 이상한 소리라도 했다면 참지 못했을 거다. 하지만 그는 그러지 않았고 대신 활이나 쏘러 가자고 먼저 제의했다.

이럴 때 무슨 활인가 싶지만 안에 가만히 있는다 해서 해결되는 게 있는 것도 아니었다. 예전 언덕 위에서 죽도록 고생한 것도 있고 하니, 그때의 추억을 떠올리는 것도 나쁘지 않겠다 싶어 무헌을 따라 나섰다.

잘 쏘지도 못하는 활을 붙들고 끙끙거려 봤자 무슨 의미일까.

활을 내린 채로 단은 눈을 감고 멀리서부터 불어오는 바람을 맞았다. 시원하게 얼굴을 쓰다듬는 바람은 온 세상 구석구석을 떠돌아다닐 수 있겠지. 지금 자신이 느끼는 이 바람을, 자신의 가족들도 맞고 있을까.

"너희 가족들에게서 연락이 왔다."

그 순간 단의 두 눈이 동그랗게 떠졌다.

방금 가족들 생각하면서 저도 모르게 그것들이 입 밖으로 튀어나온 걸까. 그래서 때맞춰 무헌이 저런 식으로 말하는 건가 싶어 알 수 없어진 단은 빠르게 눈을 깜박였다.

"아무래도 전의 거처는 걱정이 되어서 조금 더 안쪽으로 들어가야 할 것 같다고 하더군. 덧붙여 예전부터 마을과 바깥을 오가던 보부상들하고의 연락도 끊겠다고 했다."

무헌은 옆에 세워져 있던 활을 하나 들었다.

"그들 중 하나가 말을 흘렸다고 생각하는 것 같더군."

그 순간 단은 일족에게 일이 생겼음을 알렸던 보부상을 떠올렸다.

당시 단에겐 선택의 여지가 없었기에 모주화의 택도 없는 제의를 받아들일 수밖에 없었다. 놈의 뜻대로 황제를 시해하겠다 하고는 선금으로 받은 돈을 그 보부상에게 건네며 한 말이 있었다.

딴에는 진심으로 한 말이었고 그게 느껴졌는지 그는 단을 차마 똑바로 보지 못했다. 불편함을 숨기지 못하고 자꾸만 시선을 피하려 했던 자를 떠올리며 단은 중얼거렸다.

"그래도 그들이 귀와 눈이 되어 주고 바깥소식도 전했었는

데 말이야. 그 사람들이 없으면 필요한 물건은 어찌 조달하려고
—."

하지만 아쉽다 해서 그들과의 관계를 계속 유지하는 건 단이
보기에도 위험했다. 아니다 싶을 때에는 잘라내는 게 상책일지
도 몰랐다. 그래야지만 더 큰 위험을 벗어날 수 있을 테니. 모주
화에 대해선 묻지 않았지만, 그놈이 죽었을 거란 건 짐작할 수
있었다. 그리고 그런 허접한 놈 하나 죽었다 해서 이 모든 일이
끝날 거라고도 생각하지 않는다면서 단은 시위를 놓았다.

빠르게 날아간 화살이 과녁 한가운데에 박혔고 잠시 후, 다른
화살이 단의 화살 바로 옆에 꽂혔다. 미묘하긴 하지만, 단보다
훨씬 더 중앙에 가까웠다. 그 순간 단의 입술이 툭, 튀어나왔다.
뭘 하느냐고 하려던 찰나 무헌이 말했다.

"지금 너하고 내가 이곳에 있는 걸 두고 다들 말이 많을 거다."

"……."

쓸데없는 생각은 하지 말자고 스스로를 다독여도 불현듯 드
는 의문이 하나 있었다.

자신과 무헌은 정확하게 어떤 관계인 걸까.

그는 왜 자신을 곁에 두고, 나는 왜 이곳에 있는 걸까.

처음에는 아무 이유 없이 사람을 붙들고 있는 것이라고만 생
각했는데 지금 돌아가는 상황을 보자면 꼭 그런 것 같지도 않았
다. 자신이 이곳에 있어야만 할 이유는 분명 있었다. 더 정확하
게 하자면 늑대족인 단이 말이다.

"어차피 널 이곳에 데려오면서 네 가족들하고도 하나의 연이 생긴 셈이니 이대로 두고 볼 수만은 없지. 시일을 내 바깥으로 나가 남들 모르게 은밀하게 새로운 보부상을 알아보는 것도 나쁘지 않을 거다."

재차 두근, 하고 단의 심장이 뛰었다.

빠르게 무헌에게로 고개를 돌린 단은 반짝거리는 눈동자로 그를 바라보며 조심스럽게 물었다.

"……내 일을 도와주려고?"

"꼭 네 일이라 도와주는 건 아니다. 겸사겸사 나가 봐야 할 일이 있는데, 아무래도 나 혼자보다는 너하고 다니는 편이 낫겠지."

그러니까 쓸데없는 오해는 하지 말도록, 라는 투로 말하지만 전처럼 얄밉게 들리지 않았다.

도와주고 싶은 거라면 쓸데없는 말은 하지 말고 솔직하게 표현할 것이지. 그런 생각에 괜히 입술이 비죽거리면서 올라간다. 요상 쩍은 웃음이 나올 뻔했지만, 손바닥으로 그걸 누른 단은 지나치는 투로 물었다.

"그림자는?"

"그 녀석하고 같이 다니면 사람들 눈에 더 띈다."

하긴 아무것도 하지 않고 가만히 서 있기만 해도 사람들의 이목을 끌 만한 사람이었다. 그에 반해 자신은 원래 누군가 옆에 서 있어도 그걸 알아차리는 사람이 적었다. 있는 듯 없는 듯, 그런 식으로 스스로를 위장하는 게 익숙했던 단은 알겠다며 고개를 끄덕였다.

건평궁에 가만히 앉아서도 처리할 일이 많아 보이는 황제인데 굳이 바깥까지 나가서 처리할 일도 있는 걸까.

황제 자리가 보기보다 편한 게 아니라면서 단은 재차 활을 쏘려 했고 그때 아래에서 말소리가 들렸다. 뭔가 싶어 활을 내리고 아래를 살피자 그곳에서 화소영이 보였다.

"화부인이다."

숨죽인 단의 말을 들은 무헌도 언덕 아래쪽으로 시선을 옮겼다.

앞서 허락하지 않은 사람은 올려 보내지 말라 해 두었기에 그녀는 몇몇 시위에게 막혀 서 있었다. 얼마나 기다렸던 건지는 알수 없으니 시선이 부딪치는 순간 환하게 웃으며 시비가 들고 있던 상자를 집어 위로 들었다.

내가 이곳을 찾아온 건 이걸 전달해 주기 위함일 뿐, 그 외에 다른 목적이나 의도가 있어서 그러는 게 아니다. 그런 식으로 보이는 행동에도 무헌의 표정에는 거의 변화가 없었다.

기다리는 것 같은데 저대로 두는 건가 싶었던 단은 눈치를 살폈다.

"올라오라고 하지 않는 거야?"

"그렇게나 마음이 쓰인다면 네가 내려가서 데리고 오든가."

"그렇게 해도 괜찮아?"

"······."

그런 거라면 정말로 그렇게 한다?

대번에 내려갈 기세인 단을 두고 무헌은 코웃음을 쳤다.

"그녀에게 몇 번 간식 얻어먹었다고 엄청난 은혜라도 입은 것처럼 구는군."

그건 또 어떻게 아는 건가 싶어 움찔했지만 그 건에 대해선 단도 할 말이 있었기에 지지 않고 받아쳤다.

"누구는 그 간식 한 번 챙겨 준 적이나 있으신가?"

"지금 네가 먹고 입고 자는 것 모두가 내가 베푼 것이야. 잊었냐?"

당장 벗어 버릴까. 빠르게 머리를 스쳐 지나가는 생각이 있었지만, 정말 그리할 순 없었다. 단은 두 팔을 위로 들고는 몸을 구부리면서 팔을 내렸다. 절을 하듯이 몇 번이나 몸을 폈다가 접으면서 익살맞게 굴었다.

"아이고, 이것 참. 미처 몰라 뵈었습니다. 아주― 고맙습니다. 그려."

재차 무헌의 미간으로 짙은 몇 개의 주름이 잡히는 걸 본 단은 지나친 말을 한 건가 싶기도 했지만, 이건 어디까지나 저쪽이 먼저 시비를 건 거였다. 자신은 받아치기만 했을 뿐, 크게 잘못된 일은 아닐 거라고 생각하면서도 단은 잽싸게 언덕 아래로 뛰어 내려갔다.

"저대로 두어도 되는 겁니까."

나타난 건 그림자 령이었다.

나직한, 끝이 갈라져 있는 음성을 들으며 무헌은 무심하게 답했다.

"하고 싶은 걸 하게 돼라."

말도 안 된다 싶을 정도로 이상한 짓을 저지른 거라면 또 모를까. 이건 그도 아니었다.

부인들 중에는 더러 '겉으로만 사이좋게 지내는' 부류가 있었지만, 단은 그런 게 아니라는 게 마음에 걸렸다. 하지만 누가 제 적이고 아닌지는 본능적으로 알 수 있는 녀석이니 크게 문제될 건 없겠지. 거기까지 생각한 무헌은 새차 활을 들었다.

치마가 아닌 바지를 입었다 해도 사내들이 입는 것하고는 미묘하게 달랐다. 거기다 부인이라는 직함이 있었기에 제 속도를 낼 수 없었던 단은 조심조심하면서 아래까지 내려갔고, 화부인 앞에 서 있던 시위가 길을 비켜 주었다.

"강부인께서 직접 절 환영해 주시는 거로군요. 이와 같은 환대는 처음 받아봅니다."

환대라고 해 봤자 저 언덕 위에서 내려온 것뿐이었기에 단은 슬쩍 웃었다.

전에는 이를 보이고 눈을 가늘게 접으면서 웃었겠지만, 지금은 오른쪽으로 보조개가 살짝 들어갈 정도로의 옅은 미소를 머금었다. 그걸 본 화부인 또한 비슷한 미소를 지으며 상자를 내밀었다.

"폐하께서 사용하실 손수건을 가지고 왔습니다. 물론, 강부인께서 챙겨 오셨겠지만 그래도 모를 일이라 쓸데없는 오지랖을 부려 봤습니다. 이걸 언짢게 생각하지 말아주셨으면 기쁘겠습니다."

"마음 써주시는 일인데 어찌 오지랖이라 생각하겠습니다. 그렇지 않습니다."

그 순간 화부인의 눈동자 안쪽으로 이채의 빛이 서렸다.

"못 본 사이에 말투가 많이 점잖아지셨습니다."

이것도 전부 궁의 내명부와 관련된 일화를 잔뜩 적어 둔 책을 읽고 나서 습득한 기술 같은 거였다. 푼수처럼 '고서나 전쟁 영웅과 관련된 책을 읽고 싶었는데, 여자들이 말로만 싸우는 걸 읽으려니 지루해 죽겠습니다.'라고 먼저 입을 풀지 않은 것도 전부 그 책 덕분이었다. 마음을 터놓을 수 있는 부인이라 할지라도 지나치게 세세한 걸 알려 줄 필요는 없었다. 오늘의 아군이 내일은 적이 될 수도 있다고 되어 있었으니 말이다.

화부인이 자신에게 호의를 보이고, 시동으로 있을 때에도 다정하게 대해 준 사람이기에 더더욱 조심할 필요가 있었다. 자신의 입장상 누군가와 가까이 지내면 그 상대에게 해가 될 수도 있겠고, 그것이 화부인이 된다면 꽤 많이 마음이 편치 않을 것 같았다.

별말 없이 서 있기만 하는 단을 두고, 화부인은 상자에 이어서 다른 바구니도 건넸다.

"간단하게 준비한 간식입니다. 이것도 드시지요."

"고맙습니다."

앞서 받은 상자를 옆구리에 끼고 다른 손으로 바구니를 가뿐하게 드는 단의 행동에 화부인은 재차 미소 지었다.

"몸이 약하시다 들었는데 보기보다 장사십니다."

"……아이고, 무겁다."

화부인이 간식이라 하기에 예전의 그 맛이 떠올라 저도 모르게 손이 먼저 튀어나갔다. 아뿔싸 싶어 급히 바구니를 바닥에 두고 무거워서 못 드는 척을 했는데 이게 얼마나 통할지는 모르겠나.

차마 화부인을 보지 못하고 몸을 반쯤 구부린 채로 정말로 무겁네, 같은 식으로 구는 단을 두고 화부인은 그녀 뒤에 있던 호위무사에게 손짓했다. 호위무사 하나가 다가와 바구니를 드는 걸 확인 후 화부인은 자세를 바로 했다.

"전 이만 가 보겠습니다. 다른 부인들 몫만큼 폐하를 잘 모시고 즐겁게 해 주세요."

이번 말에도 알겠다고 하거나 아니면 걸맞은 대꾸를 해야겠지만, 차마 입이 떨어지지 않았다. 즐겁게 해 달라는 그 말이 뭔가 좀, 이상하게 다가왔던 것이다. 그때 화부인이 앞으로 손을 뻗었다.

"이런 곳에 풀이 묻어 있었네요."

가느다란 손길이 뺨을 스쳐서 귓가에 닿는다. 바로 떨어지는 그녀의 손가락 사이에 잡혀져 있는 마른 풀을 확인한 단은 당황해선 말을 더듬었다.

"고, 고맙습니다."

"천만에요. 정말로 가 보겠습니다."

느리게 몸을 돌린 화부인은 나운의 부축을 받아선 언덕을 내려갔다. 멀어지는 그 뒷모습에서 쉬이 시선을 뗄 수 없었던 단은 조금 전 화부인의 손길이 닿았던 제 귓불에 손을 댔다. 어디선가 달콤한 향이 났다. 그것이 화부인이 남기고 간 거란 걸 모르지 않았던 단은, 호위무사와 함께 다시금 위로 올라갔다.

무헌은 어느새 안쪽에 세워진 천막 안에 들어가선 물로 손을 씻어내고 있었다. 그걸 본 단은 화부인에게 받은 상자를 탁자에 올리고 뚜껑을 열어 보았다.

"우와─."

보는 순간 감탄하지 않을 수 없었다.

상자 속에는 잘 접힌 손수건이 들어가 있었는데 그곳에는 봉황이 수놓아져 있었다. 촘촘하게 박혀 있는 화려한 실을 보면서 단은 몇 번이고 감탄했다. 이걸 어떻게 하는 건가 싶어 얼굴을 가까이 대고 뚫어져라 살피는 단이지만, 무헌은 심드렁했다.

"부부 금실을 좋게 하라는 의미가 담겨 있는 새지. 지금 내가 너하고 있다는 걸 모르지도 않으면서 왜 굳이 그걸 보냈을까."

가끔은 다른 사람의 선물을 기분 좋게 받아들일 수 없는 거냐는 말이 목구멍 바로 앞까지 올라왔지만, 그걸 삼켰다. 아까와

달리 천막 안에는 호위무사도 함께였다. 그 앞에서 황제에게 편하게 막 말을 놓을 순 없었다.

단은 호위무사가 두고 간 간식 바구니를 열었다. 하얀 천을 걷어 올리자 먹음직스러운 떡과 화과자 등이 들어가 있었다. 보여 주기에 치중한 것인지 양은 적었지만 너무 예뻐서 먹는 게 미안할 정도였다. 하지만 하나 맛이라도 볼까 싶어서 표면이 번들거리는 화과자를 집어 맛을 봤다.

"화부인은 질투를 하지 않는 여자다. 누구와 함께 있어도 싫은 내색 한 번 취한 적이 없었지. 하지만 그게 진짜 그녀의 얼굴일까."

전처럼 '독이 발라져 있을지도 모른다.' 같은 말은 아니지만 이번 것도 듣기 좋은 말은 아니었다.

사람이 성의를 보였으면 보이는 대로 받아들일 순 없는 걸까. 정말 못되었다면서 눈을 가늘게 찢은 채로 바라보는 단을 두고 무헌은 대야 안에서 손을 빼냈다.

"왜 그런 표정이지? 심통 난 게, 아주 못난 얼굴이야."

못나면 그냥 못난 거지 아주까지 붙일 게 뭔가 싶었던 단은 툴툴거렸다.

"제 표정이 뭐가 어때서? 지금 아주 좋은데? 이렇게 맛있는 간식 먹어서 진짜로 기분 좋은데?"

지금 먹는 한과는 겉면에 꿀이 발라져서 둘이 먹다가 하나가 죽어도 모를 맛이라면서 단은 더 열심히 입안에 밀어 넣었다. 그걸 본 무헌은 딱히 뭐라 해 줄 말이 없는 것처럼 한숨을 쉬었다. 그리곤 화부인이 들고 온 손수건에 손을 닦는다. 훌륭한 수 위에 물이 묻는 게 마음 쓰였던 단은 그쪽을 보다가 무헌이 고개를 듦과 동시에 다시금 커다란 한과를 뺨이 볼록해질 정도로 밀어 넣었다.

*　　*　　*

가마를 타고 이동하는 내내 화소영은 생각이 많아 보였다. 기껏 준비한 것들이 있는데 결국 황제 곁으로 가지도 못했고, 언덕 아래에서 물건을 건네기만 했으니 그게 마음 상해서 저러는 건가 싶기도 했다.

나운은 조심스럽게 말을 꺼냈다.

"부인의 마음이 들어간 수를 보시면, 분명 폐하께서도 흡족해하실 겁니다."

"솔직한 마음을 드러내지도 않고 점잖은 척이나 한다며 싫어하실 수도 있겠고 말이야."

화소영의 말에 나운은 화들짝 놀라며 빠르게 고개를 저었다.

"아닙니다. 설마 그런 생각을 하시겠습니까."

"그건 폐하를 가까이서 보는 내가 가장 잘 알지. 그러니 애써 위로해 줄 필요는 없다."

"……."

오늘따라 부인의 기분이 안 좋아 보였다. 이럴 때 무얼 해 줄 수 있을까. 주인에게 도움이 될 만한 조언이 없을까 싶어 열심히 궁리하던 나운은 재차 입을 열었다.

"부인께서도 솔직한 마음을 드러내세요. 이곳에서 부인만큼 폐하를 위하는 사람이 어디에 있습니까."

투기를 드러내지 않고 황제가 알아서 돌아오길 기다리는 것도 황후의 덕목이긴 하지만, 이 세상에서 그걸 알아주는 사내가 과연 몇이나 될까. 솔직한 마음과 감정을 드러내고 표현을 해야지만 황제도 화부인을 다르게 볼지도 몰랐다. 강부인이 황제의 총애를 받는 깃도 표징이 풍부하고 솔직하기 때문이 아닌가 싶었던 나운은 화부인을 올려다봤다. 그러거나 말거나 여전히 본인만의 생각에 잠겨 있던 화소영은 혼잣말하듯 중얼거렸다.

"왜인지 자꾸만 강부인을 어디선가 본 적이 있다는 생각을 지울 수가 없구나."

"그렇다면 정말로 본 적이 있었던 게 아닙니까. 부인께서 전에도 비슷한 말씀을 하셨던 게 떠오릅니다."

확실하지 않으면 무슨 말이든지 함부로 입 밖으로 내뱉지 않는 화소영이였다. 그런 그녀가 연거푸 이런 말을 한다는 건 어느 정도의 확신이 있기 때문이라 생각되었던 나운도 덩달아 심각해졌다.

만약에, 어릴 적에라도 만난 적이 있던 사람이라면 그게 유리하게 작용될 수도 있었다. 아무래도 모르던 사람보다 잘 알고 있던 관계가 장래의 관계를 더 돈독히 할 수도 있음이었다. 이번에 강부인이 화부인을 대하는 태도를 보면 무척 반기는 것 같았다. 거기까지 생각한 나운은 재차 입을 열었다.

"총애를 받는 부인과 가까이 지내는 건 나쁠 게 없습니다. 부인께서 차 시간에 맞춰 초대를 하신다면 마다하지 않으실 겁니다."

얼굴을 마주하고 이런저런 대화를 나누고 시간을 함께 보낸다면 서로의 관계가 돈독해질 수도 있었다. 두 사람이 잘 지내면 화부인을 대하는 황제의 태도도 달라지지 않을까. 무척 희망적인 생각이었지만, 지금으로선 이런 생각이라도 하지 않을 수 없었다.

그러거나 말거나 턱에 한 손을 댄 채로 계속 생각하던 화소영은 중얼거렸다.

"예전에 내가 간식을 챙겨 주던 시동하고 묘하게 닮은 것 같구나."

"갑자기 무슨 말씀이십니까. 영수, 그 아이는……."

갑자기 왜 그런 노비에 대한 말을 꺼내는 거냐며 웃으려던 나운의 표정이 점차 굳어졌다.

"그러고 보니, 뭔가가 좀 이상합니다?"

안 그래도 전에 화부인이 말해서 그 시동에 대해서 알아보려 했을 때, 갑자기 고향으로 내려갔다는 말만 전해 듣게 되었다. 시동이든 뭐든 한 번 입궁한 사람은 쉽사리 퇴궁할 수 없게 되어 있었다. 죄를 지어 내쫓김을 당하거나, 큰 공을 세운 것도 아닐 텐데 하루아침 만에 갑자기 사라지는 게 말이 되나 싶었지만, 돌아오는 답은 한결 같았다.

원래 갑자기 나타난 놈이라 확실한 정체를 모른다면서, 말도 안 된다는 걸 알지만 갑자기 퇴궁한 게 크게 이상하지도 않다고 말이다. 왜 갑자기 그 녀석을 알아보는지는 알 수 없지만, 너무 깊이 파고들지 말라는 조언까지 들었다. 암만 봐도 수상쩍으니 더 깊이 파고들면 화부인 입장만 곤란해질 수 있다는 식으로 말이다.

그길 화부인에게 전했을 때 그녀는 아쉬워하는 깃 같으나 그렇구나, 라는 것으로 생각을 정리했다. 이후로 한 번도 떠올린 적 없던 사람에 대해 이렇게 듣게 될 줄은 몰랐다.

나운도 생각해 보니 강부인과 그 시동이 조금은 닮은 것 같았다.

이목구비는 달라도 그 눈매가, 상당히―.

"뭔가 관계가 있는 걸까요."

"한 가문의 사람이라면 다른 가문의 이름을 빌릴 필요도 없었겠지."

"제가 좀 알아볼까요?"

"함부로 뒤를 캐냈다가 폐하께서 알아채시면 큰일이다."

"그렇긴 합니다만……."

비슷하다고 생각하자 어떻게든 알아보지 않으면 안 될 것 같기도 했다.

점점 심각해지는 얼굴인 나운을 두고 화부인은 다른 걸 물었다.

"매소희는 지금 무얼 하고 있다냐."

그 순간 아까와는 다른 의미로 안색을 굳힌 나운은 말도 말라며 고개를 저었다.

"거기에서 일하는 시비들이 불쌍해 죽겠습니다. 며칠 사이에 넷이나 형벌실로 보내졌습니다. 하도 새로운 시비를 보내 달라 해서 폐하께서 내무부에 경고를 하셨다 합니다."

말이야 내무부에 대한 경고겠지만, 정말은 매소희에게 전달하는 것이었다. 되지도 않는 이유를 들먹여 시비를 괴롭히고 형벌실로 자꾸만 보낸다면 더는 그곳으로 일할 사람을 보내주지 않겠다는 거였다. 다른 자들 보기에 며칠 사이에 넷은 많은 것 같지만, 화소영에겐 아니었다. 하루 만에 처소의 모든 노비들이 내쳐지거나 죽는 아이가 나올지도 모른다 싶었는데 말이다.

"곽대인은 걸음 하지 않으셨고?"

"폐하께서도 그렇고, 강부인의 기세도 대단하니 지금은 눈치만 보고 있을 겁니다."

비단 그것뿐만이 아니라 괜한 불똥을 맞고 싶지 않으니 몸을 사리는 걸 거다.

"그래. 남쪽 바다는 만만찮지. 부친이 내륙에 모습을 보이는 게 아니라면, 매소희도 곽대인도 함부로 행동하진 못할 것이다."

"그렇지요. 내명부의 부인들 중 단연 으뜸은 부인이십니다. 강부인이 수상쩍긴 하지만, 다들 부인의 먼 친척으로 알고 있으니 인내하시면 모든 영화가 부인의 손에 들어오게 될 것입니다."

그 순간 눈을 내리뜬 화소영이 짧게 미소 지었다.

"너답지 않은 말을 하는구나."

"못 할 말도 아니지 않습니까."

누구나 다 모시는 주인이 잘되기만을 바란다. 그래야 주인을 모시는 자들에게도 부귀영화가 돌아오기 마련이니. 물론, 그것만을 위해서 이러는 것만은 아니었다. 나운은 화소영이 황후가 될 사람이라 믿었다. 그 외에 다른 건 인정할 수 없었다.

굳은 나운의 눈빛을 본 화소영은 고개를 들었다. 정면을 응시하는 그 눈빛은 차분해서 속을 읽을 수가 없었다.

＊　　　＊　　　＊

오전에는 맑았던 하늘이 오후에 들어가 흐려졌다. 오전에 잠시 강부인을 불러서 한 시진 정도 곁에 두나 싶던 황제는 그녀를 일찍이 보내고 내내 집무실에 앉아 있었다.

읽을 책이 있는 것도 아니고 상고를 살피는 것도 아니었다. 할일이 없음에도 같은 자세로 있는 황제의 손에는 낡은 짚 인형이 들려져 있었다. 저주 인형이었다.

보통 사람들이라면 평생 연이 없을 만한 물건을 손에 쥐고 있는 그 표정과 눈빛은 깊었다. 평소 저럴 때에는 이태감도 알아서 조심하는 편이었다. 하지만 지금은 바깥이 꽤 소란스러웠다. 새롭게 황제가 읽을 책을 장만하고 안에 있던 책 몇 가지를 바깥으로 옮기는 작업 중에 있었다. 미리 책을 빼 두었기에 새로 채워 넣을 걸 정리하기만 하면 되었지만, 묘할 정도로 분주했다.

그러는 와중에 이태감의 목소리가 몇 번이나 높아진다. 조심해서 옮기라고, 무얼 하는 거냐고, 평소보다 훨씬 더 날이 선 이태감의 상태에 따라 바깥에 있는 자들도 정신이 없었다. 자연스럽게 곁을 누가 지나쳐도 그걸 깨닫지 못하고 오로지 제 할에만 집중하게 된다. 조금의 실수라도 저지르면 어김없이 이태감의 불호령이 떨어졌기 때문이었다.

평소 대신이 찾아올 땐 왼쪽에 나 있는 작은 방을 빌리곤 했다. 출입하는 문도 작게나마 있었기에 지금 같은 상황에선 평소에 본 적 없는 낯선 이가 들어온다 해도 그걸 알 수가 없었다.

"폐하, 손님을 안에 모셨습니다."

여전히 바깥은 소란스럽고 이태감의 잔소리는 끊이질 않았다. 하필 이럴 때 찾아온 손님이 수상쩍을 수밖에 없었지만, 고개를 조아리는 환관이나 황제는 침착했다.

한 손에 들고 있는 저주 인형을 쥔 채로 자리에서 일어난 황제가 향한 건 오른쪽이었다. 황제의 침전이 있는 곳으로 왼쪽에 있는 곳보다 은밀하다 할 수 있는 장소였다. 평소 강부인 외에 거의 출입한 적 없던 곳으로 들어간 황제는 왼쪽에 마련되어 있는 긴 의자에 앉았다. 탁자에 저주 인형을 내려놓은 그는 고개를 들었고, 구석진 곳에 죄인처럼 무릎을 꿇고 앉아 고개를 조아리고 있는 자를 내려다봤다.

"왜 그렇게 멀리 떨어져 있나. 그리 있으면 오붓한 대화를 나눌 수 없잖나."

춘삼을 통해 드디어 마주할 수 있게 된 인물이었다.

지금 무헌의 입장에선 조급하거나 서두를 게 없었다. 이러니저러니 해도 가장 마음 급할 건 이쪽이 아님을 알고 있었기 때문이었다. 짧지 않은 침묵이 이어지는 동안 무헌은 재촉하지 않았다. 예상했던 기다림 후 노인이 고개를 들었다. 찾고자 하는 게 있었을까. 눈 한 번 깜박이지 않고 빤히 응시하는 눈빛에 무헌이 한쪽 눈썹을 올렸고 동시에 그가 말했다.

"부황을 닮지 않으셨군요."

"……."

"얼굴선이며 눈매와 콧날과 입술, 그 모든 것들이 다르군요. 하지만—."

내내 입을 다물고 있었던 사람 같지 않게 길게 말을 늘어놓은 이는 메마르고 볼품없는 두 손을 마주 잡았다.

"성격은 많이 비슷하신 것 같습니다."

선황과 외관이 닮지 않았으나 성격은 아니다. 이것이 과연 칭찬으로 받아들일 수 있는 말일까. 하지만 애초에 이런 대화나 주고받고자 이자와 마주하고 앉아 있는 게 아니었다.

궁금한 건 딱 하나뿐이었다.

"5년 전, 그 일이 터지기 전의 상황에 대해서 알고 있는 건 자네밖에 없지."

다시금 겁먹은 얼굴이 된 노인을 두고 황제는 말을 이었다.

"폐비가 실패한 후 그 일과 관련된 이들은 죽음을 면하기 어려워졌고 그건 일황자도 마찬가지였지. 내 형님이라 알려진 분은 큰 충격을 받아 중병을 얻으셨고 몇 달이 채 지나지 않아 병사하셨지. 그건 내 형님의 주치의였던 그대가 더 잘 알고 있는 사실일 테고."

"모든 걸 알고 계시는 분께서 새삼 저에게 무엇을 묻고자 하십니까."

노인은 한때 가장 실력 좋은 어의로 명성을 날렸다. 하지만 그것도 황태자의 죽음 이후 무너져 내렸다. 하루아침에 나락으로 굴러떨어진 그는 살기 위해서 궁 밖으로 나가야만 했고, 춘삼의 도움을 받아 근근이 목숨을 부지하고 있었다. 춘삼이 오라고 해서 왔는데 설마하니 황제 앞이라니. 두려울 수밖에 없었던 그는 크게 숨을 내쉬지도 못했다.

눈에 보일 정도로 몸을 떨어대는 자를 주시하던 황제는 앞으로 몸을 내밀었다.

그리고 그 말을, 입 밖으로 꺼냈다.

"그때, 정말로 그가 죽었나?"

"……."

"죽어서 궁 밖으로 나간 게 맞느냐고 묻는 거네."

그 순간 노인의 떨림이 멈추었다. 전혀 예상치 못한 말을 들은 것처럼 굳은 눈빛으로 황제를 바라보던 그는 갈라지고 부르튼 입술을 달싹였다.

"일황자의 죽음을 원하시기에 물으십니까. 아니면 다른 의도가 있으십니까."

지금 이 자리에서 황제인 무헌이 묻는 건 일황자의 죽음이었다. 그가 죽었으면 죽은 거고, 아니면 아닌 거였다. 일황자가 죽지 않고 아직도 살아 있을 경우 그로 인해 퍼질 파장이 만만치 않겠지만 노인이 되묻는 말에서 다른 게 느껴졌다.

"지금 바깥에선 이상한 모임이 이루어지고 있다. 일부 귀족들이라 철없는 놈들의 모임일 뿐이고 가만두면 알아서 와해될 것이라고 지껄이지만, 난 그게 끝이 아닌 것 같다."

눈을 가늘게 뜬 황제의 입가로 옅은 미소가 번졌다.

"그리고 그 모임 가운데에 있는 자들 중 하나가 본인이 일황자라 주장하는 것 같더군."

이는 엄청난 발언이었지만 그걸 전해 듣는 노인의 눈빛과 표정은 더 침착해졌다. 덩달아 호흡이 서서히 느려지던 노인은 천천히 입술을 뗐다.

"그렇다면, 그분께서 정말로 일황자라 할 경우 어찌하시렵니까. 잡아서 죽이실 겁니까."

현재 무헌의 상황에서 일황자의 생존은 엄청난 사건이었다.

그가 있음으로 인해 이래저래 복잡해질 일이 한두 개가 아니었음에도 불구, 크게 위기감이 들지 않았다.

턱 아래에 손가락을 댄 무헌은 혼잣말하듯 중얼거렸다.

"나는 선황에 대해서 잘 알고 있지. 그분은 실수하지 않는 분이야. 살아생전 그분께서 하신 실수라 한다면 단 하나, 나이겠지. 안 그런가?"

"……."

"그리도 많은 부인과 애첩을 거느리고 여인을 탐하시던 분께서 왜 그리도 자식이 적었을까. 황후를 두고 악처라 떠드는 자들이 많다지만 난 그것이 원인이 되는 것 같진 않단 말이지."

궁 밖에서 나고 자란 무헌이 황제가 될 수 있었던 건 선황과 외가의 도움이 있었기 때문만이 아니었다. 황후가 폐위되었더라도 일황자만 정정했다면 다음을 노릴 수 있겠지만, 아니었다.

일황자는 고열에 시달리며 헛소리를 반복하다가 그 누구도 고칠 수 없는 병을 얻었다. 결국엔 손을 써보지도 못하고 숨을 거두었고, 그를 보살피던 의원들은 죄책감과 두려움을 견디지 못하고 궁을 떠났다. 무헌의 앞에 앉아 있는 노인은 그 의원들 중 한 사람이었다.

노인의 눈빛은 메마른 흑빛이었다. 하지만 그것이 아무것도 담지 않으려 필사적으로 노력한 결과물임을 모르지 않았다. 실제로 한참 동안 무표정으로 있던 노인의 입가가 파들 떨리더니 그의 이마로 식은땀이 맺히기 시작했다. 거칠어진 호흡을 두 번

내쉰 후, 거의 들리지 않을 나지막한 목소리로 웅얼거렸다.

"궁 밖으로 나왔을 때 한 결심이 있습니다. 그곳에서 보고 들은 것들에 대해선 죽어서도 입을 열지 않겠다고 말입니다."

그렇다는 건 살아 있을 때 언급하면 당장 죽을지도 모른다는 거였다.

솔직하게 죽고 싶지 않아 말을 아끼겠다고 하면 좋을 텐데.

가라앉은 눈빛인 무헌을 두고 노인의 표정도 차차 굳어진다. 처음보다 훨씬 더 마주하고 앉아 있기가 불편하게 여겨진다. 망설이던 노인은 급히 봇짐을 챙겨 들었다. 가겠다는 말도 없이 뜨나 싶던 노인은 탁자에 올려진 저주 인형을 보곤 멈칫했다. 다른 의미로 사색이 된 노인의 두 뺨이 푸르르, 떨리더니 마지막으로 남아 있는 용기를 끌어내 말했다.

"하나만 말씀드리겠습니다. 폐하의 형제들 중 살아서 궁 밖으로 나간 자들은 없었습니다."

의뭉스러운 말이었지만, 그걸 들은 무헌의 입꼬리가 비틀려 올라갔다.

"무사히 태어난 자들이 있기나 한가."

"……전 이만 가 보겠습니다. 앞으로는 부르셔도 찾아뵙지 못할 것 같습니다."

더는 이곳에 있어선 안 될 것 같기라도 한 것일까.

급히 몸을 일으키려는 노인 발 아래로 저주 인형이 떨어졌다. 툭, 하고 바닥에 아무렇지도 않게 놓이는 그걸 보는 순간 노인은 경기를 일으키면서 그대로 주저앉았다. 크게 숨을 내쉬지도 못하고 헐떡거리는 자는 떨리는 눈동자를 들었다. 의자에 앉아 있던 황제의 얼굴로 짙은 음영이 서리면서 그의 얼굴이 제대로 보이질 않았다.

"그대가 말한 대로 겉보기엔 선황과 닮은 구석이 하나 없는 나지만, 성격은 비슷한 부분이 있지."

귓가에 닿는 차디찬 음성에 헛숨을 삼킨 노인은 급히 눈을 내리떴다.

주저앉은 채로 힘겹게 구석진 곳으로 물러나려는 자를 바라보던 무헌은 환관을 불렀다. 급히 안으로 들어온 환관은 정신이 없어 보이는 노인을 부축해선 밖으로 나왔다. 잠시 후 이태감이 들어와선 바닥에 놓인 저주 인형을 집어 들곤 황제를 바라봤다.

"폐하, 이것은……."

"적당히 태워서 버려라. 더는 쓸데가 없다."

황제의 말에 이태감은 저주 인형을 제 소매 안쪽으로 집어넣었다.

"늙은 어의는 제가 조용히 처리하겠습니다."

그 순간 황제가 눈동자를 들어 이태감을 응시했다. 실수를 깨달은 이태감은 곧장 어색한 웃음을 지었다.

"어차피 할 수 있는 일은 아무것도 없는 자이지요. 가능한 궁에서 멀리 떨어진 곳으로 내쫓겠습니다."

주인을 기쁘게 하는 말이라 생각하고 내뱉은 말이 상황을 복잡하게 만들 때도 있었다. 지금이 그랬지만 몇 번의 학습을 통해 이태감은 황제의 눈앞에서 사라지는 걸 선택했다.

홀로 남겨진 황제 무헌은 탁자 위에 한 손을 올렸다.

"……."

홀로 남아 있는 지금, 한없이 기분이 가라앉는다.

심장이 얼어붙고 머릿속도 굳는 것 같다면서 그는 눈을 감았다.

*　　*　　*

매소희의 궁은 상갓집이나 다름없었다. 전에도 그랬지만 최근 유독 심했다.

매소희가 석고대죄를 했고, 필사적으로 버티던 그녀 앞에 나타난 건 황제가 아닌 강부인이었다. 따지고 보면 매소희가 석고대죄를 올리게 된 것이 강부인 때문이었는데, 그 당사자가 나타났으니 기가 찰 수밖에 없는 노릇이었다.

강부인이 매소희의 앞에서 했다는 말도 화제가 되었다. 물처럼 흐르듯이 다가온 그녀는 매소희 앞에 서선 그녀를 내려다보곤 용서하겠다는 말을 전했다 한다. 참으로 마음 너그러운 처사였지만, 그걸 들은 매소희가 참았을 리 없었다. 결국 그녀는 제 성질을 이겨내지 못하고 혼절했고, 온몸이 절절 끓다가 삼 일 후에나 정신을 차렸다.

이후로 주변 사람들을 괴롭히기의 시작이었다. 다들 쉬쉬해서 말이 안 돌았을 뿐이지, 한 시비는 괴롭힘을 견디다 못해서 스스로 목을 매기도 했다. 죽기 전에 누군가 발견해서 급히 내리긴 했다지만, 정신이 오락가락하니 살아도 산 게 아닌 셈이었다.

시비를 내쫓고 나면 어김없이 내무부에 사람을 보내서 새로운 시비를 보내 달라 한다는데 그때마다 어린 시비들이 제 전 재산을 털어서 위에다가 뇌물을 받친다 한다. 제발 좀 매부인의 처소로만 보내지 말아 달라면서 말이다. 주인을 모시는 몸으로 편한 삶을 어찌 바라겠나 싶지만, 그래도 이건 심했다. 너무 심해서 간혹 하늘을 올려다보며 팔자를 원망할 때도 더러 있었다. 그런다 한들 알아줄 사람이 몇이나 될까 싶지만—.

이렇듯 매부인의 처소로 들어가 고생하는 이가 있는가 하면, 그렇지 않은 사람도 있었다. 바로 강부인의 처소에서 일하는 자들이었다.

처음이야 알지도 못하는 하급 가문의 부인이 갑자기 나타나서 무시하기도 했고, 다른 기 센 부인의 눈치를 보느라 맡은 바 임무에 소홀하긴 했지만 더는 아니었다. 이제는 슬슬 주제 파악이 되었던 그들은 입 꾹 다물고 맡은 일에 성심을 다했다. 덧붙여 하루가 멀다 하고 매부인의 처소에서 들리는 소식을 접할 때마다 '아, 지금 모시는 주인에게 잘해야겠다.'라며 마음을 다잡곤 했다.

다른 부인은 어떨지 모르겠지만, 강부인처럼 모시기 편한 사람이 없었다. 화를 내고 언성을 높이는 것도 끽해야 영비의 상태를 살피는 데 소홀함이 보이거나 할 때뿐이었다. 탕약이 제시간에 들어오지 않고 영비의 피부가 조금이라도 짓무르면 그걸 두고 그녀를 보살피는 시비를 타박하곤 했다.

그렇다고 매번 그런 것도 아니고, 잘 보살피면 맛있는 식사를 보내고 칭찬도 해 주었다. 지나치게 영비만을 위하는 게 이상해 보일 때도 있지만, '언젠가 자신들도 저리되었을 때 보살핌을 받을 수 있지 않을까.' 하는 마음으로 최선을 다했다.

게다가 한 가지 더 마음을 다해 단을 모셔야 할 이유가 있었나.

어쩌면 이 마지막 이유가 가장 큰 부분을 차지할지도 몰랐다.

"부인, 폐하께서 오셨습니다."

조심스럽게 말을 전하는 시비의 고개는 푹 숙여진 채였다.

그러자 영비의 곁에 앉아서 책을 읽던 단이 고개를 들었다.

"제가 곁에서 잘 보살필 테니 염려 말고 들어가 쉬십시오."

며칠 일주일은 죽을지도 모른다 싶을 정도로 상태가 심각했지만, 단이 신경을 써서 그런지 최근 들어 회복세가 눈에 보일 정도였다. 아직 어려서 부러진 뼈도 잘 붙고, 부축하면 잘 일어나 걷기도 했다. 아직 일을 당할 때의 충격이 가시질 않아 그 당시에 대해 말하길 꺼려 하지만, 그 외에 다른 화제는 꽤 말도 잘하는 편이었다.

단은 잠든 영비를 보고는 몸을 일으켰다. 읽고 있던 책을 한 손에 든 채로 터덜거리며 나가는 어깨가 축 처져 있었다. 날이 늦었고 영비 옆에 있으면서 편치 않은 자세로 책을 읽었기에 피곤할 만도 하겠지만 황제를 만나러 가는 것이니만큼 활기찬 모습을 보였으면 했다.

단은 제 처소에 들어가기 전에 입구를 지키던 환관 복운에게 말했다.

"오늘은 날이 늦어 일찍 잘 테니, 주변의 불빛을 어둡게 해 줘."

"네. 알겠습니다."

대답을 한 복운이 고개를 조아리자 단은 문 안으로 들어갔다. 처소 안까지 들어간 단은 긴 의자에 앉아 있는 황제 무헌을 봤다.

그가 고개를 듦과 동시에 단은 손가락 하나를 세워 제 입술 앞에 갖다 댔다. 숨죽인 채로 바깥을 살피자 창밖으로 비치던 불빛이 하나둘 꺼지기 시작한다. 그렇게 바깥이 완전히 어두워지자 단도 근처에 걸린 등을 내려선 그곳의 촛불에 입술을 대고 후, 하고 바람을 불었다. 다른 쪽에 걸린 불도 입바람으로 꺼 버린 단은 냉큼 무헌 앞에 서선 말했다.

"언제 나가는데?"

언제 나가냐고 묻지만, 정말은 지금 당장 가고 싶은 기세였다.

그 성급한 행동에 무헌은 긴 한숨을 내쉬었다.

"바깥 노비들에게 말해서 술상이라도 가볍게 차려오라고 했어야지. 그래야 방 안에 불이 꺼져도 다들 눈치껏 물러났을 게 아니냐."

자신이 온 지 얼마 안 되었고 곧장 단도 들어왔는데 바로 불부터 끄다니. 그런 것보다 술상이 들어오고 난 후, 시간차를 두고 나서 방 안이 어두워지는 게 훨씬 자연스러웠다. 그런 기본도 모르고 무턱대고 방 안을 어둡게 하나 싶었던 무헌은 한심하다는 눈빛을 던졌다. 딴에는 잘한 행동이라고 믿고 있었던 단은, 언짢아진 기분을 숨기지 못하고 안색을 굳혔다.

일나 전 황세 무헌이 먼저 바깥에 나가야 할시도 모른다는 뜻을 내비쳤다. 본인 일 하나를 처리하면서 겸사겸사 단의 일족과 관련된 일을 처리하겠다는 식으로 말이다.

단의 입장으로는 꼭 해결해야 할 일이었고, 궁 안에서의 생활에 숨 막히고 답답하던 참이었다. 이런저런 일로 피로가 쌓여서 바깥에 나가 기분 전환을 할 필요가 있었다. 마다할 이유가 하등 없었기에 단은 오늘이 오기만을 손꼽아 기다렸다. 그런데 술상을 들이기 전에 불을 껐다는 걸로 난리다.

전에도 술상이 들어오긴 했지만, 술을 마시고 나서 둘 사이에 뭔가 일이 있었던 것도 아니었다. 진짜 부부면 모를까. 자신과의 사이에 그런 게 죄 무슨 소용인가 싶었던 단은 뚱하니 있다가 이러다 무헌의 마음이 바뀌면 어쩌나 싶어 마지못해 물었다.

"지금이라도 술상 들여오라 할까?"

"됐다."

지금 들여오게 해서 그게 죄 무슨 소용이냐는 식으로 쳐다보는 눈빛에 재차 단의 마음이 상한다.

할 게 있고, 생각해 둔 게 있었더라면 미리미리 말을 해 주던가. 딴에는 수상쩍게 여겨지지 않도록 신경 써서 피곤한 척 꾸미기도 했는데. 그런 자신의 노력이 죄 말짱 도루묵이 되어 버리는 게 아니냐면서 단은 탁자를 지나쳐 무헌의 건너편 자리에 앉았다.

어깨를 축 늘어뜨리곤 허벅지 사이에 두 손을 집어넣은 채로 입을 내민다.

"입술 집어넣어."

자신이 입술을 내밀든 말든 그게 무슨 상관일까. 이제는 자신이 취하는 행동 하나하나에 간섭이라면서, 아주 잘나셨다고 생각하면서도 결국 입술을 집어넣었다.

황제라고는 하나 무헌이었다. 자신이 예전부터 알고 지내던 사람이었기에 단둘이 있을 땐 저도 모르게 말을 놓게 되고 행동도 편하게 할 때가 있었다. 평소 무헌은 그걸 두고 뭐라 하지 않지만, 이런 식으로 어긋나는 게 생기면 모든 게 서운해진다. 무헌의 탓이 아니고 따지고 보면 자신의 잘못이기도 한데 그냥 막 서운하기만 했다. 그걸 드러내듯 단은 허벅지 위를 손으로 툭툭 두드렸다.

면박 당한 게 있으니 절대로 먼저 말을 꺼내고 싶진 않지만,

외출을 위해서 준비해야 할 게 있었다. 아까 본 황제는 여전히 금룡포를 입고 있었다. 들키지 않게끔 조심스럽게 나가야 할 텐데 저 차림으로는 암만 조용히 움직인다 해도 눈에 띌 수밖에 없었다. 갈아입을 옷을 챙기고 왔는지, 아니면 지금 안에 입고 온 건지 신경 쓰이는 게 한두 가지가 아니었다. 직접 물어도 괜찮은 걸까. 하지만 먼저 입 밖으로 말을 꺼낸다는 게 여간 자존심 상하는 일이 아니었다.

여기까지 오면서 체면 구기는 일 여럿 겪었고, 자존심도 많이 상했다. 그런 것과 비교해 보면 무헌의 면박은 정말 아무것도 아닐 수도 있겠지만, 왜인지 쉽게 입을 열 기분이 들지 않았다. 그래서 묻고 싶은 말이 턱 끝까지 차올라도 괜히 딴청을 피우고 있으니 바로 그때 공기를 울리는 나직한 저음의 목소리가 들렸다.

"들어가서 옷 갈아입고 나와라."

"……."

"쓸데없는 장신구는 다 두고 나오고."

"……그건 말하지 않아도 내가 더 잘 알아."

자신을 뭐로 보고 저런 말을 하는지 모르겠다.

툴툴대면서 자리에서 일어난 단은 무헌 앞을 지나쳐 가면서 슬쩍 물었다.

"폐하는 안 갈아입으십니까?"

웬일로 존대인가 싶지만 툴툴거리는 식이었다. 때문에 말을 놓는 것보다 못했다.

"난 겉옷만 벗으면 된다."

뭐야, 역시나 안에 입고 온 건가. 그렇다면 그런 거라고 알려 주든가. 괜히 걱정해 줬네. 얼마 안 하긴 했지만, 그래도 걱정한 그 시간이 아깝지 않으냐면서 단은 침소 안까지 들어가 쪼그리고 앉았다.

아래쪽으로 손을 뻗자 그곳에서 보따리가 나왔다. 그림자에게 전달 받아 내내 침대 아래에 숨겨 두고 있던 것이었다. 그 보따리를 열고 갈아입어야 할 것들을 하나둘 꺼냈다. 황제처럼 금룡포 하나 벗으면 다 되는 건 아니라 할지라도, 기본적으로 걸쳐야 할 건 속에 입고 있었다. 때문에 급하게 허리띠를 풀고 겉옷을 벗었다.

일단 바깥에 걸친 옷 몇 개만 벗고 그 위로 위장복을 입으면 되었다. 처음에 치마를 입게 되었을 땐 영 낯설고 이상하면서도 좋았는데, 오랜만에 남장을 한다 하니까 괜히 신이 난다. 놀러 나가는 게 아니라 할지라도 바깥에 나간다는 사실 자체가 신이 났다. 자신이 새롭게 알아본 보부상을 통해 가족들에게 도움이 될 거라 생각하니 그것만으로도 들떴다. 그래서일까. 옷을 벗으면서 긴 머리를 풀었는데, 그만 장식에 머리카락이 걸려 버렸다.

"억―."

당황해서 저도 모르게 소리를 낸 단은 고개가 뒤로 꺾인 채였다.

어디가 어떻게 걸린 건지는 모르겠지만, 고개가 뒤로 꺾여서 제대로 살펴볼 수가 없었다. 옆으로 돌려서 볼까 싶어 고개를 조금 숙이는데 바로 두피가 당겨지는 느낌이 들었다. 재차 억, 하는 소리를 낸 단은 눈살을 찌푸렸다. 뭐야. 이건. 진짜, 무지무지하게 아프지 않으냐면서 인상을 쓴 채로 있던 단은 심호흡을 했다.

어차피 머리는 길고 숱도 많은 편이었다. 몇 가닥 뜯긴다고 큰일 생기지 않겠거니 싶었던 단은 이를 악물고 고개를 들려 했고 동시에 엄청나게 뒤통수가 아팠다.

"어어어—."

싸움하면서 종종 맞았던 것보나는 못하시반, 뭔가 되게 거슬리는 통증이었다.

지금껏 느껴보지 못했던 그런 아픔이지 않으냐면서 인상을 쓴 단은 빠르게 눈동자를 굴렸다.

어떻게 하지. 어쩌면 좋지.

그때 뒤에서 인기척이 느껴졌다. 당황한 단은 곧장 뒤를 돌아봤고, 그곳에 서 있던 무헌과 시선이 부딪쳤다.

"아니, 그게 아니라, 이건 말이지—."

마른침을 삼킨 단은 머리 뒤로 손을 뻗었다. 지금 제 모습이 얼마나 우스꽝스러울지는 안 봐도 뻔했다. 이런 꼴사나운 모습 들키고 싶지 않다면서 안색을 굳힌 단은 뒤로 손을 뻗어 머리카락을 빼내려 했다.

그런데 마음이 급하니 뜻대로 될 리가 없었다. 머리가 더 걸리면서 엉키자 단은 인상을 썼다. 정말 아파 보이는 그 모습을 보던 무헌은 손을 들었다.

"아니, 내가 알아서 할 테니까 괜찮아."

"머리카락 죄 뜯겨서 뒤에 동전만 한 구멍이 생길 거다. 그런 꼴로 머리를 올리면 사람들이 죄 비웃겠지. 놀림거리가 되고 싶은 거냐."

"그건 싫어."

정말 솔직한 마음의 소리가 새어 나왔다.

하지만 이건 말뿐이 아니라 진심으로 싫었다. 가뜩이나 머리에 무거운 걸 올리고 다녀서 스트레스인데 뒤쪽으로 동전만 한 구멍이라니. 그걸 가리기 위해서 또 얼마나 무거운 걸 치렁치렁 달고 다녀야 하는 걸까. 상상만 해도 싫다며 인상을 쓰는 단을 두고 무헌은 재차 손을 뻗었다.

처음 머리카락에 손길이 닿는 순간 단의 몸이 굳는 게 눈에 보였다. 동시에 무헌의 손끝으로도 힘이 들어갔지만, 이윽고 별거 아닌 것처럼 손에서 힘을 빼낸 무헌은 단이 벗으려 했던 옷에 걸려 있는 빗처럼 생긴 장신구와 그곳에 엉켜 있는 머리카락을 하나하나 조심스럽게 분리했다.

처음에는 살짝씩 머리카락이 당겨서 아프기도 했지만, 그걸 꾹 참은 채로 있으니 더는 뒷머리가 당기지 않게 되는 것 같았다. 이쯤하면 끝났겠지 싶어서 고개를 들려 했다가 아직 아파서 곧장 머리를 더 젖혔다. 그리고 단은 제 쪽으로 눈을 내리뜬 채인 무헌을 봤다.

"......."

고개를 젖힌 채로 있는 모습이 우스울 만도 한데 그에 대한 언급 하나 없이 오로지 머리카락을 떼어내는 일에만 집중한다. 그게 굉장히 고마웠다.

고난도의 자세와는 반대로 두 손을 가지런히 모은 채로 얌전히 서 있는 동안 마지막에 걸려 있는 머리카락까지 전부 떼어낸 무헌이 그대로 단의 뒷머리를 손으로 잡아 위로 슬쩍 들어주었다.

머리카락이 당겨질 때의 아픔을 기억하고 있었던 단은 바로 움직이지 못하다가 계속 머리를 누르는 힘에 밀려 천천히 고개를 들었다. 그렇게 머리를 세운 채로 얌전히 있던 단은 슬쩍 제 뒷머리를 만져 보았다. 조금 헝클어진 했지만, 동전만 한 땜빵이 생긴 것 같진 않았다. 다행이라며 안도의 한숨을 내쉬던 것도 잠시, 단은 작게 웅얼거렸다.

"도와줘서 고마워."

고맙다는 인사를 하는 게 왜 이렇게 부끄러운지 모르겠다. 살다 보면 이런 일은 얼마든지 일어나는 일인 척 태연하게 고맙다, 친구야— 라고 해도 될 것 같기는 했지만.

단은 아까 본 황제의 얼굴을 떠올렸다. 덧붙여 지금 안이 어둡고, 침대 바로 옆인 데다, 거의 옷을 벗다시피 한 상태라는 걸 깨닫자마자 귓불에 열이 오른다. 목 안쪽이 타면서 갈증이 생긴 단은 두 손을 가슴 앞에 댄 채로 어깨를 움츠렸다.

"……."

아주 가끔씩 이런 식으로 긴장될 때가 있었다.

아무렇지도 않게 황제의 얼굴을, 그의 눈동자를 빤히 보다가도 가슴 한쪽이 간질간질거릴 때가 있었다. 그게 어떤 감정인지 모르지도 않았다. 그러면서도 모르는 척 굴게 되는 건 지금의 상황이 예전 같지만은 않다는 걸 알기 때문이었다. 어쩌면 지금 이 순간 무헌에게 '날 왜 이곳에 두는 건데.'라는 걸 물으면 전과는 전혀 다른 답을 들을 수 있을지도 몰랐다.

하지만 묻지 않았고, 무헌도 말이 없었다. 돌아선 단의 가녀린 몸을 내려다보던 그는 옆으로 한 발 물러섰다. 동시에 단의 어깨를 한 번 쥐었다가 뗀 무헌이 침실에서 빠져나갔다.

그가 그렇게 나가고 난 후, 단은 무헌이 닿았던 어깨에 손가락을 대봤다. 가볍게 손가락을 댔다가 뗀 단은 깊은 한숨을 내쉬었다.

*   *   *

옷을 다 갈아입고 신도 바꿔 신은 후 단은 머리를 하나로 땋아 내렸다. 모처럼의 남장이었지만, 어딘지 모르게 낯설게 느껴지는 건 체형이 변하지 않은 채였기 때문인지도 몰랐다. 전에 남장했을 땐 골격을 조금씩 굵게 하거나 생김새도 달리할 수 있었지만, 지금은 그냥 여자인 상태에서 가슴에 압박붕대를 두르고 바지만 입어서 불편한 걸지도 몰랐다. 이렇게 해서야 죄 자신이 여자인 걸 알아차리겠다고 머리를 긁적이면서 나오자 무헌도 어느새 환복한 채였다.

머리를 죄 모아서 관모를 쓰던 것하고 달리 지금은 머리를 풀어내고 반묶음을 한 후, 이마에 띠 하나만 둘렀다. 고작 그 정도일 뿐인데도 묘하게 다르게 느껴졌기에 단은 그에게서 시선을 뗄 수 없었다. 눈 한 번 깜박이지 않고 빤히 쳐다보자 무헌의 미간으로 주름이 하나둘 잡힌다. 아차 싶었던 단은 급히 말했다.

"언제 가면 되는 거야?"

"조금 더 기다려야 한다. 그러니 그렇게 서 있지 말고 이리로 와서 앉아."

무헌이 두드리는 건 본인 옆자리였다. 탁자 건너편 자리도 있으니 모르는 척 그리로 가면 될 텐데 묘하게 눈치가 보인다. 어떻게 하는 게 좋은 걸까. 머릿속은 명확한 답이 내려지지 않았지만 두 다리는 제멋대로 움직여서 무헌의 옆에 앉고 있었다. 긴장이 되면서 몸이 비비 꼬이는 것 같고, 동시에 팔이 간지러워진다.

얌전히 있어야지 꿈틀거리면 그걸 이상하게 생각할지도 몰랐다. 그래서 몸에 힘을 준 채로 있으려니 무헌이 말했다.

"그러고 보니 전에도 이와 비슷한 일이 있었지."

설마하니 머리가 걸려서 고개가 뒤로 젖혀진 모습을 두고 예전 일을 상상하는 건 아니겠지. 단의 기억 속에서 그런 끝장나게 추한 모습을 보인 건 이번이 처음이었다. 전에는 없었다면서 안색을 굳히자 무헌이 재차 중얼거렸다.

"그땐 내가 안 가겠다 했고, 네가 이만한 돌을 나한테 던졌어."

"……."

"그때 그 돌에 맞았으면 내가 지금 이 자리에 없었을지도 모르겠군."

"……."

"아, 그리고 욕도 했었지. 그렇게 심한 욕은 난생처음 들어보는 거였어."

이런 분위기에서 할 말이 저것밖에 없는 걸까.

가뜩이나 긴장하고 있었던 단은 무헌이 하는 모든 말을 순순히 받아들일 수 없었다. 이때다 싶어서 자신을 비난할 셈이었나 싶었던 단은 지지 않고 대꾸했다.

"사람이 약속을 했으면 그걸 지켜야지, 가기 바로 직전에 안 가겠다고 굴면 암만 착한 사람도 화가 날 수밖에 없─."

"처음 네가 화를 냈을 땐 나도 언짢았는데, 생각해 보니 내가 잘못한 게 맞는 것 같았다."

"……."

"문득 예전 일을 떠올릴 때가 있는데, 그때 일이 가장 후회가 된다."

늘 그랬던 것처럼 무헌이 장난스럽게 말을 꺼내면서 계속 툭

툭 건드릴 거라 생각했지만 아니었다. 지금 그는 그때의 일을 두고 본인이 잘못했던 것이라 말하고 있었다.

새삼스럽게 당시의 일이 떠오르면서 무헌에게 밀쳐졌을 때의 서운함이 되살아난다. 동시에 그건 한참 지난 후의 사과에 빠르게 아물고 있었다.

마주 잡은 손에 힘을 준 단은 머뭇거리며 말했다.

"나중에라도 나왔으니까 그걸로 된 거지, 뭐…….."

그리고 그때 입을 맞추고 처음으로 사내에게서 비녀 선물을 받았다. 그 일에 대해서 무헌은 크게 의미를 부여하지 않을지도 모르겠지만, 단은 좀 다르게 받아들였던 게 사실이었다. 그때의 감정들은 쉽게 정리하거나 마무리 지을 수 있는 게 결코 아니었다. 솔직히 말해서 아직도 마음에 남아 있었다. 그렇기에 이런 식으로 자꾸만 마음 한구석이 꿍기해지는 게 있는 걸지도 모르겠다면서 무릎 위를 쓰다듬었다.

무슨 말을 해야 할지를 가늠해야 하는 이런 어색한 분위기가 싫었다. 무슨 말이라도 해 볼까 싶지만, 쉽사리 입이 떨어지지 않았다. 말주변이 없고 그건 상대도 마찬가지였다. 진지하게 대화를 나누고 싶어도 상대가 맞춰 주지 않으면 죄 도루묵인 셈이었다. 차라리 아무 말 하지 않는 게 낫겠다면서 단은 허리를 주욱 폈다. 흠흠, 하고 목을 고르다가 괜히 목이 타선 자리에서 일어났고 동시에 검은 그림자가 어둠 속에서 튀어나왔다.

"폐하, 모든 준비가 되었습니다."

그림자가 저렇게 나타나면 전에는 기겁을 하면서 대체 뭘 하는 거냐고 성질을 부렸지만, 이제는 적응되었다. 아무렇지도 않았기에 단은 뒤를 돌아봤다. 어느새 무헌도 일어나 있었다.

"그럼 가자."

짧은 순간 방 안의 분위기가 달라지는 걸 느낄 수 있었다.

어쩌면 오늘의 외출이란 게 자신이 생각한 것보다 훨씬 더 중요한 걸지도 모르겠다 싶었던 단은 침묵했다.

*　　*　　*

어디를 간다는 걸 여기저기 소문낼 수 없었기에 은밀하게 이동했다. 매화당의 뒷문을 통해 밖으로 나와 시위가 도는 시간을 피해서 궁을 빠져나왔다.

황제가 움직이는 것이니 시위에게 들켜도 괜찮을 거라 생각했는데 아니었나 보다. 뭘 이렇게까지 하나 싶을 정도로 은밀하고 조심스러웠다. 조금 전 막연하게 '간단한 일이 아닐지도'라고 생각하고 있었는데 점점 더 그것에 확신이 생겼다.

단은 세운 무릎을 끌어안았다. 그때 마차가 덜컹하고 흔들렸고 옆에 앉아 있던 무헌의 팔에 단의 팔이 살짝 닿았다. 좁은 짐마차에 나란히 붙어서 앉아 있으니 흔들릴 때마다 몸이 닿는 건 자연스러운 일일지도 모르겠지만, 저도 모르게 몸을 피하게 된다. 그렇다고 노골적으로 팔을 휙 빼낼 순 없었던 단은 팔을 앞으로 뻗으면서 위로 들었다. 기지개를 하는 것처럼 말이다.

좋아. 자연스러웠어.

속으로 자신만만해했지만, 동시에 얼굴에 닿는 시선이 느껴졌다.

"……."

좁은 곳에서 느껴지는 시선이었기에 불편하기 짝이 없었다.

피하고 싶은 마음이 강했지만, 쳐다보지 않으면 그게 더 이상할 수 있었기에 단의 눈동자가 슬그머니 올라간다.

좁고 어둡고 작은 짐마차는 계속해서 흔들렸다. 편하지만은 않은 환경인네 무헌과의 거리가 지나치게 가까웠다. 절대로 이상한 기분이 들어서 팔을 치운 게 아니라, 그냥 신체 부위가 부딪치는 게 싫은 것뿐이라고 한마디 했어야 했던 걸까. 그런 생각을 할 즈음 무헌이 먼저 입을 열었다.

"이제부터 너하고 난 친구인 거다."

무헌이 무슨 말을 할까 싶어서 내심 긴장하고 있던 단의 눈빛이 빛났다.

"그러면 말 놔도 되나?"

"언제는 놓은 적 없는 것처럼 말하는군."

"……."

밉상도 이런 밉상이 없었다.

물론 무헌이 황제이긴 했지만, 그 지위를 내세워서 자신을 괴롭힌 것 또한 사실이지 않던가. 무헌이 먼저 잘못한 게 있으니까

사려 깊은 자신이 말을 놓고 퉁명스럽게 굴었던 게 아니냐면서 단은 아랫입술을 툭 내밀었다.

그때 다시금 마차가 크게 흔들렸고 이번에는 무헌의 몸이 앞으로 휙 기울었다. 놀란 단은 두 손을 들어 얼굴을 가렸고, 동시에 무헌은 옆의 짐에 한 손을 디뎌선 중심을 바로 잡았다.

"괜찮으십니까. 길이 험하고 마차 바퀴가 영 시원찮아서……."

당혹감이 느껴지는 바깥에서의 목소리에 단은 얼굴을 가린 손을 슬그머니 내렸다. 동시에 바깥에 대고 괜찮다고 말한 무헌은 뒤로 물러났다. 단은 지레 찔린 사람처럼 변명을 늘어놓았다.

"네가 내 위로 넘어지는 줄 알고 놀랐잖아."

태연하게 말하려 해도 목소리 끝은 조금 떨리고 있었다. 그걸 알면서도 무헌은 별말 없이 자세를 바로 해서 앉았다.

"서둘러야 하니 마차가 흔들려도 신경 쓰지 말고 달려라."

"네. 알겠습니다. 금방 도착할 것입니다."

바깥에 있는 자에게 하는 말을 들으면서 단은 다시금 무릎을 세우곤 그걸 끌어안았다.

이럴 땐 무슨 말을 꺼내도 어색할 수밖에 없었다. 때문에 잠자코 있고 싶지만, 계속된 이동에 엉덩이가 지끈거린다.

"엉덩이 아파 죽겠네."

보통 사람이야 시선을 피하기 위해서 이런다 치지만, 무헌은 황제였다. 주변 몇 사람들에게 '난 잠시 마실을 다녀올 테니 준비를 해 놓거라.'라고 하면 끝날 일 아닌가. 왜 굳이 이렇게 낡은 마차를 이용하는 건지 모르겠다. 이럴 바엔 차라리 내려서 튼튼한 두 다리로 달리고 말지.

때에 맞춰서 다시금 마차가 크게 흔들렸고 엉덩이로 올라오는 충격에 단은 재차 이를 악물었다. 정말 아팠지만, 무헌이 조용히 있는데 계속 힘든 티를 내고 싶지 않아 끙, 하는 소리를 내자 무헌이 지나치듯 물었다.

"새로운 보부상을 구하면 어디에서부터 어디까지 부탁할지에 대해서 생각해 봤냐?"

가족들과 관련된 일인데 아무 생각이 없진 않았다.

고개를 끄덕인 단은 턱 아래에 손을 대고 짧은 생각 후 말을 꺼냈다.

"일단은 사람들이 살기에 필요한 품목을 최우선으로 부탁할 거야. 옷하고 음식, 약, 그리고 돈도 좀 보내고. 남가주에서 일했을 땐 새를 날려서 다른 상단하고 연락을 주고받았잖아. 그런 새는 얼마나 할지 모르겠지만, 그것도 필요하지."

전에는 보부상이 해 준 말밖에 전해들을 수 없었다. 직접적으로 연락을 주고받을 수 없으니, 조금이라도 늦어지면 답답해서 견딜 수 없었지. 혹여라도 무슨 일이 생긴 게 아닌가 싶어 오만 잡생각에 시달려야만 했다. 하지만 직접 말을 넣을 수 있는 게 생기면 더는 그런 불안을 느끼지 않아도 될 거다.

조금 더 구체적으로 설명을 해 볼까 싶었을 때, 마차가 멈추었다.

"도착했으니 이만 내리시지요."

조금 더 오래 있었으면 정말 숨 막혔을 것 같다. 적절한 때에 맞춰서 마차에서 내릴 수 있게 되어서 천만다행이라며 단은 고개를 들었다. 옆으로 나 있던 문이 열리자 단은 후다닥 앞으로 움직였다.

어차피 좁은 골목길에 마차를 대두었기에 몇 걸음 옮기지 않아서 멈춰야만 했던 단은 뒤를 돌아봤다. 뒤따라 내리는 무헌이 보였다. 그의 곁에 서 있던 그림자는 무헌이 내리는 걸 확인 후, 몇 가지 말을 전했다. 나와 있는 동안 뭘 조심하고 어떤 걸 신경 써야 하는지에 대해서 말이다. 하지만 바깥 상황로만 따진다면 그림자보다 무헌이 아는 게 훨씬 더 많을 거다.

단은 뒷짐을 진 채로 고개를 들었다.

"뭐하고 있어. 가자."

그 말에 단은 뒤를 돌아봤다.

그림자는 어느새 사라져 있었다. 전에는 별 느낌 없었는데 지금은 저 기술이 아주 탐이 났다. 다음에 기회가 될 때 그림자에게 '어떻게 하면 그런 식으로 은밀하게 움직일 수 있는 건데요?'라고 물어볼까. 그런 걸 묻는다 해서 솔직하게 알려 줄 것 같지도 않지만—.

단은 제 쪽으로 던져지는 삿갓을 받아 그걸 머리에 눌러쓰면서 물었다.

"우리만 움직이는 거야?"

"여럿이 무리를 지어 움직이면 더 눈에 띄겠지."

말은 저렇게 하지만 안 보이는 곳에서 그림자가 은밀하게 뒤따를 거란 걸 모르지 않았다. 다른 사람은 몰라도 황제인 무헌에게 일이 생겨선 안 될 테니 말이다.

삿갓을 다 쓴 단은 무헌을 따라 좁은 골목길을 빠져나왔다. 넓은 길로 나와서도 인적은 드물었다. 하지만 저 안쪽으로는 불빛이 훤했다. 원래 야시장이든 뭐든 밀집된 공간에서 열리기 마련이었다. 조금만 더 가면 많은 사람 구경을 할 수 있을 거다.

놀러온 서월나빈 일단 배부터 채웠을 거나. 하시만 시금 이곳에 나온 게 그런 한가한 이유 때문이 아니었던 만큼, 단은 기억을 더듬었다.

상단과 다른 의미로 짐을 운반하는 보부상이었다. 간단하게 물건만 옮겨야 하는 거라면 손쉽게 접촉할 수 있는 상단에 의뢰를 하겠지만, 은밀하고 조심스러운 접근을 바란다면 보부상, 그중에서도 입이 무거운 자를 구해야 했다. 그만큼 의뢰한 내용이 바깥으로 새어 나갈 걱정이 없고, 실력이 뒷받침 되는 자들이니 사전에 계약만 잘 되었다면 머리 아프게 고민할 필요도 없었다.

하지만 그들도 일의 내용을 보고 결정할 수 있었다. 깊은 관계를 형성하기 위해서는 자신의 정체를 잘 포장해야 할 텐데. 절대로 늑대족이란 걸 들켜선 안 되었다. 제삼자가 알게 되었다간 이번과 같은 일이 다시금 벌어지지 않을 거라는 보장도 없고ㅡ.

이런저런 생각을 하던 단은 눈을 내리뜨곤 긴 한숨을 내쉬었다.

"벌써 지친 거냐?"

"긴장돼서 그래. 내 입장에선 어쩔 수 없는 일이야."

무엇이든지 새로운 사람을 만나고 많은 대화를 나눠야 한다는 사실은 큰 부담이 될 수밖에 없었다. 만약 혼자서 해야 하는 거라면 더더욱 엄청난 부담을 느꼈을 거라면서 단은 위를 봤다.

삿갓을 깊게 눌러써서 보이는 건 매끈한 콧날과 입술뿐이었다. 자신이 이런 일로 큰 부담을 느낀다 해서 그걸 위로하거나 '괜찮을 거다.'라는 말을 해 줄 녀석이 아니라는 걸 알지만 곁에 있어 준다는 사실만으로도 안심되는 게 있었다. 혼자라면 이런 식으로 알아보지도 못했을 거다. 다시 가족들 곁으로 돌아갔겠지.

저 앞으로 희미하게 빛나는 불빛을 본 단은 눈을 빛냈다.

이제부터 시작인가. 그런 생각이 든 단은 긴장으로 안색을 굳혔다.

*　　　*　　　*

물건이 마음에 안 들면 안 사고, 흠이 나 있으면 다른 걸로 바꾸거나 고쳐 달라 하면 그만이었다. 하지만 사람은 그리할 수 없었다. 겉으로 보기에 멀쩡한 것 같아도 그 안쪽에 난 깊은 흠까지는 알아보기 힘든 법이었다. 잠시 나온 것이라 몇 날 며칠의 여유를 두고 상대를 가늠할 수도 없었다. 자리에 앉아 상대의 관상을 보는 순간 바로 결정을 내려야 할지도 몰랐다.

물론, 상대가 마음에 들더라도 그쪽에서 자신을 거절하면 거래는 진행될 수 없었다. 손발이 잘 맞아야만 하는 일이었다. 바라건대 처음 한 번의 만남으로 뒷일이 잘 풀렸으면 좋겠다면서 단은 야시장에 들어서자마자 구석진 곳에 모여 있는 사내들을 확인했다.

늦은 시간이기에 대부분이 만취한 상태로, 입에는 장담배를 물고 있었다. 벽에 기대어 쉬거나 혹은 모여서 윷을 던지거나 그게 아니면 재차 바닥에 판을 깔고 술잔을 기울이는 자들도 더러 있었다. 술을 마시면서 소란스럽게 구는 건 없었지만, 얌전히 잘 마시다가도 갑자기 기분이 달라져서 괜한 시비가 붙을 수도 있었기에 그들 곁으로 지나치는 이들은 없었다. 그런 그들에게 용무가 있었던 단은 눈을 가늘게 뜬 채로 그들을 살폈다.

다들 똑같은 한량으로 보이지만 저들 중에 다른 사람이 분명 있었다. 그것이 누굴까. 예전의 감을 되살려서 신중하게, 하지만 빠르게 한 사람을 골라낸 단은 그리로 걸어갔다. 구석진 곳에 쪼그리고 앉아 꾸벅꾸벅 졸던 사내 앞에 서서 말을 건넸다.

"잠시 말 좀 걸어도 되겠소?"

말을 하고 나서야 아차 싶었다.

전에는 남장을 하기 위해서 골격을 바꾸어서 목소리도 제법 사내 같았지만, 지금은 아니었다. 굵직하게 낸다고 해도 여인이라는 티가 확 났다. 이럴 줄 알았다면 안쪽에 가서 제 목소리를 한 번 확인해 보는 건데.

헛기침을 한 단은 모르는 척 재차 말했다.

"긴히 드릴 말이 있는데 말이오."

처음보단 나았지만, 두 번째도 별반 다름이 없었다.

실제로 단이 말을 건 자는 움직일 생각 없이 단을 물끄러미 보더니 한쪽 입꼬리를 올렸다. 이죽거리면서 웃은 사내는 크게 고개를 끄덕이면서 몸을 일으켰다.

"어차피 할 일도 없어 한가하던 참이었는데, 좋지."

손을 슬슬 비비면서 고개를 옆으로 기울인 자는 눈을 가늘게 떴다. 삿갓으로 가려진 단의 얼굴을 유심히 살피던 상대의 입술이 씰룩거린다. 음흉한 시선을 던지는 사내를 두고 단은 급격하게 기분이 더러워졌다. 마음 같아서야 한 방 먹이고 난 후에 뭘 그렇게 쳐다보는 거냐고 하고 싶었지만, 그랬다간 모든 일을 망칠 수 있었다. 참는 수밖에 없었기에 단은 옆으로 고개를 움직였다.

"그렇다면 저리로 가서 말씀 좀 나누죠."

"아이고, 그거 좋지. 오히려 내가 바라는 일이라네."

앞으로 고개를 길게 뺀 사내는 느물거리는 투로 말했고, 그 입에선 악취와 술 냄새가 풀풀 났다.

짜증나는데 역시 한 대 쳐 버릴까. 대번에 드는 생각을 힘겹게 억누른 단은 몸을 돌려 앞장서 걸어갔다. 성큼성큼 걷는 단을 놓칠세라 딱 붙어서 따라온 사내는 으슥한 골목길에 들어서자마자 단의 팔을 툭 쳤다.

"요즘 젊은 사람들은 꽤나 대범하다니까. 이 늦은 시간에 사내를 구하러 나오다니. 급했구먼―."

"⋯⋯."

멈춰선 단은 허공으로 시선을 던진 후, 긴 숨을 내쉬었다. 그리곤 조금 전 사내의 손이 닿았던 제 팔을 손으로 툭툭 털어내곤 뒤를 돌아봤다. 이미 앞섶에 두 손을 올린 채로 있던 사내는 단과 시선이 부딪치자마자 이를 드러내며 웃었다.

바로 시작할까. 그런 눈빛을 던지는 사내를 두고 급격하게 짜증이 치밀어 올랐지만, 이번에도 역시나 필사적으로 내리누른 단은 가라앉은 목소리로 용건을 꺼냈다.

"당신의 두목하고 긴히 대화를 나누고 싶은데, 연결해 줄 수 있어?"

짧은 순간 사내의 눈빛이 흔들렸다. 당혹감을 보이나 싶던 사내는 금방 그걸 지워내고는 아무것도 모른다는 식으로 굴었다.

"두목은 무슨 두목. 난 그런 사람 몰라. 괜히 다른 남자 찾지 말고 나랑 하자고. 나도 꽤 하는―."

사내의 말은 채 이어지지 않았다. 뒤에서 나타난 커다란 손이 사내의 머리를 잡아서 그대로 옆의 돌벽으로 내리꽂았기 때문이었다.

뭔가를 대단히 착각하고 음담패설의 수위를 올리는 사내를 상대하는 건 곤혹스러웠지만, 아직 제대로 알아낸 게 없었다. 몇 마디 더 대화를 나누고 난 후, 실력 행사를 할 셈이었던 단은 사내의 머리를 돌벽으로 짓이기는 무헌의 행동에 화들짝 놀랐다.

"너 지금 뭐하는 거야? 그러지 마—."

하지만 무헌은 말리는 단을 한 번 보고는 더 세게 사내의 머리를 눌렀다. 아예 머리통을 짜부라뜨리는 게 아닌가 싶을 정도로 강한 악력에 사내는 덜덜 떨다가 크게 입을 열었다. 그대로 소리를 지르나 싶었지만, 무헌이 바로 손을 치워냈다. 휘청거리면서 주저앉은 사내는 떨리는 손으로 제 머리를 더듬으면서 내 머리, 같은 말을 반복했다. 지금 제 머리가 제대로 붙어 있는지 아닌지를 확인하는 것 같은 다급한 손놀림이었다.

사내와 무헌을 번갈아 보던 단은 놀란 가슴을 쓸어내리며 말했다.

"갑자기 왜 이래? 내가 알아서 한다니까."

그래서 연결책일 게 분명한 사내를 발견해서 단 혼자 접근했던 거였다. 전에 살던 바닥도 그런 곳이었기에 똑같이 술을 마시는 놈들 사이에서 누가 연결책인지는 한눈에 알아볼 수 있었다. 같이 와 준 너를 번거롭게 하진 않을 거라면서 알아서 잘 처리하겠다 할 때에는 묵묵부답이었던 주제에 왜 이런 돌발행동을 하는지 모르겠다.

단은 급히 사내 쪽으로 허리를 굽혔지만, 그 전에 무헌이 사내의 등을 걸어찼다.

"아이고—!"

"입 다물고 네놈의 두목에게 우리를 안내해."

엎드린 채로 힘겹게 고개를 드는 사내를 노려본 무헌은 나직하게 경고했다.

"한 번만 더 더러운 말을 지껄인다면 그땐 그 혀를 뽑아 버리겠다."

"……."

그 순간 단은 무헌이 이리도 흥분하고 살벌하게 변한 이유를 알 것 같기도 했다. 하지만 정말 그런 이유 때문에 이러는 것인가 싶었던 단은 굳은 눈빛을 던졌다.

쉽사리 말을 잇지 못하고 꼼지락거리던 사내는 몇 번의 기침을 한 후 힘겹게 말을 늘어놓았다.

"이, 이 몸을 이리 대해고도 무사할 성 싶으냐? 내 뒤에 어떤 분이 계시는지 알기나 해?"

"바로 그자를 만나기 위해서 너처럼 천한 놈을 상대해 주고 있는 거다. 그게 아니었다면 네놈이 시간 끄는 걸 보고만 있지 않았겠지."

말 한마디마다 한기가 뚝뚝 떨어졌다. 아직도 머리가 아프고 등짝도 얼얼했지만, 본능적으로 무헌을 더 자극해선 안 된다는 걸 깨달은 사내는 눈동자를 굴리다가 슬그머니 몸을 일으켰다. 벽에 한 손을 짚은 채로 힘겹게 버티어 선 그는 기어들어 가는 목소리로 말했다.

"나와 함께 간다고 해서 두목이 너희를 상대해 줄 거라고 생각하지 마라."

그 순간 날아드는 매서운 눈길에 움찔한 사내는 급히 몸을 돌렸다. 절뚝거리면서 어둠 속으로 들어가는 걸 본 무헌이 뒤따르자 단도 빠른 걸음을 옮겼다.

정 안 된다 싶으면 단도 주먹을 쓸 참이었다. 하지만 설마하니 무헌이 이런 식으로 끼어들 줄은 몰랐다. 게다가 이상할 정도로 화를 내고 있다.

어둠 탓일까. 기억보다 훨씬 더 넓고 단단해 보이는 무헌의 뒷모습을 바라보던 단은 아래로 내린 손을 움켜쥐었다.

4장

절뚝거리면서 몇 번이고 뒤를 돌아보던 사내는 고민의 기색이 역력했다. 저러다 다른 곳으로 빠지는 건 아닐까 싶었으나 다행 스럽게도 그는 작은 주막을 찾아갔다.

늦은 시간에도 사람이 많이 찾는 장사가 잘되는 주막이었다. 사내는 헝클어진 머리를 손으로 누른 채로 주막으로 들어갔고, 사람들 사이를 움직이면서 음식을 나르던 주모가 그 사내를 보곤 대번에 험악하게 인상을 썼다. 그녀는 옆구리 띠 안쪽에 끼고 있던 밥수걱을 꺼내서 크게 휘두르면서 성질을 냈다.

"아니. 이 더러운 놈이 여기가 어디라고 기어들어 와? 당장 안 꺼져?!"

"그, 그러지 마. 손님을 데리고 왔으니까ㅡ."

손님을 데리고 왔다는 말에도 주모의 안색은 펴지지 않았다.

노름판에서 늦게까지 뒹굴다가 이제 와 데리고 온 손님이 제대로 된 것이라고 생각되지 않았기 때문이었다. 되지도 않는 헛소리로 위기 상황을 모면할 셈이겠거니 싶었던 주모는 어림도 없다며 재차 크게 주걱을 휘두르려 했고 두 팔을 들어 머리를 막은 사내는 다급하게 말했다.

"정말이라니까. 뒤를 좀 보라고―."

가뜩이나 이상한 놈에게 머리를 잡혀서 돌벽에 머리가 짓이겨졌는데, 거기를 주걱으로 맞으면 머리통이 박살날 것만 같았다. 필사적으로 머리를 보호하던 사내가 몸을 사리며 피하자, 주모는 주막 바깥에 서 있는 두 사람을 발견했다.

여기저기 다니는 여행자의 몰골에 삿갓을 깊게 눌러쓰고 있었다. 이 근방에서 쉽게 볼 수 있을 만한 행색이었지만, 지금껏 다양한 사람을 만나왔던 주모는 대번에 저들이 위험한 자들임을 파악했다. 끌끌, 하고 혀를 찬 주모는 사내를 노려봤다.

쓸데라곤 한 군데도 없는 것. 역시나 예전에 산으로 끌고 가서 묻어 버려야 했다면서 노려봤다. 지금 주모가 무슨 생각을 하는지를 알 것 같았던 사내는 차마 그녀를 똑바로 보지도 못했다.

그때 구석진 평사에 앉아 있던 험악한 얼굴의 사내 둘이 주모에게 말을 건넸다.

"무슨 일인가. 주모. 안색이 영 안 좋은데, 내가 뭐 도와줄 일이라도 있나?"

정말 걱정이 되어서 묻는 것 같지만, 눈가에 깊은 상처가 난 사내는 범상치가 않았다.

"아니. 귀한 손님이 오신 것 같으니 방으로 모시기나 해야겠어."

주모의 말에도 한동안 그녀를 바라보던 자는 술잔을 기울였다.

"뜻대로 하게."

앞에 있던 자와 천천히 술을 넘기면서도 사내의 매서운 눈빛은 주모에게서 떨어지지 않았다. 평상에 앉아 있는 손님들 중에는 그런 부류가 더러 있었다. 때문에 단은 나와 있는 모든 자들이 단순한 손님이 아님을 알 수 있었다.

연결책은 대번에 알아봐도 그 뒤에 있는 자들까지는 정확하게 파악할 수 없었다. 하지만 이리 와서 보니 생각보다 나쁘지 않은 것 같다면서 단은 다가온 주모를 봤다.

"어찌 오셨습니까. 바깥에는 자리가 다 찼으니 방으로 들어가시지요. 괜찮으시겠습니까?"

"내쫓지 않은 것만으로도 감사하지요."

단의 대꾸에 주모의 입가에 서린 미소가 짙어졌다.

"어찌 손님을 그냥 쫓아내겠습니까. 절 따라오시지요."

주모가 앞장을 서고 무헌과 단이 뒤를 따랐다. 낡은 초가집으로 들어가 방으로 안내되는 내내 매서운 시선이 떨어질 줄 몰랐다. 먼저 들어가 방 안의 등에 불을 붙인 주모는 민망한 눈치였다.

"허름한 곳이라 부끄럽습니다. 제가 급한 대로 정리를 해 드리겠습니다."

급히 방 안쪽에 널려 있던 상자와 이부자리를 정리한 그녀는 묻지도 않은 말을 떠들어 댔다.

"여기저기 다니는 사람들이 묵는 곳이라 그런지, 돈 대신에 이런 잡다한 걸 받는 경우도 생기지요. 처음에는 특이하구나 싶어서 돈 대신에 받다보니 정리가 곤란할 정도로 쌓이더군요. 지금은 아니더라도 나중에는 쓰일 데가 있지 않을까 싶어 품고만 있었더니 이제는 뭐부터 손을 대어야 할지 알 수가 없어졌습니다. 남들이야 죄 쓸모가 없어 보이니 버리라 하지만, 제 눈에는 그렇지가 않으니까요."

"먼 곳을 다니는 사람들 중에는 의외로 수중에 돈이 없는 사람들이 많지요. 하지만 그들이 지니고 있는 물건들 중에는 값진 것들이 더러 있기도 하고요. 그것들을 잘 보관하면 나중에 큰 도움이 될 수도 있겠지요."

"그런 말씀을 해 주시는 분들은 거의 없었는데, 모처럼 마음이 맞는 분을 만나서 좋네요."

주모는 웃는 얼굴로 앉아 있는 단을 돌아봤다.

방 안이 대충 치워졌으니 이제 주문을 받을 차례였지만, 그녀의 입을 통해 나온 말은 다른 것이었다.

"그래. 저런 모자란 놈을 끌고 여기까지 찾아오신 이유가 뭡니까."

"아까 그 사람은 초면에 말실수를 해서 살짝 손을 봐준 것뿐이지, 처음부터 어찌 해야겠다는 생각을 하진 않았습니다."

"……"

단의 대답에도 주모의 표정은 풀리질 않았다. 변명처럼 들릴 수도 있겠지만, 주모는 아까 그 사내에 대해서 많은 걸 알고 있었다. 예전에는 그럭저럭 쓸 만했는데 이제는 운반책 노릇도 제대로 하지 못했다. 모처럼 손님을 데리고 오긴 했지만, 무헌과 단은 암만 봐도 위험했다.

어디서 이런 사람을 낚아온 것인가 싶을 수밖에 없었던 주모는 여선히 서 있는 무헌을 흘깃 봤다.

"저분도 일행이십니까."

"같이 다니는 사람입니다."

단은 무헌의 바지를 잡아당겼다. 그렇게 서 있지만 말고 이만 앉으라는 거였다. 제 옷을 잡아당기는 단이 탐탁지 않지만 계속 서 있어서야 대화를 이어 갈 수 없었다. 어쩔 수 없이 자리를 잡고 앉는 무헌을 확인한 주모도 짧은 한숨을 쉬었다.

"그래. 어차피 용건이 있어서 여기가지 찾아온 것이겠지요. 뭔지나 들어봅시다."

그녀는 반쯤 열려 있던 문을 완전히 닫고는 두 사람 앞에 앉았다. 한쪽 무릎을 세워 그곳에 팔을 걸친 채로 '자, 말해 봐라. 들어나 보자.'라고 구는 걸 확인한 단은 먼저 입을 열었다.

"일단은 내가 필요한 건 입이 무겁고 발이 빠르고 실력이 좋은

보부상입니다. 구해 줄 수 있다면 계속 말할 것이지만, 아니라면
이쯤에서 일어나지요."

이미 다 알고서 찾아온 두 사람이었기에 주모도 빼지 않고 본
론으로 들어갔다.

"얼마나 줄 수 있느냐에 따라서 구할 수 있는 사람의 폭도 좁
아지지요. 예산은 어느 정도까지 생각하십니까."

단은 바로 말을 할 수 없었다. 예전 보부상을 고용했을 땐 정
해진 금액이 있었기에 그걸 맞춰서 주면 되었던 거다. 하지만 새
롭게 사람을 고용할 때에도 그 금액이 통할 수 있을까. 물론 그
당시의 금액도 적은 게 아니긴 했지만.

나오기 전, 단은 미리 챙겨서 품에 넣어 둔 보석 몇 가지가 있
었다. 그것의 가치가 얼마나 될는지는 알 수 없지만, 바깥에서도
적은 돈은 아니었다. 그 정도라면 대충이나마 원하는 만큼을 불
러도 되지 않을까.

기존에 있던 정보를 주고받기만 했지, 뭔가를 스스로 알아본
적은 없었다. 뭐가 맞는 건지 알 수 없어 고민이 되었던 단은 머
뭇거렸고 그때 옆에 앉아 있던 무헌이 말했다.

"시범 삼아 일을 잘 수행해 주면 금화 10개. 아니면 목을 받아
내겠다."

조심스럽게 밀당을 하고 있던 판을 시원하게 걷어차는 무헌
이었다. 당돌하다 싶을 정도로 구는 것에 당황한 건 단뿐으로,
주모는 잠시 눈빛이 흔들렸지만 이내 평정을 되찾았다.

"그만큼 위험한 일이라니. 저희는 할 수 없습니다."

주모의 거절에 무헌의 입꼬리가 올라갔다.

"위험한 만큼 성공했을 때 얻을 게 많을 거다. 언제까지 이런 곳에서 사람들 비위를 맞출 수는 없잖은가. 가벼운 일을 시험 삼아서 수행하면 금화가 10개지만, 잘만 해 주면 그 배가 되는 이윤을 얻을 수 있지."

참으로 욕심이 나는 제의지만, 이들이 시키는 일이 정말 가벼운 일인지 어떤지 알 도리가 없었다. 더군다나 상대의 정체가 무엇인지 알 수도 없는 입장에선 더더욱 말이다.

"나으리들께서 뉘신지 알 수 없으니 선뜻 내답하기가 어렵습니다."

"우리가 누군지를 하나하나 세세하게 알고 나서야 일을 시작할 셈이던가. 그 정도의 모험을 하지도 않고 그저 재물만을 바란다면 우리도 그쪽에게 일을 맡길 수가 없지."

"……."

무헌은 계속해서 당기고만 있었다. 뭔가를 시키려면 살살 달래기부터 해야 하는 게 아닌가 싶었으나 단은 차마 끼어들지 못했다. 무엇이 맞는 건지 알 수 없으니 일단은 무헌이 하는 대로 두고 보자 싶었던 거다.

숨죽인 채로 있는 건 단뿐만이 아니었다. 굳은 눈빛으로 무헌을 응시하던 주모는 몇 번이나 망설이다 어렵게 말을 꺼냈다.

"조금만 더 생각할 시간을 주십시오."

"생각하는 동안 기회를 잃게 될 거야."

조금의 여유도 주지 않고 밀어붙이기만 하자, 결국 주모도 언짢음을 드러냈다.

"죽을 길인지 살 길인지 알 수가 없는데 어찌 성급한 판단을 내리겠습니까. 일을 그르치면 나 한 사람의 목숨으로 끝나지 않을 수도 있는데요."

무헌은 품에 손을 넣어 봉투를 하나 꺼냈다. 그가 손을 움직였을 때 움찔한 주모는 앞으로 던져진 봉투를 보곤 안색을 굳혔다.

"그 안에 적힌 내용을 찬찬히 읽어보고 난 후, 내키면 그리로 오게."

동시에 무헌은 단 쪽으로 손을 내밀었다. 제 앞으로 펼쳐진 손바닥을 본 단은 설마 싶어서 품 안쪽에 손을 넣고는 작은 주머니를 꺼냈다. 모르는 줄 알았는데 자신이 보석을 챙겨 온 걸 알고 있었던 걸까. 설마 그걸 보고 있었는데도 모르는 척해 주었던 건 아니겠지. 건네받은 주머니를 열어 본 무헌은 거기서 호박색을 띠는 보석을 하나 꺼내 바닥에 두었다.

이런 쪽 일을 하게 되면 눈치가 느는 건 자연스러운 일이었다. 실제로 보석을 보는 순간 눈을 빛내는 주모를 두고 무헌이 말했다.

"당장은 이런 보석 하나가 귀하게 여겨지겠지만, 아니게 될 수도 있지."

"……."

"어떤 미래를 손에 넣게 될지는 전적으로 한 번의 선택 여하에 달렸다."

당장 눈에 들어오는 게 없었더라면 쉽게 흔들리지 않았을지도 모른다. 하지만 귀하디귀한 호박색 보석을 앞에 두고 마음이 흔들리지 않을 수 없었다.

은밀하게 일을 진행한다 쳐도 수중에 들어오는 돈은 정해져 있었다. 앞서 무헌이 말한 대로 언제까지 남들 비위를 맞춰 가면서 일할 수만도 없는 노릇. 무언가를 하기에 앞서 자신이 주도적으로 진행하고 싶은 욕심이 드는 것도 사실이었다.

하지만 일을 도모하기에 앞서 함께하는 자가 어떤 인물인지에 대해서 알아보는 것도 중요했다. 과연 무헌이 믿어도 될 만한 자일까. 주모는 무헌과 단을 번갈아 보고는 가라앉은 목소리로 말했다.

"우리는 흔히 쓰였다가 버려지는 패로 불립니다. 귀하신 분들은 쓰임새가 있을 땐 입 안의 혀처럼 귀애하시다가 아니다 싶으면 망설임 없이 뱉어 내시지요. 미련 없이 버립니다."

무헌 쪽으로 얼굴을 내민 주모는 긴장된, 하지만 일말의 기대를 담아 물었다.

"─그리하지 않으실 거라는 보장을 해 주실 수 있습니까."

"버릴 필요가 없게끔 일을 잘한다면 굳이 할 필요도 없는 말이다. 안 그런가?"

"……."

"함께 뭔가를 하기에 앞서 버려질 생각부터 하는 건가. 한심하군."

입을 다문 주모는 안색을 굳혔고, 당장에 말이 없었다. 무척 분하지만 차마 뭐라 할 수 없었던지 침묵하는 그녀를 두고 무헌이 먼저 몸을 일으켰고 단이 따랐다. 대화가 깔끔하게 끝난 게 아니니 더 이어질 거라 생각했지만, 아니었다. 무헌은 곧장 밖으로 나갔고 단은 주모를 내려다본 후 뒤따라 움직였다. 밖으로 나온 단은 흠칫, 하고 안색을 굳혔다. 평상에 앉아 술잔을 기울이던 모든 자들이 이쪽을 보고 있었기 때문이었다.

한기가 돌 정도의 서늘한 눈빛으로 바라보는 자들을 두고 단은 몸에 힘을 주었다. 여차하면 한 번 부딪칠 수도 있었다. 하지만 그때 등 뒤에서 주모의 목소리가 들렸다.

"실례되는 짓 하지 말고 조용히 보내 드려라."

그 말에 몇몇은 시선을 거두었지만, 계속해서 바라보는 자들도 분명 있었다.

무헌은 아랑곳하지 않고 신을 신고 내려갔고 단도 급히 신을 신었다. 저들이 전부 다 달려든다고 해서 질 거라는 생각은 하지 않지만, 묘하게 긴장되었다. 그것은 아마도 이런 경험이 처음이기 때문일지도 몰랐다.

은밀하다 할 수 있는 거래를 한 데다 전에는 몰랐던 무헌의 모습을 봐 버렸다. 조금의 흔들림 없이 본인의 생각을 전하고 상황을 유리하게 이끄는 그런 건 처음 봤다. 황제다 보니 이런 경험이 많은 걸지도 모르겠지만, 그래도 대단하다는 생각이 드는 게 사실이었다. 주모가 어떤 결정을 내릴지는 모르겠지만, 좋은 방향으로 일이 풀릴 것 같은 느낌이 들었다. 그리될 수 있었던 건 전적으로 무헌 덕분이겠지.

주막을 빠져나온 단은 앞장서 걸어가는 무헌의 뒷모습을 주시했다.

눈 한 번 깜박이지 않고 그 모습을 빤히 바라보던 단은 가슴 위에 한 손을 올렸다.

두근, 두근, 하고 심장이 뛰었다. 그리고 무헌이 예고 없이 뒤를 돌아봤고, 시선이 부딪치는 순간 두근, 하고 단의 심장이 크게 뛰었다. 왜 갑자기 쳐다보는 건가 싶으면서도 단은 그 얼굴에서 시선을 떼지 않았다. 눈 한 번 깜박이지 않고 뚫어져라 무헌을 바라보는데 손가락 끝이 저릿거린다.

그 손을 움켜쥔 단은 무헌 앞까지 다가가 서선 그를 올려다보고 말했다.

"내 일인데 도와줘서 고마워. 네가 옆에 없었다면 난 아무것도 못했을 거야."

눈치는 있는 편이라고 자신하지만 말로써 상황이 자신에게 유리하게 돌아가게 하는 건 낯설었다. 모든 상황이 자신에게 유리하게끔 하기 위해서 언성을 높이거나 협박을 해야 하는 건지, 아니면 제발 좀 해 달라고 부탁해야 하는 건지 도통 감을 잡을 수 없었다.

오늘은 바로 옆에서 무헌이 어떻게 하는지를 죄 보긴 했지만, 그처럼 똑같이 하라 한다면 할 수 없을 것 같았다. 이것도 죄 경험을 통해서 쌓은 기술이겠지. 지금은 힘들겠지만, 언젠가 때가 되면 무헌처럼 할 수 있게 되지 않을까.

막연한 생각을 하면서 단은 숨을 삼켰다. 동시에 무헌은 손을 들었다. 커다란 손이 단의 두 눈을 덮고는 아래로 주욱 내린다. 움찔한 단은 눈을 감았다가 떴고, 곧장 손을 치운 무헌이 말했다.

"이제부터는 내가 할 일에 도움을 주면 된다."

그제야 이상할 정도로 빠르게 뛰던 단의 심장이 안정을 찾았다. 짧은 순간 이곳에 나와 있었던 이유를 떠올린 단은 심호흡을 한 후 담담하게 물었다.

"어디로 가서 뭘 하면 되는 건데?"

"아무것도 하지 않고 조용히 있기만 하면 된다."

"……정말 그러기만 하면 돼?"

"그래."

아무것도 하지 않는다는데 힘들 게 뭐 있을까. 그 정도의 일이라면 얼마든지 해낼 수 있었다. 대단히 힘들거나 심각한 일을 하게 될 줄 알았는데 아닌 모양이라면서 단은 알겠다며 저만 믿으라고 주먹으로 가슴을 두드렸다. 그 모습에 무헌의 표정이 슬쩍 느슨하게 변했다.

* * *

단은 무헌과 함께 꽤 으슥한 곳으로까지 향했다. 오래 걸어서 인적이 드물어짐에 따라 아무도 없는 곳으로 향하는 건가 싶었지만, 불안하진 않았다. 흔들림 없는 무헌의 뒷모습만 보고 걸으면 언젠가 목적지에 도착할 거라는 믿음이 있었다. 그리고 낮은 언덕을 하나 넘었을 때 나타난 건 으리으리한 기와집이었다. 높은 담 너머로 보이는 처마의 개수만 봐도 대단한 곳이라는 걸 알 수 있었지만 기이하게도 인기척이 느껴지지 않았다. 이렇게나 좋은 곳인데 왜 사람이 살지 않는 걸까. 그보다 이런 으슥한 곳에 왜 저런 곳이 존재하는 걸까.

이런 곳은 또 처음이었기에 색다르면서도 동시에 기가 죽었다. 차라리 아까처럼 거친 녀석들이 험악한 얼굴로 노려보는 게 낫지, 사람도 없고 쓸데없이 널찍한 대로를 걷는 건 여간 부담스러운 일이 아니었다. 죄 지은 것도 없는데 누군가 나타나 '왜 이곳에 있는 것이냐.'라고 물으면 마땅히 대꾸할 거리가 생각나지 않을 것 같았다. 말도 못 하고 어버버 하고 있으면 그걸 수상쩍게 여겨서 당장 붙잡아 가는 건 아니겠지.

어느덧 단은 무헌의 뒤에 딱 붙어서 종종걸음을 옮기고 있었다. 아무것도 하지 않아도 된다는 게 생각보다 쉽지 않을지도 모르겠다면서 긴 숨을 내쉬었다.

"어차피 별 볼 일 없는 것들이 모이는 자리에 참여하는 것뿐이니 긴장할 필요가 없다."

"……."

"다들 하찮고 멍청한 소리만 떠들어 댈 테니 무시하면 그만이야."

너보다 잘난 거 하나 없는 것들이니 무슨 소리를 지껄여도 귀담아 듣지 말고 무심하게 있으면 그만이다.

대수롭지 않게 말하지만 정말은 이 모든 말이 자신의 긴장을 풀어주기 위함이 아닌가 싶었던 단은 찬찬히 눈동자를 들었다. 오른쪽 팔에 거의 붙다시피 해서 걷는 단이 거치적거릴 만도 한데, 무헌은 그에 대한 불편한 기색을 드러내지 않았다.

"처음 궁에 들어왔을 때, 날 반기는 자들은 아무도 없었다. 그들은 이미 죽은 내 아비가 쓸데없는 짓을 벌인다고 믿었지. 그렇다고 그들 말이 크게 잘못되거나 틀렸다고 할 수 없는 게, 나도 똑같은 생각을 했지."

한 호흡을 쉰 후, 무헌은 중얼거렸다.

"선황이 기어이 날 붙들어서 옭아매려 든다고, 그리 생각했지."

"……무헌아?"

조심스럽게 부르자 무헌이 내려다본다.

주막을 나설 때에는 달빛이 훤해서 돌아보는 그의 얼굴이 무척 잘 보였지만, 지금은 아니었다.

구름 뒤로 얼굴을 숨긴 달 때문에 주변은 어둡고 무헌의 얼굴로 그늘이 내려앉았다. 때문에 그가 지금 어떤 표정과 눈빛을 하고 있는지를 알 수 없었다.

안 보이면 안 보이는 대로 넘기면 그만이겠지만, 보고 싶었던 단은 재차 무헌을 부르려 했다.

"거기 누구냐?!"

작지만 선명하게 들리는 소리에 놀란 단이 빠르게 고개를 돌렸다. 아무도 없던 앞쪽으로 횃불이 하나둘 생기더니 그곳에서 사내들이 나타났다. 모두가 잠들 만한 시간에 갑자기 나타난 사내의 수는 어림짐아도 열은 넘었다. 내내 안 보이다가 어디에 숨어 있다 모습을 보이는 건가 싶을 수밖에 없었던 단은 그들을 살폈다.

상대에 대해서 안 좋은 느낌을 품고 있기 때문일까. 그들과의 거리가 점점 좁혀드는데 이상한 기분이 들었다. 손끝이 저릿거리고 등줄기를 타고 오한이 올라온다. 지금껏 느껴 본 적 없는 감각에 거부감이 강하게 들었던 단은 안색을 굳혔다.

그러는 동안 그들과의 거리는 점점 좁혀졌고, 그들 옆구리에 차여진 검이 눈에 들어왔다. 무기를 보자니 더더욱 수상쩍었다. 사람이 살지도 않는 것 같은 저택의 치안을 위해서 고용한 자들일지도 모른다 싶어도, 여전히 수상쩍었다.

주막에서 자신들을 노려보던 놈들은 아무것도 아니었을지도 모른다면서 단은 무헌 앞으로 움직였다. 여차하면 무헌부터 도망치게 할 셈이었지만, 그 전에 무헌이 품에서 봉투를 꺼냈다. 그리고 먼저 다가온 사내에게 그걸 내밀었다.

"초대를 받고 와 봤네."

단은 사내들의 손으로 넘어가는 봉투를 봤다.

봉투에서 꺼낸 종이에 적힌 내용을 빠르게 확인한 그들은 바로 물러났다.

"제대로 알아보지 못하고 실수를 저질렀습니다. 용서해 주십시오."

아까는 당장 붙잡아 어찌할 것처럼 굴더니 지금은 아니었다. 엄청난 실수라도 한 것처럼 낭패의 기색이 짙은 자들을 외면한 채 무헌은 높은 담벼락을 응시했다.

"늦게 도착해서 이미 시작되었겠군."

"아닙니다. 아직 이야기는 시작 전인 상태입니다."

편안하게 건네어지는 말을 들은 사내는 옅은 미소를 지었다. 불청객인가 싶어 경계심을 가득 띄우던 것하고는 다른 태도였다.

이런 식으로 표정이 바로 바뀌는 건 좋지 않았다. 그만큼 은밀하고 조심스러운 일을 하고 있다는 의미였으니 말이다. 애초에 무헌이 말하는 '가 봐야 할 곳'에 대해서 심각하게 받아들이지 않았던 게 실수였을지도 모른다면서 단은 숨죽인 채로 있었다.

앞서 아무것도 하지 말라는 말을 듣긴 했지만, 필히 그렇게 해야만 하는 장소로 가게 될 것 같은 느낌이 들었다. 아는 척을 하고 나대는 것도 아는 게 있어야 가능한 것이니 말이다.

사내는 둘을 안내했고, 이동하는 내내 무헌은 편안해 보였다. 어디서 저렇게 눈 하나 깜박이지 않고 태연하게 구는 모습을 익혔나 싶을 정도로 의외인 모습이었다. 그 모습에 단도 덩달아 안정을 되찾았다. 이상한 곳에 가게 된 것 같긴 했지만, 그래 봤자 크게 위험하진 않겠지. 여차하면 빠져나가면 그만이었다. 지금은 안 보여도 어딘가에 그림자도 숨어 있을 테니.

몇 개나 되는 대문을 건너서 대저택에서도 가장 외진 곳으로 안내 받았다. 그럼에도 그들은 멈추지 않았다. 다섯 개째의 대문을 지나치기 진 오른쪽에 있는 우물을 발견했는데, 그것이 을씨년스러운 분위기를 연출했다.

내내 별말 없이 안내하던 대로 따르던 무헌이 입을 열었다.

"길이 무척 어둡군."

"그렇습니다. 발아래를 조심하십시오."

그냥 흙만 깔린 게 아니라 징검다리처럼 평평한 돌도 자리하고 있었다. 이럴 때 발을 삐끗하기라도 한다면 발목이 나갈 수도 있었다. 그런 사고가 생기기 전에 미리 등을 걸어서 주변을 환하게 밝히는 게 어떨까 싶지만, 앞장서 가는 사내는 그저 발아래를 조심하라는 말을 할 뿐이었다. 그건 넘어져도 책임지지 않겠다는 것이나 다름없는 말이었다.

빡빡한 느낌이라면서 조심스럽게 걸음을 옮기던 단은 무헌의 발아래를 살폈다. 혹여라도 잘못 디뎌서 비틀거리거나 한다면

잡아 줄 셈이었지만, 흔들림 없이 아주 잘 걷고 있었다. 딱히 걱정할 필요는 없겠구나 싶어서 고개를 들다가 흠칫, 하고 안색을 굳혔다.

이번에 들어선 곳에는 커다란 나무가 있었는데 그곳에는 긴 끈이 치렁치렁 달려 있었다. 어둠에 익숙해진 단의 눈동자는 나무의 빈약한 가지와 다 말라서 쓰러져도 이상하지 않을 몸통을 찬찬히 살폈다.

낯선 것을 봤다고 해서 갑자기 멈춰선 건 아니었다. 소름이 등줄기를 타고 내려가는 걸 느낀 단은 두 손을 강하게 움켜쥐었다. 뻣뻣하게 선 채로 허공을 노려보는 걸 두고 무헌이 뒤를 돌아봤다. 그의 시선이 얼굴에 닿는 순간, 단은 참고 있던 긴 숨을 내뱉었다.

아까보단 나아지긴 했지만, 껄끄러움은 여전히 몸에 남아 있었다. 뭐라 설명하기 어려운 불쾌함을 느끼면서 인상을 쓴 단은 계속해서 썩은 나무를 노려봤다. 이렇게 좋은 저택에서 장작으로 쓰지도 못할 저런 다 죽은 나무를 왜 그대로 남겨 둔 건지 모르겠다.

굳은 표정을 쉬이 풀지 못하는 단을 두고 앞장서던 사내도 뒤를 돌아봤다.

"왜 그러십니까."

"아무것도 아닙니다."

무헌이라면 몰라도 잘 알지도 못하는 사내를 붙들고 '저 나무가 기분 나쁩니다.' 같은 말은 할 수 없었다. 자신이 그런 말을 한다 해서 저들이 멀쩡한 나무를 잘라 낼 리도 없고 말이다.

단의 대꾸에 사내는 재차 앞으로 손을 뻗었다.

"다 도착했습니다. 이곳입니다."

여섯 번째의 대문을 넘어서 도착한 건 별채였다.

바깥에서 신을 벗고 들어가야 하는 곳임을 확인하고 무헌과 단도 신을 벗었다. 긴장했기 때문일까. 잘 벗겨지지도 않는다. 그래도 버벅거리고 싶지 않았던 단은 먼저 올라서 있는 자의 눈치를 보면서 어떻게든 평상 위에 올라섰다. 기다렸다는 듯이 발바닥에서 올라오는 한기를 느끼면서 단은 발가락을 꼼지락거렸다.

신을 벗었으니 삿갓도 벗어야 하는 게 아닌가 싶었지만, 사내는 그에 대한 언급이 없었다.

"앞서 많은 분들이 착석해 계십니다. 가능한 조용히 자리를 찾아 앉아 주십시오."

고개를 숙인 사내는 다시금 신을 신고는 빠르게 멀어졌다.

무헌이 무엇을 건넨 건지 알 수는 없지만, 그것이 그에 대한 신분증명서라도 되었던 걸까. 그보단 여긴 정말 뭘 하는 장소일까. 오는 내내 몇 개나 되는 대문을 넘어왔지만 마주치는 사람은 하나도 없었다. 넓은 만큼 기분 나쁘다는 생각을 지울 수 없다면서 단은 안색을 굳혔다.

그렇게 사내를 보내고 난 후, 무헌은 앞으로 한 걸음 옮긴 후

문에 손을 댔다. 그대로 문을 열고 안으로 들어가지 않을까 싶었지만, 아니었다. 한동안 그렇게 손을 대고만 있던 무헌은 단을 내려다봤다. 단은 고개를 들었고, 시선이 부딪치는 순간 문이 열렸다.

문 앞으로 얇은 발이 내려와 있었다. 그걸 밀어낸 무헌이 먼저 안으로 한 발 디뎠고, 동시에 단도 따라 들어갔다. 문득 먼저 들어가서 안에 무엇이 있는지를 알아봐야 했던 게 아닌가 싶었지만, 그것도 막상 방 안의 풍경에 지워진다. 실내는 어두웠고 후끈한 열기가 떠돌고 있었다. 그리 넓지 않은 공간에는 거의 빈자리가 남아 있지 않을 만큼 많은 사람들이 앉아 있었다.

바깥에선 아무 소리도 들리지 않았기에 많은 사람들이 있다는 말도 믿지 않았다. 그래 봤자지. 그런 느낌으로 느슨하게 있었지만, 막상 눈앞에 펼쳐진 걸 보고는 저도 모르게 요상한 표정을 짓게 되었다. 다들 앞쪽을 보고 있었기에 여기서는 뒷모습만 보였지만, 그게 더 이상했다. 단은 굳은 표정을 쉽게 풀 수 없었다.

그때 무헌이 더 안으로 들어가려 했고 단도 급히 뒤따랐다. 그 순간 발가락 끝으로 저릿한 뭔가가 퍼져 나간다. 처음에는 단순히 바닥의 한기 때문이라 생각했지만, 그게 아니었다. 왠지 모를 거부감은 분명 다른 요인 때문이었다.

들어가고 싶지가 않다. 이곳을 피하고 싶다.

불현듯 드는 생각에 단은 재차 고개를 들었지만, 무헌은 이미 안쪽의 빈자리를 찾아 그곳에 앉았다.

어쩔 수 없는 건가 싶었던 단은 썩 내키지 않는 얼굴로 쫓아가 무헌의 옆에 무릎을 꿇고 앉았다. 허벅지에 각각 한 손을 올린 단은 고개를 조금 들어선 바로 앞에 앉아 있는 자의 뒷모습과 다른 곳에 있는 자들을 하나하나 살폈다. 바깥보단 밝지만, 그래 봤자 드문드문 바닥에 초를 세워 둬서 상대의 형태를 어렴풋이 알 수 있을 정도였다. 상대의 표정이나 그 외의 것들은 알 도리가 없었다.

하지만 머리부터 발끝까지 차려입었고, 그들의 허리에 두르고 있는 선내의 매듭을 보면 평민은 아니었다. 이 좁지 않은 징소를 채우는 서른이 넘을 것 같은 저들은 신분이 높은 자들이었다.

단이 바깥에 있었을 때에도 지나치게 사람이 많이 모이면 문제가 생긴다 했다. 하물며 보통 신분이 아닐 것 같은 이런 자들이라니. 대체 뭘 하려고 이렇게 모여 있는 건가 싶었던 단은 마른침을 삼켰다.

그때 단의 근처에 놓여 있던 초가 좌우로 가볍게 흔들렸다.

동시에 코끝을 스치는 알싸한 향에 눈을 가늘게 뜨자 저 앞에서 문이 열리고 한 사람이 들어왔다.

어둠이 내려앉아 얼굴이 선명하게 보이지 않는 것이라 생각했건만 아니었다. 나타난 자는 가면을 쓰고 있었고, 그것이 기괴하기 짝이 없었다. 저게 대체 무언가 싶었을 때, 더 안으로 들어온 그는 두 팔을 높이 들었다. 넓게 펼쳐진 그 팔을 따라서 내내 조용히 앉아 있던 자들이 손바닥으로 제 옆을 두 번 탕탕, 하고 두드렸다. 약속이라도 한 것처럼 동시에 행해지는 행위에 단은 오른손을 움켜쥐었다.

여기까지 왔으니 그래도 저들이 하는 건 똑같이 하는 척, 흉내라도 내어야 하는 게 아닐까. 옆을 살피자 무헌은 잠자코 있었다. 삿갓 아래로 보이는, 굳게 다물린 입매와 매끈한 턱 선을 확인한 단은 다시금 앞으로 고개를 돌렸다.

무헌이 하지 않는다면 자신도 할 필요가 없었다.

쓸데없이 튀는 행동은 취하지 말자면서 단은 두 손을 강하게 움켜쥐었다.

그들은 정확히 바닥을 열 번 두드리고는 언제 그랬냐는 듯 그 손을 제 허벅지에 올렸다. 동시에 가면을 쓴 자가 목소리를 들려주었다.

"다들 이곳까지 오는 데 어려움이 있었을 것이라 생각하오. 그런데도 빈자리 없이 날 찾아와 주는 것에 대해선 감사 인사를 하지 않을 수 없군."

젊은 것인지 늙은 것인지 도통 알 수가 없는 음성이었다.

크지 않은 목소리였지만, 상대가 하고자 하는 말은 분명하게 단의 귓가에 들어왔다.

"우리의 뜻은 숭고하지만, 그걸 알아주고 인정하는 자들은 많지 않지. 지금은 뜻을 펼칠 수 없지만, 언젠가 때가 된다면 기회는 온다. 그걸 놓쳐선 안 될 일이지. 함부로 행동해선 안 된다는 걸 알지만, 다들 그 날을 기다리면서 최선을 다해 주길 바란다. 그래야지만 우리의 뜻을 이룰 수 있을 터이니. 안 그런가."

긍정은 없었지만, 고도의 집중력을 보이는 자들에게서 답이 읽혔다.

만족한 것처럼 고개를 끄덕인 가면의 사내는 재차 말했다.

"모험하지 않는 자들은 다음 기회를 손에 넣을 수 없다. 기회를 얻고자 한다면, 자신의 중요한 걸 내놓아야 하는 법."

거기까지 말한 후, 가면의 사내는 입을 다물었다.

뭔가 대단한 척 있는 척 떠들어 대고는 있지만, 들으면 들을수록 아리송해지는 섯두성이었다. 내체 무슨 뜻으로 저런 말을 하는 건가 싶었던 단의 표정은 점차 경직되었다. 하지만 자신을 제외하고는 모두가 저 이상한 놈이 지껄이는 소리를 제대로 이해하는 것 같았다. 상대가 떠드는 말에 대해서 알 수 있어야지만 지금 이 껄끄러운 상황에 어울릴 수 있는 법이었다. 단은 슬그머니 무헌 쪽으로 몸을 붙였다.

"지금 대체 뭐라고 하는 거야?"

무헌만 들을 수 있도록 작게 속삭였지만, 그 순간 앞에 앉아 있던 자가 뒤를 돌아봤다.

어둠 속에서 보일 만큼 크게 눈을 뜬 상대의 눈동자 안쪽에는 분명한 살기가 담겨 있었다. 그것과 마주하는 순간 움찔할 수밖에 없었던 단은 얼어붙었고, 그러는 사이 다른 쪽에 있던 자들도 하나둘 뒤를 돌아봤다. 본능적으로 단이 불청객이라는 걸 깨달은 걸지도 모른다. 안쪽에서 퍼지는 술렁거림을 읽어 낸 단은 마른침을 삼켰다.

큰일이다. 자신 때문에 일이 이상하게 돌아간다면서 저도 모르게 손을 저었다.

"아니, 저기, 나는 그러니까—."

그저 궁금한 게 있어서 물어본 것뿐일 뿐, 당신들의 집회를 방해할 생각은 요만큼도 없다. 정말이라며 믿어 달라고 해 봤자 그게 받아들여질 수 없는 분위기였다. 점점 더 살벌해지는 저들의 눈빛에 어색한 미소를 지으려니 앞에서 나직한 목소리가 들려왔다.

"새로운 손님이 참석하셨군."

가면의 사내는 정확하게 단과 무헌을 가리켰다.

"초대를 받지 않고, 스스로 찾아온 귀한 손님이야."

그 말에도 술렁거림은 여전했다.

본인들만의 신성한 집회를 방해 받았기에 불청객에 적대감을 느끼고 이러는 건 아니었다. 그보단 당황스러움 쪽이 훨씬 더 컸다. 어떻게 저런 자들이 이곳에 참석할 수 있는 거냐면서, 내쫓아야 하는 게 아니냐면서 매섭게 노려봤다. 그때 가면의 사내가 정확히 무헌을 가리켰다.

"아주 귀하고 중요한 손님이로군."

그 손길을 기다렸던 걸까. 무헌은 바로 몸을 일으켰다.

모두의 시선이 단에게서 무헌에게로 옮겨졌다. 자신 때문에 일이 점점 더 크게 번진다는 생각을 지울 수 없었던 단은 놀라고 당황해선 급히 무헌의 옷자락을 잡았다. 일어서지 말고 그냥 앉아 있으라는 의미로 죽죽 당겨도 그는 꼼짝도 하지 않았다.

무헌이 일어서선 가면을 쓴 사내와 마주하자 수군거림이 더 커졌다. 자리에 앉아 있는 자들 중 몇은 무헌의 정체를 파악한 걸지도 모른다. 저들끼리 귓속말을 주고받으면서 올려다보는 눈빛은 경직되어 있었다. 그리고 무헌은 쓰고 있던 삿갓을 바로 벗어 버렸다.

여기저기서 들리던 술렁거림이 사라졌다. 약속이라도 한 것처럼 찾아온 고요함에 단은 더 세게 무헌의 옷을 움켜쥐었다. 만에 하나라도 저들이 한꺼번에 덤벼들면 어찌해야 할까. 입구의 위치를 눈으로 확인한 단은 고개를 들었다. 왜 이런 무모한 짓을 하는 건가 싶었을 때, 무헌이 입을 열었다.

"황제를 보면 어떤 식으로 행동해야 하는지에 대해서도 잊은 거냐."

억양의 높낮이가 거의 없는 일정한 목소리였다. 일상적으로 건네는 것 같은 그 말에 헛숨을 삼킨 자들 중 몇은 급히 자세를 바로 해서는 고개를 조아렸다. 하지만 여전히 앉은 자세를 유지한 채로 더할 수 없이 서늘한 눈빛을 던지는 자도 분명 있었다.

무헌이 황제임을 알고 있지만, 그걸 인정하고 받아들일 수 없는 것처럼 노려보는 자들을 두고 단이 되레 어이가 없었다. 무헌이 지금 올바른 행동을 하고 있다고는 여겨지지 않았지만, 그래도 소율태국의 황제였다. 귀족이라면 응당 보는 순간 예를 갖춰야 했다. 그런데 뭘 저렇게 빤히 쳐다보기만 하는 건가 싶었던 단은 아랫입술을 깨물었다.

저들의 저 모습에 자신이 더 화가 난다면서 한 소리 하려던 찰나, 가면의 사내가 말했다.

"소율태국의 황제시로군요. 여기까지 걸음 해 주셔서 영광입니다."

나름 예를 갖춘다고는 하나 어설픈 구석이 있었다. 고개를 조아리는 것도 아니고 인사를 하는 것도 아닌, 애매하게 까닥거리기만 하는 고갯짓을 본 무헌은 눈을 가늘게 떴다.

"네놈의 정체가 대체 무어냐."

"정말 모르셔서 제 정체를 물으십니까."

"네 정체를 내가 알아야 할 이유라도 있던가."

의뭉스럽게 구는 사내였지만, 무헌은 쉽지 않은 상대였다.

어찌 나에 대해서 알지 못하고 그런 말을 하느냐. 정말은 알고 있는데도 모르는 척하는 게 아니더냐. 그런 식으로 말을 돌리는 상대였지만, 무헌은 넘어가지 않았다. 헛소리 지껄이지 말고 묻는 말에나 답하라는 식이었으니, 그걸 지켜보는 자들의 기분이 좋을 리 없었다.

꽤나 대단하다 여기며 모셔왔던 존재가 모욕을 당하자 그걸 참을 수 없었던지 엉덩이를 들썩인다. 말조심 하지 않는다면 당장 달려들어 목이라도 틀어쥘 기세였다. 심상치 않음을 느낀 단은 잡고 있던 무헌의 손을 놓고는 대신 뒤를 돌아봤다. 여차 하면 이곳을 빠져나가야 할 판이었다.

"저의 존재가 거슬리긴 하셨나 봅니다. 이렇듯 황제께서 직접 행차하신 걸 보면 말이지요."

예를 갖추기 위해 가슴에 한 손을 올린 채로 있던 자는 그걸 내리면서 나직하게 덧붙였다.

"내 존재가 거슬릴 수밖에 없겠지. 언제고, 가짜인 네놈을 내쫓을 수 있는 자일 테니―."

그 말과 동시에 단의 시야가 크게 내려앉았다. 단은 본능적으로 붙잡을 걸 찾기 위해 위로 손을 뻗었지만, 닿는 건 매끄럽고 단단한 돌이었다. 함정에 빠졌음을 깨닫고는 무헌을 보려 했지만, 순식간에 머리 위가 막혔고, 그녀의 몸은 빠르게 아래로 굴러떨어졌다.

처음에는 직선으로 떨어지다가 이윽고 곡선을 타고 몸이 좌우로 마구 흔들렸다. 마지막으로는 동그란 통로 바깥으로 뱉어내진 단은 바닥으로 떨어졌다. 두툼한 짚이 깔려 있는 곳으로 깊숙이 처박혔지만, 단은 곧장 고개를 쳐들었다.

"무헌아―!"

급히 본인이 내뱉어진 구멍으로 다시 달려가 안으로 손을 넣어 봤다. 한참을 추락했으니 이쪽을 통해서 다시 위로 올라가는 건 불가능했다.

단은 벽을 후려쳤다.

"뭐, 이런 게 다 있어?"

지금껏 함정에 빠진 건 딱 두 번이었다. 한 번은 싸움꾼으로 이름을 날리기 시작하자 그걸 시기한 놈들이 숨어 있다가 구타를 하려 했었고, 두 번째는 모주화 일이었다. 두 번째는 빼도 박도 못하고 당해 버렸지만, 처음에는 아니었다. 놈들이 숨어들어 있는 걸 미리 감지하고 있었기에 당하기 전에 놈들을 흠씬 두들겨 패 주었다. 그리고 이번이 세 번째인 건데, 설마하니 모주화 때처럼 일방적으로 당하게 되는 건 아니겠지?

단은 구멍 주변의 벽을 더듬었다. 생각보다 깔끔하게 잘 미장이 되어 있었다. 갑작스럽게 만든 건 아니고 원래 이런 게 장치되어 있었다. 이 망할 곳은 대체 어떻게 생겨 먹은 곳인가 싶을 수밖에 없었던 단은 오만인상을 썼다.

"나 정말 미치겠네."

설마하니 무헌도 함정에 빠지진 않았겠지? 자신이 당하기 전에 그림자가 나타났으면 괜찮았을 것 같긴 한데, 이 함정이라는 게 정말 예상치 못했던 것이었던지라 그림자도 어찌할 수 없을지도 모른다. 단은 아랫입술을 깨물었다.

마지막으로 무헌이 어떤 얼굴을 하고 있었는지를 보질 못했다.

아주 만약에, 자신이 지켜 주지 못한 것 때문에 무헌에게 어떤 문제라도 발생한다면, 그땐 어찌해야 할까.

그때처럼 지금도 아무것도 하지 못하고 지켜만 봐야 하는 걸까.

도무지 다시 올라갈 수 없을 것 같은 구멍을 응시하며 단은 중얼거렸다.

"……웃기지 마."

그래. 지금 이런 건 웃기지도 않는 짓이었다.

누가 뭐라고 해도 무헌은 처음 바깥으로 나가서 사귄 친구였다. 그리고 소율태국의 황제였다.

황제를 건드리는 게 어디에 있어. 그건 정말 말도 안 되는 일로, 두고 볼 수만은 없다면서 단은 빠르게 주변을 둘러봤다.

사방이 죄 막혀 있는 것 같지만 분명 이곳을 빗어닐 수 있는 곳이 있을 거다. 정신이 없어서 보이는 게 없을 때에는 다른 감각에 의존하는 게 답이었다. 눈을 감은 단은 최대한 감각을 끌어올렸고, 바람이 부는 방향을 읽어 냈다. 눈을 뜨자마자 곧장 그리로 달려들었다.

쿵, 하는 엄청난 소리에 당황한 것일까. 아무도 없는 것처럼 잠잠했던 바깥으로 말소리가 들렸다.

"방금 그 소리는 뭐야? 무슨 일이야―."

"안에 있는 놈이 빠져나가려 하는 것 같아. 하지만 문이 워낙에 단단하니까 어떻게 할 수는 없을 거야. 지레 지쳐서―."

몇 번 달려들다가 말 게 아니겠느냐고 하려던 찰나, 더 큰 소리와 함께 벽처럼 되어 있던 문짝이 뒤로 날아갔다. 동시에 복도로 나오는 단을 본 검은 옷을 입은 사내들은 놀라 굳어 버렸다.

설마하니 단이 이렇게 쉽게 빠져나올 수 있을 거라고 생각하지 못했는지 굳어 있던 자들 중 하나가 급히 단을 가리켰다.

"붙잡아! 붙잡아서 다시 집어넣어—!"

자신이 밖으로 나온 이상 다시금 안으로 들어가는 그런 일은 없을 거다. 그런 게 가능할 거라 생각한다면 엄청난 착각이라며 한쪽 입꼬리를 올린 단은 제 앞을 막으려 달려드는 것들에게로 뛰어들었다.

눈으로는 거의 보이지 않을 만한 속도로 달려든 단은 저를 붙잡으려는 팔을 잡아 반대편으로 던져 버렸다. 쌀 포대를 넘기는 것처럼 멀찍이 날아가 벽에 부딪쳐서 튕겨져 나간 사내는 비명도 지르지 못하고 기절했고, 다른 사내도 마찬가지였다. 이건 위험하다 싶어서 피하려 했을 땐 이미 단에게 멱살이 잡힌 채였다.

사내를 높이 들어 올려 그대로 벽면으로 밀쳐낸 단은 음산하게 물었다.

"빠져나가는 통로는 어디야? 순순히 불지 않으면 죽을 줄 알아."

"커헉—! 모, 목 좀—!"

이렇게 세게 목을 누르면 답을 하기도 전에 숨이 끊어질 거다.

손에 힘 좀 풀어 달라면서 단의 팔을 두드리지만, 그 전에 더 세게 목을 졸랐다.

"개수작 떨지 말고 어서 말이나 해."

어떻게 하면 여기서 빠져나갈 수 있는지, 그 방법이나 말하라면서 이를 가는 것과 동시에 오른쪽 위쪽에서 어떤 소리가 들렸다. 덜컹, 하고 문이 열리면서 빠르게 내려오는 소리를 들으면서 단은 눈을 빛냈다.

"저기로군."

어디로 가면 되는지를 알게 되었으니 지금 붙들고 있는 이놈은 더는 쓸모가 없었다.

단의 혼잣말에서 위험을 감지한 자는 빠르게 고개를 저었다.

잠시 기다려 보라고. 성급한 행동은 하는 게 아니라고 하려던 찰나 단이 멱살을 놓는 동시에 아래로 떨어지는 사내의 복부 가운데에 주먹을 꽂아 넣었다. 컥, 하고 짧은 소리를 지르면서 몸이 반으로 접히는 자의 뒤통수에도 한 방 먹인 단은 잽싸게 움직였다.

복도를 내달려 오른쪽 벽면에 붙어 있는 문을 발견했다. 인기척과 발걸음 소리는 바로 그 너머에서 들리고 있었다. 단은 급히 벽에 등을 기대고 섰고, 얼마 안 있어 바로 그 문이 열렸다.

때를 놓치지 않은 단은 열린 문을 발로 세게 밀었다. 나오려던 사내들 중 몇이 문에 부딪쳐선 짧은 신음을 흘렸다. 하지만 단은 거기서 멈추지 않고 계속해서 문을 발로 걷어찼고, 밖으로 나온 사 둘에게 주먹을 날리면서 문을 활짝 열었다. 닫힌 문에 팔이 낀 건지, 제 오른팔을 붙잡고 괴롭게 얼굴을 일그러뜨리는 자가 보였다. 그 옆에 서 있는 사내 둘을 확인하자마자 문의 위를 붙잡고는 발차기를 날렸다.

"붙잡아! 놓치면 안 된다! 문을 닫아!!"

두 칸, 세 칸씩, 미친 듯이 계단을 오르는 동안 등 뒤에서 필사적인 외침이 들렸다. 그 말에 저 계단의 끝에서 문이 닫히는 게 보였다. 단은 더 빠르게 두 다리를 놀려서 계단 끝에 다다르는 것과 동시에 온몸으로 철문을 밀어젖혔다.

"으아악! 무, 무슨 힘이 이렇게—!"

마치 성난 들소를 상대하는 것 같을 거다.

하지만 단은 실제로도 그런 상태였다. 만에 하나라도 무헌에게 어떠한 문제가 생긴다면 그땐 이곳에 있었던 놈, 그 누구도 무사하지 못할 거라며 바깥으로 튀어나왔다.

아래에서부터 소란스러웠으니 짧은 사이에 이미 많은 자들이 몰려와 있었다. 원을 그리듯 단을 둘러싼 자들은 언성을 높였다.

"이 건방진 놈. 감히 여기가 어디라고 날뛰는 것이더냐! 진정 죽고 싶은 거냐?!"

"나와 함께 계셨던 분이 누군지 모르지도 않으면서 이딴 짓을 벌이는 너희 놈들이야말로 죽어야 할 것들이지! 어디서 헛소리를 나불대는 거냐?!"

당치도 않은 말을 들은 것처럼 단은 흥분했다.

"폐하의 머리카락 한 올이라도 다친다면 네놈들 전부 뒈질 줄 알아."

이번 건 단순한 협박 같은 게 아니라 단의 진심이 담긴 말이었다.

무헌에게 어떤 문제라도 발생한다면 이자들은 결단코 무사할 수 없었다. 단은 더없이 매서운 눈빛으로 그들을 노려봤다. 응시하는 단의 눈빛에서 위협을 감지한 것일까. 어쩌면 본인들과는 다른 존재임을 파악한 걸지도 모른다.

주춤거리며 물러서는 자들을 노려보며 단은 귀를 활짝 열었다. 무헌도 멀지 않은 곳 어딘가에 있었다. 그가 어디에 있는지만 알아낸다면 이곳에서 이놈들을 상대하고 있을 필요가 없었다. 기척을 느끼는 즉시 그리로 달려가고 말 거라면서 단은 두 손을 움켜쥐었다.

"단아."

마음이 급하기 때문에 무헌이 어디에 있는지 바로 알 수가 없었다. 일단 가까운 곳에 있는 놈들 중 하나를 붙들고 패볼까 했다. 그러다 보면 무슨 말이라도 내뱉지 않을까 싶었던 단은 익숙한 목소리에 소름이 돋았다.

왜 저 목소리를 여기서 듣게 되는 걸까. 순식간에 5년의 시간의 뛰어넘어서 과거의 한 자락에 들어와 있는 것 같은 느낌마저 들었던 단은 뒤를 돌아봤고, 불신하며 눈을 치떴다. 보고도 믿을 수 없어 하는 단을 두고 그, 구량이 재차 입을 열었다.

"오랜만에 보는구나."

수상쩍은 사내들 사이에 서 있는 건 분명 구량이었다. 자신을 걱정스러워하는 특유의 눈빛마저도 여전했다.

무헌만큼이나 다시금 만나고 싶어 했던 사람이었다. 나이가 적잖았기에 아직도 건강한 건지, 잘 지내시는 건지 궁금했던 존재를 앞에 두고 단은 반가움보다는 의혹을 드러냈다.

"왜 이곳에 계세요?"

왜 지금 이런 순간에 맞춰서 재회하게 되는 걸까.

구량 그 또한, 단이 4년 전에 제대로 정리하고 마무리하지 못했던 소중한 인연 중 한 사람이었다. 있는 힘을 다해서 무헌을 뒤따라갔지만 결국 그를 붙잡을 수 없었던 것과는 별개로, 구량은 어디에서 무얼 하고 있는지조차 알 도리가 없었다. 남가주가 불에 타 버리듯이 그와 가주 제갈량은 흔적도 없이 사라졌던 거다. 남아 있던 짐꾼들에게 물어도 속 시원하게 답해 주는 자가 없으니, 결국 포기하고 그곳을 떠날 수밖에 없었다.

구량의 무소식은 당시에 단을 심적으로 힘들게 했던 이유 중 하나기도 했다. 나이도 있고 몸도 안 좋은 구량은 괜찮은 걸까. 어디에서 뭘 하는지 간단한 소식을 들을 수만 있어도 이렇게나 마음이 불편하진 않을 거라면서 단은 혼자서 마음고생이 심했었다. 그런 상대를 다시금 보게 되었음에도 그게 마냥 기쁘지만은 않은 건, 이런 상황이기 때문이었다.

단은 구량을 지키듯이 주변에 서 있는 자들을 하나하나 봤다.

이윽고 안색을 굳힌 단은 입을 열었다.

"건강해 보이시네요."

"그래. 너도 많이 건강해 보이는구나."

다른 상황이었다면 반가워하면서 이런저런 걸 물었겠지만, 지금 그에게 묻고 싶은 건 하나뿐이었다.

"여기서 뭘 하시는 건데요?"

설명을 듣지 않더라도 구량이 왜 저런 모습으로 이곳에 있는지를 알 것만 같았다. 그렇기에 질문을 던지는 순간, 단은 이미 구량에게 실망할 준비가 되어 있었다. 점점 더 굳고, 날 선 것으로 바뀌는 단의 눈동자와 마주한 구량은 고개를 저었다. 마치 단이 본인을 적대적으로 대하는 걸 마음 아파하는 것처럼 침통한 낯으로 말했다.

"다른 사람은 몰라도 니만큼은 나를 위해서 내 뜻을 따라 줘야 한다."

"제가 왜요. 구량 님의 도움을 받긴 했지만, 저도 기대하신 만큼 열심히 일했어요. 그러니 과거에 도움 받았던 일을 제가 빚을 진 것처럼 말씀하시면 곤란합니다."

구량 덕분에 수월하게 남가주에 들어갈 수 있었지만, 그곳에서 단도 마냥 놀았던 건 아니었다. 받는 보수만큼은, 아니 오히려 그보다 훨씬 더 많은 일을 해서 도움이 되었다. 그쪽에서 준만큼 지불한 관계였다. 그런데 몇 년이나 지난 지금, 이상한 모습으로 나타나선 과거의 그 일을 두고 자신이 보답해야 할 일처럼 포장하는 건 웃기지도 않았다. 그래. 정말로 우습지도 않다면서 단은 어금니를 악물었다.

그 모습에 구량의 곁에 서 있던 자가 움직였다. 앞으로 나서는 이를 두고, 구량은 당장 그 손목을 붙잡았다. 단에게만큼은 함부로 굴지 말라며 중간에서 막아 주는 것처럼 굴지만, 그 모습을 보고도 딱히 고맙다는 생각은 들지 않았다. 어딘가 모르게 자신에게 보여 주기 위한 행동처럼 여겨지는 게 있었던 거다.

사내를 붙들어 제 뒤로 세운 구량은 단을 똑바로 바라보며 말했다.

"너는 황제의 곁에 있어선 안 된다."

마치 자신에 대해서 모든 걸 아는 것처럼 말하고 있었다.

아니. 어쩌면 정말로 알고 있는 걸지도 모르지.

그 의심만큼은 정말 하고 싶지 않았지만, 그럴 수밖에 없는 상황이었다.

더없이 기분이 가라앉는 걸 느끼며 단은 굳은 목소리로 물었다.

"왜요? 제가 귀족이 아니라서 폐하의 곁에 있으면 안 된다는 겁니까?"

"왜 그런지는 네가 더 잘 알 것이다."

"……"

가볍게 속을 떠보기 위해 던진 말에 돌아오는 침착한 대답이 단의 머릿속을 얼어붙게 만들었다.

그것만큼은 아니길 바랐지만, 혹시나 하는 마음이 있어 던진 말에 돌아오는 건 '난 모든 걸 다 알고 있다. 그리고 그걸 토대로 뭔가를 할 수도 있지.'라는 것이었다.

구량을 대하는 동안 이토록 머리와 마음이 차갑게 식은 적이 있었을까.

그런 의문을 품으면서 단은 재차 입을 열었다.

"무헌은 구량 님께서 건강하게 잘 계시다고 했습니다. 잘은 몰라도 구량 님이 건강하게 잘 지내시도록 뒤에서 많은 도움을 줬을 거라 생각합니다. 그런데 지금 이러시는 건 그에 대한 보답이 아니지요. 오히려 도움을 준 사람의 등에 칼을 꽂는 격이에요. 그게 얼마나 추악한 일인지 아십니까?"

상대가 구량이 아니었다면 더 솔직하게 감정을 표현했을 거다. 자신이 할 수 있는 모든 욕설을 내뱉으며 비난하고 멱살을 잡고 흔들고 흠씬 두들겨 패 줬을 거다. 하지만 구량이기 때문에 그리하지 않는 것이었고, 이런 말을 해야 하는 제 심정이 얼마나 비참하고 안 좋은지를 그가 알아주었으면 했다.

단이 말하는 내내 안색을 굳히고만 있던 구량은 깊은 탄식을 토해 내며 중얼거렸다.

"그래. 네가 말한 대로 참으로 추악한 일이긴 하다. 하지만 어쩔 수 없었다."

"뭐가요? 대체 뭐가 어쩔 수 없는 건데요? 무헌은 이미 이 나라의 황제이고ㅡ."

"소율태국의 황제가 될 수 있는 건 늑대의 가호를 받는 자뿐이다."

"……"

"황제는 그가 아니라 일황자가 오르셔야만 했다. 그분이이야 말로 적자로서 자격을 갖춘 분이시다. 그런데 선황의 계략에 빠진 폐비가 실수를 저질렀고 결국 이 지경이 된 것이지."

전에는 한 귀로 듣고 넘길 수 있는 말이었지만, 지금은 아니었다. 무헌과 관련된 일이었고, 저 폐비라는 사람도 직접 만나 보았다. 그녀가 저를 보자마자 했던 말을 떠올리며 단은 입을 열었다.

"난 그런 어려운 일 따위는 몰라요. 알고 싶지도 않고요. 하지만 하나 알고 있는 건 있지요."

그 어느 때보다 차갑게 식은 눈빛으로 노려보며 단은 말 하나하나 끊어서 내뱉듯 말했다.

"그런 마음으로 무헌의 곁에 있으면서 그렇게 잘 대해 주는 척했던 구량 님은, 제가 존경할 만한 가치도 없는 최저의 사람입니다. 사람의 속과 겉가죽이 다르다 하지만, 그래선 안 되셨어요. 저도 무헌도 당신을 얼마나 믿고 따랐는데 이런—."

문득 기가 차다는 생각이 강하게 들었다.

무헌은 구량이 저런 사람이었다는 걸 알고나 있었을까. 자신이 구량에 대해서 말했을 때 무헌이 어떤 표정을 지었었지? 떠오르는 게 하나도 없다면서 원망스러움에 감정이 격양되었다.

"무헌의 뒤를 칠 생각이었다면 처음부터 그렇게 잘 대해 주지도 마셨어야 했어요."

마지막 말을 내뱉는 순간 눈물 한 줄기가 단의 뺨을 타고 흘러내렸다.

지금 이 눈물은 그동안 믿고 걱정했던 존재를 떠나보내는 작별 인사였다. 정말은 저런 사람이었다는 걸 알았더라면 좋았을 텐데. 종종 떠올리면서 '건강하실까. 잘 지내실까.' 그런 생각을 했던 자신이 한심하게 여겨졌던 단은 뒤로 한 발 물러섰다.

구량은 안색을 굳히며 단에게로 한 손을 뻗었다. 단아— 하고 부르면서 짓는 안타까움이 서린 저 표정도 다 꾸며진 것처럼 여겨졌다. 이제는 저렇게 자신을 바라봐도 믿지 않을 거다. 어금니를 악문 단은 가까운 곳에 있던 자에게 달려들었다.

놀란 사내가 팔을 듦과 동시에 단의 날아차기가 상내의 복부에 꽂힌다. 재빠른 몸놀림에 당황한 사내들이 달려들었고 구량이 다급히 외쳤다.

"거친 짓은 하지 마라! 저 아이가 손가락 하나 다쳐선 안 된다!"

"다치게 하지 않고는 생포할 수가 없습니다!"

저렇게 주먹을 잘 휘두르는데 어찌 손가락 하나 다치지 않게 해서 생포를 할 수가 있을까. 그건 불가능한 일이라고 하려던 찰나 구량이 그를 노려봤다.

"너 같은 것보다 천배, 만배 귀한 아이다! 그러니 다치게 하지 말란 말이야!"

"……."

매서운 일갈에 흠칫한 사내는 고개를 끄덕였다. 알겠다며 시도는 해 보겠다면서 더 많은 자들을 불러 모았다. 하지만 날고 긴다는 사내들도 단을 상대로는 안 되었다. 저 작은 몸 어디에서 이런 힘이 나오는 건가 싶을 정도로 강하고 빨랐다. 단의 몸에 손이 닿기도 전에 쓰러지고 날아가는 자들이 더 늘어난다. 이건 계란으로 바위치기라면서 사내는 재차 구량에게 말했다.

"이대로 가다간 큰일 납니다!"

단이 더 날뛰게 해서는 구량을 제대로 보호할 수도 없었다. 그래도 괜찮을 거라면 끝까지 버티겠지만, 아니라면 이쯤에서 자리를 피하든가 해야만 했다. 이미 단을 무력으로 제압할 수는 없다는 결론을 내린 자들은 조금이라도 빨리 이곳에서 벗어나기를 바라고 있었다. 결정을 내려 달라는 강요가 담긴 눈빛을 본 구량은 안색을 굳혔다.

그때 제 앞을 막던 마지막 사내를 쓰러뜨린 단이 고개를 들었다. 뒤를 돌아보는 그 눈빛은 매섭고 표정 또한 굳어 있었다. 아까와는 달리 이성적인 대화가 통하지 않을 상태였다.

결국 구량은 품에 손을 넣었다.

"다들 코를 막고 멀찍이 물러서라!"

동시에 단 쪽으로 무언가를 던졌다. 바닥으로 떨어진 그것에서부터 부연 연기가 올라왔고 단은 한발 늦게 그걸 깨달았다.

"……!"

단도 본능적으로 손으로 입과 코를 막았지만, 이미 한 숨 크게 들이마신 게 있었다. 고작 한 호흡에 무슨 일이 생길까 싶었지만, 아니었다. 눈앞이 아찔해지면서 온몸에서 힘이 빠져나갔다. 이곳에 조금만 더 있다면 의식을 잃게 될지도 몰랐다.

정정당당하게 겨루지 못하고 약을 쓰다니. 실망할 게 더는 안 남아 있을 거라 생각했는데 아니었나 보다. 어찌 이럴 수 있는 건가 싶었던 단은 구량을 노려봤다.

그가 어떤 사람인지 알게 되었기 때문일까. 마냥 인자하고 사람 좋게만 보였던 그 얼굴에서 비열함이 읽혔다. 본인이 원하는 걸 이루기 위해서라면 뭐든지 할 사람이었다. 이미 황제가 된 무헌이 탐탁지 않고, 본인이 생각한 자를 황제로 올리지 않으면 만족하시 못하는 사였다. 그것이 구량이있기에 오장육부가 뒤틀리고 토기가 올라오는 것 같다면서 단은 무거운 다리를 움직였다.

"붙잡아라!"

어떻게든 자신을 붙잡을 셈이었다.

지금 무헌은 어디에서 무얼 하고 있을까. 그림자가 제때에 나타나서 그를 지켜 줬을까. 여간내기가 아니니 그 기분 나쁜 가면을 쓴 놈을 붙잡았을지도 모르겠다면서 단은 휘청거리다 말고 코와 손을 누르던 팔을 내렸다.

"……."

머리가 점점 몽롱해진다. 이대로 가다간 정말로 저들에게 붙잡힐지도 몰랐다.

가늘게 뜬 시야 사이로 자신에게 접근하는 놈이 보였다. 코뼈가 나가고 입술이 죄 터져서 피를 줄줄 흘리면서도 다가오는 놈의 눈동자에 담긴 건 공포였다. 날뛰던 자신을 알기에 공포를 품게 된 것 같았다. 움찔거리면서 서서히 다가오는 놈을 본 단은 쯧, 하고 혀를 찼다.

이대로 저놈들에게 붙잡히는 건 싫었다. 자신을 붙잡은 놈들이 되도 않는 착각에 빠지는 건 더더욱 싫었다.

굳은 얼굴로 바닥을 내려다보던 단은 어금니를 악물었고, 두 손을 움켜쥐었다. 그리고 고개를 들어 저 앞에 있는 건물과 벽을 확인하곤 눈을 가늘게 떴다.

무헌이 어디에 있는지 반드시 찾아낼 거다.

전에는 그럴 수 없었지만, 이번만큼은 그 녀석을 찾아내서 안전하게 보호하고 말 거라면서 단은 몸을 내밀었다. 당장은 중심을 잡을 수 없어 크게 휘청거렸지만 억지로 한쪽 다리를 움직였다. 그렇게 두 걸음 세 걸음을 옮기는 동안 무거운 몸과 다르게 두 다리가 착실하게 움직이는 걸 느꼈다. 이렇게 계속 가다 보면 괜찮을지도. 그 생각과 동시에 뒤에서 다급한 목소리가 들렸다. 다급하게 붙잡으라 외쳤다. 놓쳐선 안 된다고. 반드시 손가락 하나 다치지 않게끔 생포하라고 말이다.

그런 게 가능할 것 같으냐면서 단은 있는 힘을 다해서 달렸다. 동시에 누군가 단의 어깨를 잡아 뒤로 당겼지만, 그걸 뿌리침과 동시에 단이 선택한 건 돌아가는 것이었다.

또 다른 자신의 모습으로, 변했다.

"으아아악—!"

가장 가까운 곳에서 변하는 걸 지켜본 자가 내지르는 비명에 고막이 울린다.

시끄럽다면서 당장 물어뜯고 싶지만, 그럴 만한 가치도 없는 것이었다. 늑대일 때 인간에게 해를 끼치면 결국 자신에게 돌아온다. 저런 아무것도 아닌 놈 때문에 고생하기 싫다면서 순식간에 담 반대편으로 넘어간 단은 흙에 발바닥이 닿는 순간 코를 씰룩였다. 천천히 고개를 움직이면서 몇 번 코를 씰룩이는 동안 찾고 있는 인물에 대한 향을 잡아냈다.

그래. 그쪽이로구나.

단은 본능이 이끄는 대로 움직였다.

곳곳에 숨어 있는 자들을 피해서 움직이는 동안 단은 물속에서 유영하는 듯한 느낌을 받았다. 마음과 달리 두 다리는 느리게만 움직였고 마음이 앞서 몇 번이고 발이 꼬여서 넘어질 뻔했다. 거친 호흡이 귓전을 때리고 눈꺼풀이 감기려 했다.

"단아!"

귓속으로 파고드는 목소리에 맞춰서 단을 고개를 들었다.

저기 앞에서 자신에게로 달려오는 자가 보였다. 무헌이었다.

단의 눈동자는 빠르게 무헌을 위아래로 훑었다. 그 짧은 순간 무헌의 몸에 별 이상이 없는 걸 확인하고 나서야 온전히 안심할 수 있었다. 떨어져 있는 동안 무슨 문제라도 생겼다면 무척 마음에 안 좋았을 거라면서 단은 그에게로 가려 했지만, 두 다리로 힘이 들어가지 않았다.

나름 여기까진 잘 올 수 있었지만, 더는 아니었다. 한계라면서 휘청거리던 단은 버티지 못하고 앞으로 고꾸라졌다. 단단한 흙 위에 얼굴을 묻은 채로 헐떡거리던 단은 눈을 가늘게 떴다. 재차 저를 부르는 무헌의 목소리가 들렸지만, 대꾸할 힘이 하나도 없었다.

힘들어. 그런 생각밖에 들지 않았던 단은 저기 어둠 속에 서 있는 인물을 봤다. 여전히 가면을 쓰고 있는 그자는 정확히 단을 보고 있었다.

사람들이 모여 있던 이상한 장소에 나타난 놈이었다. 기분 나빴던 녀석.

저놈이 이 모든 일의 화근일지도 몰랐다. 눈에 들어왔을 때 처리하는 게 낫지 않을까.

생각을 그리해도 지금은 정말 꼼짝도 할 수 없었다. 힘겨움을 애써 억누르며 헐떡거리던 단은 다음 순간 안색을 굳혔다. 자신을 가만히 지켜보나 싶던 그자가 천천히 손을 내밀었던 거다. 마치 이리로 오라는 듯이.

"……."

저를 부르는 것 같은 그 손길과 당당한 태도가 이해가 되질 않았다.

저렇듯 손을 내밀면 기다렸던 것처럼 자신이 달려갈 거라고 생각한 걸까.

무슨 우습지도 않은 짓을 하는 건가 싶으면서도, 내밀어진 그 손끝에서 시선을 거둘 수 없었다.

눈에 보이지 않는 무언가가 자신을 끌어당기고 있었다. 이 느낌은 대체 무얼까.

그때 떠오르는 건 구량이 한 말이었다.

'소율태국의 황제가 될 수 있는 건 늑대의 가호를 받는 자뿐이다.'

늑대의 가호라는 진 내제 무슨 밀일까.

애초에 우리가 생기게 된 이유는, 황제의 허물을 대신 뒤집어 썼기 때문이 아니었던가.

이해할 수 없는 말들을 한다면서 단은 긴 숨을 내쉬었다. 동시에 눈두덩이를 두드리는 엄청난 통증을 느끼며 눈을 질끈 감은 단은 긴 숨을 내쉬었다. 아, 왠지 모르지만 꽤 시간이 흐른 후에나 정신을 차릴 수 있을 것 같았다. 단은 필사적으로 의식의 끈을 붙들려 노력했다. 직전 누군가 제 몸을 안아 들었고 그 손길이 익숙했던 만큼, 안심할 수 있었다.

*   *   *

흔들리는 불빛을 앞에 두고 아이들이 옹기종기 모여 앉아 있었다. 단과 이제 막 걸음마를 시작한 쌍둥이 동생들이었다. 늑대족의 개체 수는 점점 줄어들어서 이제 몇 안 남았다. 물론, 바깥에 나가 있는 늑대족이 있긴 했지만, 그들이 다시 돌아올 일은 없었다.

그들은 필사적으로 제 정체를 숨긴 채로 인간들 사이에 정착해서 살아가고 있었다. 그렇게 살아가는 자들 중에는 본인에 대해서 잊는 자들도 종종 생겨나곤 했다. 인간들 틈에서 늑대라는 자각을 잊고선 살아가다 아예 연을 끊는 경우가 있었다. 그런 식으로 하나둘 밖으로 나가서 계속 연락을 주고받는 자들이 있는가 하면, 아닌 이들도 있고, 내부적으로 개체 수가 주는 것도 있다 보니 자연스럽게 늑대족의 수는 줄어들었다.

단에겐 많은 형제가 있었지만, 그 외에 다른 집안에는 아이가 없었다. 단의 부모가 유독 많은 자식을 둔 거였다. 그래서일까. 마을 어른들은 단을 데리고선 이런저런 다양한 이야기를 들려주는 걸 즐겼다. 숲 속에 갇혀 할 수 있는 것들이 한정적이다 보니 단도 삶의 지혜가 쌓인 그들의 이야기를 듣는 걸 좋아했다.

어딘가에 이야기보따리를 숨겨 두고 풀어내는 게 아닐까 싶을 정도로 신기한 것들을 잔뜩 알려 주었다. 그건 단에게 있어 무척 신기하고 즐거운 것들이었다. 어린 쌍둥이 동생들이 하품을 하다가 그대로 엎드려 잠들어도 단은 이야기를 마친 그들의 소매를 흔들면서 더 해 달라고, 조금만 더 들려 달라고 조르곤 했다. 그때마다 옅은 미소를 지은 그들은 다시금 이야기를 해 주었다. 그러다 보면 그간 다른 사람들에게 해 주지 않았던 말이 나올 때가 더러 있었다.

'정말은 우리가 산을 내려와 황제의 곁에 머물게 되었다는 이야기도 있단다.'
'황제의 곁에 머물다니요? 우리는 원래 인간이었는데 황제의 허물을 받아들여서 늑대가 된 거잖아요.'

다들 그렇게 말해서 그게 사실이라 믿고 있었는데 아니었던가.

처음 듣는 이야기였기에 자연스럽게 단의 표정이 굳어졌다.

더 없이 심각해진 단을 두고 할머니는 고개를 숙여 단의 귓가에 속삭였다.

'늑대면서 사람이기도 했던 우리를 가엽게 여긴 황제가 거두어 주었다는 말도 있단다.'

잠자코 있던 단의 눈이 크게 떠진다. 놀람을 감추지 못한 단은 조심스럽게 물었다.

'정말은 황제의 허물을 받아들인 게 아니고요?'
'한 인간의 허물이 대체 얼마나 되기에, 하늘이 노해 멀쩡

한 인간을 늑대로 변하게 한단 말이더냐. 안 그러냐?'

어렸던 단은 잘 모르겠다는 얼굴로 고개를 갸웃했다.

그 순진한 반응에 옅은 미소를 지은 할머니는 단의 머리를 쓰다듬었다.

'우리가 황제의 곁을 떠나야 했던 건, 어쩌면 인간의 추악한 욕심 때문일지도 모르지. 우리가 곁에 있으면 안 되기에 내쫓을 구실이 필요했던 걸지도 모른단다.'

어린 단이 온전히 이해하기에 어려움이 있었다. 알 수 없다면서 연신 고개를 갸웃하는 단을 두고 할머니는 다시금 입을 열었다.

'단아, 잘 들어라. 사람들은 늑대로 변하는 우리가 불길하다 하지만, 정말은 그걸 이용하는 자들의 마음이 더 추악한 것이라는 걸. 그러니 가능한 많은 것들을 보고 듣고 경험해야 한다. 네가 알고 있는 것들이 전부가 아닐 수도 있으니까.'

'......'

여전히 눈을 크게 뜬 채로 올려다보기만 하는 단의 머리와 얼굴을 쓰다듬던 그녀는 천천히 고개를 들었다. 허리를 펴고 똑바로 앉은 그녀는 흔들리는 불길 속으로 시선을 던지며 말했다.

'오래 살면 그만큼 이상한 일들이 종종 벌어지곤 하지. 난 너에게서 이 불길보다 더 뜨겁고 거친 기운이 느껴진단다. 넌 분명 이 좁고 어두운 숲에 만족할 수 없게 될 거야. 때가 되면 밖으로 나갈 테고, 그땐 네 마음이 이끄는 대로 행동하거라. 가족과 일족이 소중하긴 하지만, 그래도 나 자신을 먼저 생각해야지. 그래야 행복해지는 거다.'

이미 예전부터 숲을 답답하게 여겼던 단이었다. 어느 정도 나이가 차면 밖으로 나가고 싶다는 생각을 하고 있었는데, 지금 속이 죄 읽힌 것만 같았기에 당황해선 눈을 내리떴다. 왠지 모닥불이 아까보다 훨씬 더 커진 것만 같다면서 단은 제 가슴에 한 손을 올렸다. 심장이 미친 듯이 빠르게 뛰었다. 두근, 두근, 하고 일정하게 퍼지는 그 울림이 손바닥 전체로 느껴졌다.

모닥불을 응시하던 단의 눈동자 안쪽으로 붉은빛과 검은빛이 연거푸 교차했다. 그러는 동안 단의 의식은 꿈과 현실을 넘나들었다. 의식이 돌아와 눈을 뜨면 옆에 앉아 있는 이가 보였다. 무헌이었다.

"......"

자신을 바라보는 눈빛과 표정이 경직되어 있어서 단은 웃음이 나왔다.

왜 그렇게 심각한 얼굴인 거냐고. 그렇게까지 무섭게 표정을 굳히고 있을 필요가 없어. 난 정말 괜찮다고.

그런 말을 하고 싶었지만, 결국 입 안쪽에서 빙글빙글 돌기만 했다.

단은 눈 한 번 깜박이지 않고 하염없이 무헌을 바라봤다. 늘 단정했던 그의 머리카락 몇 올이 앞으로 흘러내려 와 있는 게 영 신경 쓰였다. 할 수만 있다면 저 머리카락을 넘겨주고 싶다면서 단은 입술을 달싹였다. 피곤해 보이니 그렇게 옆에 있지 말고 어딘가에 머리를 기대고 좀 쉬라고 하고 싶었다. 하지만 그 말을 하려 하기도 전에 눈꺼풀 위로 잠이 쏟아진다. 눈에 힘을 주고 어떻게든 버티려 하는 단을 두고 커다란 손이 그녀의 머리를 쓰다듬는다.

"무리하지 말고 피곤하면 자라."

버텨 봤자 별 쓸모없다는 식으로 하는 말에 단의 눈이 그대로 감겨진다.

난 잠보가 아니라고. 지금 이건 정말 어쩔 수 없는 현상이라는 걸 설명해 주고 싶지만, 입이 열리질 않았다. 거짓말처럼 점점 더 강한 수마가 부드럽게 얼굴을 쓰다듬는다. 잠들기 직전 제 얼굴을 어루만지는 게 무헌의 손길이라는 걸 깨달은 단은 완전히 안심하고 잠들 수 있었다.

*   *   *

매소희는 며칠째 침전에서 나오질 않았다.

모든 비를 다 맞으면서 석고대죄를 올린 게 몸에 부담이 된 거였다. 하지만 몸도 그렇지만, 더 크게 문제가 되는 건 가슴에 쌓인 울분이었다. 이번에 강부인에게 당한 일을 몇 번이고 곱씹는 동안 그녀는 속이 타들어 갔다.

눈을 뜨거나 감고 있을 때에도, 본인이 당한 모욕이 떠오른다. 자신이 왜 그런 일을 당해야 하는 것인지 도통 이해가 되질 않았나. 어쩌면 지금 내단히 나쁜 꿈을 꾸고 있는 중일지도 모른다면서 그녀는 두 손을 강하게 움켜쥐었다. 애써 머릿속에서 지우려 해도 저를 내려다보던 강부인의 얼굴과 눈빛이 지워지질 않았다. 할 수만 있다면 칼로 그 얼굴을 시원하게 그어 버리고 싶었다.

"아니. 화소영, 그녀도 있었지."

지금껏 무슨 도발을 해도 옅은 미소를 짓기만 하면서 '난 아무것도 모릅니다.'라는 척 굴던 계집이 이제 와서 손톱을 세웠다.

그래. 황제의 총애를 한 몸에 받는 사람을 곁에 두더니 자신감이 폭발한 거겠지. 하지만 그것도 잠시 때의 일일 뿐이었다. 조만간 그 모든 걸 뒤집어엎는 일이 벌어질 거라면서 이를 갈던 매소희는 왈칵 울음을 터트렸다.

자꾸만 머리로 열이 오르기 때문인지. 아니면 울분 때문인지 매소희는 하루에도 수십 번씩 기분이 바뀌곤 했다. 오늘은 유독 심했다. 그건 아마도 자신이 이런 상태임에도 찾아오지 않는 황제가 원망스럽기 때문일지도 몰랐다.

지금 이 순간에도 황제는 그 계집의 곁에 있겠지. 황제의 마음을 얻고자 그간 하지 않은 일이 없던 자신이었다. 그런데 그 결과가 고작 이런 것이었다니. 매소희는 분노에 치를 떨었다.

"다들 용서하지 않아. 가만두지 않겠어."

감히 이 나에게 그런 짓을 하고도 무사할 줄 아느냐면서 살벌하게 이를 갈았다.

"부인……."

혼자서 몇 번이고 혼잣말을 반복하는 매소희는 쉽사리 말을 건네기 무서운 상태였다. 하지만 때가 되었으니 약을 마셔야 하고 슬슬 몸을 추스를 때도 되었다. 덧붙여 그녀에게 전해야 할 말이 있었던 시비는 조심스럽게 침전 안으로 들어왔다.

"부인 좋은 소식이 있습니다. 강부인이 지금 열이 펄펄 끓어 사경을 헤매고 있다 합니다."

"……."

이 말을 듣는 순간 매소희가 벌떡 일어나 눈을 빛내며 되물을 줄 알았다. 하지만 그녀는 등을 보인 채로 누워선 꼼짝도 하지 않았다. 어쩌면 하는 말을 못 들은 걸 수도 있겠다 싶었던 시비는 재차 입을 열었고 그 순간 쉰 목소리가 들렸다.

"그렇다면, 지금 그년의 곁에 누가 있다는 말이냐."

"그것이, 그러니까—."

강부인의 몸이 좋지 않다는 것에만 반응하고 기뻐할 줄 알았는데 아니었다.

설마하니 간병하는 자에 대해서도 물을 줄 몰랐던 시비는 무척 당황했다. 솔직하게 말해야 할까. 숨겨야 할까. 망설이는 동안 매소희가 벌떡 일어나 잡아먹을 것처럼 소리를 질렀다.

"지금 내가 묻고 있잖으냐! 그년 옆에 누가 있느냐고 말이야! 왜 묻는데 아무런 대꾸가 없어?!"

"폐, 폐하께서 간병해 주고 계신다 합니다!"

소스라치게 놀란 시비는 급히 무릎을 꿇고 앉았다. 들고 있던 쟁반을 놓쳐서 옆으로 떨어뜨리고 요란한 소리와 함께 사발이 엎어져 그 안에 담겨 있던 탕약이 죄 쏟아졌다. 허벅지에도 쏟아진 탕약에 움찔하고 놀라긴 했지만, 시비는 빠르게 말했다.

"노비를 용서해 주십시오! 타, 탕약을 다시 가지고 오겠습니다!"

"지금 내가 이런데 너 따위 것을 용서할 수 있을 것 같아?! 용서할 수 없어! 용서하지 않을 거다!"

벌떡 일어난 매소희는 그릇을 발로 차 버렸다. 멀찍이 날아간 사발이 바닥에 부딪쳐 산산조각이 남과 동시에 시비는 두 손으로 제 입을 틀어막았다. 그렇게 하지 않으면 저도 모르는 사이에 더 큰 소리를 내 버릴 것만 같았던 거다. 시비가 두려움에 질려 고개를 들지도 못하는 동안 밖으로 나온 매소희는 온몸을 떨면 분노했다.

"지난 며칠 동안 내가 열이 절절 끓을 때에는 걸음도 하지 않으시던 분께서, 지금 강부인 그 계집 곁에 계신단 말이지. 어쩜 이리도 편애가 심하단 말이더냐! 화소영 그년은 그렇다 쳐도 폐하께서 그러시면 안 되지! 지금 폐하께서 내 아비를 우습게 보시는 거야! 내 아버님을—!"

참지 못하고 모든 화를 쏟아내듯이 언성을 높이던 매소희는 입을 다물었다.

거칠게 숨을 내쉬던 그녀의 뺨을 타고 눈물이 흘러내렸다.

"내 아버님께서 그딴 바다 하나 건너지 못하실 것 같더냐. 내가 이런 일을 당하고 있음을 아신다면 참지 않으실 거야. 내가 당한 이 수모를 고스란히 되갚아 주실 거다."

아래로 내린 두 손을 움켜쥔 매소희는 어금니를 악물었다.

처음 이곳으로 와 치장에만 열을 올리는 부인들을 우습게 본 게 사실이었다. 하나같이 특색 없이 평범한 것들 투성이니, 황제의 마음은 자신이 차지하게 될 것이라 자신했건만 아니었다.

세상만사 쉬운 일이 없다더니 딱 그 짝이었다. 그렇다 해서 자신이 이대로 쉽게 포기할 것이라 생각한다면 엄청난 착각이었다. 장애물이 있으면 뛰어넘으면 그만이고, 적이 있으면 베어 버리면 그만이었다.

"내가 이대로 무너질 거라고 생각한다면 그건, 엄청난 착각이지."

코웃음을 친 매소희는 매섭게 눈을 치떴다.

*   *   *

단은 저가 늑대가 되었다가 사람이 되기를 반복하고 있음을 느낄 수 있었다. 그건 마치 자신의 정체성을 찾으려 제 몸이 알아서 변화를 반복하는 것 같기도 했다.

왜 이런 변화를 겪게 되는지 모르지 않았다. 이번에도 또 늑대로 변해서 사람을 공격해 버렸다. 그래선 안 되었는데. 만약 이 사실을 아버지가 안다면 크게 슬퍼할 거다. 화를 내실 때도 무섭지만, 아무런 말도 하지 않고 물끄러미 바라보면 그건 그것대로 두려웠다. 차라리 크게 혼나고 말지. 한동안 쳐다보다가 그대로 몸을 돌려 방으로 들어가 버리시면 단은 죄책감 때문에 몇 날 며칠을 끙끙 앓고는 했다.

하지만 그때 늑대로 변하지 않았더라면 그곳에서 벗어날 수 없었을 거다. 만약 그대로 붙잡히게 되었더라면 어찌 되었을까. 한때에는 정말 신뢰하고 믿었던 사람이, 완전히 달라진 모습으로 나타났는데. 그걸 말없이 지켜만 보는 것이 가능했을까. 그 짧은 순간 구량이 자신에게 한 말은 온전히 받아들일 수도, 이해할 수도 없는 말이었다.

안 본 사이에 사람이 변한 걸까. 아니면 원래 그런 사람이었던 걸까. 처음부터 그랬던 거라면 너무 무서웠다. 무헌을 모르고 있었던 것도 아니고, 이미 황제인 무헌에 대해서 그렇게 말하다니. 그 사실을 무헌이 알게 된다면 얼마나 속이 언짢을까.

그들이 떠들어 대는 말에 대해선 이해할 수 있는 게 하나도 없었다. 지금 단이 아는 건, 무헌은 이미 황제고, 그 나름대로 잘하고 있다는 사실뿐이었다. 문제가 있었다면 애초에 황제가 될 수도 없었을 게 아니냐면서 단은 천천히 눈을 떴다. 그리고 제 코 앞에 있는 무헌을 봤다.

"……."

옆으로 누워선 제 팔에 머리를 기댄 무헌은 불편해 보이는 모습으로 웅크리고 있었다. 넓은 침대도 가지고 있는 녀석이 왜 이런 궁상맞은 꼴로 있는 건가 싶었던 단은 잠든 무헌의 얼굴을 바라봤다.

왜 이런 모습으로 제 옆에 있는지 알고 있었다.

자신이 늑대가 되었기에, 재차 의식을 잃고 쓰러졌기에, 그러고 나서 펄펄 열이 끓었기에 곁에서 간병을 해 주었던 거다. 처음에는 사람이었다가 늑대였다가를 반복하니 그걸 다른 사람에게 보일 수 없는 거겠지. 그게 아니었더라면 황제인 그가 이렇게 불편하게 잠들 필요도 없는 거였는데―.

한때에는 친했으니까, 친구라고 할 수도 있었으니 간병을 해 주는 게 뭐가 어떻겠나 싶으면서도 마음이 편치가 않았다. 몸이 안 좋아서 마음도 약해진 건지 자꾸만 슬픈 기분이 든다. 갑자기 변해 버린 구량과 이미 황제인 무헌의 편치 않은 주변 상황 등을 하나둘 떠올리자 숨이 턱하니 막혀 왔다. 자신이 이런데 당사자인 무헌은 오죽할까.

그때 무헌의 눈꺼풀이 천천히 위로 올라왔다.

막 잠에서 깬 것 같지 않게 저를 바라보는 또렷한 눈동자를 확인한 단이 속삭였다.

"미안해."

"……"

"정말 미안해."

무엇에 대한 사과인지 알 수 없었다. 이런 말을 해서 무슨 소용인가 싶으면서도 단은 사과하길 멈출 수 없었다. 그래서 한 번 더 미안하다는 말을 하려 했지만, 그 전에 무헌의 손가락이 단의 입술을 눌렀다.

"……"

제 입술을 누르는 손길에 단은 잠자코 있었고, 무헌은 앞으로 얼굴을 내밀었다.

입술을 누르던 손을 치우곤 대신 단의 한쪽 얼굴을 감싸더니 그 이마에 제 이마를 갖다 대고는, 흔들림 없는 눈빛으로 물끄러미 바라보다가 다시금 눈을 감았다.

"자자."

귓가에 닿는 쉰 목소리에서 짙은 피로가 묻어났다. 하지만 그 안에 담긴 분명한 안도감을 읽은 단도 눈을 감았다.

무헌이 뭐라 하지 않았음에도 불구하고 코끝이 시큰거리면서 눈가로 열이 몰린다.

울고 싶다. 이런 적이 있었나 싶을 정도로 크게 소리 내 울고
싶었다.

＊　　＊　　＊

반쯤 열린 창문 사이로 빗소리가 들렸다. 부슬부슬 떨어지는
빗소리에 맞춰서 화소영은 바깥으로 고개를 돌렸다. 그러자 향
로를 비우고 들어온 나운이 그 모습을 보곤 한마디 했다.

"부인, 바람이 차니 창문을 닫고 계시지요."

"지금 내가 앉아 있는 이 자리가 가장 따뜻한 곳이다. 바람이
암만 차다 한들, 추위가 느껴지지 않는구나."

게다가 지금은 여름 무렵이라 암만 비가 쏟아진다 해도 추울
리가 없었다. 공기가 눅눅하긴 했지만, 차를 마시자니 오히려 더
분위기가 사는 게 마음이 편안해진다. 실제로 느긋한 얼굴로 창
밖을 내다보는 화소영은 편안해 보였다. 그걸 지켜보던 나운은
곁으로 다가가 서선 말을 꺼냈다.

"강부인께 찾아가 보지 않아도 되겠습니까."

지금 강부인이 중병에 걸렸다는 소문이 궁 안팎으로 자자했
다. 원래 몸이 약했다는 건 알았지만, 나흘째 제정신을 차리지
못한다 하니 꽤 심각해 보였다.

강부인이 아프기 전에는 모두가 매소희의 눈치를 살폈다. 그

런 일이 있었으니 괄괄한 성격인 그녀가 참지 않고 일을 칠 거라는 의견이 대다수였던 거다. 하지만 이틀 후, 강부인이 몸이 안 좋다는 말이 돌자마자 모두의 머릿속에서 매소희의 존재는 빠르게 지워졌다.

매소희가 만만치 않다고 해도 황제의 총애를 한 몸에 받는 여인에 대한 관심에 비할 바가 못 되었다. 게다가 황제가 하루도 빠짐없이 강부인의 곁에 붙어서 그녀를 간병하고 있다는 걸 모를 사람이 없었다. 황제가 이렇게까지 하니 더는 편중된 총애에 너무한다는 생각을 가질 수조차 없었다.

그렇다고 마냥 앉은 자리에서 그걸 기다릴 수는 없는 법. 발 빠른 몇몇 자들은 벌써부터 눈치껏 행동하고 있었다. 귀하다는 오만 약재를 전부 다 모아서 매화당 문턱이 닳을 정도로 왔다 갔다 했다. 약재와 좋은 것들을 챙겨 주면서 강부인의 얼굴을 보고, 덩달아 그 곁에 있다는 황제에게 인사라도 할 수 있다면 그보다 더 좋을 일이 없겠지만, 유감스럽게 그들은 매화당 대문 앞까지만 갈 수 있었다. 강부인의 병이 다 낫기 전에는 그 누구도 가까이 오지 말라는 황제의 엄명이 있었던 거다.

직접 얼굴을 볼 수 없는 건 아쉽지만, 물건을 남김으로써 그나마 누가 성의 표시를 했는지를 알릴 수 있었다. 모두가 눈치 싸움을 하듯 매화당 앞마당을 물건으로 차곡차곡 쌓아 주고 있었다. 수많은 자들이 그 일에 동참하고 있는데, 화부인은 여태 가만히 있었다. 처음에는 부인에게 달리 생각이 있는 거겠거니 싶었으나 이쯤 되자 나운도 애가 탔다.

"부인, 한 번 가서 얼굴이라도 보이시지요."

"폐하의 명령을 잊었더냐. 강부인의 안정을 위해서 쓸데없는 이들의 방문은 물리겠다 하지 않으셨더냐."

"하지만 부인께선 강부인의 먼 친척이지 않습니까."

그 순간 화부인은 헛웃음을 흘렸다.

"그게 진짜가 아님을 가장 잘 아시는 분이 바로 폐하다. 그런데 내 방문이라고 해서 달가워하시겠더냐."

"진짜이든 가짜든, 바깥사람들은 모를 일입니다. 주변 시선을 의식하신다면 부인의 방문까진 마다하지 않으시겠지요."

다른 모두가 대문만 들어설 수 있지만, 화부인은 아니었다. 부인이 강부인의 처소 안까지 들어가는 걸 다른 모두에게 보이고 싶은 마음이 컸다. 자신이 한 말을 듣고 화부인이 준비를 하라 한다면 곧장 따를 참이었다. 하지만 돌아오는 건 옅은 미소였다.

"네가 내 곁에 있는 동안 눈치도 늘고 많이 영리해졌구나. 하지만 거기까지다. 더 주제넘게 군다면 내 아픈 마음으로 널 멀리할 수밖에 없구나."

"……죄송합니다. 부인. 노비가 주제넘게 굴었습니다."

아차 싶었을 때에는 이미 많은 선을 넘어간 상태였다. 아무것도 하지 않는 주인이 안타깝고 마음 쓰여서 꺼낸 말이 엄청난 실수였음을 깨달은 나운의 안색은 파랗게 질렸다. 어쩔 줄 몰라 하는 나운을 두고 화소영은 짧게 손짓했다. 깊이 고개를 조아린 나운이 나가고 난 후 화부인은 재차 찻잔을 기울였다.

"……."

몸이 약하다고 다들 떠들어 대지만, 화소영이 본 강부인은 그렇게까지 나약한 사람이 아니었다. 매소희가 함정을 팠을 때에도 전혀 당황하지 않은 것 같았고, 제 궁에 잠시 머물다가 떠날 때에도 걸음이 당당했었다. 수많은 부인들에게 둘러싸였을 땐 안색을 굳히긴 했지만, 그건 당혹스러웠기 때문이었다. 이 사람들이 갑자기 왜 이러나 싶어, 그걸 두고 의구심을 드러냈던 거디.

겉보기엔 가녀린 것 같지만, 정말은 아닐지도 몰랐다. 때문에 지금 강부인이 아프다는 소식이 정말인지 의심스러웠다. 지금 같아선 차라리 매소희가 아프다는 말이 더 믿음이 간다면서 화소영은 잔을 내려놨다.

"부인, 잠시 괜찮으시겠습니까."

조금 전에 나갔던 나운이 다시 들어왔다.

혼자 있는 시간을 방해받는 걸 언짢아하기에 한 번에 모든 용무를 끝내던 나운이었다. 그런 그녀가 오늘따라 이상하게 행동하는구나 싶었던 화소영의 표정이 굳는다.

부인이 언짢음을 드러내는 걸 모르지 않았던 나운은 조심스럽게 말했다.

"용소라는 자가 찾아왔습니다."

그 순간 눈을 빛낸 화부인은 고개를 끄덕였다.

"안으로 들여라."

그 말에 나운은 물러나면서 뒤로 손을 들었다. 그 손짓과 동시에 한 사내가 나운의 곁에 섰다. 더 안으로 들어오지 못하고 두 손을 마주잡은 채로 고개를 푹 숙이는 용소를 확인한 화부인은 재차 손짓했다.

"그렇게 멀리 있으면 대화를 나누지도 못하겠군. 더 가까이 들어와라."

"아닙니다. 어찌 미천한 노비가 여기서 더 부인과 가까워질 수 있겠습니까."

"......"

부르면 냉큼 달려오는 자들이 대부분이었기에 용소처럼 말하는 자는 처음이라 할 수 있었다. 때문에 화부인의 표정이 굳어졌고, 나운이 그에게 매서운 눈빛을 던졌다. 부인이 가까이 오라면 올 것이지 무슨 말이 이렇게 많아. 타박이 담긴 시선에도 용소는 눈 하나 깜박이지 않았다.

바닥을 내려다보는 눈빛이나 앙다문 입매가 보통이 아니었다. 특유의 고집이 느껴졌던 나운은 화부인의 안색을 살폈다. 동시에 화부인이 말했다.

"나운이 너는 잠시 나가 있거라. 주변에 사람을 물리고 문을 닫아라."

"물러나 있겠습니다."

나가면서 나운은 재차 용소에게로 눈을 흘겼다.

쓸데없는 말과 행동으로 부인의 심기를 건드리지 말라고 몇 번이고 경고했는데 이런 식으로 행동하는 것인가 싶었다. 용소가 밖으로 나온다면 그때 한 번 더 지적을 해 줘야겠다면서 나운이 문을 닫고 나가자 방 안에는 화부인과 용소만 남게 되었다.

그때 내내 고개를 숙이고만 있던 용소가 바깥으로 눈빛을 던진다. 지금 이 순간, 본인이 느끼는 불편함을 숨기지 않고 드러내면서 몇 번이고 바깥을 살피자 그걸 본 화부인의 입가로 옅은 미소가 번졌다.

"왜 그러느냐. 나와 단둘이 남게 된 것이 부담스러우냐."

용소는 자세를 바로 하고는 더 깊이 고개를 숙였다.

"제 입장에선 그럴 수밖에 없습니다. 전 환관이 아니고 이렇듯 고귀한 분과 편하게 마주하고 설 수 없는 미천한 신분이니, 말씀하실 게 있다면 바로 해 주십시오. 노비는 아둔해서 돌려 말씀하시면 쉽게 이해하지 못할 수도 있습니다."

겉으로 보기엔 부인과 단둘이 남아 있게 된 걸 누군가가 보고 이상한 소문이 나면 어쩌나 싶어, 그걸 경계하는 태도였다. 하지만 지금 이 순간 보이는 게 전부가 아님을 잘 알고 있었던 화소영은 턱 아래에 손가락을 댔다.

들어와 거리를 좁히지 않은 용소는 분명한 선을 긋고 있었다. 제 주제를 알고 도를 넘는 행동을 하지 않으려 스스로 경계하는 자였다. 그런 그에게 원하는 정보를 얻어 내기란 쉽지 않은 일일 거라는 느낌이 왔다. 그렇다 해서 어렵게 부른 사람을 이대로 돌려보낼 순 없었다.

칼끝을 세웠을 때 어느 정도 들어간다 싶으면 회유책을 써보기도 하고, 재물을 꺼내 보이기도 하겠건만, 다 소용 없을 것 같으니 바로 본론을 꺼내자 싶었던 화소영은 입을 열었다.

"아주 잠시 동안 시동이었다가 사라진 자를 알고 있는가."

"……."

"한 번은 홀로 텃밭에서 일했던 적도 있던 아이네. 그 아이가 어디에서 왔고, 이름이 무언지 기억나는 게 있더냐."

궁에는 하루에도 많은 사람이 들어왔다가 나가곤 했다. 궁 안에서 시동이라는 역할이 특이하긴 하지만, 며칠 동안 있다가 사라진 자를 기억하는 건 쉽지 않은 일이었다. 하지만 화소영은, 자신이 기억하고 있는 만큼 용소 또한 그 아이를 모르지 않을 것이라 확신할 수 있었다. 하지만 용소의 입을 통해 나오는 말은 그녀의 기대와는 사뭇 다른 것이었다.

"누구에 대해 여쭈시는 건지 모르겠습니다."

"고개를 들어 나를 봐라."

그 순간 용소는 천천히 고개를 들었다.

흔들림 없는 그 눈빛을 읽은 화소영의 입꼬리가 연하게 올라갔다.

"그래. 내가 널 늦게 불렀으니 그 사이에 얼마든지 입단속을 시킬 수 있었겠지."

하지만, 사라진 그 아이가 지금 어디에서 무얼 하고 있는지를 떠올리기엔 아주 중요한 인물은 아니었다. 어느 날 갑자기 떠올라 '어디로 간 거지.'라고 의문을 품게 된 것이 용소를 찾게 된 계기이기도 했다. 만약 그가 이런저런 말을 했더라면 그걸 토대로 새롭게 알아낼 수 있는 게 있을 테지만, 아무래도 불가능할 것 같았다.

"내가 지금 이 자리에서 널 죽이겠다 한다면, 그땐 어쩌겠더냐."

"부인께서 절 죽이신다 하면 전 죽어야겠지요. 그 누가 화부인을 기억하고 이 궁 안에서 살아갈 수 있겠습니꺼."

죽이겠다는 말에도 동요하지 않고 표정에 흔들림이 없었다. 거기서 화소영은 뭔가를 직감했다.

"궁은 넓지만 이곳의 주인은 내가 아니지. 모르긴 몰라도 그분께서 이미 모두 손을 써두신 것 같구나."

모두가 대번에 떠올릴 수 있을 만한 한 사람을 지칭하는 말에도 용소의 표정에는 흔들림이 없었다. 다시금 고개를 숙이는 용소를 두고 화부인은 찻잔을 한 손으로 감싸 쥐었다.

"나가 봐라. 내 너를 좋게 기억하고 있겠다."

"물러나겠습니다."

두 손을 모아 예를 갖춘 용소가 나가고 난 후, 잠자코 있던 화부인은 헛웃음을 흘렸다.

왜인지 모르게 그냥, 웃음이 나왔다.

낙운궁의 대문을 넘는 내내 나운의 매서운 시선을 받은 용소지만, 그는 끝까지 평온한 얼굴이었다. 안에선 별일 없었고, 그것에 대해 크게 영향을 받지 않는 것처럼 자연스럽게 행동한 그는 넓은 대로를 걸었다.

　그렇게 주욱 평온한 얼굴로 일정한 보폭으로 걸음을 옮기던 용소지만, 이윽고 입술이 씰룩인다. 낙운궁에서 꽤나 떨어져서 뒤를 살펴본 그는 아무도 따르는 이 없고, 감시하는 자도 없음을 깨닫고는 가슴을 쓸어내렸다.

　부인들 중 화부인이 제일이라더니 오늘 그걸 실감했다. 저를 보던 눈빛이 예사롭지가 않았다. 정신 똑바로 차리자며 몇 번이고 머릿속으로 되뇌지 않았더라면 저도 모르는 사이에 크게 실수할 뻔했다면서 고개를 들었다. 부슬부슬 내리는 비를 다 맞으면서 그는 긴 한숨과 동시에 중얼거렸다.

　"아이고, 염병할 놈."

　이 모든 게 갑자기 나타나 하루아침 사이에 사라진 그놈 때문이었다.

　궁 안에 머문 건 며칠도 안 되는 놈이 대체 뭘 했기에 저 화부인이 자신을 부르는 거냐면서 용소는 입술을 씰룩였다. 자신을 통해서 알아낼 수 있는 게 없을 거란 걸 알려 주었으니 재차 부르는 일은 없겠지. 이렇게 다시금 일상으로 돌아가게 될 거라면서 용소는 푹 젖은 머리카락 안쪽을 긁적였다.

　며칠이라 해도 워낙 특이한 놈이었기에 아직도 기억에 선명했다. 쉽게 친해질 순 없더라도 나쁜 녀석은 아니었기에 좋은 느낌으로 남아 있었다. 자고로 궁에 있다가 갑자기 사라지는 건 좋은 일이 아니었다. 알게 모르게 튀는 놈이었으니 높으신 분에게 밉보일 수도 있겠고, 어쩌면 이미 이 세상 사람이 아닐지도 몰랐다. 거기까지 생각한 용소는 긴 한숨을 쉬었다.

"살아만 있어라."

그러다 보면 언젠가 다시 만날 일이 있지 않겠느냐면서 그는 빠른 걸음을 옮겼다.

　　　◆　　　◆　　　◆

저를 붙드는 손길을 어떻게든 떨어뜨리려 했지만, 쉽지가 않았다.

간절하게 자신을 붙들면서 가지 말라고 눈물로 청하는데 그걸 매정하게 외면할 수 없었다. 그래서 상대가 이해할 수 있게끔 좋게좋게 알려 주려 했다.

지금 우리를 주시하는 자들이 많다고, 이럴 때 함께 있으면 영원히 헤어지게 될 수도 있다고, 일단 지금은 좀 거리를 둬서 떨어져 있다가 주변 상황이 정리되면 그때 다시 함께하면 되지 않겠느냐고.

걱정하지 말라고. 내가 당신을 잊는 일이란 있을 수 없다고. 내가 당신을 떠나선 그 어디에서도 마음 편히 지낼 수도, 살 수

4장 285

도 없다는 걸 수십 수백 번 알려 주었다.

　그리되고서야 상대가 서서히 안정을 찾아가는 게 느껴졌다. 여전히 간절한 눈빛에 마음이 흔들렸지만, 수가 없었다. 함께하기 위해선 저들의 요구 조건을 무시할 수만은 없었다. 지금 당장은 힘들겠지만 차차 나아질 거다. 그러다 보면 이런 식으로 헤어지게 될 일은 없겠지.

　소맷자락이 해지고 찢어질 정도로 필사적으로 붙들던 손길을 힘겹게 떼어 내고 한 발 물러섰다. 그걸 따라 움직이는 하얀 손이 왜 이리도 덧없고 쓸쓸하게 여겨지는지 알 수 없었다.

　저 손을 떨어뜨린 게 과연 잘하는 짓인 걸까. 어떻게 해서든 저 손을 떼어 놓지 말고 끝까지 붙들고 있었어야 했던 게 아닐까. 영원히 함께할 수 있는 방법을 강구해야 했었던 게 아닐까. 불현듯 드는 생각이 마음 한구석으로 스산한 바람이 불게 한다. 견딜 수 없는 불안과 걱정을 품고 있으면서도 그게 상대에게 전해질까 봐 애써 미소를 짓는다.

　괜찮을 거라고, 우리는 금방 다시 만날 수 있을 거라고.

　그리고 그것이 영원한 헤어짐일 거라고는, 몰랐겠지.

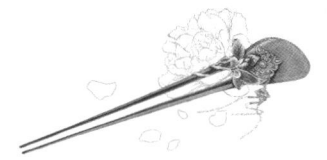

5장

　덜컹, 심장이 내려앉는다. 뭐라 설명하기 어려운 불안이 가슴 속을 잠식하는 걸 느끼며 단은 몇 번의 거친 숨을 내쉬었다. 헐 떡거리면서 눈을 질끈 감은 그녀의 이마로 식은땀이 송골송골 맺혔다.

　편안해 보였던 단이 다시금 괴로워하자 긴장된 공기가 방 안을 가득 채웠다. 하지만 이것도 며칠째 이어지는 증상이었기에 처음처럼 크게 당황하거나 어쩔 줄 몰라 하면서 발만 동동 굴리는 건 없었다. 일단은 찬물을 새로 받아 와야만 했다. 황제 없이 자신들이 단을 보살피는 첫날부터 우왕좌왕하는 모습을 보일 순 없었다.

　침착하자 싶으면서도 쉽지만은 않았다. 황제가 있고 없고의 차이가 이렇게나 컸던가. 처음 이틀 동안에는 황제가 내내 곁에 붙어 있었기에 바깥에 있다가 필요한 걸 안으로 옮기기만 하면 되었다. 그렇게 계속할 수 있었으면 편하긴 하겠지만, 따지고 보면 이틀 동안 황제가 매화궁에 있었다는 게 엄청난 일이었던 거다. 몸이 안 좋다고 해서 황제의 간병을 받을 수 있는 부인이 어디에 있을까. 강부인이 유일할 거다. 그만큼 더 정신을 똑바로 차려야만 했다.

매화당의 시비들은 서둘러 움직였고, 빠르게 오가던 시비는 고개를 들다가 흠칫 놀랐다.

"영비야. 몸도 안 좋은데 왜 나와서 이러고 서 있어?"

벽에 한쪽 어깨를 기댄 채로 서 있었던 영비는 제 앞까지 온 시비를 봤다. 전에는 얼굴을 봐도 인사를 하는 둥 마는 둥했지만, 지금은 아니었다.

속상한 마음을 감추지 못하고 영비를 위아래로 보더니 이윽고 그녀의 팔을 붙들고 서 있지 말고 어서 들어가라 말한다. 괜히 하는 입에 발린 말이 아니라 진심이 담겨 있는 말이었다. 그걸 알기에 영비는 물었다.

"왜 이렇게 궁이 소란스러운 건가요?"

"아, 그게 말이지."

우물쭈물하면서 시선을 피하는 게 마치 대답하기 꺼려 하는 것 같았다.

왜인지 설명을 듣지 않아도 알 것 같았다. 이 궁 안에서 이들이 이렇게나 허둥지둥거리는 이유라면 하나밖에 없었다. 모시던 주인에게 뭔가 일이 생기지 않고서야 이럴 리가 없지 않겠나 싶었던 영비는 재차 물으려 했다. 혹, 부인에게 문제가 생긴 거냐고 말이다. 그리고 그때 제 눈앞으로 빠르게 스쳐 지나가는 인물을 보곤 바로 입을 다물었다.

"왜 그러니?"

뭔가 말하려고 하더니만 왜 그러나 싶었던 시비는 뒤를 돌아봤다.

그리고 영비처럼 한 사람을 확인하곤 헛숨을 삼켰다.

"크, 큰일이네. 너 여기에 이렇게 서 있지 말고 어서 안으로 들어가서 쉬어. 지금은 네가 쓰러져도 간병해 줄 사람 하나 없어."

강부인이 의식 없는 마당에 시비 하나가 제대로 몸을 추스르지 못한다 해서 그 누가 중요하게 생각할까. 너무하다고 여겨질 수 있겠지만, 그게 현실이었다. 한 번 더 영비에게 들어가라 말한 후 시비는 차가운 물을 받으러 가기 위해서 서둘러 움직였다. 그러는 동안 영비는 불안한 눈빛으로 황제가 들어간 단의 처소를 바라봤다.

*　　*　　*

황제의 품에 안긴 채로 단은 약을 받아 마셨다. 처음에는 안 마시려고 몇 번이고 뱉어 내려 했지만, 황제가 참을성 있게 계속

약을 밀어 넣자 조금씩 넘겼다. 그렇게 마지막 한 방울까지 단에게 약을 먹인 후 황제는 하얀 수건으로 단의 입가를 닦아 냈다.

손가락으로 감싼 손수건으로 입술과 턱 주변을 닦아 낸 후 조심스럽게 눕힌다. 단이 편하게 베개에 머리를 기대게 하고는 이불을 덮어 주려다가 옷깃에 흐른 약의 흔적을 발견하고는 고개를 돌려 멀찍이 떨어져 서 있는 시비들을 바라봤다.

"부인이 언제 옷을 갈아입었더냐."

"오늘 오후에 갈아입으셨습니다."

처음 이틀 동안에는 황제가 곁에 붙어 있어서 그들이 아무것도 할 수 없었지만, 이후에는 아니었다. 젖은 수건으로 몸을 깨끗하게 닦아 낸 후 옷을 갈아입히고 머리도 빗질을 한 후에 잘 말려 두었다. 황제가 저리 묻는 이유에 대해서 정확하게 알 수 없었던 시비는 왜 그러시냐고 여쭈려 했지만, 그 전에 황제가 앞으로 고개를 돌렸다. 단의 목 위까지 이불을 덮어 주는 걸 확인한 시비는 입을 다물었고 그 뺨이 불긋하게 상기되었다.

곁에 서 있는 그들이 알 수 있을 정도로 강부인을 대하는 황제는 지극 정성이었다. 곁에서 지켜보기만 할 뿐인 그들에게도 전해질 정도여서 기분이 이상해졌다. 마음 같아서야 계속 곁에 서서 지켜보고 싶지만, 황제가 강부인의 곁에 있는 동안에 그들은 멀찍이 떨어져 있어야만 했다. 황제가 본인이 있으니 다른 사람들은 필요 없다고 했던 것이다.

처음이야 어찌 부인의 간병을 황제가 홀로 들게 할 수 있나 싶어서 만류했지만, 황제는 강경했다. 본인이 하라는 대로 따르라는 듯 매서운 눈빛을 던지는데 그 앞에서 다른 말을 할 수 없었다. 이번에도 시비들이 모두 밖으로 나가고 황제는 단과 둘이 남게 되었다.

"……."

단을 보던 무헌은 손가락을 세워선 단의 옷깃을 툭, 건드렸다.

갈색 얼룩 한 개가 영 신경 쓰인다. 다시 옷을 갈아입히려 할까도 싶었지만, 오후에 갈아입혔다 하니 번거롭게 굴 필요가 뭔가 싶었다. 세다가 옷을 갈아입힌답시고 옷을 벗기는 와중에 정신이라도 들면 그건 그것대로 성가셨다.

이틀 동안은 수시로 늑대에서 사람으로 변해 곁에서 떨어질 수 없었지만, 나흘째부터는 괜찮아졌고, 닷새째인 오늘은 완전히 안심할 수 있었다. 이제 슬슬 눈을 떠도 될 것 같은데 왜 아직도 이런 모습인가 싶을 수밖에 없었던 무헌은 단의 얼굴에서 시선을 떼지 않았다.

그때 점점 더 단의 표정이 대단하게 변한다. 미간으로 짙어진 주름을 몇 개나 만든 채로 뭔가를 중얼거린다.

"……돼, 안 돼. 떠나면, 그렇게 되면."

자는 도중에 단이 잠꼬대를 하는 게 이번이 처음이 아니었다.

지금껏 몇 번이나 있었던 일이니 계속 잠꼬대를 하게끔 둬도 되겠지만 눈을 감고 있는 단의 표정이 너무도 절박해서 이대로 둘 수 없었다.

무헌은 단 쪽으로 몸을 숙이곤 되물었다.

"뭐라고 하는 거냐. 알아듣게 말해 봐."

그래야 불편한 거나 문제 사항이 있었을 경우, 그걸 해결하기 위한 도움을 줄 수 있지 않겠느냐면서 단을 주시했다. 그걸 아는지 모르는지 단은 여전히 눈을 질끈 감은 채로 떠나면 안 돼, 같은 말만 반복했다.

어쩌면 저 떠나면 안 된다는 말이 자신에게 하고 싶은 말일지도 모르겠다 싶었던 무헌은 굳은 눈빛으로 단을 내려다봤다. 아예 이불 위를 틀어쥔 채로 앓는 소리를 내는 게 마음에 걸렸다. 작은 얼굴 전체를 일그러뜨리면서 끙끙거리는 것도 보고만 있기가 좀 그렇고.

혹, 자세를 바꿔 보면 괜찮아질지도 모른다 싶었던 무헌은 단의 어깨를 붙잡았다. 다시금 단을 일으켜 세우고 난 후, 위치를 달리해 줄 셈이었는데 동시에 단이 벌떡 일어났다.

"떠나면 안 돼!!"

"……!"

단이 일어남과 동시에 그녀의 이마가 무헌의 오른쪽 후두부를 강타했다. 엄청난 기세로 일어나던 단은 다시금 뒤로 넘어가 두 손으로 제 머리통을 감싸 쥐었고, 무헌도 부딪친 곳을 두 손으로 눌렀다.

한동안 둘은 말없이 갑작스러운 고통을 참으며 움찔거렸다.

잠시 후 단이 으— 하고 길게 신음을 흘리자 무헌도 손바닥으로 후두부를 문지르면서 중얼거렸다. 큰 소리는 없었지만, 뭔가 낌새를 눈치챈 것인지 이태감의 나직한 목소리가 들려왔다.

"폐하, 무슨 일이십니까. 괜찮으십니까?"

"……괜찮다. 아무 일 아니니 신경 쓰지 마라."

신경 쓰지 말라고는 하지만, 여전히 무헌은 머리를 감싸고 있었다. 그 상태로 눈을 내리뜨자 보이는 건 제 이마를 단단히 감싸 쥔 채로 아파서 어쩔 줄 몰라 하는 단이었다. 넓은 침대 위를 왔다 갔다 하는 걸 본 무헌은 그런 단의 팔뚝을 잡아 몸을 일으켰다. 갑작스러운 박치기에 여전히 인상을 쓴 채였던 단은 똑바로 일어나 앉아선 무헌을 봤다.

"─뭐야."

짧지만 많은 의미가 함축되어 있는 질문이었다.

왜 네가 이곳에 있고, 왜 내가 일어나려는 곳에 하필 머리를 대고 있어서 부딪치게 하느냐며, 지금 엄청나게 아파 죽겠다면서 징징거리는 표정으로 응시해 오는 단을 두고 무헌은 말없이 단의 손목을 붙잡았다. 손가락으로 단의 맥을 잡고 일정하게 뛰는 걸 확인하곤 바로 손을 놓아주었다. 앉아 있던 의자에서 옆으로 몸을 틀고는 보란 듯이 왼쪽 후두부를 손바닥으로 문지르는 걸 본 단은 이마를 누르던 손을 내렸다.

박치기를 하고 나서는 너무 아파 아무 생각도 들지 않았지만, 지금은 아니었다.

하나둘 떠오르는 게 있었던 단은 숨을 삼켰다. 안색이 파리하게 질린 채로 눈을 내리뜨고만 있는 단을 두고 무헌은 짧게 말했다.

"몸은 좀 어떠냐."

"……괜찮아."

당장 날아다닐 만큼 가뿐하거나 한 건 아니지만, 정신없이 늘어져 있을 만큼은 아니었다.

하지만 몸이 나아진 것과는 별개로 단의 마음을 무겁게 하는 문제는 달리 있었다.

"나 또 늑대로 변해 버렸어."

"본 사람들이 몇 안 되니 괜찮다."

"보든 안 보든 변했다는 것 자체가 나에게 있어선 엄청 심각한 일이야."

"……."

가족들과 떨어져 바깥에서 생활하는 동안 늑대로 변해선 안 되었다. 자신이 늑대로 변할 때마다 좋든 아니든 그건 일족과 가족들에게 위험이 될 수밖에 없었다. 그렇다 해서 단이 아무 이유 없이 늑대로 변했던 건 아니었다. 그땐 그렇게 할 수밖에 없었던 이유가 있었다. 그 이유가 단을 급격하게 우울한 상태로 만들었다.

"일단 씻고 올게. 찬물에 좀 들어갔다가 나오고 싶어."

그러면서 정리할 생각도 좀 있고 말이다.

손등으로 이마를 문지른 단은 두 다리를 침대 아래로 내렸다. 그대로 일어나 밖으로 나가려는데 동시에 황제가 몸을 일으킨다. 왜 그러나 싶어 고개를 들자 무헌이 그런 단의 손목을 붙잡고 움직였다. 따라 걸으면서 단의 시선은 무헌의 얼굴로 고정되었다. 뭘 하느냐고 묻진 않았지만, 그러지 않아도 대충 알 것 같았다. 그렇게 무헌과 나란히 문 앞에 선 단은, 그가 문을 열려 하기 전에 물었다.

"안 아파?"

아까는 자신도 이마가 아파서 미처 무헌이 지금 어떤 상태인지에 대해 묻지를 못했다. 그래선 안 되었는데 말이다. 단이 묻는 순간 무헌은 왼쪽 후두부가 재차 지끈거렸다. 상태는 좋지 않았지만, 솔직하게 말하고 싶진 않았다. 분명 멍이 들 거라면서 그는 담담하게 말했다.

"옆구리를 박혔을 때보단 덜 아프다. 그땐 정말로 뼈가 나가는 줄 알았으니까."

대체 언제 적 이야기를 하는지 모르겠다. 한 번 당한 일 가지고 되게 우려먹네 싶으면서도, 무헌의 바로 그 말이 단의 마음을 느슨하게 했다. 헛웃음을 흘리자 동시에 황제가 문을 열었다.

"나오셨습니까."

오늘도 부인의 곁에 머무르지 않을까 싶었는데 빨리 나왔다. 이대로 황제가 건평궁으로 돌아갈 것인지를 물으려던 이태감은 황제의 한 손이 누군가를 붙들고 있는 걸 확인하곤 입을 다물었다. 눈치가 빠른 이태감이 뭔가를 감지하고 조용해진 틈을 타 황제가 명했다.

"부인의 목욕 준비를 해라. 따뜻한 물로 준비해."

강부인이 드디어 정신을 차렸음을 깨달은 시비들의 표정이 한결 밝아졌다. 내내 걱정이 많았는데 이제 되었다면서 시비들 중 하나가 깊이 고개를 조아리며 말했다.

"알겠습니다. 혹시 몰라서 목욕물을 준비한 게 있으니 바로 가시면 될 것입니다."

황제가 오늘도 이곳에서 머문다면 목욕을 할 것 같아 준비해 두고 있던 게 있었다. 부인의 팔과 다리를 수시로 닦아 내기 위해 준비한 물도 있으니 바로 해도 되었다. 몸도 안 좋은데 목욕물 준비하는 걸 기다리는 게 쉽지 않은 일일 테니 말이다.

몇몇 시비들이 목욕탕 쪽으로 달려가고 동시에 단도 밖으로 나가려 했다. 하지만 바로 그때 손목을 붙잡은 황제의 손으로 더 힘이 들어간다. 움직이려다가 그럴 수 없어진 단은 고개를 들었다.

"부인의 겉옷을 챙겨 오거라."

그 말에 단은 눈을 내리떠선 제 상태를 확인했다. 얇은 잠옷만을 입어서 바로 나가긴 민망할 만한 상태이긴 했다. 이태감도 있는데 실수할 뻔했구나 싶었던 단은 잠자코 있었고, 안으로 들어온 시비가 겉옷을 챙겨 주었다. 단이 그걸 어깨에 두르자 그제야 잡고 있던 손을 놓았다. 시비들과 함께 단이 밖으로 나가고 그 모습을 확인한 이태감의 표정도 한결 밝아졌다. 이제야 한숨 돌렸다면서 그는 황제를 올려다봤다.

"드디어 정신을 차리셨군요. 다행입니다."

"다들 죽기를 바랐을 텐데, 많이들 아쉬워하겠군."

무슨 말씀이냐며 이태감은 화들짝 놀랐다.

"무슨 그런 말씀을 하십니까. 다들 부인의 완치를 기원하며 저리도 많은 선물을 보내오셨는데요."

그리고 태감이 가리킨 곳에는 한가득 쌓인 상자가 있었다. 정리할 여력도 없고, 사람 손도 부족하니 상당수의 상자가 바깥에 고스란히 쌓여선 이슬비를 쇠 맞고 있었다.

누가 보면 궁에 크나큰 경사가 있어서 들어온 선물인 줄 알 판이었다. 눈에 쇠 보이도록 화려하게 꾸민 저 상자에 담긴 진짜 의미를 모르지 않았던 무헌은 짧은 코웃음을 치고는 안으로 들어갔다. 그 모습에 이태감은 팔을 내리곤 고개를 조아렸다.

*　　*　　*

따뜻한 물속에 들어가서 앉은 단은 입을 벌리고 눈을 감았다.

"하아—."

단전 깊숙한 곳에서 올라오는 한숨을 내쉬자 이제야 좀 살 것 같았다.

오랫동안 정신없는 상태로 있어 몸에 힘이 없긴 하지만, 상태는 그렇게까지 나쁘지 않았다. 금방 회복할 수 있지 않을까. 턱 아래까지 물속에 들어갔다가 나오길 반복하던 단은 목욕통 주변에 쳐진 투명한 천을 치워 내고 들어오는 인기척에 그쪽을 쳐다봤다.

다른 때였더라면 누가 들어오나 싶어 인상을 썼겠지만, 지금은 그럴 힘도 없었다. 보나마나 시비겠지. 실제로 얼굴은 알지만 이름은 모르는 시비가 고개를 숙인 채로 들어와선 단이 들어가 앉아 있는 목욕통 안에 붉은 꽃잎을 뿌렸다. 꽃잎이 뿌려지자 거기서부터 달콤한 향이 올라온다.

"……이게 뭔데?"

"기력을 회복하시라고 준비해 봤습니다."

달콤한 냄새를 맡고 있으면 기력이 금방 회복되는 게 있는 걸까. 물론, 기분이 좋아지는 효과는 있을 것 같지만 말이다.

단은 별다른 말없이 한쪽 팔을 들어선 그곳에 코를 대고 킁킁, 냄새를 맡아 봤다. 향이 몸에 배는 건가 싶었지만, 아직은 잘 모르겠고 피부가 매끈해지는 건 있는 것 같았다. 손바닥으로 제 팔을 문지르던 단은 아직도 곁에 서 있는 시비를 올려다봤다.

"도와줄 필요는 없으니 이만 나가 봐."

"며칠 동안 편찮으셨으니 오래 계시지 마세요. 그러다 빈혈이 나십니다."

전이라면 '웬 간섭이야.'라는 생각을 했겠지만, 지금은 좀 다르게 다가왔다. 어려워하는 태도도 그렇고, 말하는 것도 조심스러웠다. 전에는 저를 무시하려 했지만 그것도 죄 처음일 때의 일이었다. 서로가 서로를 모르는 게 많다 보니 벌어진 일이었다.

언제부터인가 이 궁 안에 있는 시비들의 태도가 조금씩 변해갔다. 영비의 일이 있고 나서부터 더 확실하게 이들의 태도가 달라졌었지. 자신을 섬겨야 할 주인으로 생각하고 최선을 다하려 했다.

이들이 이렇게 노력하는데 자신이라고 해서 언제까지나 툴툴댈 순 없었다. 남들 무시하고 못되게 구는 것도 힘든 노릇이었던 만큼 단은 이쯤에서 속을 풀기로 했다.

"신경 써 줘서 고마워. 그린데 이렇게 있으니까 기분이 좋아시 더 오래 있고 싶어."

고맙다는 말에 시비가 눈을 끔벅였다. 이윽고 두 뺨이 발그레 물든 시비는 아닙니다, 라면서 고개를 저었다.

"바깥에서 기다리고 있겠사오니 몸이 안 좋아진다 싶으면 언제든지 불러 주십시오."

그렇게 하겠다며 고개를 끄덕이던 단은 아, 하는 소리와 함께 재차 물었다.

"그런데 영비는 좀 어떤 상태야?"

"의원이 꾸준하게 치료를 하고 있어서 전보단 많이 호전되었습니다."

"그거 다행이네."

"그렇지요. 저대로 가다가 절름발이가 되면 어쩌나 싶었는데,

이게 전부 다 부인 덕분이십니다. 다른 주인들은 시비가 크게 다치든 말든 전혀 신경 쓰지 않으시는데……."

다른 주인들은 그리하지만 단은 아니었다.

이 넓은 궁 안에서 어느 날 갑자기 어떤 사고가 터질지는 그 누구도 모를 일이었다. 재수 없이 그 사고에 휘말리면 반병신이 되거나 죽는 일도 벌어졌다. 높으신 분들이야 미리 피할 수 있겠지만 시비들은 아니었다. 크게 다칠 경우엔 궁 밖으로 내쳐지는 게 대부분으로, 강부인처럼 끝까지 책임지고 치료를 해 주는 일은 없었다.

다들 영비와 같은 일을 피하고 싶지만, 언젠가 자신들도 그리 될 수 있음을 늘 머리 한편으로 생각하고 있었다. 하지만 강부인 같은 사람이 주인이라면 어찌 되었든 간에 끝까지 책임지고 보살펴 주지 않을까, 하고 생각하게 되는 게 있었다.

"나가 있겠습니다."

물러나는 시비의 뒷모습을 물끄러미 보던 단은 재차 꽃잎을 모아 그 향을 맡았다.

달콤하긴 하지만 너무 진했다. 어쩌면 평소와는 다른 몸 상태이기 때문에 후각이 더 예민해진 걸 수도 있지만.

꽃잎을 물 위로 뿌리듯이 내려놓은 단은 뒤로 고개를 젖히곤 눈을 감았다.

'소율태국의 황제가 될 수 있는 건 늑대의 가호를 받는

자뿐이다. 황제는 그가 아니라 일황자가 오르셔야만 했다.

그분이이야말로, 적통 황자로 자격을 갖춘 분이시다.'

구량이 한 말을 상기하는 것만으로도 불쾌한 감각이 스멀스멀 올라온다.

다른 사람도 아닌 구량이 그런 말을 할 줄 몰랐다. 그가 한 말을 온전히 이해한 건 아니지만, 당장은 하는 말 자체가 이상했다. 일황자라니. 그런 사람 알지도 못하는데 무헌이 아닌 일황자가 황제가 되어야 했다니. 그 무슨 말도 안 되는 소리를 하는 거야. 이윽고 다른 말을 떠올린 딘은 아랫입술을 깨물었다.

늑대의 가호를 받는—.

"……우리는 황제의 허물을 받아들여서 늑대가 된 거야."

그런데 가호라니.

지금껏 알고 있던 것하고는 전혀 다르지 않으냐면서 눈빛을 가라앉혔다.

*   *   *

황제는 탁자 가운데에 향로를 두고 그 근처에 한 손을 댄 채로 있었다. 손을 움켜쥐었다가 펼치기를 반복하면서 무료함을 이어 가던 그는 인기척을 느끼곤 고개를 들었다. 보이는 건 안으로 들어서는 단이었다.

꽃잎으로 물들인 것처럼 연한 붉은빛이 감도는 얇은 재질의 천을 두르고 허리에 띠 하나만 묶은 단은 머리를 길게 풀어 내리고 오른쪽 머리 위에 꽃을 닮은 장식을 달았다.

설마하니 저런 모습으로 나타날 줄 몰랐던 것처럼 무헌은 단의 모습에 시선을 고정했다. 눈 한 번 깜박이지 않고 그녀를 바라보던 황제는 단이 맞은편 자리에 와서 앉아 탁자에 팔짱 낀 팔꿈치를 걸치는 순간 눈을 내리뜨고는 깊이 숨을 들이마셨다. 은은하게 나는 향기로움에 중얼거렸다.

"좋은 향이 나는군."

"물속에 들어가 앉아 있는데 이상한 꽃을 뿌리잖아."

하지만 향도 나쁘지 않고 덕분에 피부가 많이 매끄러워진 것 같았다. 별거 없는 꽃잎 같지만 정말은 엄청 비싼 거겠지. 그러니 꽃잎에서 향기가 풀풀 나는 게 아니겠냐면서 단은 어깨 앞으로 흘러내려 온 머리카락 끝을 만지작거렸다.

황제가 기다리고 있음을 알기에 서둘러야 한다고는 생각해도 치장해 준다는 시비들을 물릴 수가 없었다. 의식이 없는 동안에도 시비들이 닦아 주고 옷을 갈아입혀 주었다지만, 그래도 더 깔끔한 모습을 보이고 싶었다. 그래서 시간을 투자해서 이런 모습으로 황제 앞에 앉아 있기는 하는데 괜한 짓이었나 싶었다. 자신이 볼 때에는 나쁘지 않았는데 황제 보기엔 또 어떨지 모른다. 꾸민 걸 알고나 있을까. 향이 나는 걸 알아차린 건, 냄새 때문일지도 모르고…….

계속해서 머리카락 끝을 만지작거리던 단은 여전히 향로 부근에 놓인 황제의 손을 봤다.

"……."

예전에 무헌의 손이 무척 찼다는 게 떠오른다.

자신이 아팠을 때에도 무헌의 찬 손이 기분 좋아서 그걸 계속 붙들고 있었지.

물끄러미 손을 보던 단은 그리로 손을 뻗었다. 역시나 찼다. 어찌된 것이 목욕을 하고 나온 자신보다 더 찬 것 같다면서 아예 두 손으로 무헌의 손을 주무르면서 저도 모르게 한마디 했다.

"손이 왜 이렇게 찬 거야."

황제씩이나 되었다면 손이 이 정도로 차면 알아서 약을 지어서 먹던가 하면 좋잖은가.

왜 자신이 신경 쓰이게끔 손이 마냥 차게끔 둔 건지 알 수가 없다면서 계속해서 주물렀다. 그러는 동안 단은 저를 바라보는 시선을 느꼈지만, 애써 모르는 척 굴었다. 황제가 처다보든 말든 이 차가운 손을 어떻게든 따뜻하게 할 참이었다. 그렇게 계속 주무르자 어느 정도 온기가 도는 것 같아서 고개를 숙이고는 하아, 하고 입김을 내뿜었다. 처음이야 잠자코 있던 무헌이지만, 이내 손을 빼내려 했다.

"어허, 잠깐 기다려 봐."

이건 존대를 하는 건지 그냥 말을 놓는 건지 알 수 없는 자유분방함이 섞여 있는 말투였다.

저런 식으로 말하는데도 잠자코 있어야 하는 건가 싶으면서도 무헌은 얌전히 있었다. 그러는 동안 계속해서 입김을 내뱉으며 두 손으로 살살 문지르던 단은 붙들고 있는 무헌의 손이 어느 정도 따뜻해지는 걸 확인하고 나서야 손을 뗐다. 하지만 거기서 끝이 아니었다.

두 손을 펼치고는 손등으로 탁자 위를 툭툭 두드린다. 그게 뭘 원하는지 모르지 않았던 무헌은 잠자코 반대편 손도 내밀었다. 기다렸던 것처럼 그 손을 붙든 단은 이번에는 무헌의 손바닥을 펼쳐서 위로 들었다. 그리고 자신이 생각한 것보다 훨씬 더 거칠고 꺼끌꺼끌한 손바닥 표면을 확인하곤 안색을 굳혔다.

별생각 없이 시작한 건데 점점 진지해진다. 어떻게 해서든 이 차가운 손을 따뜻하게 하고 싶었다. 처음 만졌을 때처럼 그렇게 차가운 상태로 있게 하고 싶지가 않았다. 그 일에 몰두한 단은 심각한 얼굴이었다. 누가 보면 달리 중요한 일을 하고 있는 것처럼도 보이는 얼굴인지라, 좀 우스웠다.

별거 아닌 지금 이 상황에 무헌은 편안함을 느꼈다. 할 수만 있다면 단의 엉뚱한 이 행동을 계속 받고만 싶었던 그는 단의 얼굴에서 시선을 떼지 않았다. 그렇게 한참을 응시하는 동안 무헌의 두 손은 단이 원하는 만큼 따뜻해졌다. 아예 두 손을 탁자 위에 올려놓고 손등을 손바닥으로 쓰다듬은 단은 한숨을 쉬었다. 이제야 되었다며, 만족감을 드러내는 그 모습에 무헌의 입꼬리가 올라감과 동시에 나지막한 목소리가 흘러나왔다.

"거기서 대체 뭘 본 거냐."

"……."

"무슨 일이 있었기에 네가 늑대로 변했던 건데."

단은 작은 제 손바닥 아래에 얌전히 놓인 황제의 손바닥을 봤다.

황제의 차가운 손을 따뜻하게 하려고 애를 썼던 건 아마도 이 질문을 피해 보려는 얄팍한 의도가 숨겨져 있었던 걸지도 몰랐다. 한 가지 일에 집중하면 그 질문을 피해 갈 수 있지도 않을까 싶었던 거다. 하지만 결국 실패했고, 질문을 받았다.

단은 그 알 수 없는 장소에서 구량을 봤다.

그리고 그가 한 말은 계속해서 단이 신경 쓰이게끔 했다.

그는 대체 무슨 생각으로 그런 말을 한 걸까. 이전에, 지금까지 무슨 생각과 마음으로 무헌의 곁에 있었던 걸까. 덧붙여 구량이 그런 사람이었다는 걸 무헌은 정말 몰랐던 걸까.

이래저래 머릿속을 복잡하게 만드는 생각들이 멈추지 않는다.

무헌의 손등을 세게 움켜쥔 채로 단은 천천히 입을 열었다.

"거기서 내가 본 건 구량 님이었어."

황제가 어떤 동요를 보이는지를 알아볼 셈으로 그 눈빛에 시선을 고정한 채였다. 하지만 그는 동요하지 않았고, 때문에 단은 다음 말로 옮겨 갈 수 있었다.

"폐비는 늑대를 찾았고, 구량 님은 내게 늑대의 가호를 받는 자가 황제가 될 수 있다고 했어."

아주 조금 황제의 눈동자 안쪽이 어둡게 변하는 걸 확인하면서 단은 뒷말을 덧붙였다.

"일황자가 황제가 되어야 한다고 그랬어."

황제인 무헌이 알고자 했던 말들은 단이 이해하길 원하는 것들이었다.

알려 주었으니 이제는 네가 내가 이해할 수 있도록 설명해 줘. 구량 님이 왜 갑자기 그런 말을 했는지. 늑대의 가호는 무슨 말인지. 정말로 소율태국의 황제와 늑대족은 어떤 관계인 것인지.

흔들림 없는 눈빛으로 바라보는 단을 두고 무헌은 천천히 입을 열었다.

단은 그 입술을 집중해서 바라봤다.

과연 무슨 말을 듣게 될까. 자신이 앞으로 듣게 될 말은 엄청난 게 아닐까. 자신이 과연 그런 걸 알아도 괜찮은 걸까. 하지만 다른 사람 일도 아니고 자신과도 관련된 사실이었다. 그러하니만큼 알 수 있을 때 알아 둬야 하는 게 아닐까. 단은 눈을 가늘게 뜬 채로 황제의 입술을 집중해서 바라봤다. 동시에 바깥에서 이 태감의 목소리가 들렸다.

"폐하, 죽 준비가 다 되었습니다."

"⋯⋯."

죽이라니. 무슨 죽을 말하는 거지?

당황한 단은 뒤를 돌아봤고, 동시에 문이 열리고는 사람들이 왔다 갔다 하는 소리가 들렸다. 아예 일어선 단은 입구 안쪽에 있는 넓은 탁자에 차려지는 상을 보곤 안색을 굳혔다.

시비들과 함께 안으로 들어와 있었던 이태감은 그런 단을 보고 무척 반가워했다.

"걱정을 많이 했는데 건강해 보이셔서 다행입니다. 며칠 동안 물과 약만 드셨으니 죽부터 준비해 봤습니다. 내일까지는 죽으로 속을 달래시고 이후로는 평소 드셨던 대로 드시면 될 겁니다."

지금은 죽 같은 게 중요하지 않았다. 막 황제의 입에서 중요한 밀을 들으려던 참이었는데―.

죽이든 뭐든 그런 거 필요하지 않으니 다시 내가라고 하려던 찰나 단의 배 속에서 우렁찬 소리가 들렸다. 음식 냄새에 반응하듯 꾸르륵, 하고 울리는 소리에 움찔한 단은 한 팔로 본인 배를 감쌌다. 너무 커서 안에 들어와 있는 모든 사람들에게 들릴 정도였다.

이 무슨 부끄러운 상황인가 싶었던 단의 얼굴이 벌겋게 익었고, 동시에 아무것도 안 들은 것처럼 빠르게 나가 버리는 시비들을 두고 단은 제 아랫배를 내려다봤다.

이 쓸데없는 배는 꼭 이러지. 하지만 배에서 난 소리에 모든 신체기관이 반응하는 것처럼 몸에서 힘이 좌악 빠진다. 손가락 하나 까딱일 기운 하나 없었다. 역시나 빈속에 목욕을 하는 게 아니었는데 하면서 단은 두 손으로 배를 감싼 채로 옆을 돌아봤다. 어느새 무헌이 다가와 서 있었다.

자연스러운 생리 현상이 무척이나 부끄럽게 여겨졌다.

나는 왜 이러는 건가, 하는 생각을 지울 수 없었던 단은 머뭇거리다가 말을 꺼냈다.

"이건 그러니까……."

"나도 저녁은 아직이니 가서 먹자."

"……."

혼자 먹는 거라면 안 먹겠다 했겠지만, 같이 먹자고 하니 더 배가 고파졌다. 배 위에 한 손을 올린 채로 단은 슬그머니 음식이 차려진 탁자 앞으로 가서 자리를 잡고 앉았다. 황제도 자리를 잡고 앉자 곁에서 시비들이 시중을 들어준다. 단이 그들의 움직임을 쳐다만 볼 뿐, 바로 수저를 들지 않자 황제는 그들을 다 바깥으로 내보냈다. 마지막 한 사람이 나가고 나서야 단은 수저를 쥐었다.

"내가 아까 물어본 말에 대해선 그냥 넘어가지 말고 다 말해 줘."

무헌은 확답을 하는 대신에 단을 한 번 쳐다만 봤다. 알겠다거나 아니라거나, 둘 중에 아무 말이나 들어야 할 것 같은데 배가 너무 고팠다. 일단은 속을 좀 채워야겠다면서 단은 묽은 죽을 떠서 입에 넣었다. 오래 씹으면 고소한 맛이 나긴 했지만, 황제가 먹는 것 하고는 비교가 될 수밖에 없었다. 무헌 앞으로 자리한 다양한 가짓수의 음식을 보고 입맛을 다신 단은 넌지시 말을 꺼냈다.

"나도 그거 먹고 싶다."

"넌 아직 안 된다."

"나 괜찮아. 이런 허연 죽만 먹지 않아도 돼."

그러니 거기에 있는 두툼한 생선살 맛 좀 보자며 눈을 빛내 보지만 무헌은 눈길조차 주지 않았다. 느리게 턱을 움직이면서 식사를 하는 모습이 암만 봐도 불안했다. 자신이 무슨 말을 해도 그냥 저런 식으로 넘어갈 속셈인 건 아니겠지. 알고 싶은 게 태산이었던 단은 굳은 눈빛으로 무헌을 보고는 다시금 죽을 떠먹었다.

……오래 씹다 보면 고소하다. 맛이 좋다. 나쁘지 않다.

눈을 감고는 인상을 잔뜩 쓴 단은 죽에서 나는 맛을 느껴 보려 했지만 쉽지가 않았다.

이게 대체 무슨 맛인가 싶었던 단은 붉게 양념한 가지나물이 눈앞에 어른거렸다.

*　　　*　　　*

거울 앞에 앉은 화소영은 제 모습을 유심히 살폈다. 나쁘지 않았지만 화려한 것 같았기에 비녀 하나를 빼냈고 그걸 본 나운이 손을 내밀었다.

거울 속에 비치는 나운에게 한 번 눈길을 준 화소영은 그 손

위에 비녀를 건넸다.

"늦은 시간에 찾아뵙는 것이니 요란하게 치장할 필요는 없다."

나운은 대답을 하는 대신에 고개를 깊이 숙였다.

낮에 지나치게 나선 걸 두고 화부인에게 한 소리 들은 나운은 그때부터 계속 조심하고 있었다. 그렇다고 이렇게까지 눈치를 보면서 안절부절못할 건 없는데 말이다. 평소보다 더 깊이 숙여진 나운의 정수리를 보던 화부인은 옅은 미소를 짓고는 몸을 일으켰다.

앞장서서 낙운궁을 나선 그녀는 바깥에 대기하고 있던 가마에 올랐다. 화부인이 자리를 잡고 앉자 가마가 천천히 올라가고 느리게 움직이기 시작했다.

화부인은 손을 들어 제 목에서 머리를 쓸어 올렸다. 살짝 팔을 들자 은은한 향이 난다. 후각이 좋은 사람이라면 금방 알아차릴 수 있으려만 그렇지 않은 사람은 어떨까. 분명 알아도 모르는 척할 가능성이 높았다. 머리에서 손을 뗀 화소영은 오른쪽 허벅지 위에 다소곳이 손을 올렸다.

낙운궁에서 매화당의 사이에는 넓은 화원이 있기도 해서 꽤 거리가 되었다. 하지만 오랜 이동에도 힘든 내색 한 번 하지 않은 화부인은 매화당이 대문 앞에 도착하자 나운의 부축을 받고 가마에서 내렸다.

다른 사람도 아닌 화소영이 찾아온 것이었기에 대문 밖으로 나와 그녀를 가장 먼저 맞이한 건 이태감이었다.

"부인, 이 늦은 시간에 어쩐 일이십니까."

강부인은 몸이 안 좋은 내내 많은 이들의 방문과 선물을 받아 왔다. 하지만 화부인만큼은 아무것도 하지 않았는데, 오늘 갑자기 직접 나타난 거였다. 강부인의 몸이 편치가 않으니 쓸데없는 방문으로 그녀를 성가시게 굴지 말라고 황제가 엄포를 놓은 게 있어 다들 눈치만 보는 와중에 화부인만이 다른 선택을 한 셈이었다.

이태감은 편안해 보이는 화부인의 미소를 보곤 고개를 조아렸다.

"폐하께 도착하신 걸 알리겠습니다."

"그래 주면 정말 고맙겠네."

별말을 다 한다며 이태감은 웃으며 고개를 저었고, 뒷걸음질을 쳐서 안으로 들어갔다. 그가 들어가고 난 후, 화부인은 곁에 서 있는 나운을 봤다.

지금껏 몇 번이고 강부인에게 가 보라 했던 나운이었다. 그때에는 들은 척도 하지 않았던 화부인이 이 늦은 시간에 매화당 앞에 서 있었다. 그걸 두고 의문이 들기도 하고, 동시에 하고 싶은 말도 많을 거다. 그럼에도 잠자코 서 있기만 한 모습에 화부인은 재차 앞으로 시선을 옮겼다.

강부인이 의식이 없는 동안에는 암만 찾아와도 별 소용이 없었다. 강부인의 의식이 돌아오고 황제와 함께 있어야만 의미가 있었다. 황제는 자신에 대해서 관심이 없겠지만, 강부인이 자신에게 나쁘지 않은 감정을 품고 있음을 알 수 있었다. 그것이 화씨의 힘을 빌려서 입궁할 수 있었던 것에 대한 고마움인지 무언지 알 수는 없지만, 하나 도움 준 것이 있으니 그 덕을 원하는 건 자연스러운 이치였다. 원래 사람 사이엔 주고받는 것이 확실해야만 하는 법이었다.

얼마간의 기다림 후에 이태감이 밖으로 나왔다. 고개를 들고선 화부인을 본 그는 미소 지었다. 하지만 그 입을 타고 흘러나오는 말은 미소 띤 얼굴하고는 맞지 않는 것이었다.

"부인, 오늘은 이만 돌아가셔야겠습니다."

이태감의 말에 화소영은 의아함을 숨기지 않았다.

"폐하께 내 방문을 알렸나."

"그렇습니다. 그런데 폐하께서 오늘은 시간이 늦었으니 다음에 찾아오시라 하셨습니다."

황제가 그런 반응을 보일 걸 예상하고 있었지만, 하나 더 확인해야 할 게 있었다.

"그러면 강부인께서는 뭐라 하시던가."

"강부인께서는 지금 주무시고 계십니다."

"주무신다고?"

"그렇습니다."

며칠 동안 의식을 잃은 채로 있던 강부인이 깨어났다는 말을 전해들었다. 그 말을 듣자마자 바로 준비해서 나온 참이었다.

그런데 그사이에 잠들었다니.

지금 이태감이 하는 말을 온전히 믿을 수 없었다. 다시 안으로 들어가 확인을 해 달라 하고 싶었으나, 그랬다간 자신이 알고선 찾아온 게 들통 날 셈이었다. 설령 지금 강부인이 깨어 있는 상태라 할지라도 얼굴이라도 보고 가겠다 억지를 부릴 수는 없었다. 황제가 곁에 있기에 더더욱 그랬다. 애초에 이곳에 찾아온 목적이 황제 때문이었지만, 그것이 걸림돌이 되는 상황이었다.

이런 상황에 대해서도 생각을 해 두었어야 했는데.

화소영은 자신의 생각이 짧았고 동시에 서둘렀음을 깨달았다. 하루 더 기다릴 것을.

황제의 뜻을 전했음에도 서 있기만 하는 화부인을 두고 이태감은 눈치가 보였다. 왜 움직이지 않고 저렇게 있는 것인가 싶어 이상하게 보이는 거겠지. 몇 번이고 조심스럽게 흘깃거리는 이유를 모르지 않았던 화부인은 고개를 끄덕였다.

"그렇다면 강부인의 기분이 좋을 때 나에게 알려 주게. 그때 따로 시간을 내 찾아뵙도록 하지."

"매화당의 시비들에게 일러두겠습니다."

강부인을 곁에서 모시는 건 그곳의 시비들로 자신이 아니니 일단 말은 전해두겠다는 거였다. 하는 말에 크게 실수는 없었지만, 이태감의 답을 들은 화부인은 옅은 미소를 짓고는 몸을 돌렸다. 가마에 오르자 나운이 조심스럽게 발을 내린다. 천천히 가마가 올라가자 내내 곧은 자세를 유지하던 화부인은 등을 기대었다.

"……."

좋은 기분이 들지 않았다. 왜인지 모르게, 마음 한구석으로 언짢음이 퍼지는 걸 느끼며 그녀는 긴 숨을 내쉬었다.

*　　*　　*

창가 앞에 선 단은 그곳에 쳐진 발을 슬쩍 들어보지만 바깥은 보이질 않았다. 바깥 대문까지 가려면 가운데의 작은 문도 지나쳐야 했다. 높은 벽이 있으니 이런다 해서 떠나는 화부인의 뒷모습을 확인할 수 있을 리 없었다.

그녀가 방문한다고 했을 때, 망설이지 말 걸 그랬나. 하지만 당장은 황제와 나누고픈 대화가 있었다. 기껏 밥을 먹는답시고 시간을 보냈는데, 화부인까지 오면 어영부영 시간만 더 가게 되는 셈이었다. 이러다 너무 늦었다면서 황제가 돌아가거나 자자면서 불이라도 꺼 버리면 아무것도 할 수 없게 되는 셈이었다. 화부인이 방문했다는 말에 단이 잠자코 있자, 무헌이 대신해서 답을 해 주었다. 화부인을 돌려보내라고 말이다.

만약 낮이었거나 이 몸 상태가 나쁘지 않았다면 잠시 얼굴을 볼 순 있었을 거다. 하지만 그렇지가 않았기에 단은 잠자코 있었다. 다음에 볼 수 있으면 미안했다고 사과나 한마디 하면 되겠지. 몸을 돌린 단은 똑바로 앉아선 오른쪽을 돌아봤다. 그곳에는 무헌이 찻잔을 기울이고 있었다.

기다리면 궁금해하는 것들에 대해서 알려 주는 걸까. 하지만 자신이 알고 싶어 한다고 해서 그 모든 것들을 솔직하게 알려 주거나 말하려 할까.

구량에 대해서 생각하자 그 얼굴이 일그러진 채로 떠올랐다. 시간이 흐르면서 그 인상이 흐릿해지는 게 있었는데 지금은 전보다 훨씬 더 심했다. 그건 아마도 자신이 그에 대해서 떠올리거나 생각하고 싶지 않아서 이런 걸지도 모르지. 단은 세운 무릎을 끌어안고는 그곳에 턱을 올렸다.

"⋯⋯."

그때 바깥에서 이태감의 목소리가 들렸다.

"폐하, 화부인께서 돌아가셨습니다."

이태감이 전하는 말에 그녀가 완전히 돌아갔음을 알게 되었다. 미안함인지 안도감일지 알 수 없는 감정을 느끼며 단은 어깨에 들어간 힘을 빼냈다. 그렇게, 조용한 시간이 지나갔다.

무헌이 반응하지 않으니 단이 먼저 그에게 말을 걸 수도 없었다. 불편할 수도 있을 침묵이 편안함으로 다가온다. 지친 몸이 휴식을 얻을 수 있는 유일한 때일지도 모른다. 그럴 때 아무것도 하지 않아서일까. 잠이 쏟아지는 걸 느끼며 단은 몇 번 눈을 깜박였다.

몸이 안 좋은 동안 계속해서 누워 있었는데 왜 또 눕고 싶어지는 건지 알 수가 없었다. 다시 누워 빈둥거리면 무헌이 뭐라 할 게 분명했다. 게으르다. 잠보다. 그러다 보면 얼굴이 두 배만큼 커질 거다 등등.

무헌이 자신에게 할 수 있을 만한 말들을 떠올리는 동안 단의 입가로 옅은 미소가 번진다. 저도 모르게 웃고 난 후, 단은 오른 쪽으로 고개를 돌렸다. 잠이 가득했던 단은, 저를 보는 무헌을 깨닫곤 바로 그걸 지워 버렸다.

"⋯⋯."

대체 언제부터 자신을 보고 있었던 걸까.

혼자 헤실거리고 웃는 걸 보고선 이상하다 생각했을 텐데.

단은 웃어도 웃지 않은 척, 탁자에 한쪽 팔을 올렸다가 향로를 건드렸다. 향로가 뒤로 밀려나자 당황해선 급히 그리로 두 손을 뻗었고 재차 무헌을 봤다. 어느새 무헌은 탁자에 팔꿈치를 올리고 턱을 괸 채로 단을 내려다보고 있었다.

무슨 생각을 하는지, 도통 알 수가 없는 눈빛과 표정인 그였다. 보통은 그가 저런 식으로 굴면 어려워하면서 먼저 시선을 피하겠지. 하지만 자신마저 그리할 필요가 있을까.

단은 아예 무헌 쪽으로 몸을 돌려 앉았다. 그를 똑바로 보고선 똑같이 턱을 괴었다. 그렇게 얼마나 시간이 흘렀을까.

황제가 입을 열었다.

"내가 처음 이곳에 왔을 땐, 모든 게 엉망이었지."

직후, 무헌이 말했다.

"난 정말로 이곳에 오고 싶지가 않았다."

"……."

지금껏 그 누구에게도 해 본 적 없던 말을 시작하려는 게 아닐까.

저 모든 말이 실상 자신 외에 그 누구에게도 해 본 적 없었을 거라는 데에 생각이 미친 단은 보다 진지해진 눈빛으로 무헌을 응시했다. 미간 사이에 주름까지 만들고선 집중해 저를 바라보는 단을 두고, 무헌은 입꼬리를 올렸다. 하지만 그건 금방 지워졌고 그는 기억을 더듬어 올라갔다.

이내 자신이 왜 이런 말을 단에게 하는 것인가에 대한 의문이 들었다. 하지만 지금부터 하게 되는 말과 단이 아예 상관없는 것도 아니었다.

무헌은 단의 동그랗고 큰 눈을 응시하며 다시금 입을 열었다.

*　　*　　*

남가주를 떠나 소율태국의 황궁으로 들어오게 되었다.

철이 들기 이전부터 무헌은 저를 어려워하는 어른들 사이에서 커왔다. 자신이 누군지에 대해서 일언반구도 하지 않은 그들은 무헌이 부모에 대해 물으려 할 때마다 '그건 해선 안 될 말.'이라는 식으로 고개를 조아리거나 필사적으로 화제를 돌리려 했다.

그리하면 어린 무헌이 그들의 뜻대로 다른 쪽으로 관심을 돌릴 거라 믿었겠지만, 아니었다. 그들이 숨기고 감추려 들 때마다 무헌은 점점 더 자신에 대해서, 제 등 뒤에 숨겨져 있는 알 수 없는 그분에 대한 궁금증이 커져만 갔다.

무헌이 열 살이 되었을 때 그는 작은 상자를 하나 선물로 받았다. 상자 속에는 금으로 된 붓이 들어가 있었다. 무헌이 받은 선물을 보고 크게 기꺼워했던 건 주변에 있던 어른들뿐이었다. 이런 귀한 것을— 라면서 감격에 겨워했지만, 무헌은 쓸데없다고 생각했다.

붓은 단단하고 가벼운 게 좋았다. 대보다 끝에 달려 있는 털이 더 중요한 법이었다. 이런 걸로는 한 글자를 쓰기만 해도 피로해질 거라며 인상을 쓰자 그걸 오해한 자들이 마음에 들지 않는 거냐고 되물었다.

자신에게 온 선물이니 그걸 두고 만족해하거나 어떻게 쓰는지는 전적으로 그의 뜻에 달린 일이었다. 마음에 들어 하지 않아 방치한다고 해서 다른 사람이 뭐라 할 문제는 아니었다. 그럼에도 전전긍긍해하는 그들이 언짢았던 무헌은 들고 있던 걸 획, 하고 던지듯 내려놨다. 놀란 이들이 다시금 붓을 들어 무헌에게 주었지만, 당장 고개를 돌려 버렸다. 그런 건 싫고 마음에 들지 않는다. 그런 내색을 숨기지 않고 그대로 방에 처박혔다. 그날 밤 무헌은 자신에게 선물을 보낸 사람의 정체를 알게 되었다.

토라진 무헌이 일찍 잠자리에 들었다고 오해한 자들이 머리를 맞대고 나누던 대화를 엿듣게 된 것이다.

'이번 일을 폐하께 고스란히 전할 순 없는 노릇이 아니던 가.'

'하지만 무헌 님께서 마음에 들어 하지 않으시니 솔직하게 알려 드려서 다른 선물을 준비하게끔 하시는 것이─.'

'어허, 그러다가 무헌 님이 이곳에 계시는 걸 다른 자들이 알게 되면 어쩌려고. 그럴 순 없지. 폐하껜 무헌 님이 선물을 무척 마음에 들어 하셨고 기뻐하셨다고만 전하면 되네.'

'그래도 될까요. 저는 좀 걱정이 됩니다.'

'평소 하는 일도 많으신 분인데 이런 일까지 신경 쓰게 해 드릴 순 없잖은가. 쓸데없는 소리 하지 말게.'

대화는 오랫동안 이어졌다.

그들이 하는 말에서 무헌은 그분의 정체를 알 수 있었다.

소율태국의 황제. 황후와 일황자 몰래 두 번째 황자를 바깥으로 내보내 은밀하게 보살피는 중이라 했다. 황제가 별 의도 없이 그런 번거로운 일을 꾸미지는 않았을 터. 분명 깊은 뜻이 있기 때문이라면서 무헌을 잘 보살피는 게 자신들의 장래를 밝게 만드는 일이라 은밀하게 떠들어 대는 말을 들으며 무헌은 조용히 일어났다.

열 살 무렵부터 제 아버지가 어떤 사람인지를 알게 되면서 알게 모르게 많이 생각하고 상상했었다. 한때에는 그가 정말로 자신을 아끼기 때문에 이런 번거로운 방법을 쓰는 거라 생각했던 때도 있었다. 하지만 암만 좋게 생각하고 포장하더라도 채워지지 않는 게 있었다.

무헌은 얼굴을 단 한 번도 보지 못했던 존재를 그리며 홀로 정을 차곡차곡 쌓아가는 사람이 아니었다. 결국 더는 아버지에 대한 기대를 하지 않게 되었다. 지금이야 자신을 손 안에 쥐고 있으려 하지만 언젠가 때가 되면 놓아줄 거라 생각했다. 그때부터 자신은 자유의 몸이 되겠지. 이후의 삶은 자신이 원하는 대로 누리게 될 수 있을 거라 믿었다.

하지만 그건 무헌 혼자만의 착각이었다.

무헌은 자유의 몸이 되지 못했고, 결국엔 거대한 감옥에 갇혔다.

오랜 세월을 살아온 그들에게 있어 무헌은 어린애처럼 보였을 거다. 굳은 얼굴로 잠자코 서 있는 걸 보곤 고집이라 여겼을 거다.

그들이 자신에 대해서 뭐라고 떠들어 대는지에 크게 관심이 없었다. 뻣뻣하게 구는 자신을 두고 뭐라 말한다 한들, 그건 중요한 게 아니었다. 여기서 중요한 건 딱 한 사람뿐이었다.

무헌은 침상 위에 누워 자신을 바라보던 황제가 허락해야지만 이곳을 나가든지 말든지 할 수 있다는 사실을 알게 되었다. 그전까지는 모든 게 전과 마찬가지였다. 저들이 원하는 대로 행동하고 살아갈 수밖에 없는 거였다.

'표정이 좋지 않구나.'

앞에서 들리는 말에 무헌은 고개를 들었다. 그곳에는 황제가 앉아 있었다.

몇 달간 병상에 누워 있던 그는 최근 다시금 정무를 보고 있었다. 다들 황제의 건강이 호전된 걸 기뻐했으나, 무헌은 지금 황제가 얼마나 무리하는지에 대해서 잘 알고 있었다. 정말은 저런 식으로 앉아 있는 것도 힘든 상태일 거다. 그럼에도 버티고 앉아서 다른 자들로 하여금 '다 괜찮으신 상태.'라는 설 보이는 이유는 자신 때문이었다.

무헌이 입궁하고 나서 반년 동안 참으로 많은 일이 있었다.

황후는 반정을 도모했지만 결국 실패했다. 일황자는 유배를 떠났다가 중간에 사고를 당해 유명을 달리했다. 일황자의 죽음을 알게 된, 이제는 폐비가 되어 버린 황후가 재차 미쳐 날뛰었지만 황제가 버티고 있으니 성공할 수는 없었다.

앞서 황후의 반정에 가담했던 자들과 이번에 새롭게 가담한 이들. 그들 모두를 참형에 처하는 데만 두어 달이 걸렸다. 그럼에도 황제는 더 남아 있는 자들이 없는지를 몇 번이고 확인했다. 남들 보기에 지나치다 싶을 정도로 해대는 것에는 분명한 이유가 있었다.

자신 때문이었다.

무헌은 황궁으로 온 이후, 전하고는 다르면서도 동시에 같은 일을 하고 있었다.

때가 되면 일어나 교육을 받고 그에 대한 토론을 하고, 새롭게 던져지는 질문에 대한 답을 했다. 그리고 저녁 시간에는 황제 앞으로 불려가서 낮 동안 했던 일과 배운 걸 설명해야만 했다. 계속해서 반복되는 지루한 일과를 하는 동안 무헌은 하나둘, 자신에게 옮겨지는 것들에 대해 인지하게 되었다.

지금 황제가 원하는 게 무엇인지, 제 주변을 둘러싸고 있는 자들이 무엇을 향해 가는지.

모르고 넘기고 싶어도 그리할 수 없을 만큼 명확했다. 그걸 두고 무헌은 불쾌하다는 생각을 지울 수 없었다.

왜들 이렇게 자신의 의사를 묻지 않고 저들 좋을 대로 해대는 것일까.

이리하는 것이 자신이 원하는 것이라 믿는 걸까.

'불만이 가득한 얼굴이야.'

다른 사람들은 알면서도 그냥 넘어갔지만, 그는 아니었다.

노골적이다 싶을 정도로 표정으로 모든 걸 드러내는데 모른다면 그게 더 이상할 수밖에 없겠지.

무헌은 표정 없는 얼굴로 눈을 내리뜨고만 있었다. 그걸 바라보던 황제는 옅은 미소를 머금고는 앞으로 손을 뻗었다. 그 내밀어진 손을 바라보던 무헌은 느린 걸음을 옮겨 앞까지 다가갔다. 계단을 앞에 두고 더 가까이 오지 않으려 드는 무헌을 두고 황제는 재차 손짓했다. 그렇게 멀리 떨어져 있지 말고 조금 더 가까이 와라. 그 뜻이 읽혔지만, 그럼에도 무헌은 가만히 서 있었다.

황제는 결국 손을 내렸다. 제 무릎 위에 한 손을 올린 채로 무헌을 내려다보던 황제는 입을 열었다.

'네 고집은 네 어미와 닮았다. 그녀에게 내 곁에 있어 달라 청했지만, 들어주지 않았지. 기어이 내 곁을 떠나더구나.'

그리고 그녀는 무헌을 낳고 얼마 안 있어 숨을 거두었다.

만약 어머니와 함께한 시간이 길었거나 공유한 추억이 많았다면 그녀를 떠올렸을 때 슬픔이 컸을지도 몰랐다. 하지만 그렇지 않았다. 무헌이 어머니의 존재에 대해 알게 되고, 그녀의 얼굴을 직접적으로 본 것도 궁에 들어와서였다.

단아하고 아름다운 여성이었다. 흔들림 없이 정면을 응시하는 그 검은 눈망울이 누군가를 떠올렸지만, 이내 머릿속에서 지워 버렸다.

'지금 생각해 보면 네 어머니도 나름의 생각이 있었던 거야. 궁 안에서는 널 지켜 줄 수 없을 거라 생각했던 거지.

그땐 네 어머니의 가문이 미력했고, 폐비가 득세했을 때니까.'

하지만 지금은 판이 바뀌었다.

황제의 전폭적인 지원을 받아 무헌의 외척은 힘을 얻었고, 폐비의 가문은 몰락했다. 물론 오랫동안 황후를 배출한 집안답게 이래저래 핏줄이 연결되어 있었지만, 연좌를 피하기 위해 다들 몸을 사리는 실정이었다. 폐비는 철저하게 외면 받았고 버려졌다. 그건 그녀가 저지른 일 때문이기도 했다. 반정을 도모한 것만도 엄청난 일인데, 그걸 위해 그녀가 저지른 일은 결코 해선 안 되는 일이었다.

주술을 써서 황제를 시해하고 무헌을 저주하려고 했다 들었다. 만약 황제가 발 빠르게 막지 않았더라면 황후의 시도는 성공했을 테고, 무헌이 이런 식으로 궁 안으로 들어오지 못했을지도 몰랐다. 하지만 그 모든 말은 결국 다른 사람들이 떠드는 것일 뿐, 정말은 벌어지지 않은 가상의 일이었다. 때문에 무헌은 황후가 한 일 때문에 그녀를 원망하거나 하지 않았다. 덧붙여 얼굴도 모르는 일황자도 말이다.

자신과 얽힌 일이 하나도 없으니 별 감정이 없는 사람들이었지만, 황제는 아니었다.

그들에 대해 말할 때의 황제의 얼굴은 무섭도록 굳어져선 괘씸한 것들이다— 라고 떠들어 대곤 했다. 마치 그렇게 말하면 무헌이 똑같이 그들을 미워하고 증오하게 될 줄 알았나 보다.

　'오늘은 전에 나누었던 걸 마저 이야기하도록 하자.'

　그 순간 무헌의 눈동자가 반짝였다.
　지금껏 배우고 익힌 것들에 대해선 의무적으로 습득하는 게
고작이었지만, 지금 건 아니었다.
　이제부터 주고받을 것들은 무헌도 어느 정도 흥미를 가지는
것들이었기에 그는 바로 고개를 들었다.

　'그래. 넌 이 이야기를 좋아하지. 기이하게도 다른 황제
　들은 외면하고 성가셔 하는 걸 가장 듣기 좋아하는구나.'

　그리 말하고 난 후 황제는 옅은 미소를 지었다.
　무헌이 다른 황제들과 다른 것에 흥미를 보인다는 게 그를 보
다 특별하게 여겨지게 하는 모양이었다. 뿌듯해하는 황제였지
만, 그가 그런 식으로 쳐다봐도 무헌은 별 감흥이 들지 않았다.
그저 그가 어서 그것에 대한 말을 해 주길 바랄 뿐이었다. 그걸
알기에 황제도 이야기를 시작했다.
　아주 오래전의 일이기도 하면서, 동시에 아직도 소율태국의
황실에 암암리에 영향을 끼치는 일에 대해서 말이다.
　그 이야기는 황제의 허물을 받아들인 장군이 늑대가 되었다

는 문장에서부터 시작되었다. 그건 진실이 아니었다. 숨겨진 내용은 그보다 훨씬 더 추악한 것이었다. 하늘의 뜻이나 그런 것보다 결국에는 인간이 내리는 하나의 결정이 훨씬 더 많은 것들을 결정짓고는 했다.

이번에 황후도 그런 걸 꾀하려 했던 것이다. 황실에 뿌리 깊게 박혀 있는 전설이나 다름없는 일을 들먹이면서 일황자가 황제가 되지 않는다면, 황실에 큰 화가 미칠 거라고 주장했다. 장자만이 황제가 될 수 있다며, 그렇게 하지 않을 경우 하늘이 재차 노할 거라면서 말이다.

그리고 그 사실에 대해서 언급할 때마다 황제는 더할 수 없을 만큼의 불쾌함을 드러내곤 했다.

*'황제란 그만한 자질을 갖춘 자만이 오를 수 있는 자리
다. 아무나 될 순 없는 자리지.'*

맞는 말이긴 했지만, 황제가 되기 위해서 가장 먼저 충족되어야 하는 게 있었다.

그건 바로 선위를 할 자의 뜻이었다. 지금의 황제가 원하지 않았기에 일황자는 황위를 잇지 못했고, 황후는 폐비가 되었다. 더 깊이 파고들면 황제의 뜻이 이미 그러했기에 황후도 반정을 도모하려 했던 것이었다. 황후가 그런 결정을 내릴 수밖에 없었던 속사정에 대해서는 생각하지 않고 황제는 연거푸 괘씸한 것, 이

라는 말만 반복했다.

　일그러진 황제의 얼굴은 주름이 가득했고, 그 속에 깊게 박혀 있는 아집이 느껴졌다. 동시에 폐비에 대한 적의는 상당히 깊어 보였다. 어쩌면 폐비에 대한 미움은 그녀가 반정을 도모하려 했던 게 아니라, 그 외에 다른 이유가 있기 때문이 아닌가 하는 생각이 들 정도였다.

　늑대에 대한 이야기를 시작하면서도 결국에는 폐비를 비난하고 그녀가 저지르려 했던 일을 떠벌리는 것으로 이어졌다. 다른 사람들은 황제가 폐비가 저지르려 했던 일에 대해서 더는 생각하지 않는다 말하지만, 정말은 아니었다.

　모두가 말하는 위대한 황제는 무헌 앞에선 꼬장꼬장한 늙은 이가 되었다. 했던 말을 반복하고, 끊임없이 불만을 토로하고, 본인의 권위에 도전하려 했던 것들을 비난했다. 단순히 나이가 들었기에 이러는 건 아닐 거다. 어쩌면 젊었을 때에도 이랬을지 모르지. 무헌은 제 어머니가 단순히 황후를 피해서 궁을 떠난 게 아닐지도 모른다는 생각이 들었다.

　황제가 자신에게 황위를 물려주고 싶어 한다는 점은 분명히 알 수 있었다. 그렇기에 궁에 들어온 이후 계속해서 제왕학만 익히는 게 아니겠는가. 지금까지는 딱히 어려움 없이 모든 걸 익히긴 하지만, 과연 다른 사람들도 이렇게까지 할 수 있을지 의문이었다.

　궁에 들어와 부친인 황제 앞에 있음에도, 무헌의 가슴에는 여전히 의문이 담겨 있었다.

그 의문은 계속해서 이어져 지금까지 오고 있었다.

*   *   *

달칵, 하는 소리와 함께 등불이 책상 사이에 놓인다.

사방이 막혀 있고 은밀한 장소이니만큼 바람조차 들어오지 않는다는 걸 모르지 않지만, 그럼에도 신경 쓰였던 단은 작은 불씨를 빤히 바라봤다. 이러다 갑자기 센 바람이 불어서 촛불이 크게 흔들리거나 하진 않을까. 불이라도 나면 큰일인데. 책장 사이로 가득 꽂혀 있는 책 때문에 유난히 더 신경 쓰인다면서 인상을 쓴 채로 좌우를 살폈다.

무척이나 조심스러워하는 단이지만, 무헌은 아니었다. 그는 이미 다른 쪽으로 들어가고 있었다.

애초에 이 장소에 대해선 이쪽보다 무헌 그가 훨씬 더 많은 걸 알고 있었다. 평소 이곳에 등불을 두어도 별문제가 없었기에 저리도 대범하게 굴 수 있는 거겠거니 싶었던 단은 뒤를 돌아봤다. 무헌이 반대편 책장 너머로 자리를 옮겨가는 게 보였다.

등불을 둔 건 이쪽이니 너무 안쪽으로 들어가면 어두워서 뵈는 게 없을지도 몰랐다. 괜찮은 걸까 싶었던 단은 이내 자신이 누굴 걱정하는 건가 싶어져선 무헌을 따라 움직였다.

지금 무헌과 단은 지하 서고에 들어와 있었다. 처음 무헌이 저를 따라오라 했을 때는 늦은 시간에 어딜 가려는 건가 싶었는데 막상 넓은 서고를 보곤 아무 말도 할 수가 없어졌다.

일정한 간격으로 자리한 책장에는 일정한 높이로 책이 쌓여 있었고, 금줄로 묶여 있는 것들도 더러 있었다. 단순히 책을 보관하기 위한 장소는 아니었다. 그렇기에 단은 더더욱 조심스러울 수밖에 없었지만, 무헌은 그 사이를 편하게 움직였다. 지금껏 이곳에 온 게 여러 번이었던 것처럼 익숙한 장소를 돌듯이 움직이는 무헌의 뒤만 졸졸 따르던 단은 제 눈높이에 놓인 책을 보곤 그리로 손을 뻗었다.

책 표지를 쓰다듬는데 길김이 딜렸다. 단순한 종이가 아닌 건가 싶어 별생각 없이 표지를 잡는데 그게 힘없이 뚝, 떨어진다.

"……."

내내 손도 안 대다가 어쩌다 건드린 건데 그게 말썽이다.

제 눈앞에서 벌어진 일을 두고 단은 적잖이 당황했다. 식은땀을 뻘뻘 흘리다가 앞으로 고개를 돌렸다. 서고에 들어온 이후로 뭔가를 찾듯이 움직이면서 단을 신경도 쓰지 않았던 무헌이 지금은 뒤를 돌아보고 있었다. 정확히 저를 응시하는 눈동자를 본 단은 마른침을 삼켰다.

왜 꼭 이럴 때 그걸 들킨 걸까. 이건 마치 실수하기를 기다리고 있었던 것 같잖아.

안색을 굳힌 단은 아직 제 손에 들린, 뜯어진 책 표지를 어찌할까 싶어 망설이고 또 망설였다.

안 들켰으면 모를까. 뜯어진 책 표지를 들고 있는 마당에 모르는 척 잡아떼는 게 죄 무슨 소용인가 싶었다. 인정할 건 인정해야 하는 법이었다. 어쩔 수 없는 건가 싶었던 단은 입을 열었다.

"이건 내가—."

가지고 가서 붙여오거나, 그게 안 되면 변상하겠다고 할 참이었다.

앞으로 다가온 무헌이 단의 손에서 표지를 가지고 가더니 그대로 책 위에 덮어 버렸다.

"더 안으로 가야 한다."

그리곤 표지를 뜯어먹은 것에 대해선 더 뭐라 하지 않고 앞장서 걸어간다.

표지를 뜯어먹었는데도 괜찮은 걸까. 뭐라고 하지 않는 건가. 정말로??

이윽고 단은 무헌이 황제라는 걸 상기했다. 그 넓은 소율태국의 땅덩이를 다스리는 황제님인데 저런 책 표지 뜯어진 게 뭐 대수겠는가. 설령 누군가 뭐라 한다 해도 황제가 눈감아 준 것이나 다름없으니 그걸로 된 거였다.

무헌이 황제라서 좋았던 점이 없었던 것 같은데 지금은 아니었다. 그가 황제라서 정말 좋다면서 단은 싱글벙글 웃는 얼굴로 뒤를 종종 따랐다. 책장 사이를 걷던 무헌은 그런 단을 돌아보고 난 후, 앞으로 고개를 돌렸다.

그렇게 얼마나 갔을까. 서고는 점점 더 어두워졌다. 이럴 것 같으면 자신에게 등불을 들고 쫓아오라 했으면 좋았잖은가. 등불은 저 멀찍이 뒤에 있는데 이렇게 깊이까지 들어오면 어쩌나 싶었던 단은 몇 번이고 뒤를 흘깃거리고 봤다. 그때 앞에서 불 냄새가 났고 단은 앞으로 고개를 돌렸다.

무헌이 벽의 뭔가를 건드리자 거기서부터 불길이 올라왔다.

"─그건 뭐야?"

벽의 어디를 건드렸기에 불이 나타난 걸까.

엄청 신기한 상황이었기에 단은 눈을 빛내며 불 앞에 섰다. 안으로 파내이긴 곳에 고정된 등불이 있었고, 기기서부터 불씨기 타오르고 있었다. 근처에 불을 붙일 만한 것도 없는데 대체 무슨 짓을 한 건가 싶었던 단은 무헌을 쳐다봤다. 뭘 어찌한 건지 알려 달라 할 참이었는데, 무헌은 기다려 주지 않고 먼저 걸음을 옮겼다.

이번에는 책장 사이가 아니라 벽을 옆에 두고 안으로 향하고 있었다. 기분 탓인지 모르겠지만, 무헌을 놓치면 안 될 것만 같았던 단은 종종걸음으로 뒤를 따랐다.

처음 한 번 불을 붙이고, 두 번째로 또 벽에 불씨를 붙인 무헌은 어느 한곳에서 멈추어 섰다.

거의 서고의 끝자락에 다다라서야 멈추는 무헌을 두고, 단은 짧은 숨을 내쉬었다.

"힘든 거냐."

며칠 동안 누워 있었다 해도 아팠기 때문이었다. 그러다가 갑자기 일어나 움직이게 된 것이니 살짝 피곤한 건 있었다. 하지만 무헌의 뒤를 못 따르거나 앉아서 쉬어야 할 정도는 아니었기에 단은 고개를 저었다.

"아니. 괜찮아."

"다 왔다. 여기다."

그리고선 무헌은 책장 안으로 들어갔다. 이번에도 역시나 무헌을 따라가던 단은 이번 책장은 다른 곳과 달리 텅텅 비어져 있음을 확인했다.

왜 아무것도 없는 건지 이상했다. 이게 맞는 건가 싶으면서도 잠자코 있으려니 무헌이 한곳에 멈추어 섰다. 그곳도 역시나 아무것도 없었다.

"……."

계속 일정하게 책이 놓여 있는 것만 봐서일까.

아무것도 없으니 이건 이것대로 이상했다. 이게 맞는 건지, 어떤지 도통 알 수 없었던 단은 무헌을 올려다봤다. 아무것도 없는 책장을 내려다보는 무헌의 옆얼굴은 굳어 있었다. 그의 표정이 굳어져선 심각한 만큼, 단도 덩달아 그 영향을 받았다. 가볍게 말을 건넬 수도, 무헌을 툭 치면서 '아무것도 없잖아.'라고 할 수도 없었다. 그러는 동안에도 목 뒤가 뻐근해진다. 눈꺼풀이 감기는 걸 느끼면서 단은 옆으로 슬그머니 물러났다.

가장 마지막 책장이었기에 그 뒤로는 벽밖에 없었다. 벽에 등을 기대고 서 있던 단은 몸을 그대로 쪼그리고 앉았다. 무릎을 끌어안고 그 위에 턱을 올리고는 눈을 내리떴다.

어쩌자고 무헌은 자신을 이리로 데려온 걸까.

매화당에 있었을 때, 무헌과 단은 꽤 오랫동안 서로를 바라봤다. 별말 없이 이런 식으로 서로를 쳐다보기만 하는 것도 나쁘진 않구나─ 하는 생각이 들었다. 마냥 무헌만 보다가 자연스럽게 잠이 들 수도 있겠거니 싶었다. 하지만 바로 그때 무헌이 잠시 저와 함께 갈 곳이 있다고 했고, 단은 잠이 달아났다.

가야 할 곳이라는 게 어디인 걸까. 알 수 없어 물끄러미 보고만 있으려니 무헌이 옷을 챙겨 입으라 했다. 조용히 나갔다가 금방 들어올 테니 가볍게 차려 입으라는 말에 단은 고개를 끄덕였다. 그의 분위기가 평소와 달랐기에 어딜 가느냐는 기본적인 것조차 물을 수도 없었다. 따라가 보면 알려 주겠거니 싶었던 거다.

그리고 지금 단은 무헌의 뒷모습을 보고 있었다.

세운 무릎을 끌어안은 채로 하염없이 무헌의 뒷모습을 보던 단은 한 손을 앞으로 뻗었다. 조심스럽게 손을 내밀어 무헌을 붙잡기라도 하려는 듯 움켜쥐었고 동시에 그가 뒤를 돌아봤다.

"……."

아까 책 표지를 뜯어먹을 때부터 왜 자꾸만 보이고 싶지 않은 모습을 들키게 되는지 모르겠다.

무헌이 노리고선 때에 맞춰서 뒤돌아보는 게 아님을 알면서도 무안할 수밖에 없었던 단은 내민 손을 위로 들어선 정수리를 긁적였다. 이상한 짓 하려던 게 아니라 머리가 간지러워서 이러는 거다. 정말 그것 때문에 이러는 거지, 별다른 이유는 없다는 식으로 구는데 무헌이 다가왔다. 왜 가까이 오는 건가 싶어 몸에 힘을 주고 있으려니 무헌이 옆으로 와서 앉았다. 똑같이 벽에 등을 기대고선 뒷머리도 벽에 갖다 댄다. 그리곤 아무 말도 없었다.

단은 무헌이 왜 이러는지 영문을 알 수 없었다.

왜 이러는 거냐고. 오늘 되게 이상한 거 아느냐고 묻고 싶지만, 말이 나오지 않았다.

따지고 보면 무헌에 대해서 아는 게 하나도 없었다. 무헌이 갑자기 황제가 되어 있는 이유에 대해서도, 지금 이렇게 나란히 앉아 있는 것에도, 그 무엇 하나 제대로 알 수 있는 게 없었다. 그에 반해 무헌은 자신에 대해서 많은 걸 알고 있었다. 가장 숨기고 싶었던 늑대라는 것까지 알고 있으니, 그건 뭐 이미 모든 걸 다 알고 있다고 봐도 무방했다.

자신이 늑대족으로 숨어 사는 건 소율태국의 초대 황제 때문이었다. 황제의 허물을 자신이 받아들인 것 때문에 사람들 사이에 어울려 지내지 못하고 숨어 살게 된 거였다. 때문에 지금까지 소율태국의 황제에 한해선 좋지 않은 감정을 지니고 있었다. 그리고 지금 그 황제 자리에 무헌이 있었다.

무헌이 소율태국의 황제인데 자신은 그를 원망할 수 있을까.

왜 너희들 때문에 우리가 늑대가 되어서 이렇게 힘들게 사는 건데, 라고 할 수 있을까.

하지만 자신이 궁에 들어와 지금 이러고 있는 건 애초에 자신이 늑대라는 걸 알고 있는 다른 자들의 수작 때문이었다. 그리고 그 일과 자신이 잘 알고 있었던 사람이 무관하지 않다는 데에 생각이 미쳤다.

그건 어떻게 생각하고 받아들여야 하는 걸까.

애초에 자신이 이곳으로 온 건 무헌 때문이었으니, 그쪽에서 먼저 말을 꺼내는 게 맞았다.

왜 사신을 이리로 내려온 것인지. 지금 무슨 생각을 하는 건지 등등, 일단 그것들을 죄 듣고 난 후에 시작해야 할 것 같은데 이상하게도 먼저 말을 꺼내게 되었다.

"여기 되게 넓다."

어디에 뭐가 있는지 감이 오지 않을 정도로 굉장히 넓고 다양한 것들이 자리하고 있었다.

하나같이 쓰임새가 있으니 각각 자리하고 있겠지만, 다른 사람들은 쉽게 접근할 수 없을 것 같은 이런 서고도 한참을 걸어서야 벽에 도착할 수 있었다. 시동으로 있으면서 여기저기 다니긴 했지만, 정말은 궁의 지극히 일부분만 알고 돌아다닌 게 아닐까.

단은 무헌을 돌아보면서 말했다.

"여기에 있으면 외롭지 않아?"

궁에서도 가장 좋은 자리에 앉아 많은 사람의 시중을 받는 황제 무헌이었다. 부인도 많은 그에게 있어 이런 질문은 어리석은 게 아닌가 싶지만, 답을 듣고 싶었다. 넌 여기서 정말 괜찮은 거냐고. 외롭지 않으냐고. 여전히 머리를 기댄 채로 있던 무헌은 천천히 입을 열었다.

"나는 늘 혼자였지. 외롭다고 굳이 생각할 필요 없이, 늘 내 등 뒤에 달라붙어 있었지."

"……."

"외롭다거나 고독하거나, 그런 걸 굳이 생각할 필요도 없었던 거야."

처음부터 고독과 함께였기에 새삼스럽게 그걸 생각하면서 외롭다고 떠들 필요가 없었다.

무헌의 주변은 늘 적막하고 고요했다. 그래서 세상이 그런 식으로 굴러가는 줄 알았으나 아니었다. 자신이 알지 못하는 곳에선 소란스럽고 시끄러운 것도 분명 있었다. 예를 들어서 단의 집처럼 말이다. 늘 혈기왕성했던 쌍둥이를 보고 나서 단이 왜 이런 성격인지 알 것 같기도 했다.

무헌은 제 어깨에 머리를 기대오는 느낌에 눈을 내리떴다. 단이 옆에 붙어선 팔에 머리를 기대고 있었다.

"네가 그렇게 말하니까, 좀 싫다."

꼼질거리면서 조금 더 무헌 옆에 붙은 단은 그의 소매를 붙들었다.

무헌에게 있어서 이런 식으로 몸을 붙여오는 것도 익숙한 게 아니었다. 오히려 불편함에 더 가까웠다. 때문에 이러지 말고 떨어지라고 말할 수도 있겠지만, 그러는 대신에 단의 머리에 제 뺨을 갖다 댔다. 무거우니 떨어지라고 큰 소리를 낼 것 같은 단이 얌전히 있었다. 단에게 머리를 기댄 채로 무헌은 정면을 응시했다. 다른 책장과 달리 아무런 책도 보관되어 있지 않은 걸 응시하면서 그는 입을 열었다.

"왜 저 책장에는 아무것도 없는지 궁금하지 않아?"

"이상하긴 하다. 다른 곳은 책이 죄 쌓여 있는데 저기엔 하나도 없으니까."

"처음에는 있었어. 이곳은 소율태국의 역사가 잠들어 있는 곳이니까. 안쪽으로 들어올수록 더 오래되고 은밀한 이야기들을 알아볼 수 있는 거지."

무헌의 말을 듣고 나니 지금 있는 곳이 전과 다른 의미로 다가왔다.

자신이 생각한 것보다 훨씬 더 중요하고 대단한 장소였던 거로구나.

"처음에는 있었다는 건, 나중에 누군가 없애 버렸다는 말이야?"

"그래. 그렇지. 그런 거지."

"뭔가 숨기고 싶었던 거라도 있었던 걸까."

가장 앞에 있었으니 분명 건국과 관련된 일이 적혀 있었을 거다.

숨기고 싶은 게 뭐가 있을까. 늑대와 관련된 일인 걸까. 그래 봤자 이미 사람들 입과 입을 통해서 전설처럼 이야기되고 있는 사실이었다. 그런 걸 숨길 의미가 뭘까. 그것 말고 사람들이 알아선 안 되는 뭔가가 있었던 걸까.

"황제의 허물을 받아들인 장군이 늑대가 되었다."

"……."

단은 느리게 눈을 끔벅였다.

딱딱한 바닥에 앉아 무헌의 팔에 기대고 있는 동안 점점 졸음이 몰려오고 있었다. 비몽사몽간인 상태였음에도 지금 무헌이 한 말은 단의 귀 안쪽으로 정확하게 파고들었다.

무헌인 동시에 황제이기 때문일까. 그가 어떻게 저 말을 저리도 편안하게 할 수 있는 것인지 의문이 들기도 했던 단은 고개를 들었다.

"하지만 그건 진실이 아니지."

"뭐라고?"

무슨 말을 듣게 될지 몰라 긴장과 일말의 궁금증이 담겨 있는 단의 눈동자를 주시하며 무헌은 재차 말했다.

"장군은 늑대가 되었던 게 아니라, 원래부터 늑대였어. 초대황제의 정인이었지."

"……."

"그리고, 초대황제는 여인이었어."

'어쩌면 네가 알고 있는 그것들이 전부가 아닐지도 모른 단다.'

아주 오래전 할머니가 해 주셨던 말씀이 떠올랐다. 그때 그 이 야기를 하던 할머니의 모습과 옆에 있는 무헌이 겹쳐지면서 단 은 뭐라 설명하기 어려운 그런 감정을 느꼈다.

지금껏 알고 있었던 사실이 정말은 진짜가 아님을 알게 된 것 에 대한 불쾌함은 적었다. 그건 아마도 알고 있었던 그것들도 정 말은 전설처럼 내려오는 이야기를 들은 것에 불과했기 때문일지 도 모른다. 이런 식으로나마 진실을 알 수 있는 기회가 생겼다면 잠자코 듣는 게 맞는 거였다.

"더 자세히 말해 봐."

내가 제대로 이해할 수 있게끔, 네가 알고 있는 그것들에 대해 서 하나도 빠짐없이 전부 다 말해 봐.

입을 다문 채로 저를 올려다보는 단의 표정과 눈빛은 더할 수 없을 만치 진지했다. 그렇기에 무헌은 잠시 망설여지는 게 있었 다. 자신이 알고 있는 것들에 대해 솔직하게 전부 다 털어놓는 게 과연 잘하는 짓인가 싶을 수밖에 없었던 그는 약간의 뜸을 들 인 후 입을 열었다.

"소율태국이 막 건국되었을 때, 치열한 황위 다툼이 있었지. 그 자리에 오를 수 있었던 건 한 사람뿐이라 결국 결정이 되었지 만, 그는 즉위식을 앞두고 치열한 다툼과 오랜 지병으로 인해 명을 달리했지. 그런 그에겐 딸 하나가 있었는데, 자연스럽게 그녀가 황위에 오르게 된 거야."

아직까지는 이해하기에 어려움이 없었다. 더 말해 보라며 긴장한 단은 마른침을 삼켰다.

"주변을 둘러보면 황위에 적합한 다른 사람이 보였을지도 몰라. 하지만 그녀가 손 안에 두고 다루기가 훨씬 더 수월할 거라 생각하고 이기적인 몇몇 인간들이 포기하지 않고 밀어붙인 거지. 결국 그녀는 원하지 않는 황위를 이어받고 뜻하지 않은 부마를 얻게 되지. 갑작스러운 상황에서 벗어나기 위해 노력했지만, 약점이 있었던 그녀에겐 수월치가 않았어."

"……약점이라니?"

"그녀의 곁에는 어려서부터 함께했던 장군이 있었는데, 그가 바로 네 조상일지도 모르겠다."

"그렇다는 건—."

"그래. 그 장군이 특이 체질이었지. 늑대로 변할 수 있었던 사람이었던 거야."

"……"

"허물 같은 건 처음부터 없었어. 그렇게 뒤집어씌워야지만 황위에 오른 자를 꼭두각시처럼 손 안에 쥐고 수월하게 조종할 수 있기에 일부러 그런 되지도 않는 말을 만들어 둔 거지. 그리고 장군의 존재는 그들에겐 지우고 싶은 일이었을 테니까. 어떻게든 그의 존재를 지워내선 보다 편하게 많은 지위를 누리고 싶었겠지."

한 손을 움켜쥔 후, 무헌은 눈을 가늘게 떴다.

어려서부터 소녀의 벗이었던 사내는 깊은 연심을 품고 있었다. 친우이자 연모하는 사람이었던 소녀를 위해서, 성인이 되어서도 그 곁을 떠나려 들지 않았다. 소녀의 부친이 대업을 달성하기 위해서 그의 도움을 요구했을 때에도, 본인의 정체가 드러날 수 있는 위험한 상황임에도 전장에서 눈부신 활약을 보였다.

소녀의 부친이 황위를 손에 넣을 수 있었던 건 어찌 보면 장군의 힘이 컸다 볼 수 있었다. 하지만 가장 큰 공을 세운 자는 다른 사람들에게 모습을 드러내선 안 된다는 약점 때문에 그늘 속으로 제 모습을 감추고만 있었다. 그러나 이미 여러 번 전장을 누볐기에 몇몇 이들은 장군의 정체를 깨닫고 있었다.

사람이 아닌 존재에 대한 거부감은 있지만, 아직은 불안한 시국이었기에 장군의 능력은 큰 도움이 되었다. 그렇기에 드러내 놓고 배척하지 않고 일단은 소녀와 함께할 수 있게끔 했다. 황위에 오르려 했던 소녀의 부친이 사망하고, 그녀가 대신해서 황위에 오를 수 있었던 것도 장군의 힘이 컸다 볼 수 있었다. 사람이었다가 갑자기 늑대로 변해서 인간을 물어뜯어 버리는 사내의 존재는 평범한 사람들에게 있어 두려움 그 자체였을 테니―.

소녀는 사내와 영원히 함께할 수 있을 거라 믿었다. 하지만 소녀가 여자가 되었을 때, 그녀의 곁에 있었던 건 다른 사내였다. 이미 황제가 되었지만, 수많은 자들에게 둘러싸여서 그들이 하는 말을 들을 수밖에 없게 된 그녀는 강제로 혼인을 하고 아이를 갖게 되었다.

원치 않은 일이었지만, 그걸 거부했다가 장군에게 무슨 일이 생길까 봐서 할 수 없었고 그건 장군도 마찬가지였다. 분명히 서로를 그리워하지만, 드러낼 수 없었다. 둘은 서로가 이어질 수 없음을 잘 알고 있었다. 그렇더라도 손을 뻗으면 닿을 수 있는 곳에 있기만 하면 그걸로 만족할 셈이었다. 그러나 그들은 그 또한 용납하지 않았다.

황제가 아이를 갖고 배가 부르기 시작하자 다음을 생각한 자들은 장군을 내쫓기로 마음먹었다. 다른 사람들에게 위협이 될 수 있는 자는 언젠가 자신들에게도 방해물이 될 수 있을 것이라 추측한 것이다. 실제로 장군은 황제에게 위험이 될 만한 일은 절대로 하지 않았다. 처음이야 급한 대로 여황제를 추대했지만, 언제까지 그리할 수 없었다. 태어난 아이가 황자이기만 하면 당장 여황제를 끌어내릴 계획을 세우고 있었던 자들은 은밀하게 일을 도모했다. 하지만 직전에 음모를 깨달은 장군은 판을 뒤엎었다.

"장군은 대신들을 압박했지. 만에 하나라도 그녀에게 해를 가하려 한다면 절대로 용서치 않을 것이라고. 그들의 씨를 하나도 남김없이 전부 다 말려 버릴 것이라 선언한 거야. 지금 생각해 보면 장군 혼자선 불가능한 일이었지만, 이건 아주 오래전 일이지. 그땐 지금보다 훨씬 더 미신을 잘 믿었을 거야. 장군의 위협이 단순한 말장난으로 여겨지지 않은 거지. 그렇게 마음에 품고 있던 사람을 지켜낼 수 있었지만, 그때뿐이었어."

어디선가 눌어붙은 불 냄새가 났다. 그로 인해 속이 거북한 것이지, 무헌의 이야기 속에서 나오는 자들의 역한 태도와 행동에 분노를 느끼기에 이러는 건 아닐 거다. 그렇게 스스로를 다독이며 단은 아랫입술을 깨물었다.

"장군이 이를 드러냈으니, 그걸 본 이들은 더 급해졌던 거지. 양쪽에서 압력을 행사하게 된 거야. 장군은 본인이 황제에게 엄청난 약점이 되고 폐가 될 것이란 걸 인지하게 된 거야. 실제로 이후로 장군을 들먹이면서 툭하면 황제에게 압력을 행사하는 자들이 생겨났지. 황세는 어떻게든 장군을 보호하고 시키려 했지만, 역부족이었어. 그녀는 대신들을 통솔하고 장악할 수 없었어."

"……장군이 한 번 더 나설 수 없었던 거야?"

무헌은 옅은 미소를 지었다.

"어떤 식으로 나설까? 이미 모든 게 안정된 상황에서 전처럼 늑대로 변해서 궁 여기저기를 뛰어다닐까. 당장은 그 모습을 두고 두려움을 느끼겠지. 동시에 반감과 적의를 키우게 될 거야. 사람들은 더 적극적으로 장군을 제거할 방법을 모색하게 되겠지. 그러고 난 후에, 불길함과 함께하려는 황제를 비난하고 그녀를 해하려 들겠고. 그걸 두 사람은 알고 있었던 거야."

"……."

다른 사람도 아닌 자신의 선조나 다름없는 인물에 대한 진실을 알게 되었기 때문일까. 뭐라 설명할 수 없을 만큼 기분이 이상했다. 이건 단순히 옛날이야기 같은 게 아니었다. 지금껏 단이 알지 못했던 숨겨진 진실이기도 했다. 그걸 새롭게 알게 되었다고 해서 이렇게나 이상한 기분이 드는 건 아닐 거다. 당시의 일들이 생생하게 그려지면서 눈 아래가 시큰해진다.

왜 그렇게까지 둘을 떨어뜨리려 했던 걸까. 둘이 함께 있는다 해서 그들에게 뭔가를 했었던 것도 아니었을 텐데. 장군이 함께 있으면 황제를 그들 뜻대로 휘두를 수 없었을 테니 그런 거겠지.

이기적인 인간들. 분명 지닌 것도 많았을 거다. 두 손에 쥐고 있는 것도 많으면서 그것에 만족하지 못하고 더 큰 걸 욕심냈던 거겠지. 그렇다고 해서 다른 사람까지 불행하게 할 건 뭐야. 정말이지 못된 인간들. 그런 식으로 굴어서 어디 얼마나 행복해질 수 있을까.

아닌가. 소율태국이 지금까지 잘 유지되고 있는 걸 보면, 그들뿐만 아니라 그 후손들마저 잘 먹고 잘 살았던 건가. 장군의 후손이라 할 수 있는 우리들은 지금도 숲 속 깊숙한 곳에 처박혀 있는데—.

"그래서 결국 장군은 황제의 곁을 떠나는 결정을 내린 거지."

세운 무릎을 끌어안고 있던 단은 아랫입술을 깨물었다. 깨문 살이 얼얼했지만 힘을 풀 수 없었다. 성이 난 것처럼 지독한 얼굴을 한 채로 계속되는 무헌의 말을 경청했다.

"그냥은 떠나지 않았어. 놈들이 아직 그를 두려워하는 마음을 품고 있는 걸 마지막으로 이용한 거지. 만에 하나라도 그들이 황제의 몸에 손 하나 대거나 인위적인 방식으로 그녀를 끌어내린다면 수많은 늑대들을 이끌고 다시 돌아올 것이라 한 거야. 그렇게 말하고 난 후 열흘 밤낮으로 벼락이 치고 비가 내렸다고 해. 그저 때가 잘 맞은 것 같지만, 당시의 사람들은 그게 장군의 저주라고 믿었던 것 같아. 그렇게 황제의 지위는 당장은 지켜질 수 있었던 거지."

장군이 떠나고 난 후, 황제가 행복을 찾았다는 말로 끝났으면 더 좋았을 거다. 하지만 당장은, 이라고 덧붙인 말이 마음에 걸렸다. 적당히 점을 찍고 난 후, 그 뒤의 일은 상상을 덧붙이는 것으로 마무리 짓는 것도 나쁘지 않았다. 하지만 지금 무헌이 하는 이야기는 굉장히 오래전의 이야기였고, 뒷이야기는 이미 완결이 나 있었다.

"여황제께서는 어떻게 되셨는데."

"장군이 떠난 충격에서 벗어날 수 없었던지 결국 3년 후 서거하신 걸로 나온다."

"……"

이럴 줄 알았어. 저렇게 끝날 줄 알고 있었다.

그런데 왜 군이 물어봤던 걸까. 단은 아랫입술을 깨물었다.

필사적으로 참아보려 하지만, 찔끔하고 맺히려는 눈물까지는 어찌 막을 수 없었다. 주먹으로 눈 아래를 문지르는 단을 본 무헌이 물었다.

"이 이야기가 슬프냐?"

아무 상관없는 입장이었어도 이런 이야기를 들으면 울적해졌을 거다. 하물며 선조와 관련된 일이고, 지금 자신이 처한 상황과 맞물려 남일 같지가 않았다. 단은 빠르게 고개를 끄덕였다.

"슬퍼. 왜 그렇게 둘을 떨어뜨려 놓으려 한 건데. 장군이 무슨 잘못이야. 그저 사랑하는 사람 곁에 함께하고 싶었을 뿐이잖아."

오로지 그녀를 위해서 본인의 정체를 드러내는 위험을 감수하고선 전장을 누비기까지 했다. 소율태국의 기반을 다지고 새로운 황제를 추대할 수 있게까지 한 걸 보면 정말 대단한 일을 한 셈이었다. 그에 대한 공을 기리는 건 아무것도 없는 거냐면서, 그건 어느 나라 법이냐고 묻고 싶었다.

자신이라면 절대로 장군처럼 순순히 황제의 곁을 떠나지 않았을 거다. 누구 좋으라고 그런 일을 해. 끝까지 함께할 거다. 그리했다면 그녀는 병을 얻어 그렇게 빨리 죽지도 않았을 거라며 단은 움켜쥔 손으로 눈 아래를 문질렀다. 그런데도 눈물이 계속해서 나왔다.

그러는 동안 단은 5년 전 그날 밤의 기억이 다시금 떠올랐다.

무헌을 태우고선 어둠 속으로 사라진 마차의 뒷모습이 말이다.

어렸던 단은 그때 처음으로 헤어짐의 슬픔을 맛봤다. 그런 헤어짐에 면역이 없었던 만큼, 단에겐 엄청난 충격을 안겨 준 일이었다. 지금이야 다시 만났다고는 하지만, 그때만 하더라도 무헌과 재회할 수 있을 거라곤 조금도 생각해 보지 못했다. 그냥 이렇게 끝나 버리는 거로구나. 영영 헤어지는 거로구나. 그렇게만 생각했지.

다시 만나게 된 것도 얼렁뚱땅 벌어진 일로, 궁 안에 들어와 무헌과 어깨를 나란히 하고 앉아 있는 지금 이 순간이 제대로 실감나지 않았다. 거기에 단이 미처 적응할 수 없는 여러 가지 일들이 있었다. 가족들이 위험할 뻔한 일도 그렇고, 다시금 만난 구량의 일도 그렇고—.

그때 단의 머리를 스쳐 지나가는 생각이 있었다.

"그런데 왜 그런 말씀을 하신 거지?"

혼잣말하듯 중얼거리고 난 후 단은 아차 싶었다.

무헌은 이미 황제였다. 그의 지위를 부정하는 듯한 구량의 말을 굳이 무헌에게 할 필요가 있을까. 괜히 그의 기분만 좋지 않게 만들지 않을까 싶어 단은 숨을 죽였지만, 무헌은 태연했다.

"늑대의 가호를 받지 않는 나는 황제가 될 수 없다고 했겠지. 그게 지금 저들이 내세울 수 있는 근거의 전부일 테니까."

근거라는 건 대체 무얼까. 설마하니 무헌을 황제 자리에서 끌어내리기 위한 수작인 걸까.

여전히 표정을 풀지 못하는 단을 두고 무헌은 비릿한 미소를 머금었다.

"우습지 않냐. 과거, 그런 식으로 장군을 내쫓았던 자들이 지금에 와선 그 일을 들먹이며 이용하려 들고 있어. 당시 장군이 정말로 저주를 내렸는지 어땠는지 알지 못해. 하지만 적자만 황제가 될 수 있다고 한 건, 초대의 황제였던 그녀가 아들을 보호하기 위해 마지막으로 밀어붙인 결과물이지. 이후로 수백 년이 흐르는 동안 계속해서 이어져 내려와 하나의 정통이자 부술 수 없는 법칙처럼 되었다고는 하지만, 어디까지나 상징적인 의미일 뿐이야. 실질적으로 효력을 발휘하는 힘은 없어."

그런 걸 이제 와서 들먹인다는 건, 무헌이 황제인 걸 언짢게 여기는 자들이 남아 있다는 거다.

"네가 둘째이기 때문에 황제가 된 걸 두고 뭐라 하는 사람들이 있는 거로구나."

"당연히 있지. 없을 수는 없어. 애초에 내가 황제가 된 게 이상한 일이니까."

단 쪽으로 고개를 숙인 무헌은 잘 들어보라며 차근차근 설명하듯 말했다.

"내내 바깥에서 살던 황자가 갑자기 나타나 2년 남짓의 교육을 받고선 황제가 된 거야. 이전부터 알게 모르게 준비된 것들이 있다고는 하지만 누가 보더라도 이상하지. 말도 안 되는 상황인 거야. 만약 내가 저들 입장이라도 가만히 있을 수는 없지."

"······."

무헌이 단순히 불만을 입에 담기 때문에 그가 낯설게 여겨지는 건 아니었다. 말을 마치고 난 후 저를 바라보는 그의 눈빛과 표정에서 달리 전해지는 게 있었던 단은 중얼거렸다.

"너, 황제가 되고 싶지 않았던 거로구나."

입을 다문 무헌은 앞으로 고개를 돌렸다. 잠자코 허공을 응시하는 그의 옆얼굴이 점차 굳어가는 걸 응시하면서 단은 다음 말을 기다렸다.

다시금 단을 바라본 무헌은 그녀에게로 손을 뻗었다. 제 얼굴로 다가오는 커다란 손을 보고도 단은 피하지 않고 잠자코 있었다. 눈 한 번 깜박이지 않고 흔들림 없는 눈동자로 저를 바라보는 단을 두고 무헌은 검은 머리카락에 손을 댔다. 조심스럽게 머리카락을 건드리다가 손바닥을 펼쳐서, 그 옆에 갖다 댔다. 함부로 건드리면 안 되는 걸 만지듯, 제 뺨에 닿아오는 손바닥의 느낌이 이상하고 오싹하니 오한이 돌아서 단은 숨을 죽였다.

대체 무슨 말을 하려고 이러는 걸까. 어색한 이 손을 치워 달라는 말을 해도 되는 걸까.

망설이는 동안 무헌의 입술이 열렸다.

"솔직하게 말해 봐. 그날 밤, 나를 쫓아온 거 맞지?"

"……."

단은 느리게 눈을 깜박였다.

"그 날 분명히 네 목소리를 들었어."

이미 한 번 무헌이 그날 밤에 대해서 물었을 때 단은 아니라고 했었다. 네 뒤를 쫓지 않았다고. 그런 일은 한 적 없다고 말이다. 하지만 저를 응시하는 무헌의 눈동자에는 이미 분명한 확신이 담겨 있었다.

혼들림 없는 눈동자를 앞에 두고 단은 고개를 끄덕였다. 한 번, 두 번, 그리고 더 힘 있게 고개를 끄덕였다.

"그래. 그럴 줄 알았어."

곧 죽어도 솔직하게 굴지 않을 것 같더니만, 결국에는 그날 밤의 일을 알려 준다.

단이 아니라고 부정했지만 내심 그녀가 끝까지 자신이 타고 있던 마차를 쫓아왔을 거라고 믿었다. 하지만 믿음과 다르게 아니라는 그 말이 참 서운하게 다가왔다. 이제 아니라 했던 그 말이 거짓이라는 걸 알게 되었다. 내내 마음 한구석을 불편하게 차지하고 있던 덩어리가 내려앉는 걸 느끼며 무헌은 나직하게 속삭였다.

"나는 그 다음 날 너를 보러 갈 생각이었어."

"……"

"너하고 같이 손을 잡고 산이라도 올라가 볼까, 생각하고 있었지."

단은 입술을 열었지만, 결국 아무 말도 할 수 없었다. 최대한 아무렇지도 않은 척 태연함을 가장하려 했지만 쉽지 않았다. 두 뺨으로 열이 오르면서 심장이 빠르게 뛰기 시작했다.

당시에 무헌과 자신은 같은 마음이었던 거다. 이제 막 새롭게 시작되려는 연정에 들떠선 잠도 제대로 못 잤겠지. 어서 날이 밝아 서로의 얼굴을 봤으면 했던 거다. 하지만 사고는 예고 없이 찾아왔고 이후로 긴 헤어짐의 시간이 있었다.

5년이라는 시간은 무척 길었다. 지금 함께 있더라도 헤어진 오랜 시간이 떠오를 때면 마음 한구석이 서늘해진다. 찬바람이 불어와 몸의 체온을 식히는 것 같다며 어깨를 움츠리던 단은 머리 위에서 들리는 목소리에 눈동자를 들었다.

"그들은 나와 너에 대해서 모든 걸 알고 있다고 생각하고 있지. 그걸 빌미로 뭐든지 그들 뜻대로 휘두를 수 있을 거라고들 착각하는 거야. 그들처럼 너와 내가 함께 있는 것이 서로의 약점이 될 수 있을 거라 믿는 거지."

그들, 여황제와 상군처럼 말일까.

자신하고는 비교도 할 수 없을 정도로 대단한 분들이었다. 그런데 어찌 같을 수 있을까. 하지만 단은 알고 있었다. 무헌을 공격하고 음해하려는 자들에게 있어서 필요한 건 자신이 늑대족이라는 사실 하나뿐이라는 걸. 보통의 사람이 아니기에 무헌에게 짐이 될 수 있었다. 단은 무릎을 끌어안은 팔에 힘을 주었다.

"나를 이용해서 너를 공격하려고 했던 거로구나."

"그래. 그랬던 것 같다."

"구량 님은 처음부터 다른 마음을 품고 네 곁에 있었던 걸까."

묻는 단의 목소리는 힘이 없었다. 다른 사람도 아닌 구량이 그런 모습으로 나타난 건 단에겐 어지간히 큰 충격이었다. 과거, 무헌과 함께 있었을 때 구량은 참 좋아 보였다. 모두에게 친절했지만 무헌에겐 유독 더했다. 본인이 알고 있던 모든 걸 전해주고 싶은 것처럼, 그리도 마음 깊이 무헌을 아끼는 것처럼 보였던 사람이었는데.

음울하게 가라앉은 단의 눈빛을 본 무헌은 그녀의 뺨에 대고 있던 손을 뗐다. 벽에 뒷머리를 기대고는 긴 한숨과 함께 말을 시작했다.

"처음에는 다른 마음이었을지도 모르지. 하지만 시간이 흐르면서 차차 다른 생각을 품게 된 게 아닐까, 싶기도 하다. 그가 보기엔 내가 황제가 되기엔 부족한 부분이 있었던 걸지도 모르지."

"황제라는 게 뭐 대단하다고. 넌 매일매일 그렇게나 열심이잖아. 황제로 있는 동안 실수한 게 있었던 것도 아니고—."

"맡은 일만 잘한다고 해서 그게 꼭 좋은 황제라고 할 수는 없겠지. 때로는 저들이 간지러워하는 곳을 긁어줄 줄도 알아야 하고, 어떤 문제가 발생했을 때 나서서 해결해 줘야 하기도 하고, 이런저런 다양한 일로 어떤 식으로든지 이득을 취할 수 있게끔 해야 하는데, 난 그들이 원하는 만큼을 충족시켜 주지 못하는 거지."

사람 사는 이치란 게 그랬다. 관계에서 받기만 하는 건 없었다. 얻는 게 있으면 상대의 손에도 적잖은 걸 쥐어줘야만 했다. 다들 그렇게 사니까 당연한 일이라고 생각하지만 황제씩이나 되어서도 그런 걸 신경 써야 하는 걸까. 마음이 무거워진 단은 무헌의 어깨를 붙들고는 가볍게 흔들었다.

"나라만 잘 다스리면 되는 거야. 그래서 다들 잘 먹고 잘 살기만 하면 되는 거잖아."

바깥에 있었을 때 새로운 황제를 욕하는 사람이 없었다. 젊은 황제의 즉위는 갑작스러운 일이었지만, 다들 동요하지 않고 전처럼 똑같은 나날을 보냈다. 그거면 된 거 아니냐면서 단은 두 눈에 힘을 준 채로 무헌을 바라봤다.

내 눈을 보고, 기운을 받아가서 힘내라. 그런 마음이었다. 이런 게 먹히질 않는다면 다른 방법을 써서 무헌의 기운을 돋아줄 참이었다.

"장군이 황제의 곁을 떠날 때, 어떤 마음이었을까."

"……."

두근, 하고 묵직하게 심장이 뛴다.

무헌을 볼 때마다 종종 제멋대로 뛰던 심장이었지만 지금은 좀 달랐다. 어깨가 무겁고 기운이 빠진다. 무헌의 어깨에서 손을 뗀 단은 앞으로 모은 발등 위에 각각 손을 댔다.

여황제를 위해서 본인의 모든 걸 바친 거나 다름없던 장군이었다. 본인이 늑대라는 걸 다른 사람들에게 알리는 게 얼마나 큰 부담이었을까. 그리했는데도 사랑했던 여황제와 이어질 수 없었고 끝까지 지켜 주지도 못했다. 이러니저러니 해도 끝까지 함께했으면 더 좋지 않았을까 싶지만, 동시에 이런 생각도 들었다.

자신이 장군이었어도 결국엔 먼저 떠났겠구나, 하는 생각.

"만약 내가 네 약점이 되거나, 쉽게 해결할 수 없는 문제를 일으킬 요소가 된다면, 그땐 함께하는 게 힘들다고 생각할 수도 있을 것 같아."

"……."

"지금도 딱히 도움이 안 되는데, 널 힘들게 하려고 이곳에 있는 건 아니잖아."

"그런 이유로 네가 내 곁을 떠난다고 한들, 저들이 널 자유롭게 놓아주진 않을 거야."

저들이란 대체 누굴까. 전부터 지니고 있던 의문이 보다 또렷해진다.

힘없이 축 늘어져 있던 단이 고개를 드는 걸 보면서 무헌은 말했다.

"날 몰아내는 게 저들의 이득을 극대화할 수 있는 일이라면 저들은 쉽게 포기하려 들지 않을 거야. 너뿐만이 아니라, 너희 가족, 일족, 전부를 이용하려 들겠지."

어딜 가든지 결국에는 찾아내서 본인들 뜻대로 쥐고 흔들려 할 거다.

이미 한 번 모주화에게 그런 용도로 이용된 적이 있었던 단은 무헌에게 물었다.

"놈들이 누군지 알고 있어?"

"놈들이 누군지를 알려 주면 뭘 어쩌려고. 네가 나서서 정리해 줄 셈이냐."

"언제까지 이런 식으로 이용만 당할 수는 없는 거잖아. 난 그런 거 싫어."

상대가 누군지를 알아야지만, 보이는 순간 마음이라도 다잡을 수 있는 법이었다. 저놈이로구나. 내가 쉽게 당하나 보자, 라는 식으로 말이다. 물론 때에 따라서 그렇게 될 수 없을 가능성이 훨씬 더 크겠지만. 자신이 늑대족이라는 건 분명 약점이 될 수도 있는 부분이었지만, 그걸 다른 자들이 이용하는 건 용납할 수 없었다.

늑대로 변하는 걸 마냥 싫어했던 것만은 아니었다. 늑대가 되어서 숲 여기저기를 뛰어다닐 땐 해방감과 자유로움을 동시에 느낄 수 있었다. 그런 즐거움은 평범한 인간이었다면 누릴 수 없는 것이겠지.

구량 님은 자신을 처음 보는 순간 정체를 파악했던 걸까. 만약 그렇다면 어떻게 가능했을까.

겉으로 보기엔 보통의 평범한 인간과 별다름이 없었다. 그런데 알 수 있었다는 건― 그건 어떻게 가능했던 일일까.

단은 고개를 들었다. 텅 비어 버린 책장이 슬프게 다가온다.

장군과 그녀의 일은 이들에게 있어 숨기고 버리고 싶어 하는 이야기였을 뿐이었던 걸까. 그렇기에 저렇듯 하나도 남김없이 전부 다 치워 버린 걸까. 왜 그대로 둘 수 없었던 걸까. 어째서 둘은 함께할 수 없는 걸까.

단은 중얼거렸다.

"처음 너를 봤을 때 놀랐어."

무헌은 잠자코 단의 말을 듣고만 있었다.

"너무 잘생겼거든. 난 너처럼 잘생긴 사내아이는 처음 보는 거였거든. 그래서, 정말 놀랐어."

"……."

쉰내 나는 아저씨들 사이에 있는 무헌은 참으로 눈에 띄는 사내아이였다.

아직 골격이 다 자라진 않았지만, 연약하기만 한 소년도 아니었다. 멀찍이서 보기만 하다가 시빗거리가 하나 생기자마자 다가갔던 건 더 가까이서 그 얼굴을 보고 싶었기 때문이었다. 늘 기분 좋게 끝나지 못하고 언성을 키우게 되었지만, 보다 많은 대화를 나눌 땐 잠들 때마다 실실거리며 웃었던 것도 한두 번이 아니었다.

이런 말 두 번 다시 하지 못할 것이었다. 부끄럽고 창피했다. 지금이나 되니까 하는 말이라면서 단은 더없이 진지하게 무헌을 올려다봤다. 꽤나 좋은 분위기가 형성되었다. 그리고 무헌이 말했다.

"난 네 가슴을 보고 놀랐다."

"……."

아무것도 아닌 척, 편안하게 말을 꺼내긴 했지만, 정말은 꽤 용기를 낸 발언이었다. 그리고 지금 무헌이 하는 말은 그 분위기를 몽땅 박살내는 것이었다.

"너―!"

얼굴이 확 달아오른 단은 급히 두 손으로 제 가슴을 가렸다.

"여자였구나. 하고 생각되니까 네가 점점 더 다르게 보이긴 했지."

"뭐가?! 내 가슴만 보고 있었다는 거야? 뭐야?!"

"나를 볼 때의 네 얼굴이 평소와 달라서, 그게 예쁘다고 생각한 건 사실이야."

"……."

가슴 사건 이후 계속 자신의 가슴만 보고 있었던 거냐며, 짐승 같다고 하려 했는데 이어지는 말은 좀 달랐다. 처음보다는 풀어진 얼굴인 단을 옆에 두고 무헌은 희미한 미소를 지었다.

"나를 이런 식으로 보고, 내가 편하게 말을 할 수 있는 사람은 이제 너밖에 없겠지."

황제가 무헌이 되었을 때부터 단은 그를 편하게 대했다.

단둘이 있을 때라고는 해도 상대는 황제, 예의를 갖춰야만 했다. 그런데 계속 말을 놓고 편하게 대하는 건 그가 그런 걸 원하고 있음이 느껴졌기 때문이었다. 자신마저 격식을 갖춘다면 얼마나 숨이 막히고 답답할까.

여전히 단의 마음속에는 과거의 소년 무헌이 큰 자리를 차지하고 있었다. 그 모습 그대로 계속 있어 주었으면 했다. 황제니 뭐니 하는 그런 머리 아픈 건 생각하고 싶지도 않았다.

"갑자기 너무 많은 걸 알게 된 것 같아."

짧은 순간 너무 많은 일이 벌어지고 있었다. 더 정확하게는 궁에 들어오는 순간부터 말이다.

이곳으로 들어와 황제가 된 무헌을 만나고, 이런저런 일에 휘말리고 결국에는 부인이라는 우습지도 않은 입장이 된 게 단순히 우연이라고만 생각했는데 그게 아니었던 거다.

자신도 모르는 곳에서 누군가 개수작을 부리고 있었다. 그걸 죄 알고 있었던 무헌은 자신을 곁에 두려 했던 거고 말이다. 예전에 그가 말했던 대로, 황제와 함께 있다 보면 눈치를 보느라 마음 편히 움직일 수 없게 될지도 모르고 말이다.

무릎 위에 턱을 문지르면서 단은 재차 흐음, 하고 긴 숨을 내쉬었다.

엄청난 상황 속에 있는 게 확실한데도 왜 이렇게 마음 편할까. 조금 더 긴장하고 있어야 하는 게 아닐까. 차가운 돌 위에 둔 발을 꼼질거리던 단은 재차 어깨를 들썩였다.

무헌은 제 옆에 앉아서 답답함을 참지 못하고 몇 번이고 한숨을 내쉬는 단을 느꼈다. 지금이야 이렇듯 나란히 앉아 있지만, 단이 의식불명으로 있는 며칠간은 참으로 답답했다. 스스로도 왜 이렇게까지 초조하나 싶을 정도로 일이 손에 잡히질 않았다. 물론, 그러는 동안에도 놈들의 꼬리를 놓치지 않으려고 이런저런 방면으로 손을 써두긴 했지만 말이다.

놈들은 이미 본거지를 옮기고 제자리로 돌아가 있었다. 처음 며칠간은 당장 붙잡으러 오지 않을까 싶어 벌벌 떨고 있다가도 별일이 생기지 않으니 다시금 오만해져 있을 거다. 하나같이 죄 모주화 같은 놈들이었다. 본인이 뭐라도 되는 것처럼 떵떵거리고 다니지만, 정말은 아무것도 아니었다. 모주화는 본인을 살려 둬야 알아낼 수 있는 것들이 있을 거라고 했지만 역시나 허풍이었다. 놈을 죽였지만 아무 일도 발생하지 않았고, 나타나는 놈들도 없었다. 하나를 내던지고 나서 그에 따른 제 반응을 살피고만 있을 뿐이었다. 그 얼마나 한심한 모습들인지―.

그때 에취, 하는 작은 기침 소리가 들렸다.

손으로 코 아래를 문지르는 단을 본 무헌은 입을 열었다.

"내가 그렇게 잘생겼냐."

"……."

이신 또 무슨 소리인가 싶었던 단의 얼굴에서 표정이 시워신다.

대화를 나누는 동안 몇 번이고 무헌을 쳐다보긴 했지만, 이번에는 전과 달랐다. 올려다보는 단의 눈동자와 표정은 누가 봐도 알 정도로 경직되어 있었다.

"나처럼 잘생긴 사람 처음 본 거였다며."

본인 입으로 한 말이 있는데 왜 그런 불편한 표정이냐며, 무헌은 되레 의아해하는 눈빛이었다.

"그땐 그랬다고! 지금은 아니야!"

물론, 지금도 무헌을 보면 가슴이 뛸 때가 있었지만 인정하고 싶지가 않았다. 앞으로 한 번만 더 그런 헛소리를 늘어놓으면 가만히 있지 않을 거라 하려던 것과 동시에 무헌이 혼잣말하듯 중얼거렸다.

"나도 너처럼 예쁜 여자는 처음 보는 거였어."

"……."

"붉은 비녀, 잘 어울렸었는데 말이지."

설마하니 저런 말을 듣게 될 줄은 몰랐기에 더 당황스러웠다. 왜 갑자기 저런 말을 하는 걸까.

어색함을 감추기 위해서 단은 흘러내리지도 않은 머리카락을 잡아 귀 뒤로 넘겼다.

"지금은 더 좋은 걸 많이 달잖아. 그게 더 예쁘겠지."

"내 눈에는 그 붉은 비녀를 꽂았을 때가 가장 예뻤어. 아마도 내가 여자한테 선물한 게 처음이었기 때문일지도 모르지."

그만해 줬으면 좋겠는데 더 심해진다. 얼굴이 벌겋게 달아오른 채로 단은 아무렇지도 않은 척 무헌의 팔을 가볍게 밀었다.

"부인들이 많다 보니까 그런 낯간지러운 말을 잘도 하네. 기분 이상하니까, 그만해."

"다른 여자들한테는 이런 말 해 본 적 없다."

"……."

"단 한 번도 한 적 없어."

비녀에 대해 말하고, 예쁘다고 해 주고, 지금껏 그 누구에게도 이런 말을 해 본 적 없다 한다. 그걸 어찌 받아들여야 할까. 여전히 무헌의 팔에 대고 있던 손을 내린 단은 무릎을 끌어안았다.

어찌해야 할지 알 수 없을 땐 모르는 척하는 게 최선이었다. 무슨 말을 떠들어 대도 상관없다는 것처럼 구는 게 중요했다. 하지만 그런 단과 달리, 한 번 말을 꺼내기 시작한 무헌은 멈추지 않았다. 세운 무릎 위에 한쪽 팔을 올린 채로 그는 나직하게 말했다.

"불이 난 남가주를 뒤로하고 나 혼자 떠나게 되었을 때, 네가 가장 신경 쓰였어. 넌 지금 어디에서 뭘 하고 있을지 그게 제일 걱정되었지만 알 수가 없었지. 물어볼 사람도 없었어. 당시엔 누가 내 사람이고 아닌지를 골라내는 것도 일이었으니까."

담담한 말 속에 그간 무헌이 해 왔을 고민이나 고생 등이 느껴졌다.

황제라고 해서 편하게만 살 수 있는 건 아니었다. 높은 지위를 유지하기 위해서 그만큼 투자하고 포기해야 할 것들도 있기 마련이었다. 동시에 이미 황제가 되었음에도 여전히 그 지위를 위협받고 있는 거다. 위협의 수준이 어디에서부터 어디까지인지 알 수 없었던 만큼 섣불리 이렇다 저렇다 말을 할 수 없었던 단은 잠자코 있다가 무릎을 더 제 몸으로 끌어당겼다.

오랫동안 맨 바닥에 그냥 앉아 있어서일까. 추위를 느끼면서 어깨를 좁게 움츠리자 곧바로 커다란 팔이 단을 끌어안는다. 그렇게 단은 무헌의 옆에 딱 붙게끔 되었다.

"……."

여기서 더 나눌 대화는 없는 것 같았다. 이만 올라가자고 해도 될 테지만, 그런 말을 하는 대신에 단은 슬쩍 무헌에게로 몸을 밀착했다. 그러는 동안 무헌도 단을 더 강하게 끌어안았고,

그녀의 팔뚝을 손으로 단단히 감쌌다.

　넓고 넓은 서고의 벽에 등을 기댄 채로 둘은 오랫동안 그러고
있었다.

6장

"엣취—!"

기침을 함과 동시에 근처에서 꽃에 물을 주던 시비가 멈칫하는 게 보였다. 이번이 처음 하는 재채기라면 모를까. 벌써 세 번째였다. 이쯤해서 시비가 무슨 말을 할지를 알 것 같았던 단은 코 아래에 손을 댄 채로 빠르게 고개를 저었다.

"누가 내 욕을 하나. 코가 간지럽네."

지금 재채기를 하는 건 몸이 안 좋거나 해서 그런 게 아니라, 그냥 간지러워서 이러는 것뿐이라는 티를 내면서 단은 코 아래를 문질렀다. 그리고 슬그머니 자리에서 일어나 밖으로 나왔다.

문을 열자마자 보이는 건 마당 한편에 잔뜩 쌓여 있는 선물 상자였다. 얼마나 많이 들어왔는지, 아직도 확인하지 못한 것들이 저만큼이었다. 공짜로 선물을 잔뜩 받은 셈이니 기분 좋게 받아들일 수도 있겠지만, 단은 그럴 수가 없었다. 저것들은 전부다 빚이었다. 나중에 장부에 적힌 사람들에게 일이 생기면 이쪽도 그만큼의 성의를 표해야만 했다. 물론, 입 싹 씻고 나 몰라라할 수도 있겠지만, 그랬다간 예의도 모르는 것이라면서 이래저래 말들이 많겠지.

애초에 그런 걸 신경 쓰는 성격은 아니지만, 듣지 않아도 될 욕을 들으면 기분이 좋지만은 않을 거라면서 단은 쌓인 상자들 앞으로 걸어갔다. 그러자 정리를 하던 환관 복운이 급히 장부를 내리며 고개를 숙였다.

"이것들을 무조건 나만 사용해야 하는 건 아니지?"

"그렇습니다. 전에 말씀드린 대로 귀한 것들은 따로 보관해 두었다가 선물용으로 쓰기도 하고……."

말을 하다말고 뒷말을 흐리자 단은 왜 그러냐며 고개를 들었다. 망설이지 말고 더 말해 보라며 빤히 바라보는 눈빛에 복운은 말했다.

"일을 잘하는 노비들을 독려하는 용도로도 사용되기도 합니다."

"그건 내가 여기서 일하는 자들에게 선물로 줄 수도 있다는 말이야?"

"그렇습니다. 하지만 강제는 아니고 어디까지나 부인께서 결정하실 일이지요."

이런 말을 함으로써 괜한 오해를 받을 것 같았는지 환관은 무척이나 조심스러워했다. 그러거나 말거나 단은 새롭게 알게 된 사실에 흐음, 하는 소리를 냈다.

일단 자신 앞으로 들어온 선물이기에 크고 작은 것에 상관없이 전부 다 혼자 써야 하는 건가 싶었는데 아니었단 말이지.

며칠째 바깥에 방치되어 있다고는 하나, 지금 여기에 있는 물건들 중 귀하지 않은 게 없었다. 하나같이 바깥에 내다 팔면 제값을 두둑하게 받을 수 있는 것들뿐이었다. 옷을 입을 때에도 시비들이 여러 장신구를 보여 주었는데 대부분이 '이번에 새롭게 선물로 들어온 것들입니다.'라고 설명했있던 것 같다.

그런 귀한 것들은 한 번이라도 제대로 사용해서 활용할 수 있겠지만, 먹는 건 혼자서 처리할 수 없었다. 욕심 같아서야 여기에 있는 것들은 전부 다 싸서 가족들에게 보내고 싶지만, 그래선 안 되겠지. 꼬리가 길면 밟힌다 했다. 그리고 그쪽 일은 무헌이 알아서 잘 해주겠거니 싶기도 했던 단은 곰곰이 생각한 후에 말했다.

"차 종류도 많이 들어왔겠지?"

"그렇습니다. 개중 귀한 것들은 따로 빼두었습니다. 폐하께서 오시면 함께 드실 수 있도록 준비하기 위함이지요."

"그렇다면 지금 바로 마시기 좋게끔 잘 우려 줘. 폐하께 가 볼 테니까."

"네. 알겠습니다."

황제에게 차를 들고 간다는 말이 그렇게나 기쁜 소식이었던 걸까. 거의 표정의 변화가 없었던 복운의 표정이 싹 변한다. 지금껏 들은 말 중에서 가장 반가운 것이라도 되는 것처럼 서둘러 멀어졌다.

그렇게 홀로 남겨진 단은 뒷짐을 진 채로 다시금 상자를 내려다봤다. 전에는 상상도 하지 못했던 것들이 모두 눈앞에 있었다. 남가주에선 산처럼 쌓여 있는 귀한 것들이 죄 자신의 게 아닌 다른 사람들의 물건이었다. 하지만 여기에 있는 모든 게, 자신이 원하기만 하면 꺼내 바로 사용할 수 있는 것들이란 말이지. 단은 한 상자에 손을 올렸다.

왜일까. 자신에게 보내어진 선물이라 해도, 꼭 내 것 같지가 않았다.

* * *

몸이 안 좋다고 알려지자 여기저기서 좋은 약재나 먹을거리가 전해졌다. 단은 그것들 중 일부를 영비에게 줘서 달여 먹이라 했다. 영비는 단에게 있어 마음의 빚이었다. 팔이 부러질 정도로 호된 매질을 당해야 할 건 영비가 아닌 단, 본인이었다는 걸 모르지 않았다.

황제의 총애를 받는다는 것만으로도 이미 수많은 자들에겐 미움을 사고 있었다. 미움을 단에게 풀 수 없으니 쉽게 건드릴 수 있는 영비가 희생양이 된 거다. 애초에 자신을 모시는 입장이 아니었더라면 그런 호된 꼴을 당하지 않아도 되었을 텐데.

바깥으로 나와 있으면서 깨닫게 되는 건, 다른 무엇보다 사람이 가장 무섭다는 것이었다.

비단 남가주에서 믿고 따랐던 구량의 달라진 모습에 실망했기 때문만은 아니었다. 영비의 일 때문에 이렇게나 시무룩해진 것도 아니고 그저…… 무헌이 자신에게 들려준 이야기가 계속해서 귓가에 맴돌았다. 자신의 존재 이유가 완전히 달라지는 그 진실이 마음을 무겁게끔 했다.

짧은 한숨을 내쉰 단은 고개를 들었다.

지금 그녀는 사방이 막힌 가마에 올라타 있었다. 이것 말고도 의자 형식의 가마가 있기도 했지만, 그걸 타면 가는 내내 사람들 구경거리가 될 것만 같아서 이걸로 선택했다. 아직 몸이 완전히 회복된 게 아니라서 바람을 피하고 싶다는 말은 충분한 핑곗거리가 되었다. 그 말에 시비들은 두터운 쓰개를 씌워 주려 했지만, 단이 질색하자 뜻하는 대로 하지는 못했다. 못내 아쉬워하는 그녀들을 뒤로하고 단은 잽싸게 가마에 올라탔었다.

내내 잘 흔들리던 가마의 속도가 서서히 느려진다. 벌써 건평궁에 도착한 건가 싶었을 때, 바깥에서 환관의 나직한 목소리가 들렸다.

"부인, 건평궁 앞에 매부인이 계십니다."

"……."

단이 기억하는 매부인의 마지막 모습은 빗속에서 석고대죄를 하던 모습이었다.

영비를 그 꼴로 만들고, 함정을 파둔 악독한 여자였다. 때문에 오랫동안 비를 맞아서 새파랗게 질린 얼굴로 저를 올려다보는 모습이 애처로웠어도 동정심은 들지 않았다. 열이 많이 나서 고생 좀 했다 치지만, 영비에 비할 바가 아니었다. 저들에게 있어 노비들 따위야 어찌 되든 상관없는 일이겠지만—.

거기까지 생각한 단은 차분하게 말했다.

"가마를 내려라."

"그냥 피해 가시지요."

"건평궁 앞에 서 있다면서. 그녀를 피해가면 어떻게 폐하를 뵐 수 있겠어."

"……."

"어서 가마를 내려. 차가 식으면 맛이 떨어진다."

연거푸 이어지는 말에 결국 환관 복운은 손짓했다.

가마가 내려가고 동시에 앞으로 살짝 기울어짐과 동시에 복운은 가마 앞을 가리고 있던 천을 걷어 올렸고, 단이 나왔다. 그녀가 편하게 나오게끔 손을 잡아주려 했지만, 그 전에 씩씩하게 가마를 빠져나온 단은 뒤를 돌아봤다. 환관 복운 뒤에 서 있던 시비가 앞으로 나와선 차가 든 바구니를 건넸다. 그걸 한 손에 받아 든 채로 단은 앞으로 고개를 돌렸다.

복운이 알려 준 대로 건평궁 앞에 매소희가 서 있었다.

다가오는 가마를 보고 단이 온 걸 알아차린 걸지도 모른다.

가마에는 각 궁을 상징하는 인장이 걸려 있었기에 모르려야 모를 수가 없기도 했다.

단은 자신이 온 걸 깨닫곤 무시무시한 눈빛으로 노려보는 매소희를 확인했다. 다른 사람들보다 시력이 좋았기에 그녀의 보기 싫게 일그러지는 표정 하나하나를 세세하게 볼 수 있었다. 매부인의 곁에 있던 시비는 조심스럽게 무슨 말을 했다. 분명 표정을 풀라 했겠지. 하지만 돌아오는 건 날 선 질책이었다. 천한 것이 감히 누구에게 이래라 저래라 하느냐며 언성을 높이자 건평궁 앞을 지키던 시위의 안색 또한 굳는다.

지금 이곳은 황제가 정무를 보는 건평궁 앞이었다. 그 누구도 그곳에선 언성을 높여선 안 되었다. 시비뿐만이 아니라 매부인을 따르는 환관마저도 달라붙어서 그녀의 흥분을 가라앉히려 했지만 쉽지 않아 보였다. 이 모든 게 자신의 등장 때문이었다. 혼자 있을 땐 괜찮았는데, 자신을 보자마자 흥분해서 저러는 거란 걸 모르지 않았던 단은 이런, 하고 중얼거렸다.

"일부러 부딪쳐서 소란스럽게 굴 필요는 없습니다. 어쩌면 저들이 원하는 게 그런 걸지도 모릅니다."

환관 복운이나 다른 시비, 심지어 가마꾼들마저 모두가 굳은 눈빛으로 단을 바라봤다.

그들의 염려에 대해서 모르지 않았다. 영비가 그리되고 난 후, 단도 저 매소희라는 여자가 어떤 사람인지 대충 알아봤다. 바깥에서도 흔히 볼 수 있는 부류의 인간이었다. 하물며 내명부의 부인이니 그 성정이 오죽할까. 하늘을 찌를 듯한 위세가 가문과 부친의 힘에서 나오는 것임을 모르지 않았다.

하지만 그런 걸로 따지자면 자신도 만만치 않다고 생각하는 단이었다.

자신의 부친은 늑대였다. 그가 늑대로 변했을 땐, 인근의 숲으로 새는커녕 풀벌레조차 크게 소리 내 울지 않았다. 사막 부족이니, 기마 민족이니 뭐니 해도 일대일로 붙으면 그 누구에게도 지지 않았다. 암만 가문의 힘이 크더라도 이 궁 안에 들어와 있으니 붙잡힌 새나 다름없는 입장이었다. 다 똑같았다. 게다가 무헌이 한 말도 있었다.

'넌 황제의 가장 큰 총애를 받는 부인이다.'

총애니 뭐니 하는 걸 무기로 삼고 싶진 않지만, 그렇다고 매번 기죽어 있을 수 없었다. 자신이 좋은 마음으로 불편한 상황을 피해가려 하는 걸 오해하고 오히려 자신을 찍어 누르려는 자들이 있는 이상에는 말이다.

단은 먼저 걸음을 옮겼고, 환관 복운과 시비들이 급히 뒤따랐다.

제 시비들을 들들 볶으면서 "천한 것, 주제도 모르는 것들, 내가 누군지 알고나 있느냐, 감히ㅡ." 같은 말을 반복적으로 쓰던 매소희도 막상 단이 저에게 다가오자 조용해졌다. 하지만 입만 다물었을 뿐, 매섭게 노려보는 두 눈동자에는 그녀가 정말 하고자 하는 말이 선명하게 떠올라 있었다.

할 수만 있다면 네 목을 붙들고 돌려 버리고 싶다. 살점 하나 남기지 않고 갈가리 찢어내 버리고 싶어. 너처럼 천한 것이 이 나를 모욕해? 받은 걸 고스란히 돌려주마. 땅에 핏물이 들 정도로 이마를 박는다 해도 그냥은 용서해 주지 않겠다는 분명한 의지가 느껴지는 눈빛과 표정이었다.

하지만 매소희가 한 손에 칼을 들고 있더라도 단은 두렵지 않았을 거다. 자신을 초죽음으로 만들려는 날고 긴다는 싸움꾼들을 쓰러뜨린 세월이 무려 3년이었다. 아름다운 매소희와는 비교할 수 없을 만큼 험악하고 상판이 더러운 놈들이 한둘이 아니었다. 때문에 눈알이 떨어지는 게 아닌가 싶을 정도로 무시무시하게 노려보는 저 눈빛에도 단은 정말이지 아무렇지도 않았다.

매소희 앞까지 걸어간 단은 그녀를 빤히 보면서 가볍게 고갯짓을 했다. 그리고 그녀 앞을 지나쳐 건평궁에 들어가려 했고 동시에 매소희가 그 앞으로 손을 뻗었다.

"건방진 것! 이 내가 누군지 알고선 그딴 식으로 인사를 해?! 제대로 절을 하지 못하겠더냐!"

단은 제 앞을 막는 움켜쥔 손을 내려다봤다. 정말은 이런 식으로 단순히 앞만 막는 게 아니라 시원하게 뺨을 올려치고 싶었을지도 몰랐다. 잘도 참는구나 싶었던 단은 황제가 불러서 건평궁에 들어가 있을 때, 이래저래 읽은 책 내용을 떠올려 봤다.

신중하게 행동해야만 했다. 그래야 이 망할 여자에게 트집이 잡히질 않지.

단은 천천히 고개를 돌려선 매소희를 응시했다. 설마하니 저런 식으로 담담한 눈빛을 보내올지는 몰랐던 듯, 매소희의 안색이 굳었다. 동시에 단이 말했다.

"그쪽도 부인이고 저도 부인입니다. 그런데 왜 제가 부인께 절을 올려야 합니까."

"—부인이라고 해서 다 같은 게 아니지. 너처럼 근본도 알 수 없는 년이 어찌 나와 같을 수 있단 말이더냐."

"전 화도 강씨입니다. 저 화부인의 먼 친척이지요. 근본이 없다는 건 지나친 말씀이십니다."

그 순간 매소희는 코웃음을 쳤다.

"그게 진짜인지 만들어진 건지 내 어찌 아느냐. 제대로 된 족보를 보이지 않는 한 너는 그저 천박한 계집일 뿐이지."

지금 매소희가 흥분한 상태라는 걸 감안하고서도 그녀가 하는 말에는 지나친 감이 있었다. 단이 이런 모욕을 참고 듣고만 있을 이유가 없었다. 결국 참다못한 환관 복운이 앞으로 나섰다.

"부인, 말씀이 지나치십니다."

기다렸다는 듯 매소희의 눈동자 안쪽으로 불똥이 튄다.

"이놈이 감히 뉘 앞에서—!"

"제 족보와 제 신분에 대한 증명은 폐하께서 해 주실 수 있습니다."

단에게 모든 화를 쏟아붓고 싶지만, 제 성질을 죄 드러낼 순 없었던 만큼 이때다 싶어 복운에게 풀 작정이었다. 하지만 그 전에 단이 한마디 던졌고, 그건 가볍게 넘길 수 있을 만한 게 아니었다. 동시에 자신 앞에서 황제를 운운하는 것인가 싶어 매소희는 재차 단을 노려봤다. 그리고 제 앞에 서 있는 모습을 보곤 움찔했다.

단은 눈높이가 비슷한 매소희를 똑바로 보며 말했다.

"이곳은 궁 안입니다. 신분이 정확하지 않은 사람은 들어올 수 없는 곳이지요. 제 등장이 갑작스럽기는 하지만, 절차에는 문제가 없습니다. 그렇기에 말 많은 대신들이 조용히 있는 거겠지요. 그러니 부인께선 더는 문제 일으키지 마세요."

"……."

이렇게까지 말하는데도 매소희의 눈빛은 여전했다.

본인이 한 일에 대해선 조금도 생각하지 않고, 본인이 당하는 일만 억울하고 분한 거다.

아랫입술을 깨문 그녀의 얼굴이 점점 붉게 달아오른다. 매소희가 분노를 토해 내기 전에, 단은 나직하게 덧붙여 말했다.

"부인, 저번 일은 제가 많이 봐드린 겁니다. 그러니 더는 제 속을 들쑤시지 마세요. 처음에는 뭣도 모르고 당했지만, 두 번은 참지 않습니다."

그 순간 주변에 있던 자들이 나직하게 숨을 삼켰다.

설마하니 단이 매소희에게 이렇게까지 행동할 줄 몰랐던 걸까. 지켜보는 자들과 매소희도 순간적으로 당황해선 표정 관리를 할 수 없었다. 경직된 눈빛으로 하염없이 단을 바라보나 싶던 매소희는 재차 언성을 높였다.

"참지 않으면 어쩔 건데?! 내 아버지가 누군지 아는 것이더냐! 내 아버지는―!"

"진정 건평궁 앞에서 부인 아버님의 권위를 내세우실 겁니까. 부인 눈에는 소율태국도, 황제도 뵈지 않는 것입니까."

차라리 다른 말을 했다면 더 난리를 부렸을 거다. 하지만 두 번째로 황제를 언급하자 매소희는 바로 입을 다물었다.

성격 같아선 단의 뺨을 후려치고 속이 풀리도록 악을 써대고 싶었지만, 지금 이곳은 건평궁 앞이었다. 저 앞에 황제가 있다는 걸 알기에 차마 매소희도 더 뭐라 할 수 없었다.

매소희는 단을 노려봤다. 단이 이토록 오만방자하게 구는 건 황제의 총애 때문이다. 믿는 구석이 있으니 자신에게 이렇게까지 건방지게 행동하는 거라며 그녀의 얼굴이 일그러졌다.

암만 아름다운 용모를 지니고 있더라도 심보를 곱게 쓰지 않으면 죄 소용없었다. 매소희가 계속해서 이런 식으로 나온다면 자신이 사내라도 그녀가 싫어질 것 같다면서 단은 재차 말했다.

"부인을 모시고 가라."

그 말에 매부인의 시비들과 환관의 안색이 굳는다. 그들 능력으로는 이런 상태의 매부인을 어찌할 수 없을 거다. 돌아가는 즉시 불판의 깨처럼 달달 볶이겠지. 궁 안에서 가장 불쌍한 게 저들일 거라며 단은 몸을 돌렸다.

단이 매소희에게 갔을 때 큰 소란이 일지 않을까 싶었으나 의외로 조용히 마무리되었다. 하지만 단이 한 말과 행동이 있으니 안심할 수만도 없었다. 주제 넘는 짓이라는 걸 알면서도 복운은 한마디 하지 않을 수 없었다.

"매부인이 참지 않을 겁니다."

"그땐 나도 안 참으면 그만이지."

참지 않는다는 말에 복운의 안색이 더 굳어진다.

단의 곁에 있으면서 지켜본 결과 그녀가 호락호락한 사람이 아님을 알 수 있었지만, 그래도 성내는 매소희였다. 지난 몇 년 동안 내명부 안팎으로 자자했던 악명을 알기에 걱정이 될 수밖에 없었다. 한마디 더 조언을 해 줄까도 싶지만, 그걸 달가워할 주인이 얼마나 있겠는가. 곁에 있다가 위험해진다 싶으면 그때 나서서 보호를 해 드리자면서 복운은 가운데 계단을 오르는 단의 뒷모습을 바라봤다.

*　　*　　*

건평궁 앞을 지키고 있는 건 이태감이었다. 매소희가 악을 쓰고 단과 한바탕한 걸 알고 있으면서도 모르는 척, 이태감은 웃는 낯으로 맞이해 주었다.

"오셨습니까."

어제도 본 사람을 오늘도 보려니 살짝 민망했다. 하지만 연달아 얼굴을 보는 게 처음도 아니었기에 그런 내색은 말자면서 단은 말했다.

"폐하께선 계십니까."

"정무를 보시는 중이지만, 강부인께서 오신 걸 알면 크게 기꺼워하실 겁니다."

"……."

그럴 리가 있나. 자신이 나타나든 말든, 당장 처리할 중요한 일이 있다면 그것부터 붙들고 있겠지.

애써 좋게 말해 주지 않아도 된다면서 단은 앞으로 고개를 돌렸다. 그러자 이태감이 문 앞으로 걸어가 고개를 숙이며 말했다.

"폐하, 강부인께서 오셨습니다."

안에서 돌아오는 대답은 없었지만 늘 이런 식이었다. 때문에 이태감은 어서 들어가라면서 문을 열어 주었고 단은 차가 든 바구니를 조심스럽게 들어서 문지방을 넘었다.

안에 들어서자마자 보이는 건 이제는 익숙한 그림이었다. 상소를 들고 앉아 있는 무헌을 확인한 단은 시간을 헤아려 봤다. 오수 때였지만, 몸이 피곤하지 않으면 계속 저렇게 상소만 파고 있을 거다. 건드려 봤자 득 될 거 없으니 차만 준비해 주고 잽싸게 자리를 피하자면서 단은 책상 앞으로 걸어갔다. 동시에 안쪽에 서 있던 환관이 자리를 피해 주었고, 상소를 내려놓은 무헌이 손가락으로 눈 안쪽을 꾹 누른다.

"피곤해?"

차만 준비해 줄 셈이었지만, 피곤한 모습으로 저렇게 인상을 쓰고 있는 걸 그냥 넘길 수 없었다. 단은 책상 한편에 바구니를 올리곤 그곳에 담아온 찻잔과 도자기로 된 주전자를 꺼냈다.

귀한 찻잎이라 우려내는 방식도 복잡하고 따르는 방법도 정해져 있었다. 주전자를 잡는 것에서부터 따르는 방법까지 죄 시비에게 배워야 했던 단은 그걸 상기하면서 차를 따랐다. 그렇게 한 잔을 따르고 난 후, 무헌 앞에 내려놓고는 소매를 걷으면서 무헌의 뒤로 걸어갔다.

"치 좀 미시먼시 쉬이. 내가 어께 구물러 굴세."

무헌의 어깨에 손을 올리기가 무섭게 앞에서 찬바람이 느껴진다. 고개를 들자 아니나 다를까 그림자가 나타나 있었다. 전이라면 식겁했겠지만 이제는 아니다. 나타날 거란 걸 짐작하고 있었던 단은 대수롭지 않게 말했다.

"뭘 어떻게 하겠다는 게 아니라 그냥 어깨 좀 주무르는 거예요."

설령 그런 이유가 아니라도 자신이 다른 꿍꿍이가 있어 이러는 게 아니었다. 황제를 애지중지하는 입장이야 모르는 바는 아니었지만, 등 뒤에 섰다고 저렇게 나타나 버리면 상당히 섭섭했다.

어깨 수무르는 척하다가 칼로 찌르기라도 할 것 같았냐면서 인상을 쓴 채로 보는 단을 두고 그림자는 여전히 한곳에 서 있었다. 황제의 등 뒤에서 나와야지만 물러날 것 같은 기세였다. 그림자가 갑자기 나타나는 게 처음도 아니고 그러려니 하자면서 무헌의 어깨에 손을 올렸다. 그러자 바로 이상한 짓 하지 말라는 듯 몸을 앞으로 뺀다.

"가만히 있어. 이것도 내가 해 준다고 할 때에나 받는 거지, 아무 때나 누릴 수 있는 건 줄 알아?"

다른 건 몰라도 안마 하나만큼은 자신 있었다. 아버지도 안마만큼은 칭찬 일색이었고, 싸움꾼으로 있을 때에도 이 두 손으로 근육이 뭉친 놈들 여럿 살렸다. 한 번 받아보면 그때부터 못 잊고 계속 저를 찾게 될 거라면서 무헌의 어깨를 잡아 뒤로 당긴 후, 안쪽을 꾸욱 눌렀다.

"뭐야? 이게? 완전히 돌덩이잖아―."

주변에 사람이 그렇게나 많은데 어깨가 이렇게 뭉칠 때까지 아무도 몰랐던 걸까. 그게 아니면 최근 해야 할 일이 많아서 이럴지도 모르겠다면서 단은 요령 있게 안마를 이어 갔고, 처음에는 갑자기 왜 이런 것인가 싶어 몸에 잔뜩 힘을 주고만 있던 무헌의 어깨가 서서히 이완되었다. 단은 팔꿈치를 세워서 어깨 안쪽에 두고 가볍게 눌렀다.

그렇게, 딴에는 신경 써서 안마를 하는 동안 자신의 행동 하나하나를 주시하는 그림자의 눈빛이 느껴졌다.

제대로 하는 것인지, 저러다가 이상한 짓을 하지는 않는지 감시하듯 바라보는 눈빛에도 단은 흔들림이 없었다. 나중에는 손을 깍지 껴서 어깨를 통통통 두드리면서 물었다.

"불편한 곳 있으면 말해. 하는 김에 다 풀어 줄 테니까."

그러자 재차 얼굴에 닿는 시선이 느껴졌다.

무헌이 쳐다보는 건 아니고 안쪽에서 동상처럼 서 있는 그림자의 눈빛이었다.

다른 누구도 아닌 황제에게 말을 놓는 것 때문에 저렇게 가라앉은 눈빛으로 바라보는 거겠지. 그걸 모르지 않았던 단은 결국 뒤에 작게 요, 하고 덧붙였다. 끝에 말을 다 잘라먹은 주제에게 간신히 덧붙인다고 해서 그게 존대가 되는 건 아니었다.

우스운 짓을 하는 단을 두고 무헌은 뒤로 손을 뻗어선 그녀의 손목을 붙잡았다. 자연스럽게 옆으로 와서 서게 한 후 그는 오른쪽 어깨에 흰 손을 올리고 고개를 좌우로 움직였다. 고맙다거나 시원하다는 말은 없지만, 풀어진 얼굴을 보아하니 꽤 만족한 것 같았다.

"일하다가 목이 무겁거나 어깨가 뭉친 것 같으면 말씀하세요. 안마가 돈 드는 일도 아니니까요."

둘이 있을 땐 편하게 말을 놓아도 상관없지만, 그림자가 지켜보고 있으니 그럴 수 없었다. 하지만 이런 존대를 하는 것도 거의 기억이 나지 않을 만큼 오랜만이었다. 하는 사람도 어색하지만 듣는 쪽도 만만치 않았다. 이상한 걸 듣는 사람처럼 올려다보는 무헌의 눈빛이 민망했던 단은 재차 그림자를 돌아봤다.

저런 식으로 구석진 곳에 가만히 서서 미동조차 없는 게 불편해 보였다.

"그런데 거기에 가만히 서 있기만 하면 답답하지 않아요?"

지금껏 자신이 황제에게 이상한 행동을 할라치면 쥐도 새도 모르게 나타나 사람을 식겁하게 하곤 했다. 그렇다는 건 평소에도 황제인 무헌의 곁에서 멀리 떨어져 있지 않는다는 건데 힘들지 않을까? 황제를 호위하는 게 임무라고는 해도, 내내 한곳에 있는 게 쉽지 않은 일일 텐데.

물끄러미 바라봐도 그림자는 미동이 없었다. 삿갓 아래로 보이는 콧날과 다물려진 입술을 가만히 보고 있으려니 그때 무헌이 옆으로 손을 움직인다. 그제야 그림자가 옆으로 몸을 피했고, 그림자가 보이지 않게 돼서야 단은 무헌을 내려다봤다. 그리곤 찻잔을 드는 걸 본 단은 두 손을 마주 잡았다.

선물로 온 것들 중에서 가장 좋은 찻잎이라 알려진 걸 복잡한 방법을 사용해서 우려낸 거였다. 차를 잘 우린다는 시비가 도움을 주었으니 잘못된 건 없을 거라고 생각해도 걱정이 되는 건 어쩔 수 없는 노릇이었다.

숨죽인 채로 빤히 바라보려니 차를 한 모금 넘긴 그가 바로 찻잔을 내린다.

"입맛에 맞지 않아?"

"차향은 좋지만 내가 즐기는 맛이 아니다."

다양한 차가 있는 만큼, 거기서 입맛에 맞는 게 있고 아닌 것도 있을 수 있었다.

어디까지나 취향의 문제이기 때문에 입맛에 안 맞는 걸 억지로 다 마시라 강요할 수도 없었다. 한 모금만 넘긴다고 해서 그걸 서운하게 생각할 필요가 없었다. 생각은 그렇지만 살짝 서운해지는 건 어찌할 수 없었다.

단은 손가락으로 무헌이 내려놓은 찻잔을 가리켰다.

"그거 우리는 데 나도 조금 도왔어."

중요한 일은 시비가 다 해 주었지만, 그래도 찻잎을 정제하거나 우리는 것, 그리고 물이 끓는 걸 지켜보는 등의 일은 단도 했었다. 차를 끓이는 사람의 정성이 깊을수록 그 맛도 좋아진다고 해서 한 거긴 하지만 내심으론 '그런 게 어디에 있어.'라는 게 솔직한 마음이었다. 차 맛이 그게 그거지. 그렇게 가볍게 넘기고 말 셈이었지만, 서운함이 가시질 않았다.

꼴랑 한 잔인데 한 번에 다 마시면 오죽 좋아. 단은 어깨를 으쓱이다가 옆으로 고개를 돌렸다.

그런 제 얼굴을 빤히 바라보는 무헌의 시선이 느껴졌다.

"……."

어제 그 일이 있었기 때문일까.

왜인지 무헌의 눈을 편하게 볼 수 없었다.

지금 입고 있는 의복의 색이 괜찮은 것인지, 머리 장식이 잘 달려 있는지, 화장은 번지지 않은 것인지 등등. 이런저런 잡다한 생각이 머릿속을 그득히 채워 나간다. 그리고 한창 바쁘게 일하던 사람에게 갑자기 찾아와 아무것도 하지 않고 가만히 서 있는 제 모습이 우스꽝스럽게 여겨졌다.

딱히 도움 줄 수 있는 게 없다면 이쯤해서 돌아가야 하지 않을까. 조용히 있는다 해도 누군가 멀뚱히 서 있기만 하는 게 신경 쓰이지 않을 수 없는 노릇일 테니—.

그때 달그락, 소리가 귓가에 닿는다.

뭔가 싶어 별생각 없이 아래를 확인하자 재차 찻잔을 드는 무헌이 보였다.

뭘 하려는 건가 싶어 빤히 보는데 무헌이 그대로 찻잔을 말끔하게 비워 냈다. 입안에 담긴 차 맛을 잠시 음미하고는 그걸 한 번에 넘긴 그는 빈 잔을 단 앞에 내려놨다.

"……."

단은 빈 잔과 무헌의 얼굴을 번갈아 보다가 책상 위에 양손을 올렸다.

"안 좋아하는 거 아니었어?"

"즐기는 게 아니라고 했을 뿐이지 좋아하지 않는 건 아니다."

그게 뭐야. 불쑥 드는 생각에 단은 눈을 흘겼지만, 이윽고 한쪽 입꼬리가 올라간다.

무헌이 처음 한 말이 진심임을 모르지 않았다. 좋아하지 않는 차지만, 그래도 한 잔을 다 비워 낸 거다. 그게 기분 좋게 다가왔던 단은 주전자를 들어선 잔에 다시금 차를 따랐다. 그러자 곧장 무헌의 한쪽 눈썹이 올라간다. 그걸 왜 또 따르는 거냐는 식으로 구는 반응에 아랑곳하지 않고 단은 찻잔을 들어 차를 한 모금 넘겼다.

한창 뜨거울 땐 마시는 게 아니라 해서 향만 맡았지 맛을 보는 건 이번이 처음이었다. 그리고 혀끝에 퍼지는 알싸한 향과 동시에 단의 표정이 확 굳어졌다.

"진짜 맛없다."

차라는 것들은 왜 다들 이 모양인 걸까. 여기에 꿀을 타서 마시면 그나마 좀 나아질까.

찻잔을 눈앞에 들고 유심히 살피던 단은 재차 얼굴에 닿는 시선을 감지하곤 그쪽으로 눈을 내리떴다. 아예 붓을 내려놓은 무헌이 의자에 등을 기댄 채로 저를 보고 있었다. 시선이 느껴지는 순간 단은 얼굴이 달아오름을 느꼈다. 왜인지 당황스럽다는 느낌이 들었던 단은 책상 모서리에 둔 바구니를 끌곤 그곳에 주선자와 찻잔을 집어넣었다.

"이제 가는 거냐?"

이곳에 온 목적은 무헌에게 차를 주기 위함이었다.

비록 그의 입맛에 맞지 않는 차라 할지라도 한 잔을 다 비웠으니 더 이곳에 머물러 있을 이유가 없었다.

"더 할 일도 없는데 가 봐야지."

"곧 오수 시간이다."

"……."

"전에는 그냥 넘겼지만 자는 동안 누구의 안마를 받으면 무척 기분이 좋을 것 같군."

"자는 동안 내내 안마를 하고 있으라는 거야?"

낮잠을 얼마나 자는지도 알 수 없는데, 그동안 계속 안마를 하면 내 이 두 손이 남아나겠냐면서 단은 표정이 확 일그러진다.

처음에는 웃기지도 않는 소리를 하는구나 싶었으나 계속해서 저를 보는 무헌의 눈빛에 단의 마음이 서서히 누그러진다. 조금 전 만졌던 어깨의 딱딱함이 아직 손 안에 남아 있었다.

단은 자신이 시종으로 이곳에 있었을 때부터 지금까지, 무헌이 아무나 가까이에 두지 않는다는 걸 떠올렸다. 딴에는 조심스럽다 볼 수 있겠지만, 어쩌면 그게 아니라 단순히 경계심이 높은 걸 수도 있고 그 원인이 무엇 때문인지 대충이나마 짐작 가는 부분이 있었다.

"……이상한 짓 하면 가만두지 않을 거야."

"이상한 짓이란 게 뭔데?"

담담한 목소리 안쪽으로 놀림이 느껴졌다.

저런 식으로 굴면서 모르는 척 잡아떼다니. 똑같이 쏘아주고는 나가 버릴 수도 있었지만 내키지가 않았다. 아무한테나 저런 말을 하는 건 아닐 텐데. 거기까지 생각이 미친 단은 붙들고 있던 바구니의 손잡이를 놓았다.

"낮잠 잔다며. 어서 일어나."

쓸데없는 소리를 해서 시간 끌 생각일랑 하지 말고 말이다.

무헌이 던지는 농에 대해선 조금의 영향도 받지 않은 것처럼 최대한 태연하게 구는 단이지만, 그 모습을 지켜보는 무헌의 표정은 느슨하게 풀려 있었다. 옅은 미소를 입가에 머금고 있는 모습에 단의 두 뺨이 달아오른다. 그걸 숨기기 위해서 단은 무헌의 어깨로 손을 뻗어선 어서 일어나라는 듯 몇 번 토닥였다. 그것에 이끌리듯 무헌은 몸을 일으켰다.

저보다 얼굴 하나는 더 붙어 있는 무헌을 올려다보다 말고 단이 먼저 몸을 돌려 안으로 향한다. 부끄러움을 숨기기라도 하려는 것처럼 서두르는 단의 뒤를 쫓으면서 무헌은 나풀거리는 단의 긴 허리띠를 잡기 위해 앞으로 손을 뻗었다.

*　　　*　　　*

낟힌 문 앞에 선 재노 이태감은 죄대한 귀를 앞으로 내밀고 있었다. 그런다 해도 들리는 소리는 아무것도 없었다.

강부인과 황제의 관계는 참으로 요상한 구석이 있었다. 두 분이 함께하는 시간이 잦긴 하나 그때마다 사이가 좋았던 건 아니었다. 조용하다가도 갑자기 큰 소리가 날 수도 있으니 그걸 대비하기 위해 대기 중에 있었다. 그런데 오늘은 계속 기다려도 조용했다. 별일 없이 조용히 넘어갈 것인가.

추측만 하고 있을 게 뭔가 싶었던 이태감은 나와 있던 환관에게 눈짓을 보냈다. 지시를 받은 환관이 안으로 들어가고, 잠시후 밖으로 나온 그는 고개를 조아렸다.

"폐하께선 오수 중이십니다."

"그래? 그렇다면 강부인께서는 지금……."

말이 채 끝나기도 전에 환관의 입가로 옅은 미소가 번진다.

그걸 보는 순간 안에서의 상황을 파악한 이태감은 아아ー 소리를 냈다.

"강부인께서 함께 계셨지."

강부인과 황제가 함께 붙어 있으면서 소란스러워지지 않을까 싶었는데 기우였던 모양이다. 강부인이 크게 앓은 이후 둘 사이로 흐르는 애틋함이 느껴졌다. 이대로만 간다면 조만간 큰 경사가 생길지도 몰랐다.

"아주 좋군. 이제야 이 늙은이도 걱정을 덜었어."

"폐하께서는 푹 쉬고 싶으시다며 누가 방문해도 안에 들이지 말라 하셨습니다."

"그래야지. 두 분이 계시는데 방해를 해서 쓰나."

은밀한 눈빛을 던진 이태감의 입술 끝이 올라가 있었다. 지금 이 상황을 무척 반기며 기꺼워하는 모습이었다. 그것에 환관도 재차 고개를 조아렸지만 그 입가로 분명한 미소가 걸렸다.

황제가 휴식을 취하면 그 아래에 있는 자들도 편한 시간을 보낼 수 있었다. 딴 짓을 할 수는 없어도 마음이 편하면 몸도 지치지 않는 법이었다. 느긋한 얼굴로 있던 이태감이지만, 얼마 안 있어 달갑지 않은 말을 전해 듣게 된다. 아래에서부터 빠르게 올라온 어린 환관 하나가 이태감 옆에 붙어선 말을 전했다.

"태감 나으리, 태상께서 걸음 하셨습니다."

태상 화도문이 왔다는 소식에 이태감의 안색이 굳는다.

"오늘 찾으신다는 말씀이 있었더냐."

"아닙니다. 갑작스러운 방문이십니다."

대답 후 입을 다문 어린 환관의 표정은 굳어 있었다.

태상이 미리 언질 없이 갑자기 찾아오는 법은 없었다. 그렇다 해서 갑작스러운 방문을 두고 불편한 기색을 노골적으로 내비칠 순 없는 노릇이었다. 황제가 정무를 살피는 중이라면 들어가 고하면 되겠지만, 지금은 강부인과 함께 있었다. 짧게 생각을 정리한 이태감은 고개를 들었다.

저기 커다란 대문을 넘어 안으로 들어서는 태상이 보였다.

"내가 직접 말씀을 드릴 테니 너희는 이곳에서 움직이지 말거라."

동시에 이태감은 계단을 내려갔다. 나이가 있으니 무릎 관절이 좋지도 않았다. 부축 없이 홀로 계단을 오르내리는 것도 힘들었지만, 지금만큼은 더 빠르게 움직여야 했다. 이태감이 서둘렀기 때문인지 태상이 계단 앞에 다다르기 전에 태상과 마주할 수 있었다.

"귀한 분께서 연락도 없이 어쩐 일이십니까."

"오늘이 궁에서 허락된 부인의 방문 날이라 겸사겸사 폐하께 인사를 드리고자 찾아왔네. 안에 계시나."

각 부인들에겐 바깥에 있는 가족들과 만남이 허락된 날이 있었다. 그리고 오늘이 화부인의 그 날이라면, 태상의 등장이 갑작스러울 것도 없었다. 물론 그가 예전부터 날짜를 꼬박꼬박 맞춰서 화부인을 찾았던 게 아니라 할지라도 말이다.

처음에는 태상의 갑작스러운 등장을 비로소 이해한 것처럼 몇 번 고개를 끄덕인 이태감은 이윽고 조심스러운 기색을 드러냈다.

"그런데 어찌 하옵니까. 폐하께서는 오수 중이십니다."

"안 그래도 못 맞출 것 같아서 걸음을 서둘렀는데, 내가 늦었나 보군, 언제 잠자리에 드셨나."

"조금 전에 드셨으니 아직 주무시진 않으실 겁니다. 하지만 지금……."

일부러 뒷말을 흐린 후, 이태감은 고개를 조아렸다.

"강부인과 함께 계시는지라."

"아―."

단박에 이해한 태상은 짧은 소리를 낸 후 바로 입을 다물었다. 그리곤 재차 궁을 올려다보는데 그 눈동자 안쪽으로 '이런 일이 있었던가.' 하는 기색이 역력했다.

그도 그럴 것이 지금껏 황제가 오수를 한 적도 거의 없을뿐더러, 그동안 어떤 부인의 시중도 받지 않았던 것이다. 황제 홀로 있으면 모를까. 부인과 함께라면 찾아가 목소리를 내는 것도 엄청난 실례였다.

태상은 제 오른쪽 손등의 뼈마디를 문지르면서 중얼거렸다.

"듣자하니 강부인께서 쾌차하신 지 얼마 안 되셨다 들었는데, 괜찮으신 건가."

"폐하의 지극한 보살핌을 받으셔서 지금은 완전히 쾌차하셨습니다."

직후, 이태감은 얼굴 옆에 손을 댄 채로 나직하게 덧붙여 말했다.

"두 분의 사이가 정말로 좋으십니다."

안 하느니만 못한 말이었다. 지금 태상의 표정이 편안하고 입가에 미소를 머금고 있더라도, 화부인의 부친인 그에겐 쓸데없는 말이었다. 아마도 태상이 헛걸음을 하게 된 게 민망해서 쓸데없는 말을 덧붙인 것 같지만, 그건 태상에게 있어 확실히 불쾌한 일이었다. 잠자코 있던 태상은 입을 열었다.

"예전에 내가 공공에게 도움을 청한 적이 있었지."

그리 먼 과거의 일도 아니었기에 기억을 떠올리기엔 어려움은 없을 거다. 하지만 태상의 말을 듣는 순간 이태감은 알 수 없다는 눈빛으로 그를 올려다봤다. 그 눈빛이나 태도가 전과 아주 많이 달라져 있었다.

소율태국의 권력자 곁에 있다 보면 힘의 흐름에 대해서 자연스럽게 깨닫게 되는 바가 있었다. 어쩌면 이태감의 마음은 이미 정해진 걸지도 몰랐다. 서로를 바라보는 눈빛은 온화하고 미소가 담겨 있지만, 그 아래에 깔려 있는 건 달랐다.

"태상, 폐하께서 기분이 좋으실 때 다시금 찾아오시지요. 그 편이 태상께도 좋지 않겠습니까."

두 손을 모은 이태감은 고개를 숙이며 말했다.

"강부인은 태상 가문의 사람입니다. 강부인께서 튼튼한 황자를 낳으신다면, 그건 곧 태상께 큰 힘이 될 것입니다."

"그건 그때 가 봐야지 아는 일이 아니겠나. 낳았더니 공주일 수도 있는 것이고—."

그 순간 이태감의 눈가가 파들, 하고 떨린다. 위를 올려다보는 눈동자 안쪽으로 적잖은 당혹감이 담겨 있었다. 어찌 그런 말을 할 수 있는 건가 싶어 굳은 시선을 보내오는 걸 확인한 태상은 한쪽 눈썹을 올렸다가 내렸다.

"이만 가 보겠네."

동시에 몸을 돌린 태상의 발걸음이 점점 빨라진다. 대문을 넘어선 그는 몇 걸음 더 나아가선 곧장 뒤를 돌아봤다. 건평궁을 노려보던 태상은 나직하게 중얼거렸다.

"박쥐 같은 놈."

아직은 황제의 입지가 불안했을 때 가장 먼저 태상을 찾아와 도움을 청한 게 바로 이태감이었다. 그가 보기에 갑자기 나타난 황제의 존재 자체가 불안하고, 그로 인해 본인에게 어떤 불똥이 튈 수도 있겠다 싶었을지도 모른다. 그 상황에 대비하기 위해서 태상이라는 든든한 뒷배를 만들어 둘 요량으로 찾아온 것임을 모르지 않았다.

황제를 가장 가까운 곳에서 모시니 제 사람으로 만들어 두면 언제라도 써먹을 데가 있지 않겠나 싶어 선심을 썼는데 결국 이런 식으로 뒤통수를 친단 말이지. 저들의 짧은 생각으론 강부인인지 뭔지가 제 사람일 거라고 믿고 싶은 거겠지만—.

"주인어른 안색이 좋지 않으십니다."

바깥에서 기다리고 있었던 하인의 조심스러운 말에도 태상은 한동안 굳은 표정을 풀 수 없었다.

거리에 사람이 없어도 어디든지 눈과 귀가 달려 있기 마련이니 미간을 찡그릴 때에도 조심해야만 했다. 지금 곧장 표정을 풀어야 한다는 걸 알면서도 그러기가 쉽지 않았던 태상은 눈을 감았다. 마음 같아선 곧장 출궁하고 싶지만, 여기까지 왔으니 한 사람 더 보고 가는 게 맞았다. 끓는 속을 다독인 태상은 짧게 말했다.

"화부인에게 가자."

그 말에 시종이 불안한 얼굴로 고개를 끄덕였다.

*   *   *

볕이 좋은 날이었다. 이런 날에는 궁의 모든 창을 열고 환기를 시키거나 청소를 하곤 했지만, 지금은 아니었다. 오늘은 정해진 시간에 방문하기로 한 불청객이 있었다. 화부인에게 있어선 고작 그 정도의 의미였지만, 낙운궁의 시비들은 그렇지 않은지 정신이 없어 보였다.

여기저기 할 것 없이 구석구석 움직이면서 청소를 하고 손님 맞을 준비를 한다. 그러는 동안 화소영은 한 손에 찻잔을 들고 있었다. 느리게 잔을 기울이던 그녀는 나운이 들어오자 그녀를 바라봤다.

"부인, 태상께서 오셨습니다."

"안으로 모시거라."

기다리던 손님이 왔으면 안에 모시면 될 일이었다. 이런 식으로 숨죽인 채로 말을 전할 필요가 뭔가 싶었던 화부인의 표정엔 흔들림이 없었다.

나운이 급히 나가고 난 후 얼마 안 있어서 태상 화도문이 들어왔다. 의자에 앉아 있는 화부인을 본 태상은 그 앞에서 예를 갖춰 인사를 올렸다.

"부인을 뵙습니다."

근처에 있던 환관이 의자를 가지고 와서 화부인과 마주 보고 앉을 수 있도록 했고, 동시에 나운은 방 안에 있던 시비와 환관을 바깥으로 내보냈다. 마지막으로 방을 나선 나운이 문을 닫자마자 태상은 긴 한숨을 토해 냈다.

저런 식으로 한숨을 쉬는 사람이 아니었다. 들으란 듯이 내쉬는 숨을 모르는 척할 수 없었던 화부인이 물었다.

"무슨 일이십니까. 얼굴에서 언짢음이 묻어납니다."

"그렇게 남의 안색을 잘 살피는 분께서 어찌 아직도 폐하의 마음을 얻지 못하신 겁니까."

대화를 시작하기도 전부터 이렇게 나오는 건가. 갑작스럽게 찾아오겠다 했을 때, 예상하고 있기도 했던 만큼 화소영은 별 동요가 없었다.

"부인께서 말씀하셨지요. 제 자식들 중 가장 똑똑한 이가 바로 부인이시라고요. 네. 저도 잘 알고 있습니다. 그렇기에 부인에게 거는 기대가 무척 컸지요. 저런 황제라 할지라도, 내 딸이면 얼마 안 있어 그 손에 쥘 수 있을 거라고 말입니다. 그런데 이제 와서 보니 그게 아니었습니다."

태상은 눈을 가늘게 뜬 채로 화소영을 노려봤다.

"부인께서 자신만만해하는 동안 황제의 마음은 이미 다른 곳으로 가 버린 듯하옵니다."

듣고만 있기가 참 불편한 말이었다. 다른 사람도 아닌 부친에게서 듣는 말이기에 더더욱 언짢아지는 걸지도 모르겠다면서 화소영은 찻잔 위를 손가락으로 느리게 문질렀다.

"폐하와 제 관계가 진의 그 상태를 유지했더라면 언제고 그분은 저를 찾으셨을 겁니다. 본인의 뜻이든 아니든, 황제로서의 책무를 수행해야 할 테니까요. 그런데 아버님께서 아래에 두고 부리는 그 잘난 오라버니께서 책이 잡히고, 아버님은 황제의 정인을 곱게 잘 포장해서 궁의 안뜰에 안전하게 모셔왔지요."

화부인의 지적에 태상의 눈가가 파들, 하고 떨렸다.

그때 어떤 식으로든지 황제의 마음을 풀어줘야만 했다. 파고들면 걸려드는 게 많을 수밖에 없는 상황에서 황제가 제시하는 조건은 별거 아닌 것처럼 여겨졌다. 그저 여인 하나를 부인으로 들이게 해 달라는 거였으니 말이다.

계집 하나가 뭐 대단하겠나 싶었더니만 아니었다. 황제가 여자에게 별 관심을 보이지 않아, 그쪽으로 방심하고 있던 게 큰 실수였다. 그 강부인은 처음부터 황제의 마음을 사로잡았고 둘은 함께하는 시간이 많았다. 궁 안으로 강부인이 황제의 오래된 정인이라는 소문이 도는 게 당연할지도 몰랐다.

부친과 황제가 작당해서 저지른 일이었고 그걸로 인한 비난을 받고 있는 셈이니 화소영도 기분이 썩 좋지 않았다.

"황제의 마음을 얻는 것이 저 혼자서 가능할 일이랍니까. 위아래로 손발이 맞아야 얻을 수 있는 귀한 마음입니다. 그런데 이제 와서 그 모든 걸 제 탓으로 돌리실 셈이십니까."

"귀한 마음이라ㅡ. 이 궁 안에서 그런 게 어디에 있습니까. 결국에는 돌아가는 상황에 따라서 여기저기 옮겨가기 마련입니다."

화부인 탓만을 하기에는 이쪽에서 저지른 일 몇 가지가 마음에 걸렸다. 그러면서도 왜 처음부터 황제의 마음을 사로잡지 못했던 것인지 그게 참 아쉬웠다. 태상은 제 딸을 위아래로 살폈다. 외모로는 어디 흠잡을 데 하나 없었다. 하지만 저 잘난 척하는 성격만큼은ㅡ. 태상은 작게 혀를 찼다.

"모든 일이 순리대로 따를 것이라 착각하고선 그리 혼자서 점잖은 척을 해 보십시오. 결국엔 부인께선 모든 걸 잃게 되실 겁니다."

"폐하를 상대로 아무것도 할 수 없으니 이제는 저를 겁박하시는 겁니까."

"못할 것도 없지요. 알아서 잘할 것이라 믿고 맡겼는데 그게 아니라면 다음을 모색해야 하지 않겠습니까."

지금 상황은 무척 심각했다. 일의 경중을 알고 '아버님, 어찌

하면 되겠습니까.'라며 매달려도 시원찮을 판에 끝까지 콧대를 세운다. 이럴 땐 딸이라도 마음에 들지 않는다면서 냉랭한 태도를 보이는 태상을 두고 화소영은 탁자에 올린 손을 움켜쥐었다.

"저를 장기짝의 말처럼 다룰 수 있다고 생각하지 마십시오."

"그렇기 때문에 부인이 안 되는 겁니다."

지금의 비난은 전과 다름이 있었다.

때문에 침묵하는 화소영을 두고 태상은 일어났다.

"네가 이런 식이니 황제가 찾지 않는 것임을 왜 몰라. 자고로 여자라면 고분고분하고 애교스러운 구석도 있어야지. 자주 찾아뵙고 많은 대화를 나누고 계속 얼굴을 보아야 저 돌서같은 황제도 마음이 흔들릴 게 아니겠더냐. 지금 황제가 누구와 함께 있는지 아는 것이냐. 다름 아닌 강부인이다. 이태감 그놈은 금방이라도 황자가 태어날 것처럼 신이 나 있더구나."

딸이라 하나 내명부의 부인이니 예를 갖추는 게 옳았지만, 더는 참을 수 없었다.

손을 들어 정확히 화소영을 가리킨 태상은 그 누구에게도 보여 준 적 없던 일그러진 분노를 드러냈다.

"네 콧대와 자존심을 내세우기 전에 너 혼자만의 힘으로는 황후가 될 수 없을 거란 걸 꼭 명심해야 할 거다. 어떤 식으로든 너는 우리 가문의 도움을 받아야 할 거야. 그때 내가 기꺼운 마음으로 도움을 줄 수 있게끔 알아서 잘 처신했으면 좋겠구나."

화소영이 부인이 되어 입궁한 후로 이런 식으로 말한 적이 없었다. 하지만 이렇게가 아니라면 계속 정신 못 차리고 제 콧대만 세울 것 같으니 수가 없었다.

그녀가 입궁한 후 다른 부인들보다 돋보일 수 있었던 것도 전부 가문의 힘 덕분이 아니던가. 그걸 잊고선 이런 식으로 행동해서 그녀에게 좋을 게 없었다. 그때 내내 굳은 얼굴로 있던 화소영이 입을 열었다.

"선황께서 왜 중요한 일을 앞두고 아버님을 제외하셨는지, 이제야 알겠습니다."

"……."

화소영의 입을 타고 흘러나오는 나직한 중얼거림은, 화도문의 자존심을 긁어내기에 부족함이 없었다.

"얼마 전까지만 하더라도 제 뜻을 존중해 주려 하셨는데 며칠 사이에 그 마음이 달라지셨군요. 대체 무엇이 아버님의 마음을 변하게 한 걸까요."

점점 더 굳어지는 부친의 얼굴에서 시선을 떼지 않은 그녀는 찻잔을 한 손으로 옮겨쥐었다.

"무슨 생각을 하시는지 모르겠으나 하나 명심하십시오. 폐하께서 계시는 동안 아버님이 하시는 모든 일은 역모밖에 될 수 없습니다. 일황자니 뭐니 하는 자는 황위에 오르지 못한 패배자란 말입니다. 이제 와 나선다 해서 예전처럼 모든 자들이 한 마음, 한 뜻으로 아버님의 뒤를 따를 것 같습니까? 마지막에 가서 위험하다 싶으면 결국 발을 뺄 것이고, 아버님만 홀로 쓸쓸하게 남게 되실 겁니다."

"이―!"

더는 그 입 놀리지 말라고, 당장 입 닥치라는 말이 턱 끝까지 올라왔으나 힘겹게 내리눌렀다. 몇 번의 마른침을 삼킨 후, 화부인을 가리키던 손을 내린 태상은 뒷짐을 진 채로 입술을 썰룩였다. 분함을 참지 못한 그는 나직한 경고를 남겼다.

"네 유모는 이미 많이 늙었으니 지나치게 많은 부담은 주지 말아야 할 거다."

그 순간 미미하게 화소영의 눈가가 떨렸다.

그녀가 지금 궁 안에 들어와 있긴 하나, 그렇다 해서 집안일에 모든 관심을 끊은 게 아니었다. 그녀의 부친인 화도문은 위험한 사내였고, 그 주변에 있는 자들이 무슨 짓을 저지를지 알 수 없었다. 혹여라도 수상쩍은 짓을 한다면 자신이 막아야 했고, 혹은 새로운 정보를 얻어 그걸 유리하게 써먹을 셈이었다. 하지만 부친도 자신이 하고 있었던 일을 모르지 않았던 거다. 지난날 동안 서로가 서로에 대해서 알 만큼 알고 있었다. 그저 눈감아 주고 있었을 뿐이다.

유모가 자신의 눈과 귀가 되어 주고 있음을 부친이 오래전부터 알고 있었다고 확신할 수 있었다. 전에는 알면서도 내색하지 않았던 일을 이제 와서 들먹이는 건 그만한 이유가 있기 때문이 겠지. 화소영의 얼굴에서 표정이 지워졌다.

올려다보는 그녀의 눈동자는 더없이 차가웠다. 원수를 앞에 두고도 이처럼 냉랭할 수 없을 거라며 화도문은 한 손을 움켜쥐었다.

지금껏 그가 부리던 자들은 그의 뜻대로 행동했었다. 그런데 어찌 제 자식이 이토록 속을 썩이는 것일까. 영리한 만큼 쓸데없는 생각을 많이 해서 위험한 딸이었다. 그걸 알기에 함부로 입을 놀리지 않을 셈이었지만, 결국 그 말을 입에 담게 된다.

"그분이 황제가 된다면 너는 보다 편하게 황후가 될 수 있다."

그분이라고 칭하는 것도 우습다며 화소영은 노골적인 비웃음을 지었다.

"부친이 역모를 일으키면 전 죄인의 자식이 됩니다. 어찌 황후가 될 수 있겠습니까."

"─그것이 네 뜻이라면, 그래. 잘 알겠다."

이는 마지막 경고나 다름없는 말이었다. 부디 화소영이 적당히 콧대를 세웠으면 싶어서 기다려 주었으나, 올려다보는 눈빛에는 흔들림이 없었다. 동요 없는 그 눈빛에 화도문은 빠르게 몸을 돌렸다.

세게 문을 열고 나가는 태상의 뒷모습에서 심상치 않음을 느낀 것일까. 나운이 급히 들어와 물었다.

"부인, 무슨 일입니까. 태상의 표정이 좋지 않았습니다."

하지만 지금까지 태상이 이곳을 찾아서 기분 좋게 돌아간 적이 없었다. 둘은 어려서부터 관계가 좋지 않았다. 그래도 화소영이 입궁해 있으니 태상이 든든한 버팀목이 되어 주었으면 하는데, 자꾸만 어긋나는 것 같아 마음이 편치 않았다.

굳은 눈빛으로 올려다보는 나운을 앞에 두고 화소영이 말했다.

"앞으로는 네 오라비에게 편지를 넣지 마라."

화소영의 유모는 나운의 어미고, 집안의 정보를 물어다 주는 이는 나운의 오라비였다.

짧은 말이었지만, 그 안에 담겨 있는 의미를 알 수 있었던 나운의 안색이 굳어진다.

"두 사람에게 무슨 일이라도 생긴 것입니까."

"아직은 괜찮다. 그러니 염려하지 마라."

화소영의 말에도 나운의 불안한 표징은 쉬이 걷히길 않있다. 궁에만 있으니 어미와 오라버니에게 무슨 일이 생겨도 그걸 바로 알 수 없었다. 자신이 없는 동안 문제가 발생한다면 그땐 어찌해야 할까. 하지만 화부인이 있으니 위험할 때에는 어떻게든 도움을 주지 않을까. 거기까지 생각한 나운은 불안한 마음을 다독이고는 탁자에 있는 찻잔을 들었다. 탁자 위에 놓인 것들을 전부 다 정리하고 난 후 고개를 조아린 후 밖으로 나서는 나운의 어깨가 축 처져 있었다.

그것이 신경 쓰이지 않는 건 아니었다. 하지만 위로하기 위해서 다정한 몇 마디를 던지는 게 무슨 소용일까. 나운이 나가는 걸 지켜만 보던 화소영은 탁자에 한 손을 올렸다. 가만히 있던 그녀의 손으로 힘이 들어가고 그 손등으로 힘줄이 올라온다.

부친과 대화를 나누어서 기분이 좋았던 적이 없었다. 그는 어떤 식으로든지 자신의 콧대를 눌러서는 본인이 쥐고 휘두르기 편한 상태로 만들려 했다. 그리한다면 자신이 황후가 된 후에도 그의 뜻대로 움직이는 꼭두각시가 될 수 있을 거라 믿는 거겠지.

"……."

어려서부터 화소영이 알고 있었던 미래의 부군은 다른 인물이었다. 그렇다 해서 그 존재에게 풋풋한 연정을 품는다거나 하지 않았다. 그렇기에 일황자와 대면했을 때에도 또래의 계집아이답지 않게 더없이 차가운 눈빛으로 그를 바라봤었다.

그런 자신을 내려다보는 일황자도 썩 탐탁지 않은 얼굴이었다. 소율태국의 일황자인 데다 황후의 적자였다. 태어나면서 주변 모든 사람들이 떠받들고 부족함 없이 살아온 그에게 있어 자신 따위는 아무래도 좋은 존재였다.

부친과 황후가 '미래의 황후' 운운해도 귀담아 듣는 눈치가 아니었다. 겉모습은 그럴싸했고 오만한 태도는 매력적으로 느껴질 수도 있겠지만, 화소영은 그저 그랬다. 본인의 지위에 만족해서 당연하게 황제가 될 것이라 믿는 그 태도가 영 탐탁지 않았다. 때문에 황후가 폐비가 되고, 일황자가 죽었는지 살았는지 알 수 없는 상황이 되었어도 아무렇지도 않았다.

당연하게 태도가 돌변한 부친이 하늘에서 뚝 떨어진 것처럼 나타난 황제의 부인이 되라 했을 때에도 놀랍지 않았다. 부친처럼 권력욕이 강한 사람이 없었다. 일황자가 잘못되었고, 그 일에 관련이 없는 것도 아니면서 뻔뻔할 정도로 딱 잡아떼는 모습을 보고도 그러려니 했다.

주변의 모든 것들이 빠르게 변하고 정신 차렸을 때에는 입궁한 후였다. 초반부터 신경전을 벌이는 여인들 사이에서 화소영은 내내 말이 없었다. 그때까지만 하더라도 굳이 스스로를 드러내서 성가신 일에 휘말리고 싶지가 않았다.

태상인 부친을 두었기에 낙이 적힌 패는 돌아오지 않았다. 꽃이 그려진 패를 한 손에 쥐고는 그걸 부러뜨려 버릴까, 하는 생각도 했더랬다. 하지만 결국 하지 못했고 차근차근 위로 올라가 마지막 후보가 되었다. 매소희와 나란히 선 채로 화소영은 눈을 내리뜨고 있었다.

부인이 될 것인지 말 것인지가 결정되는 자리였다. 그리고 그녀는 부인이 될 수 있었다.

이미 결정된 미래는 흥미롭지 않았고, 모든 게 무료하기만 했다. 계승식에서 먼발치에서 잠시나마 본 황제의 얼굴을 보다 선명하게 볼 수 있는 자리였다. 앞으로 자신의 부군이 될 사람과 대면하게 될 자리임에도 흥미가 동하지 않았다. 그때까지만 하더라도 화소영에게 있어 그 자리는 아무런 의미가 없는 것이었다.

맹랑하게도 황제는 늦게까지 모습을 드러내지 않았다.

오래 서 있는 동안 피로감을 느낀 부인들 사이로 앓는 소리가 나왔고, 그녀들은 힘겨움을 호소했다. 마지막 심사를 위해서 가뜩이나 여러 겹의 옷을 입고 무거운 머리 장식을 하고 있었으니 고통스러울 만도 했다.

그녀들의 앓는 소리에 당황한 자들 사이로 목소리가 나왔다. 폐하를 찾아 봐라. 모시고 오도록 해라. 잠시 후, 뒤에서 작은 술렁거림이 생겨났다. 이제야 오셨냐고 되묻는 목소리 안쪽으로는 조심스러움이 가득했다. 오랫동안 부인을 기다리게 한 걸 두고 원망이나 불만을 퍼붓는 자들은 없었다.

거기서 화소영은 이 새로운 황제가 꽤 궁을 장악했음을 깨달았다. 갑작스러운 등장만큼, 그걸 불만스러워하는 자들이 조금의 트집이라도 잡으려 들지 않을까 싶었는데 말이다.

새로운 황제가 이렇게나 자리를 제대로 잡을 수 있었던 건 선황의 도움이 컸겠지. 속을 읽을 수 없는 깊은 눈매를 지녔던 선황을 떠올리며 화소영은 손을 바로 잡았다. 그리고 옆을 스쳐 지나가는 자를 느끼곤 그리로 눈동자를 옮겼다.

'…….'

그는 당연한 듯 화소영과 매소희 앞에 섰다.

처음으로 확실하게 보게 된 황제의 용모에 매소희가 작게 감탄사를 토해 내는 걸 들으면서 화소영은 그 얼굴에서 시선을 뗄 수 없었다. 노골적이다 싶을 정도로 계속 주시함에도 그는 그녀에게 눈길조차 주지 않았다. 줄지어 서 있는 부인을 보고도 관심 없는 것처럼 무뚝뚝한 얼굴이 오만하게 여겨졌지만, 일황자 때처럼 불쾌하게 다가오지 않았다. 그것이 당연한 일처럼 여겨졌다.

그렇게, 황제는 화소영의 마음속으로 들어왔다.

＊　　　＊　　　＊

　주름진 손이 무헌의 손목을 붙잡았다.

　전과 달리 그 손길에는 힘 하나 들어가 있지 않았다. 이불 위
에 올려 두는 편이 본인에게도 편할 텐데 선황은 끝끝내 무헌을
놓지 않았다. 그리해야지만 그의 마음속에 깊게 자리 잡은 죄책
감을 덜어낼 수 있기라도 한 것처럼.

　본래 건강이 좋지 않았던 황제였다. 그는 오로지 무헌을 위해
서 지금껏 힘겹게 버텨 왔고, 그것이 한계에 다다라 있었다. 이
러다가 언제 갑자기 숨이 끊어져도 하나 이상할 것 없는 상태였
다. 때문에 무헌도 그 곁에서 떨어지지 않고 서 있었다. 방 안에
는 이태감과 황제가 신뢰하는 몇 대신들이 서 있었다. 앞으로의
일을 예상한 듯, 그들의 표정은 무겁게 가라앉아 있었다.

　무헌이 곁에 서 있을 때에는 그에게 눈길을 주곤 했던 황제지
만, 지금은 아니었다.

　허공을 응시한 그는 추억을 더듬고 있었다.

　짧지만, 그만큼 찬란하도록 빛이 났던 과거의 한 조각을 말이
다.

　*'내가 네 어머니를 처음 만났을 때, 그녀는 머리에 화관
을 쓰고 있었지.'*

혼잣말하듯 시작되는 말에 흥미를 보이는 사람은 없었다. 무헌 또한 마찬가지였다. 이미 몇 번이고 들었던 어머니와의 첫 만남에 대한 이야기는 조금도 궁금하지 않았다.

'노래를 불렀는데 무척 듣기 좋았단다. 간혹 틀리게 부르는 부분이 있어도 아랑곳하지 않고 처음부터 끝까지 계속 불렀지. 한쪽 팔에 대고 있던 나무 바구니는 꽃으로 점점 채워졌고, 해가 져서 주변으로 붉은 노을이 내려앉았다. 그 모습이 정말 예뻤지. 너무 귀해 보여서 넋을 놓고 한참을 바라보고 있었던가. 그런데 그녀는……'

모처럼의 긴 이야기가 힘들었을까.
긴 숨을 내쉰 후 황제는 거의 들리지 않을 소리로 중얼거렸다.

'조심성이 없었어. 그러니까 내가 한곳에 한참을 서서 바라보고 있는데도 그걸 깨닫지 못했던 거지.'

아주 조금이라도 눈치가 빨랐다면 아마도 소리를 지르며 도망치지 않았을까. 그리되었다면 자신을 만나지 않았을 거고, 그렇게 빨리 세상을 뜨지 않아도 되었을지도 모른다고 나직하게 덧붙인 후 황제는 웃었다. 그 웃음의 끝은 이미 메말라 있었다.
이야기는 중간에서 끊어졌지만 뒤가 궁금하진 않았다. 이미 몇 번이고 들었기 때문이었다.

무헌은 자신 앞에서 어머니와의 일을 몇 번이고 말하는 황제가 변명을 하는 것처럼 여겨졌다. 네 어머니와의 추억이 이렇게나 아름답다. 그녀가 일찍 죽긴 했지만, 우리의 추억이 달콤하니 그걸로 좋은 게 아니겠더냐― 라는 식으로 말이다.

무헌은 생명력이 빠져나가는 황제의 얼굴에 시선을 고정한 채로 마저 듣지 못한 뒷이야기를 떠올렸다.

해가 저무는지도 모르고 꽃을 따며 노래를 부르던 어머니는 황제를 발견하곤 크게 놀라 그만 발을 접질리고 말았다. 주저앉아서 집질린 발목을 감싼 채로 어찌할 바를 몰라 하자, 황제가 허둥지둥 다가왔다. 발목이라고는 하나 낯선 사내의 손길이 닿는 순간 소스라치게 놀란 어머니는 무얼 하느냐며 언성을 높였다. 하지만 발 때문에 더 멀찍이 물러날 수 없었다.

아파하며 어쩔 줄 몰라 하는 그녀를 달랜 황제는 안전하게 집까지 데려다주겠다고 했다. 처음에는 그 말을 믿지 못했지만 몇 번이고 거듭되던 말에 어머니는 결국 고개를 끄덕였고, 황제의 등에 업혔다.

지금껏 그 누구도 업어 본 적 없던 황제였다. 업는다고는 해도 불편할 수밖에 없었고, 처음에는 경계심을 드러내던 어머니는 바로 거기서 마음을 풀었다 했다. 어수룩하지만 그래도 최선을 다해 도와주려 했던 모습에서 높은 점수를 얻었다고 했다.

그렇게 어머니를 댁까지 무사히 바래다주었고, 그를 알아본

외조부 덕분에 몇 번이고 그곳을 방문할 수 있었다고 했다. 원한다면 궁에 들일 수 있었겠지만 바깥에서 은밀하게 만나는 즐거움이 컸기에 그러지 않았다. 그렇게 꾸준히 만남을 가지는 동안 어머니는 나이 차이가 적잖이 나는 황제에게 연심을 품게 되었다. 황제 또한 어머니를 첫눈에 보는 순간 마음에 품고 있었기에 거부하지 않았다. 자연스럽게 둘 사이는 가까워졌고, 그 사이에 자신이 생겼다.

그때부터 어머니의 고민이 시작된 셈이었다. 황제는 특이하게도 자식이 많지 않았고 아들은 하나뿐으로, 그 외에는 전부 딸이었다. 그걸 두고 황후가 사내아이가 태어나면 일부러 죽인다—는 소문이 돌 정도였다. 아이를 낳아보기 전에는 딸인지 아들인지 알 수 없는 노릇이었다. 하지만 시간이 흐름에 따라 점점 더 불안을 품게 된 그녀의 모습에 황제는 그녀를 먼 곳으로 보냈다. 보다 안전하고 마음 편한 곳에서 건강한 아이를 낳을 수 있게끔 배려해 준 것이었다. 그리고 어머니는 자신을 낳았고, 얼마 되지 않아 숨을 거두었다.

사랑하는 여인을 내보내긴 했지만, 설마하니 그것이 영원한 작별이 될 줄 몰랐던 것이다.

'네 어머니 혼자 널 낳으면서 얼마나 무서웠을까. 곁에 없는 나를 원망하지 않았을까.'

'……'

'마지막을 지켜 주지 못했기에 이렇게나 애달픈 감정이 드는 걸지도 모르지. 내내 그녀에게 빚을 진 것 같고, 그래서……'

　뒷말을 삼킨 황제는 입을 다물었다. 굳은 얼굴로 가만히 허공을 응시하던 그는 천천히 눈을 감았다. 몇 번의 호흡을 가다듬은 후, 그는 무헌의 손목을 더 세게 움켜쥐었다.

　'내가 너에게 해 줄 수 있는 모든 걸 했다. 그러니 나를—.'

　몇 번이고 말을 하려 입을 열지만, 그 사이로 색색거리는 힘겨운 호흡만 울린다.
　대체 무슨 말을 하고 싶기에 이러는 것일까. 계속 힘겨워 보이는 모습을 보고만 있을 순 없었다. 이러니저러니 해도 부친이었기에, 마지막으로 가시는 길만큼은 편안하게 해 드려야 하지 않겠나 싶었다. 아주 나중에 오늘의 일을 떠올리면서 쓸데없는 죄책감을 느끼고 싶지 않다. 때문에 무헌은 제 손목을 붙들고 있는 황제의 손등을 가만히 감싸주었다. 그 손길에 황제의 손가락으로 힘이 들어가고 다시금 힘겹게 눈을 뜬다.
　무헌을 바라보던 그는 한참 후에 입술을 달싹였다.

　'나를 원망하지 마라.'

'……'

　황제와 함께하는 동안 몇 번이고 그에게서 나를 원망하는 거
냐, 라는 말을 듣긴 했지만 뭔가 다른 느낌이 들었다. 이건 대체
뭔가 싶을 수밖에 없었던 무헌이 재차 입을 열었다.

　그건 무슨 뜻이냐고. 왜 마지막 순간 이상한 말씀을 하시는
거냐고.

　하지만 무헌을 바라보던 황제의 눈동자에서 급격하게 힘이
빠져나간다. 끝까지 저를 두 눈동자에 담으려는 것에서 그의 어
떤 집착 같은 게 느껴졌던 무헌은 안색을 굳혔다.

*　　*　　*

　천천히 눈을 뜬 무헌은 깊은 한숨을 내쉬었다.

　선황에 대한 꿈을 꾸고 나서 기분이 좋았던 적이 없었다. 이번
에도 마찬가지였다. 감정 상태와는 별개로, 묘하게 몸이 무겁다.
평소 하지 않던 낮잠을 잤기 때문일까. 한 손을 들어 이마에 올린
무헌은 일어나려 했지만, 배가 묵직했다. 무언가가 위에서 누르고
있는 듯한 느낌마저 들었던 그는 인상을 쓰면서 신음을 흘렸다.

　이건 대체―. 그런 생각과 동시에 재차 일어나려 했던 그는 어
디선가 나는 좋은 냄새를 맡고는 인상을 풀었다.

　여전히 이마에 한 손을 올린 채로 위로 시선을 옮기자 머리맡

에 서선 저를 내려다보고 있는 그림자 령이 보였다.

왜 거기에 서 있는 것인가.

갑작스럽게 드는 의문에 대한 질문을 하기에 앞서 무헌은 눈을 내리떴다. 그리고 제 위에 엎드리듯 누워 있는 단을 발견했다.

"......"

가슴팍에 한쪽 뺨을 댄 채로 반쯤 입을 벌리고 있는 모습이 마치 실신한 것 같았다. 색색거리는 고른 숨을 토해 내며 숙면을 취하는 그 모습을 보자니, 뭐라 할 말이 없었다.

이윽고 무헌은 자신이 잠들 때까지 안마를 해 달라 했었다는 걸 떠올렸다. 반쯤 농이 섞인 말이었다. 단이 먼저 해 준다 하기도 했고, 몸이 무겁기도 해서 겸사겸사 안마를 받아 볼까 싶었으나, 분명 단이 하다 말고 성질을 부릴 것이라 생각했다. 하지만 단은 무헌의 숙면에 방해가 되지 않을 만큼 그의 팔과 다리 등을 주물러 주었다.

누군가 제 몸을 건드리는 건 싫지만, 그것이 단의 손길이었다. 굳어 있던 몸의 근육이 서서히 풀리는 걸 느끼며 무헌은 그대로 잠이 들었었다.

설마 자신이 자는 동안에도 계속 안마를 했던 건 아니겠지.

무헌은 재차 령을 바라봤고, 그가 무엇을 묻고자 하는지를 알 것 같았는지 령은 느리게 고개를 끄덕였다. 무헌이 자고 나서도 한참을 더 안마를 했었다는 거다.

그 순간 무헌은 한숨이 나왔다.

적당히 하다가 말 것이지. 이내 애초에 단이 그런 성격이 못 된다는 걸 떠올렸다. 일단 한다고 마음먹은 것에 대해선 어떻게 든 해내고야 마는 성격이었다. 꾀를 부릴 줄도 모르고 마냥 성실 했다. 저런 모습으로 제 위에 엎드려 자는 것도 계속 안마를 하 다가 피곤해서 저러는 거겠지. 거기까지 생각한 무헌은 단의 머 리에 한 손을 올렸다. 그걸 본 령은 조용히 뒤로 물러났다.

령이 사라고 난 후, 무헌은 엎드려 자는 동안 헝클어진 단의 머리카락을 건드리다 그녀의 머리 장식을 만졌다.

궁에서 단에게 준 머리 장식하고는 다른 모양새였다. 이번에 단이 몸이 안 좋았던 때 여기저기서 귀한 선물이 보내졌다고 하 던데, 그것들 중 하나인 모양이었다. 딱딱한 장식을 건드렸다가 다시금 단을 본 그는 하얗고 부드러워 보이는 뺨을 손가락으로 건드렸다. 처음에는 토닥이는 수준이었지만, 점점 손가락으로 힘이 들어간다. 뺨이 눌릴 정도로 꾸욱 눌렀다가 손가락을 떼는 순간에 맞춰서 단의 미간으로 주름이 잡힌다.

"으음―."

싫은 소리를 낸 후 단은 고개를 돌려 무헌의 배에 얼굴을 묻었 다.

제 배 위에 눌려지는 단의 얼굴을 느끼면서 무헌은 속으로 숫 자를 셌다. 하나, 둘, 다섯, 열까지 세는 순간 단이 바로 고개를 들었다.

"숨 막혀―."

본인이 얼굴을 배에 누르고 있었으면서 오만상을 쓰면서 툴툴댄다.

손등으로 눈을 문지른 단은 재차 무헌의 배에 한쪽 뺨을 기대었고, 그대로 잠을 청하려다가 인상을 쓴다. 왜 그러나 싶어서 보니 팔짱을 낀 제 팔을 주무른다. 그러다가 손을 펼쳤다가 움켜쥐더니 재차 허리를 세워 똑바로 앉았다. 잠결에 각각 허리에 손을 대고는 좌우로 움직이더니 이번에는 옆으로 몸을 돌린다. 무헌의 오른쪽으로 천천히 기어와서는 그대로 엎드리듯 누웠다. 보기에도 불편할 정도로 작게 몸을 웅크린 채로 단의 어깨가 느리게 오르내린다. 하지만 그도 잠시, 위화감을 느낀 것인지 갑자기 어깨로 힘이 들어갔다.

똑바로 누운 상태인 무헌은 그런 단에게서 시선을 떼지 않았다.

"……."

무헌은 단이 제 시선을 알고 있음을 확신했다.

무헌은 느긋하게 단의 다음 행동을 주시했고, 한동안 가만히 있던 단이 아주 조금씩 뒤로 몸을 물렸다. 하지만 그러기 위해서 이불 위에 한 손을 올릴 때마다 어딘가 불편한 것처럼 손을 움켜쥔다. 꼬물거리면서 물러나 봤자 지금 단은 벽 쪽으로밖에 몸을 피할 수 없었다. 무헌은 옆으로 몸을 돌려선 단의 어깨에 한 손을 올렸다. 커다란 손으로 어깨를 감싸 쥐듯 붙잡자 작게 숨 삼키는 소리가 들린다.

필사적으로 한 팔로 얼굴을 가린 단은 고개를 아래로 숙였다. 모르는 척 피해 봤자 쓸데없었다. 단이 민망해하는 걸 지켜보는 재미가 쏠쏠했지만, 계속 그걸 구경하듯 지켜보고 싶진 않았던 무헌이 입을 열었다.

"안 자고 있는 거 다 안다."

단의 몸으로 더 힘이 들어가나 싶더니 천천히 고개를 든다. 한쪽 눈을 가늘게 뜬 채로 무헌을 확인하듯 바라보는 단은 잔뜩 인상을 쓰고 있었다. 제 배 위에 엎드리듯 자고 있었던 게 민망해서 그러는 건 아니고, 어딘가 불편해 보이는 모습인지라 무헌은 어깨를 붙잡고 있던 손을 내려선 단의 팔을 붙잡았다. 그 순간 단이 아얏, 하고 작게 신음을 흘렸다.

"어디가 안 좋은 거냐."

엎드려서 자는 건 몸에 부담이 될 수밖에 없었다. 그 때문에 저러는 건가 싶었지만, 답이 없었다. 대신 손을 움켜쥐었다가 펼치길 반복하는 걸 본 무헌이 먼저 몸을 일으켰다. 단도 일어나려 했지만, 한 손을 이불에 대는 순간 미간의 주름이 더 짙어진다. 결국 무헌은 단을 붙잡아 일어나 앉을 수 있도록 해 주었다.

단이 자세를 바로 잡기도 전에 무헌의 한 손이 단의 오른쪽 손을 덥석 붙잡는다.

"왜 이러는—."

이상한 짓 하지 말라며 한 소리 하려 했지만, 무헌의 얼굴을 보곤 입을 다물었다.

무헌은 제 앞으로 당긴 단의 손바닥 위를 유심히 살폈다. 한쪽 눈을 가늘게 뜬 채로 하염없이 바라보던 그는 잠시 후 말했다.

"손이 아픈 거냐."

"아니야. 그냥 쥐가 나서……."

자던 중에 오른쪽 팔로 쥐가 난 걸 느꼈고, 그걸 솔직하게 말하는 게 부끄러웠다.

"불편하게 자서 피가 안 통하는 거지 뭐. 신경 쓰지 마."

대수롭지 않은 투로 말한 단은 재차 손을 빼내려 했지만, 무헌은 놓아주지 않았다. 더 세게 단의 손을 잡은 후 다른 손으로 그 위를 쓸어내리듯 하더니 이윽고 두 손으로 구물구물 만지기 시작했다.

"뭘 하는 거야?"

"가만히 있어라."

단이 빼낼 수 없도록 더 단단히 붙든 채로 손가락 마디를 하나하나 만졌다. 겉으로 보기엔 괜찮지만, 막상 잡아 보면 손바닥 안쪽으론 굳은살이 박여 있었다. 무헌은 단의 이 조그마한 손이 얼마나 많은 일을 하는 데 쓰였는지를 알고 있었다.

어려서부터 억척같이 일하고, 보통 사람들보다 훨씬 더 힘든 걸 하면서도 늘 웃는 얼굴이었다. 긴 앞 머리카락에 가려져 있긴 했지만, 잘 웃던 단을 떠올리며 무헌은 나직하게 말했다.

"하다가 내가 잠들면 그만하면 될 거 아니냐."

"……."

단의 입술이 살짝 튀어나왔다.

단도 그걸 생각하지 않은 건 아니었다. 일정한 호흡을 토해 내며 잠든 걸 보아하니 더 안마를 하지 않아도 되겠거니 싶었지만, 처음 어깨를 만졌을 때 손바닥에 느껴진 굳은 어깨가 떠올랐다.

매일 해 주는 것도 아니고, 이번이 처음이자 마지막일 수도 있으니 조금만 더 해 주자 싶은 게 한 시진이 된 것뿐이었다. 그렇게 잠든 무헌의 다리를 열심히 주무르는 동안 잠이 쏟아져서 저도 모르게 몇 번이고 하품을 하다가 그대로 잠이 든 거다.

차라리 건평궁을 나서고 말지 왜 잠든 건지 모르겠다. 그런 자신을 보고 무헌이 무슨 생각을 했을지, 무척 신경 쓰였다. 덧붙여 딴에는 잘 해주려고 오랫동안 안마를 해 준 건데 저런 말을 들으니 서운한 것도 사실이었다.

토라진 것처럼 보이는 단을 보던 무헌은 그리로 손을 뻗었다. 여전히 헝클어져 있는 머리를 바로 잡아주면서 귀 뒤로 넘긴다. 무헌의 손길이 닿는 순간 묘하게 간질거리는 느낌이 들었던 단은 한쪽 눈을 감았다. 그리곤 제 스스로 할 수 있다고 하려던 찰나 무헌이 고개를 숙여선 입을 맞추었다.

쪽, 하고 바로 닿았다가 떨어지는 입술에 단은 가만히 있었다. 대신 제 얼굴 앞에 있는 얼굴을 물끄러미 본다.

"……."

아직 잠이 덜 깬 것일까. 그게 아니면 이런 입맞춤이 몇 번이나 이어지는 동안 익숙해진 걸까.

전과 달리 지나치게 가깝다 싶은 거리가 당연한 것처럼 느껴진다. 어쩌면 이럴 때 고개를 돌리거나 시선을 피하면 더 어색한 분위기가 될 거란 걸 알기에 이러는 걸지도 모르지. 그때 무헌이 재차 고개를 숙여선 단의 입술에 제 입술을 갖다 댔다. 처음보다 훨씬 더 오랫동안 입술은 닿아 있었고, 그는 입술을 벌리곤 혀로 단의 아랫입술을 사악 핥았다.

움찔해서는 빠르게 눈을 깜박이는 단의 얼굴 위로 당혹이 깃든다. 뭘 하는 거냐고 묻는 눈빛인 단을 두고 무헌은 대답 대신에 단의 허리 뒤로 손을 넣어 그대로 당겼다.

무헌의 품으로 안기지다시피 한 단은 여전히 당황해선 얼어 있었다. 평소와는 다른 상황이란 걸 알겠는데 뭘 어째야 할지 파악이 되질 않았다. 뻣뻣한 채로 무헌에게 안겨 있던 단은 이내 제 심장 소리를 들었다. 쿵쿵, 하고 일정하게 울리는 소리에 맞춰 단의 얼굴이 서서히 달아오른다. 귓불이 벌겋게 익는 때에 맞춰서 단은 마른침을 넘겼다.

지금 왜 이러고 있는지 이해는 되지 않아도 그게 싫지 않았다. 이러고 있는 게 크게 이상하게 느껴지지도 않는다. 상대가 무헌이었다. 아무도 없는 곳에서 이런 포옹이 크게 잘못된 것도 아니고—.

거기까지 생각한 단은 머뭇거리다가 두 손을 들어 무헌의 등을 감쌌다. 단의 손이 무헌의 등에 닿는 순간, 그의 몸으로 힘이 들어가는 게 느껴졌지만 모르는 척 단은 그의 등을 끌어안고, 단단한 어깨에 얼굴을 묻었다. 무헌이 먼저 끌어안았기에 똑같이 해 준 것뿐이건만 긴장되어서 죽을 것 같았던 단은 눈을 감았다.

어디선가 빠르게 뛰는 심장소리가 들린다. 처음에는 그것이 자신의 것인 줄 알았는데 아니다. 쿵쿵쿵, 일정하지만 빠르게 뛰는 이 박동에는 다른 이의 것이 섞여 있었다. 무헌이었다.

그걸 깨닫게 되는 순간 단은 체온이 오르는 걸 느꼈다. 질끈 감은 두 눈으로 힘이 들어가고 벌려진 붉은 입술 사이로 달뜬 숨이 흘러나온다. 동시에 더 세게 무헌을 끌어안았다.

"……."

무헌은 제 가슴팍에 폭하니 안겨 있는 단을 느끼며 눈을 깜박였다. 그러다 단의 팔뚝을 붙들고는 그 몸을 슬그머니 뒤로 밀었다.

처음에는 왜 자꾸만 밀어대나 싶었던 단은 가만히 있었다. 하지만 뒤로 넘어간 몸이, 뒷머리가 베개에 닿는 순간 정신이 확 들었다. 무헌의 허리를 감싸고 있어서 침대와 그 사이에 어정쩡하게 몸이 기운 채로 단은 눈을 크게 뜬 채로 그를 바라봤다.

시선이 부딪치는 그 짧은 사이 뭐라 설명할 길 없는 어색함이 관통했다. 하지만 말하지 않아도 본능적으로 알 수 있는 게 있기 마련이었다.

"지금 뭘 하려는 건데?"

"……."

단의 나직한 질문에 답이 없었다. 단을 내려다보는 그 눈동자에는 오히려 뭐가, 라는 반문이 담겨 있었다.

포옹하고 있는 상대가 무헌이고 지켜보는 눈들이 없긴 해도 여긴 침전 안이었다. 이대로 자신이 눕고 무헌이 위에 올라타면 무슨 일이 벌어질지 몰랐다. 지금 같은 상황에서는 분위기에 휩쓸려서 저도 모르는 사이에 이런저런 이상한 짓을 죄 하게 될 것만 같은 기분이 들었다.

그래도 되는 걸까. 이대로 모르는 척 흘러가는 대로 둬도 되는 걸까.

무헌을 바라보는 단의 표정이 서서히 굳어진다. 세상 심각한 얼굴인 단을 본 무헌은 가만히 있다가 그 위로 고개를 숙였다. 다가오는 무헌을 본 단의 몸으로 힘이 들어간다.

"잠깐 기다려―."

나한테 이상한 짓 하지 마. 까딱 잘못했다간 내가 너에게 무슨 짓을 할지 나도 알 수 없으니.

그런데 상대가 무헌인데 험한 짓을 할 수 있을까. 그에게만은 막 하고 싶지 않은데―.

짧은 순간 내적 갈등이 최고조에 달했고 동시에 무헌의 입술이 뺨에 닿았다. 쪽, 하고 가볍게 닿았다가 바로 떨어지는 입술에 단은 숨을 삼켰다. 무헌은 그대로 단의 몸을 일으켜 세워선 침대 끝으로 슬쩍 밀어냈다.

순식간에 일으켜져선 침대 끝자락에 걸터앉게 된 단은 두 손을 제 가슴을 가리듯 포갠 채였다. 느릿하게 침대 아래로 한쪽 발을 내린 무헌은 지나치듯 물었다.

"무슨 생각을 한 거냐."

무슨 생각을 하긴. 엉큼한 네놈이 하려고 했던 바로 그걸 생각했던 거지. 이제 와서 아닌 척해 봤자 그게 통할 것 같아? 어림도 없다고 생각하면서도 차마 그 말이 입 밖으로 나오질 않는다.

아까보다 훨씬 더 빠르게 뛰는 요란한 심장 박동에 맞춰서 단은 긴 숨을 내쉬고는 침대 아래로 발을 내렸다. 그곳에 대충 자리한 신 안에 발을 밀어 넣으려는데 잘 들어가질 않는다. 빨리 신고 나가야 하는데 왜 이러나 싶어 인상을 쓰기가 무섭게 무헌이 먼저 침대에서 내려왔다. 그리곤 단의 앞에 한쪽 무릎을 꿇고 앉아선 그녀의 발을 붙잡고 그곳에 비단으로 된 신을 신겨 주었다.

뭘 하느냐며 만류를 하기도 전에 벌어진 일에 놀란 단이 얼어 있는 동안 무헌은 다른 쪽 신도 신겨 주었다. 그렇게 단의 두 다리를 가지런히 둔 무헌은 그 발을 감상하듯 바라봤다.

"넌 손도 작고 발도 작다."

뜬금없이 무슨 말을 하는지 모르겠다. 물론, 무헌의 손과 비교해 보면 크기에 차이가 있을 수밖에 없겠지만, 자신의 손과 발 크기는 평균이었다. 어쩌면 어색한 분위기를 느슨하게 하기 위해서 하는 말일 수도 있겠거니 싶었던 단은 가지런히 모아져 있는 제 발을 보다가 발끝을 살짝 들었다가 놓았다. 그걸 본 무헌은 천천히 몸을 일으켰다. 침대 끝에 앉아 있던 단은 일어선 무헌을 따라 그를 올려다봤고, 동시에 커다란 손이 단의 헝클어진 머리카락을 빗어 내리듯 만졌다.

"이대로 나가면 다들 이상하게 생각할 테니 머리를 다시 정리하고 나와라."

그리고 먼저 침전을 나선 무헌은 환관을 불렀다. 바깥에서 기다리고 있었던 환관이 들어와선 무헌이 옷 입는 시중을 드는 걸 본 단은 제 뺨을 한 손으로 감쌌다. 조금 전 무헌의 입술이 닿았던 곳이었다.

이대로 가다간 저도 모르는 사이에 뭔 일이 벌어지겠네.

단의 얼굴이 곧장 벌겋게 익어 버렸다.

*　　　*　　　*

시비와 환관과 함께 단의 뒷모습이 점점 작아진다. 바깥에 나와 그녀가 사라지는 마지막 순간까지 지켜보던 무헌은 몸을 돌렸다. 다시금 건물 안으로 들어갈 거라 생각했건만 아니었다. 직전에 걸음을 멈춘 그는 건평궁 뒤쪽으로 걸음을 옮겼다. 시위 몇과 환관이 빠르게 뒤를 쫓으려 했지만 이태감이 한 손으로 제지했다. 곁에 서 있던 환관이 들고 있던 등을 직접 든 이태감은 황제와 다섯 걸음 떨어져선 뒤를 따랐다.

홀로 생각할 게 있으면 건평궁 주변을 한 바퀴 정도 휘익 돌던 황제였다. 하지만 이번에는 그늘진 곳에 멈춰 서선 하늘에 떠오른 달을 감상했다. 보이는 건 뒷모습뿐이었으나 지금 황제가 어떤 걸 두고 저리도 고뇌하는 것인지를 알 것만 같았던 이태감이 거리를 좁혔다.

"달이 훤하니 좋은 날입니다. 강부인과 함께 감상하셨으면 좋았을 텐데요."

지금이라도 황제가 원한다면 강부인을 다시금 불러올 수도 있었다. 언제든지 그리할 수 있다며 자세를 낮추는 이태감이었으나 황제는 별말이 없었다. 그 혼자 느긋하게 있을 수 있도록 자리를 피해 줘야 할 것인가 싶었으나, 성가셨다면 황제가 먼저 물러나 있으라 했을 거다. 때문에 등을 들고 있는 손에 힘을 준 이태감은 조심스럽게 말을 꺼냈다.

"아끼는 마음이 크시다면 강부인에게 그만한 권한을 주시지요."

어떤 권한을 두고 이런 말을 하는지, 황제도 모르지 않았다.

"아직 부족한 게 많지만 폐하의 곁에서 차근차근 배워 나가면 되지 않겠습니까. 언제까지 곁을 비워 두실 순 없습니다."

게다가 궁 안에서 황제와 강부인의 사이를 모르는 사람이 없었다. 총애가 깊으면 그만큼 표적이 되기 쉬웠다. 대놓고 한자리를 주어 강부인이 내명부를 다스리도록 하는 게 더 안전할 수 있었다. 몇 마디 더해서 황제의 답을 들을 수도 있겠지만 이태감은 그리하지 않았다. 최근 황제가 취하는 행동이나 이런 모습에서 이미 결정을 내렸음을 알 수 있었던 거다. 실제로 계속해서 달을 응시하는 황제의 눈빛엔 흔들림이 없었다.

* * *

　강부인은 황제의 오수 시중을 들고 난 후에도 저녁을 함께하고 느지막이 건평궁을 나섰다.

　초기에는 황제가 부인을 곁에 두는 모습이 낯설어 그걸 신기하게 생각하곤 했지만, 이런 일이 반복되다 보니 부인들의 상실감은 날이 갈수록 커졌다. 특정한 대상이 있긴 했지만, 여인에게 이렇게나 다정하게 구는 분께서 왜 그동안에는 다른 여인에게 눈길소차 주지 않았던 걸까. 차라리 원래 있었던 부인들 중에서 한 사람이라면 이토록 마음 상하진 않았을 거다. 중간에 갑자기 들어온 사람을 총애하니 이상한 생각이 들 수밖에 없었다.

　은밀하게 도는 소문대로 바깥에 잠시 숨겨 두었던 정인을 불러들인 게 아닐까. 애초에 황제의 마음의 주인이 정해져 있었던 거다. 처음에는 그럴 리가 없다면서 애써 부정해 왔지만, 더는 참을 수 없었다. 이대로 가다간 황제의 총애는커녕 죽을 때까지 뒷방에서 썩게 될 거라면서 부인들은 탄식을 토해 냈다.

　부인들끼리 모이면 하는 말은 정해져 있었고, 마지막에 가서는 눈물을 흘리는 경우가 대다수였다. 황제를 원망해선 안 되지만, 그게 뜻대로 되는 일이 아니었다. 너무하다는 마음이 점점 커져서 걷잡을 수 없을 지경이었다. 이대로 그릇된 선택을 하는 사람이 나올 수도 있겠다 싶었다.

6장　421

예부인은 그런 뒤숭숭한 분위기를 화부인에게 전했다.

"하나같이 탄식이고, 눈물이 마를 날이 없습니다. 하루하루 말라가는 부인들에 대해 폐하께서 아시는지 모르겠습니다."

이곳으로 오기 전에도 부인들과 함께 이런저런 푸념을 늘어 놓았다. 하지만 앉은 자리에서 눈물만 질질 흘려 봤자 죄 무슨 소용일까. 이대로 있다간 정말 그 무엇도 할 수 없었다. 편중된 황제의 총애가 결국 부인들의 마음속에 깊은 상처와 날 선 투기를 만들어 냈다.

예부인은 자신이 말하는 동안 내내 입가에 옅은 미소만을 머금고 있는 화부인을 바라봤다.

내명부에 이름을 올리고 부인으로 있는 동안 크고 작은 일은 언제나 있어 왔다. 그때마다 예부인은 화부인에게 소식을 전하고 그녀의 견해를 청하곤 했다. 솔직히 그때에는 흔들림이 없는 화부인의 의젓한 태도에 감탄하기도 했지만, 지금은―.

"언제까지 그렇게 평정심을 유지하실 수 있을까요."

나직한 속삭임에 화부인은 고개를 들었다.

아직까지도 그녀의 표정엔 큰 변화가 없었다. 무슨 말을 하는 것인가 싶은 듯 바라보는 그녀를 두고 예부인도 옅은 미소를 지었다.

"부인께서 언제까지 그렇게 편안한 얼굴로 모든 걸 내려다보듯 하실 수 있을까, 궁금해졌습니다."

"……."

이는 분명한 조롱이었고, 화소영은 그걸 듣고만 있지 않았다.

곧장 굳어지는 그녀의 표정을 본 예부인은 본인 앞에 놓인 찻잔을 감싸 쥐었다.

이런저런 이야기를 하는 동안 찻잔은 차게 식어 있었다. 마음이 풍요롭고 편안하다면 차게 식은 잔도 기분 좋게 여겨질 텐데 그렇지가 않았다. 딱딱하고 매끄러운 잔의 표면이 덩달아 마음까지 식게 만든다.

"화부인께서 우리들을 무시하고 있음을 모르지 않았습니다. 의도한 것이든 아니든, 부인께서는 늘 우릴 내려다보면서 '헛된 꿈은 키우지 않는 게 좋을 거야.'라는 표정을 보이셨지요. 실제로 우리들 중 그 누구도 부인의 상대가 될 수 없었습니다. 부인의 부친은 태상이시고, 집안은 대대로 이어져 내려온 명문가가 아닙니까. 황후가 된다면 부인께서 되셔야지요. 그래야 내명부도 소율태국도 편안할 게 아니겠습니까."

바람이 선선하니 시원해서 바깥 전각 위에서 마주하고 앉아 있는 둘이었다.

순간 강해진 바람에 입을 다문 예부인은, 다시금 입을 열었다.

"부인께서 지금 침묵하시는 게 미래에 대한 확신으로 인해 기인한 것이라면 그러려니 하고 넘길 수 있었습니다. 황후는 한 사람뿐이지만, 그렇다 해서 다른 부인들에게 폐하를 모실 수 있는 자격이 사라진 게 아니니까요. 그런데 보십시오. 지금의 폐하께선 오로지 한 사람에게만 정을 주려는 것처럼 행동하시는군요."

지금의 상황에 대해 그 누구도 말을 꺼내지 않는다면 황제의 곁에 서 있게 될 사람은 강부인이었다. 과연 그걸 화부인이 보고만 있을 수 있을까.

"이대로 가다간 황후는 부인의 것이 아닌, 다른 사람의 것이 될 것입니다. 그리고 전 궁금합니다. 과연 그때가 되면 부인은 어떤 표정을 지으실까요."

"……."

그 순간 내내 표정 없던 화부인의 입가로 옅은 미소가 번졌다. 붉은 입술이 열리고 나서 가장 먼저 흘러나온 건 나직한 한숨이었다.

"폐하께서 강부인을 편애한다고 해서 그걸 나에게 화풀이할 셈이십니까."

"화풀이라 아니라 현실을 알려 드리는 겁니다. 강부인이 부인의 먼 친척이라지요? 그것이 무슨 소용입니까. 결국 권력도 황제의 총애를 받는 여인의 것입니다. 언젠가는 화부인의 먼 친척이 아니라 강부인의 먼 친척으로, 부인이 일컬어지는 때가 오겠지요. 그걸 참을 수 있으십니까."

예부인은 앞으로 얼굴을 내밀곤 나직하게 말했다.

"당연하게 부인께서 황후 자리를 손에 넣을 수 있는 상황이 아닙니다. 그러니, 움직이세요."

너무도 노골적인 말에 모르는 척 웃음으로 넘길 수도 없었다.

"나를 부추겨서 무엇을 얻고자 하십니까."

"앞서 말씀드렸지 않습니까. 강부인이 아닌 부인께서 황후가 된다면, 폐하의 마음을 조금이라도 얻을 수 있겠지요."

그 말에 화부인의 입꼬리가 올라갔다.

예부인이 하는 말이 모든 의문점을 풀어주기 때문에 미소 짓는 것이 아니었다. 강부인이 황후가 되면 황제의 마음을 얻을 수 없지만, 화부인이 황후가 되면 황제의 마음을 조금이나마 얻을 수 있다. 즉, 화부인이 온전히 황제의 총애를 얻을 수 없을 거라는 확신이 담긴 말이었다.

앞서 많은 말을 들었지만, 이처럼 모욕적인 것이 없었다. 지금 껏 이런 말을 들어 본 적 없었다. 애초에 한 사람도 없었고, 그녀 앞에선 싫은 내색을 드러낸 자들도 없었던 거다. 그럼에도 익숙지 않은 이 상황이 낯설지 않은 건 왜일까. 부친에 이어서 예부인, 그리고 암암리에 풍겨지는 주변의 상황 등이 이런 모욕을 익숙해지게끔 한 것일까. 새로운 사람 하나 들어와서 뭐가 크게 변할까 싶었으나 아니었다.

상황이 달라지니 듣지 말아야 할 말을 듣게 되는구나.

화부인의 입가로 여전히 옅은 미소가 남아 있었으나 표정은 그게 아니었다.

예부인은 전과 달라진 그 표정을 주시했다.

"어제도 오늘도 그리고 앞으로도 폐하께선 강부인만 찾을 겁니다. 그렇게 계속 찾으시다 황자를 낳기라도 하면 그걸로 끝입니다. 그땐 부인의 가문에서도 강부인에게 붙게 될 겁니다. 진짜

인지 아닌지 알 수 없지만, 일단은 호적은 먼 친척으로 되어 있으니까요."

호적이 그리되어 있는 이상 그 가문의 사람이 되는 셈이었다.

권력과 가까운 가문이 그것을 포기하려 들까. 강부인에게 붙어서 다시금 영화를 누리려 들 거다. 황제의 곁에서 그의 든든한 조력자가 되는 것이 화부인이 아닌, 강부인이 되는 셈이었다. 화부인이 있다 해서 마지막까지 의리를 지켜 줄 사람은 아무도 없었다. 강부인이 회임하는 순간 화부인의 부친인 태상 화도문이 가장 먼저 강부인을 찾을 것이라 확신할 수 있었다.

"강부인이 조용히 있다 하지만 먼저 칼을 빼들면 그 누가 상대할 수 있겠습니까. 부인이나 저나 죄 비참한 처지가 될 겁니다."

예부인이 하는 말 하나하나 가시처럼 가슴에 박힌다. 하지만 그녀가 하는 말 중에서 가장 거슬리는 건 다른 쪽에 있었다.

그녀와 이쪽을 같은 선상에 놓고 비교하는 것이 못내 언짢았다. 어쩌면 그 표정이 숨겨지지 않은 걸지도 모른다. 굳어지는 화부인의 얼굴을 본 예부인은 옅은 미소를 짓더니 몸을 일으켰다.

"전 이만 가 보겠습니다."

같은 부인이라 하나 암암리에 화부인을 더 높은 사람인 것처럼 우대하는 게 있었다. 때문에 전에는 두 손을 공손하게 모은 부인들이 먼저 고개를 조아려 인사를 올렸건만 지금은 아니다. 예부인은 고개를 살짝 까닥이는 것으로 인사를 마쳤고, 몸을 돌려 밖으로 나갔다. 그렇게 홀로 넘겨진 화부인은 탁자에 올린 손을 강하게 움켜쥐었다.

"재미있군."

"재미있다는 말로만 넘길 수 있는 상황입니까."

"……."

익숙한 목소리에 내리뜬 화부인의 눈동자 안쪽으로 힘이 들어간다. 예부인 때와 달리 숨겨지지 않는 불쾌함을 드러낸 화소영은 뒤를 돌아봤고, 당당하게 정원을 가로질러 오는 매소희를 확인했다.

낙운궁으로 들어오는 입구는 달리 있었다. 그런데 어찌 뒤쪽에서 나타나는 건가 싶었던 화소영은 전각에 올라선 당연한 듯 맞은편에 앉는 매소희를 바라봤다. 매소희는 직접 잔에 차를 따라선 그걸 한 번에 마신 후, 손가락으로 입술을 닦아 냈다. 그리곤 깊은 한숨을 내쉬는 매소희는 전과 다름없는 모습이었지만, 안색이 아직 좋지 않았다.

"오랜만에 봤더니 많이 야위었군요."

"그런 일을 당했는데 어찌 야위지 않을 수 있겠습니까."

날 선 대꾸 후 응시하는 매소희의 눈빛은 매서웠다.

"그때 그 일은 부인이 자초한 일이었습니다. 본인이 성급해서 저지른 일로 벌을 받은 것뿐이니 저를 원망하지 마시지요."

"그래요. 제가 지나치게 성급했지요. 강부인, 그 계집을 만만하게 여기다 된통 당했지요. 하지만 설마하니 화부인께서도 저에게 그런 말을 하실 줄은 몰랐습니다."

매소희의 눈동자 안쪽으로 강렬한 분노가 내재되어 있었다.

폐비의 일로 곤혹스러운 일을 당한 것에 이어서 며칠 전에는 건평궁 앞에서 강부인에게 창피를 당했다는 소문이 파다하게 났다. 자존심이 강한 사람이 그런 일을 당했으니 당분간 모습을 드러내지 않을 거라 생각했건만 아니었나 보다. 매소희가 혼자서 날뛰다가 제풀에 지쳐 준다면 더없이 고마울 일이지만, 정말 큰 사고를 칠 경우 이쪽도 성가셔질 수 있었다. 때문에 화부인은 일단 다독여 주는 말을 꺼냈다.

"부인께 일이 생긴다 해서 부인의 가문이 당장 움직일 거라는 기대는 접으세요. 그들은 본인의 이득과 손실을 가늠하고 또 가늠한 후에 움직일 테니까요. 그게 우리들의 현실입니다."

"그래요. 그렇다 칩시다. 하지만 그것이 내 행동을 멈추게 할 수는 없습니다."

"폐하께 쓴소리를 들으셨습니다. 그런데도 부족하셨던 겁니까."

"나는 내가 원하는 걸 손에 얻기 위해서 아직 그 무엇도 하지 않았습니다. 그건 부인도 마찬가지지요."

화소영은 가벼운 도발에 넘어갈 여자가 아니었다. 그녀가 움직이기 위해서는 확실한 근거가 필요했지만, 또 그렇게까지 해 주고 싶지도 않았다. 혼자서 할 수 있는 상황만 되었더라면 화소영을 찾아오지도 않았을 거라며 매소희는 목소리를 낮췄다.

"그 요망한 것이 왜 갑자기 몸이 안 좋다는 말이 들려오는 건가 싶어서 알아보니 흥미로운 사실이 숨겨져 있더군요."

가볍게 던진 낚싯줄에 화소영은 걸려들지 않았다. 시종일관 차분한 얼굴로 위에서부터 내려다보는 저 눈빛이 언제까지 갈지 두고 보겠다며 매소희는 말을 이어 나갔다.

"바깥에는 아직도 어리석은 자들이 있고, 폐하께서 직접 그자들에 대해 알아보실 요량이셨던 것 같습니다. 은밀하게 움직여야 할 그 자리에 강부인도 함께였다고 하더이다. 폐하와 강부인은 작당을 벌이는 놈들이 모여 있는 곳 안까지 들어가셨고, 결국 거기서 문제가 일어난 거지요. 강부인은 그때 적잖은 부상을 입었던 것 같고, 그렇기에 미안한 마음이 든 폐하께서 지극성성으로 그 계집을 간병하셨던 겁니다."

바깥에 있다는 어리석은 자들에 대한 말을 꺼낼 때에도 화소영은 눈 하나 깜박이지 않았다. 그걸 두고 매소희는 정말 독한 계집이라고 생각했다. 실상 그 모임의 배후가 누군지 알 만한 사람은 다 아는 사실인데 말이다.

하지만 화소영도 매소희가 저에게 바라는 게 무언지 알고 있었기에 호락호락 넘어가지 않았다.

"그런 이야기는 또 어디서 알아낸 겁니까. 애초에 폐하께서 하시는 일을 간섭해서는 안 될—"

"그래요. 그런 고리타분한 말씀만 늘어놓으실지 알았습니다. 그래서 내 화부인을 찾아오지 않으려 했었는데, 그리할 수 없었지요. 왜냐하면 바깥에서 은밀한 모임을 가지는 그자들이 부인과 아주 관련이 없지도 않으니까요."

상대가 끝끝내 모르는 척을 한다면 이쪽도 말을 가려서 할 필요기 없었다.

매소희는 비웃듯 한쪽 입꼬리를 비틀어 올렸다.

"부친 단속을 잘 하셔야 할 겁니다. 바다 너머에 있는 제 부친보다 부르면 당장 달려올 수 있는 부인의 부친이 훨씬 더 위험해 보이는군요."

"……."

화소영의 얼굴에서 표정이 지워졌다. 특유의 미소 띤 가면이 사라지고 난 후 드러나는 건 재미없고 무뚝뚝한 면상이었다. 더없이 아름답고 화사하지만, 그뿐이었다. 암만 흐드러지게 핀 꽃이라 할지라도 향기가 없다면 그게 무슨 소용일까. 매소희는 옆으로 고개를 기울이고는 눈을 가늘게 떴다.

"제가 폐하라면 말썽을 부린 절 가까이 두지 화부인을 총애하지 않을 것입니다. 왜냐하면 곁에 둬 봤자 머리 아플 소리만 해 댈 게 분명하니까요."

가벼운 빈정거림 후, 매소희는 가장 하고 싶었던 말을 슬쩍 꺼내 봤다.

"혼자서는 상대할 수 없습니다. 그러니 둘이 손을 잡아야 하지 않겠습니까. 가장 미운 계집을 뽑아내고 난 후, 예전처럼 부인과 저 단둘이서 경쟁을 하는 게 어떻겠습니까."

"……."

미소 띤 매소희의 얼굴로 자신감이 묻어났다.

혼자서는 힘들겠지만, 둘이 손을 잡으면 어떻게든 처리할 수 있을 것이다. 가장 눈엣가시인 걸 빼 버리고 난 후, 상실감에 젖은 황제를 위로해서 그 마음을 얻자. 물론, 마음을 둘로 나눌 순 없으니 그때부터 다시 경쟁을 시작하자. 어찌 보면 참으로 공평하게 여겨지는 제의였지만, 달리 보면 말 같지도 않은 소리였다.

내내 자신만만하게 구는 매소희였지만, 그녀가 강하게 나올수록 초조함이 느껴졌다. 필사적으로 그걸 숨기려 하지만 이미 간파를 끝난 화소영은 느리게 고개를 저었다. 설마하니 거절할 줄은 몰랐던지 매소희의 표정이 굳는다. 미소를 지운 채로 바라보는 매소희를 똑바로 응시한 채로 화소영은 말했다.

"나는 내 방식대로 할 터이니, 부인은 부인 뜻대로 하십시오. 단, 그 일에 절 끌고 들어갈 생각은 접으시는 게 좋을 겁니다."

동시에 화소영의 손은 조금 전 매소희가 나타났던 방향을 가리켰다.

"초대한 적 없으니 배웅하진 않겠습니다. 몸도 안 좋을 텐데 조심해서 돌아가십시오."

이만 눈앞에서 사라지라는 말을 들은 매소희는 잠자코 있다 이윽고 헛웃음을 흘렸다. 가볍게 입술 꼬리를 올리고 난 후, 몇 번 고개를 끄덕인 그녀는 벌떡 일어났다. 화가 난 것처럼 빠른 걸음으로 멀어지는 그녀는 왔을 때와 달리, 낙운궁의 대문으로 향했다. 매소희의 방문을 모르고 있었던 몇몇 시비들은 당황해서 급히 화소영에게 달려왔다.

"부인, 괜찮으십니까. 조금 전에 매부인을 봤습니다."

대체 언제 들어온 것인지 알 수는 없지만, 그것 자체가 엄청난 실수였다. 매소희가 아닌 다른 인물이 들어와 부인에게 해를 가했으면 어쩔 뻔했느냐면서 나운은 굳은 눈빛을 던졌다. 별 반응 없이 앉아 있던 화소영은 깊은 한숨을 내쉰 후 고개를 들었다.

"나운아. 내 너에게 긴히 부탁할 일이 있는데 들어줄 수 있느냐."

"……무슨 일인지 알 수는 없으나 부인의 부탁이라면 무엇이든지 들어드려야지요."

애초에 부탁을 거절할 수 있는 입장도 아니었다. 자신이 생각해도 참 약은 짓을 하고 있다면서 화소영은 나운에게 손짓했다. 가까이 오라는 그 손짓에 나운은 귀를 가까이 대었고, 말을 들은 그녀는 안색을 굳혔다. 숨죽인 채로 있던 그녀는 떨어지는 화소영을 내려다봤다. 화부인은 거듭 묻진 않았지만, 바라보는 눈빛에서 그녀의 뜻이 전해졌다.

할 수 있겠더냐. 쉽게 결정할 수 없는 일이었으나 부인의 부탁이었다. 앞서 그녀에게 실수한 게 내내 마음에 걸렸던 나운은 알겠다고 했다.

〈다음 권에 계속〉